대원군 1

대원군 1

펴낸날 | 2001년 8월 1일 초판 1쇄

지은이 | 류주현
펴낸이 | 이태권
펴낸곳 | 소담출판사
　　　　서울시 성북구 삼선동4가 37번지 (우)136-044
　　　　전화 | 927-2831~4　팩스 | 924-3236
　　　　e-mail | sodamx@chollian.net
　　　　등록번호 | 제2-42호(1979년 11월 14일)
기　획 | 박지근 이장선
편　집 | 조희승 이진숙 김묘성 김광자 김효진
미　술 | 박준철 김정희
본부장 | 홍순형
영　업 | 박종천 이상혁 안경찬
관　리 | 안근태 변정선 박성건 안찬숙 김미순

사　진 | 박준철

ⓒ 류주현, 2001
ISBN 89-7381-458-3 04810
ISBN 89-7381-457-5 (전5권)

● 책 가격은 뒤표지에 있습니다.

대원군 1

낙백落魄의 장章

류주현 대하역사소설

소담출판사

차 례

류주현대하역사소설

제1권 낙백落魄의 장章

나는 왕손王孫이 아니로소이다	9
대감大監, 차라리 돌이나 되시지요	58
공명功名도 부귀富貴도 다 잊었노라	111
양귀비楊貴妃는 석양夕陽에 지는고야	128
낙엽落葉은 밟지 말라더이다	193
명주초원明紬草原엔 꽃사슴이 노닐고	211
가슴을 헤치고 전주全州 이가李哥다	237
하늘보고 주먹질 허무虛無하구려	269
동창東窓이 밝느냐 밤이 길고나	302
여백餘白 - 저자의 말	324
도도한 장강長江의 문학文學	326

❦ 제2권 권좌權座의 장章

행운유수行雲流水, 길이 아득하외다
인왕하仁旺下의 괴노怪老가 말하기를
파계破戒 또한 미덕美德이 아니리까
만백성萬百姓아 내 이름은 대원군大院君
길은 왕도王道, 전하殿下라 부르오리다
산山너머엔 또 산山이더이다
태산명동泰山鳴動에 서일필鼠一匹이지요
금위대장禁衛大將 나가신다
동매冬梅는 피는데 여정女情 구만리九萬里
나를 따르는 자者엔 복福이 있나니

❦ 제3권 웅비雄飛의 장章

보복報復은 천천히 끈덕지게
꽃샘을 타고 눈보라가 온다
사랑이란 독점獨占하고픈 집념執念
죽은 자者엔 외면外面, 산 자者엔 충고忠告
공功을 세우라 출세出世할 게다
아무도 보지 않았다
궐기하라 왕부王府가 초라하다
치마를 둘렀거든 질투를 하라
장단長短을 쳐라 춤을 출 게다
심상心像이 흐리거든 하늘을 보라

❦ 제4권 척화斥和의 장章

운현궁雲峴宮 용마루에 십자가十字架를
절두산切頭山 밑에서 칼춤을 춘다
어느 정사情事가 종말終末이 날 때
가례嘉禮날 꿈이 괴상도 했단다
양함습래洋艦襲來, 비보飛報는 말을 타고
집념執念은 병病, 정情은 물일레라
외침外侵이다, 한강수漢江水를 막아라
나그네 반기는 강도江都 갈매기
꿈은 설익어 천년千年이란다
뭣인가 잘못돼 가고 있다

❦ 제5권 실각失脚의 장章

상소上疏를 올려라 권좌權座가 보인다
달도 차면 기운다던가
야로野老는 말하기를, 두고 보자
영화榮華는 짧고 보복報復은 가혹苛酷
노옹老翁 돌아와서 한 일이
수호修好는 일방통행一方通行이었다
군란軍亂과 운변雲邊과 왕궁王宮과
영화榮華의 말로末路는 처참했다
정情든 산천山川은 고국故國에 두고
굿도 잦고 괴물怪物도 많은 밤중에
왕비王妃, 왜 여자女子로 태어나서
추선秋仙은 사랑을 잃다가
대문大門을 닫아 걸어야지
아소당我笑堂 주인主人은 웃음이 없었다

낙백落魄의 장章

나는 왕손王孫이 아니로소이다

    7월은 여름, 장마철이다.
    기승을 부리며 퍼붓는 소나기는 아니었다. 옷 젖기 알맞게 촉촉히 내리는 가랑비였다.
    정오가 좀 지났을 무렵이다.
    다방골 어느 일각대문 안에서는 가야금 소리가 이따금씩 딩당 딩딩, 한가롭게 흘러나왔다.
    그리고 뚝 그친 채 한참씩 조용했다.
    기촌(妓村)이니까, 기방(妓房)이었다.
    「오늘은 유난히 울적하신 것 같네요.」
    가야금을 뜯고 있던 여자는 비감한 눈초리로 남자를 바라본다.
    「아하아, 낮술인데 좀 과하게 마셨는가?」
    남자의 음성은 착 가라앉았지만 우람했다.
    「취하신 것 같은데, 고만 드시지요. 가실 데가 있으시다면서.」
    여자는 잊었던 듯이 가야금 줄을 팅탕, 싱겁게 한두 번 또 튕겨 본다.
    「아암, 갈 데가 있지. 반겨 주는 놈은 없어도 갈 데야 많은 신세니까.」
    사나이는 눈을 감으면서 자탄하듯 말했다.
    「아까 말씀, 명심하겠어요.」
    「명심 안 해도 좋네, 한 잔 마신 김에 지껄인 소리니까. 오늘 술값도 외상일세. 받을 날짜는 기약 말고 장기에 달아 두게나, 하하하.」

호탕한 웃음소리였다. 그러나 공허한 여운을 남기는 게 몹시 쓸쓸했다.
「또 그런 말씀을!」
여자는 눈이 맑고 아름다웠다. 서른이 채 안 된 나이에 비하면 지나치게 앳되고 침착했다.
아무한테나 함부로 불리지 않기로 이름 있는 기녀였다.
가무에 능하고 음률이 또한 남보다 뛰어난 솜씨라는 정평이다.
가야금을 잘 탄다. 묵화도 제법 친다. 백당지(白唐紙) 위에 노니는 그 화사한 손끝은 곧잘 생기 발랄한 군란(群蘭)을 낳아 놓는다.
추선(秋仙), 기명으로는 좀 쓸쓸할까.
「대감!」
추선은 사나이가 오늘따라 몹시 울적해 하는 눈치라서 세심한 관심을 모은다.
「허어, 대감은 무슨 대감, 구멍 난 망건에다 찢어진 도포를 입은 대감도 봤나!」
「제발 김씨 일문만은 찾아다니지 마세요.」
「호오, 그건 또 왜?」
'그건 또 왜?'란 그가 몰라서 하는 말은 아니다.
그건 다 알고 있다. 추선이 왜 그런 말을 불쑥 꺼내는지 그는 다 알고 있다.
그러나 그는 또 껄껄 웃으며 자기의 반문을 흐려 버린다.
「가난하고 세도 없는 놈이 김문(金門), 이족(李族) 가린대서야 입에 풀칠인들 할 수 있겠나. 염려 마시게!」
사나이의 말에 추선은 소리없이 한숨을 뽑고는 가야금 줄을 고른다.
그리고 나직하면서 엉뚱한 가락을 뽑는다.

    장공(長空)에 걸린 달아
    만고인물(萬古人物) 네 알리라
    영웅은 그 누구이며
    호걸은 그 뉘이던고

아마도 제일 인물은
　　　한신(韓信)인가 하노라
추선은 '한신인가 하노라'에 유난히 힘을 준다.
그러자 별안간 방안이 쩌렁 울렸다.
「야아!」
두 눈을 지그시 감은 채 듣고 있던 사나이가 갑자기 소리를 버럭 지른 것이다.
여자는 어리둥절한 채 금현(琴鉉)에서 손을 떼고 사나이를 본다.
「좀 일어서라!」
「대감!」
「일어서라니까!」
추선은 일어섰다.
「미닫이를 열어 젖혀라! 이웃 남녀노소 다 모이라구 해라!」
미닫이를 열어 젖히니까 빗소리가 쏴아 한다.
뜰엔 늦핀 한련(旱蓮) 한무더기가 비바람에 하느작거리고 있다.
뜰은 넓지 않지만 얌전하게 가꿔져 있었다. 모란의 씨집이 둥굴레처럼 가지끝에 달려 있는 게 집요스럽게 보인다.
옆집에 무성한 벽오동의 아지(兒枝)가 돌담을 넘어와 꽃밭에다 빗물을 뿌리고 있었다.
「게 아무도 없느냐?」
사나이의 음성은 아까보다 형편없이 줄어들었으나 그러나 저력이 있었다.
집안엔 아무도 없는지 도통 반응이 없다.
「문 밖에는 구경꾼이 구름처럼 모였구나.」
사나이는 아무도 없는 앞마당을 내다보며 혼자 지껄였다. 그리고는 추선에게 명령했다.
「나를 마주보고 서라!」
사나이를 마주보고, 여자 추선은 서 있을 수밖에 없었다.
「다리를 벌려라!」

기녀는 상민이니, 입고 있는 남갑사 치마가 겹일 수 없었다.
홑치마 속으로 두 다리가 A자형으로 비쳤다.
순간, 사나이는 방바닥을 엉금썰썰 무릎으로 기기 시작했다.
그는 여자의 두 다리 밑으로 빠져 나갔다. 그리고는 또 웃어젖힌다.
「핫하하, 얘 추선아! 그 노래 다시 한번 듣자꾸나.」
사나이는 그러나, 자기 자신이 노래를 불렀다.

　　영웅은 그 누구이며
　　호걸은 또 누구이며
　　아마도 해동에 제일 인물은
　　흥선인가 하노라

여자, 추선은 쓰러지듯 땅바닥에 털썩 주저앉으며 넋을 잃었다.
　팅, 덩!
하고 옆에 놓였던 가야금이 제물에 울렸다.
　추선은 흥선군 이하응의 무릎에 엎드러지며 주먹으로 그의 가슴을 펑펑 두드렸다.
　한참 동안 두 사람은 말이 없었다. 천 년을 침묵할 듯 그들은 말이 없었다.
　어디선가 먼 곳에서 꺼이꺼이 곡성이 은은하게 들려오고 있었다.
「자아, 이제 가 봐야겠다.」
　홍선은 감고 있던 눈을 번쩍 뜨고는 여자의 볼을 다독거려 준다.
　여자는 일어나 앉았다.
　이름은 기녀이지만, 정은 더할 수 없이 순진한가 싶다. 연(蓮) 이슬처럼 맑은 눈물이 두 눈에 그득 괴어 있었다.
　홍선이 일어섰다.
　다섯 자 남짓한 키 — 너무나 작았다. 팔은 남달리 길어 손끝이 무릎에까지 닿는다.
　그는 의관도 정제하려 들지 않는다.
　추선이 도포끈을 고쳐 매 준다.
「갓모도 없다, 우비도 없다, 비 오는 날 미친개 모양으로 남의 집을 왜 찾아다니느냐 그 말이지? 괜찮아, 홍선은 그래야 어울려, 핫하하하.」
 그의 웃음소리는 다시 호쾌해졌다.
 그 잔망한 체구에서 폭발하듯 터져나오는 웃음소리는 놀랄 만큼 우람했다.
 쥐상이라고들 하지만, 족제비상이다. 하관이 빨고 눈의 광채가 사람을 꿰뚫을 듯했다.
「가시겠어요?」
「가야지.」
 뜰아래로 내려서는 그는 비틀거렸다. 낙수물이 그의 갓이며 어깨에 마구 떨어진다.
「우비두 없이 어떻게 가세요?」
「우비? 홍선이 우비 입고 다니는 걸 봤나?」
「언제 또 오시겠어요?」
 일각대문 안에서 추선이 물었다.
「출출하면 아무 때고 또 안 오겠나! 이 나라에 한고조(漢高祖) 없으렷다. 한신인들 평생 기녀의 신세나 질 수밖에 도리없을걸. 하하하, 끄윽! 어어 취하는지고!」
 추선은 그를 배웅하면서 혼자 뇌까렸다.
（가엾은 귀공자!）
 다방골은 일각대문의 연속이었다. 장사치 상민들이 사는 마을이라서 솟을대문은 거의 없었다.
 추선의 집을 나선 홍선군 이하응은 처음부터 갈짓자 걸음으로 일각대문이 즐비한 좁은 골목길을 휩쓸기 시작했다.
 길은 질퍽거렸다. 물구덩이를 디딜 때마다 흙탕물이 그의 깡똥한 도포자락을 적신다.
 다섯 자 두 치 키에다 겉에 입은 도포마저 깡똥하게 짧다면 그 뒷모습은 아이와 구별이 안 간다.
 그에겐 겉옷이 길어야 그런대로 의젓하게 보일 것이었다.
 그러나 그가 입고 있는 도포의 길이는 간신히 무릎을 가릴 정도로 유

나는 왕손王孫이 아니로소이다

별나게 짧았다.

「아무래도 너무 흉해요. 도포 길이가 그렇게 짧아서야……」

외출할 때마다 부인이 민망해 하면,

「여름옷인데 철떡철떡하면 불편해서…….」

그의 이런 대꾸로 보면 짧은 겉옷에는 그대로의 이유가 있는 것이다. 볼품보다도 동작에 편리한 편을 택하는가 싶다.

「흥선이 또 취했군!」

어느 행객이 그런 말을 흘리며 지나간다.

「어, 또 취했다! 또 취하고 말구. 또지, 또 취했지! 어, 끅 꺼억!」

그의 발길은 좁은 길을 더욱 휩쓴다.

이 나라의 왕손이다.

현재 남아 있는 왕손 중에서는 덕흥대원군의 직계인 이하전과 함께 정통파에 속하는 당당한 신분이다. 임금이 될 수도 있었던 왕손의 한 사람이다.

그러나 그는 초라하기가 비렁뱅이만 같았고 거리의 주정뱅이로 그 이름이 높다. 노름꾼으로 알려져 있고 술망나니로 유명하다. 종친 체면에 똥칠을 해서 친척들도 그를 가까이 안 한다.

그러나 그는 좀처럼 그러한 자기의 신세를 개탄하지 않는다. 방종한 자기 처신에 대해서 뉘우치는 빛을 사람들은 보지 못했다.

「저것두 왕손이라네!」

권세 있는 사람들이 면대해서 이렇게 모욕을 주는 일이 있다. 그러면 그는,

「왕손을 팝니다. 쌀 열 섬만 주시면 팔아치울랍니다.」

서슴지 않고 응수해 버리면서 바보 천치처럼 히쭉 웃어 버리기가 일쑤다.

지금도 그는 완전히 취한의 걸음걸이로 대낮부터 비 오는 골목 안을 휩쓴다.

「끅 꺼억! 어어 취한다. 만고강산 유람할 제…… 피 꺼억!」

흥선군.

세상이 잘못 돼 있지 않다면 분명코 그가 잘못 돼 있는 것이다.
전통 있는 왕국에서 봉군(封君)된 지체라면 으레 발에 흙을 묻혀서는 안 된다.
외출할 때는 동그마니 교가(轎駕) 위에 올라앉아 위세를 부려야 한다.
앞뒤를 호위하는 구종(驅從), 별배(別陪)들은 각기 여덟 명씩이 최소한의 숫자다.
이삼십 명은 거느려야 행차의 체모가 서는 것이다.
어디를 가나 거리의 군중들은 그를 우러러보며 흥선군의 행차라고 경의를 표해야 한다.
「에이 이놈들 물렀거라, 섰거라. 선 놈들은 모두 게 앉거라!」
호통치는 벽제소리에, 가는 앞길은 물살 갈라지듯 환히 틔어야 하는 것이다.
그러나 그는 지금 거리의 주정뱅이였다.
일보 전진하고 이보 후퇴하는 그런 걸음으로 골목을 가고 있다.
그는 골목 모퉁이에 이르자 발길을 멈추면서 고개를 번쩍 든다. 그는 퍼뜩 정신을 차렸다. 거슴츠레하게 감기다시피 했던 그의 눈은 순간적으로 번쩍 빛났다.
그러나 그의 그런 변화는 지극히 짧은 순간에 일어났다가 간데온데 없이 사라졌다.
그는 다시 몽롱한 눈초리로 오른편 막다른 골목 안의 광경을 멀거니 바라본다.
막다른 골목 안에서는 곡성이 요란했다.
처절하게 통곡을 하는 젊은 아낙네를 에워싸고 사람들이 웅성거렸다.
아기 관을 등에다 진 늙은 인부가 고개를 푹 숙인 채로 골목 안을 나와 큰길 쪽으로 꺾이고 있다.
흥선은 선뜻 그 인부의 뒤를 따라섰다.
「몇 살인데 그리 됐소?」
「아홉 살인가 봅니다.」

「왜 갔소?」

「살기 싫으니까 갔겠지요.」

「사내요? 계집애요?」

「아따 그 양반 귀찮게 구는군. 계집애 아님 사내애죠.」

홍선의 눈은 또 순간적으로 번쩍 빛났다.

그러나 이번에도 그것은 너무나 짧은 순간의 변화였다.

사내아이, 아홉 살. 거기에 그는 충격을 받은 모양이지만 그뿐이다.

비는 여일하게 가랑비였으나, 그의 옷은 벌써 촉촉히 젖어 있었다.

1860년, 철종 11년 7월, 서울에는 전염병이 창궐했다. 전해에도 9월에 전국을 휩쓸더니, 이번에는 7월부터 수많은 생명들을 아침저녁으로 앗아간다.

그러나 슬픔은 족친의 것일뿐, 관이나 나라에서는 아랑곳도 하지 않았다.

거리에는 매일같이 상여의 구슬픈 요령소리가 흘렀고, 아기 관이 골목길들을 누비는 것을 볼 수 있었다.

「나랏님이 복 있는 분이래야지. 외척의 세도가 그렇게 극성이니 백성한텐 재앙도 겹치게 마련이렷다.」

이런 정도의 원망이나마 하는 사람들은 그래도 나라 일을 알 만한 계층이었다.

「대감! 참 잘 취하셨구려!」

별안간 길가 목로집에서 한 장한(壯漢)이 튀어나왔다.

「어, 넌 필주 놈!」

「대감은 홍선이라는 양반!」

두 사나이는 단박 친숙하게 어울려 버린다. 서로 어깨동무를 하면서 발을 맞춰 비틀거린다.

「찾아다녔습니다.」

「나를? 왜?」

「이틀씩이나 못 뵙겠기루 댁엘 들렀습죠. 참 딱한 사정 같더군요.」

「딱해? 뭐가 딱하더냐?」

「애기들이 맥이 하나두 없이 허리띨 잡구 있더군요.」
홍선의 눈초리는 또 순간적으로 번쩍 빛났다. 그러나 이내 또 몽롱해진다.
「그래? 아침에 야단을 좀 치고 나왔더니 그 녀석들이…….」
말은 그렇게 했으나 홍선은 가슴이 뭉클했다.
(맥도 없겠지!)
입속에서 비통하게 뇌까렸다.
(끼닐 굶는 왕족!)
홍선은 어금니를 꽉 누르면서 지근지근 씹다가 침을 탁 뱉었다.
그는 자기도 모르게 두 주먹을 불끈 쥔다.
어젯저녁부터 끼니를 거른 것으로 알고 있다. 그 전날은 보릿죽으로 요기를 했다.
큰아들 재면이야 이미 열 여섯 나이다. 남아 열 다섯이면 호패를 찬다는 말도 있으니 접어둘 수도 있다.
그러나 둘째아들 명복은 이제 나이 아홉 살이다. 그 어린 창자조차도 채워 주지를 못하는 자신의 무능이 한스러웠다.
(그 애만은 잘 길러야 할텐데! 왕손답게 길러야 할텐데!)
종가의 온갖 기대를 그 어린것에 걸고 있다. 홍선 자신의 버릴 수 없는 야망을 그 아홉 살배기 명복이한테 걸고 있다. 그런데 끼니를 굶기다니, 정말 그럴 수가 없다.
홍선은 미간을 잔뜩 찌푸리며 찌푸린 하늘을 쳐다보고 또 퉤 침을 뱉었다.
「애, 이놈 필주야!」
「예, 말씀만 합쇼, 대감.」
그들은 다시 거리의 주정뱅이다.
홍선은 더욱 비틀거린다.
「애, 이놈 필주야!」
「대감, 필주 예 있습니다.」
「오늘 밤 어디서 한판 벌여야겠다.」

「투전 말씀입죠? 좋습지요. 제가 싫다겠습니까, 대감께서 마다시겠습니까. 쪼옥 훑는 맛이란 참 좋습지요. 손톱 끝에서 반달같이 솟아오르는 재미란 기가 맥힙죠, 히히.」
「그 개성놈을 끌고 와야 한다.」
「피륙전 쥔놈 말입죠. 개성놈 쳐놓군 배냇병신이더군입쇼. 저번엔 대감도 심심찮게 속이시던데요.」
「쉬! 이놈. 피 꺼억!」
「대감, 거 피기님이 자주 나오시는군입쇼!」
「예끼놈! 피 꺼억!」
두 사람은 건들거리며 큰 한길로 나온다.
그들이 건들거릴 때마다 하늘도 땅도 멋대로 건들거린다.
「필주야, 너 갈 데로 가거라. 난 나 갈 데로 가야겠다.」
「대감, 어디루 가시려우?」
「나? 난 교동에서 급히 좀 왕림해 달라는 전갈이 왔구나.」
안필주는 그 말에 거리가 떠나갈 듯이 웃어 젖힌다.
교동이라면 당대의 세도 김병기의 집을 말하는 것이다.
김병기가 흥선에게 '왕림'을 청하다니 세상이 뒤집히지 않은 이상 있을 수 없는 일인 것이다.
안필주는 갑자기 정색을 하면서 흥선에게 마구 쏘아붙인다.
「김판서 댁엘 가 또 무슨 봉변을 당하려구 그러시우.」
안필주는 거리의 잡배다. 하나 흥선을 위하는 마음은 일편단심에 가까웠다.
그들은 헤어졌다.
흥선은 혼자서 종로 쪽으로 향하고 있었다.
그때였다.
　오 호, 어어 허.
　인제 가면 언제 오나
　어어 허, 오오 호.
종각 모퉁이를 상여 한 대가 느릿느릿 지나고 있었다. 청, 백의 앙장

(仰帳)이 물결처럼 너울거린다.
　　어어 허, 오 호.
　　한번 가면 못 오는 길
　　오오 호, 어어 허.
　　인생 사십은 이르고나
　　어어 허, 오오 호.
찌렁 쩔렁쩔렁 요령(搖鈴)소리가 한층 구슬펐다.
역시 창궐하고 있는 전염병으로 쓰러진 사람일까. 뒤따르는 상제는 3형제였다.
막내 상제는 열 살이 채 안 돼 보인다. 일곱 살은 넘어야 상장 막대기를 짚는 법, 토독 톡 톡 대막대기를 짚어 가며 상여 뒤를 따르고 있는 막내 상제는 사뭇 앙증스럽고 가여웠다.
(나이 사십에 3형제를 두고 갔구나!)
흥선은 얼굴에 흐르는 빗물을 손바닥으로 쓱 문대면서 중얼거렸다.
그는 자기도 이제 불혹임을 생각하며 역시 아들이 셋임을 견줘 보면서,
「허, 시간이 많지 않구나! 자꾸 늦어 간다. 사십은 인생의 후반, 할일이 촉박하다.」
그는 뜻모를 소리를 뇌까리는 것이었다.
(거리엔 왠 주검이 이리도 흔하냐!)
세월은 너무나 험난했다.
가뭄 끝에 전염병, 구지레한 7월의 장마철로 접어들면서 민심의 경향은 더욱 흉흉했다.
실컷 가물더니 끝없는 장마철로 들어섰다. 전작(田作)도 수도작(水稻作)도 흉년이라 했다.
관의 행패는 더욱 심해 갔다. 백성에 대한 토색질은 행정의 근본이었다. 천금을 주고 산 관직, 잃기 전에 밑천을 뽑아야 하는 게 지방 관원들의 과업 제1장 제1과였다. 거리에 주검이 널린들 아랑곳없었다.
(내 나이 벌써 사십, 늦어지는구나!)

「대감, 아까 말씀 명심하겠어요.」

홍선은 문득 아까 추선의 하던 말이 머리에 떠올랐다.

홍선은 쓸데없이 그런 말을 지껄인 게 좀 불안스러웠다. 그러나,

(추선이만은 믿어도 되겠지!)

자기의 아내 민씨한테도 속을 안 보이고 지내오는데 일개 기녀인 추선이한테는 그런 말을 지껄였다.

가슴속에 큰뜻을 숨겼으면서 부랑배의 사타구니 밑을 기어나간 한나라의 한신의 흉내를 내니까 추선은 홍선 자기의 가슴을 두드리며 울었다.

(일개 아녀자한테!)

추선은 관기, 오늘 밤, 세도 김병기한테 불려가기로 돼 있다.

(약고 지조 있는 애니까!)

홍선은 잠깐 불안해 하다가 다시 비틀걸음을 걷는다.

「나랏님은 수를 못 하실 것 같대요.」

추선이 그런 말만 안 했더라도 홍선은 추선 앞에서 경솔한 말을 지껄이지 않았을 것이다.

김씨 일문한테서 나온 말임에 틀림이 없다.

저들도 요새 와선 현왕에게 후사가 없음을 몹시 불안해 하기 시작한 모양이다.

(놈들의 꼭두각시!)

무식한 까닭에 착하기만 한 임금은 저들 김씨 일족의 단순한 꼭두각시에 불과한 것이다.

위의를 세우려고 곤룡포에 금관을 벗는 날이 없다는 불쌍한 임금이다. 구중궁궐 속에 깊이 들어앉은 채 너무들 하고 있다.

(죽일 놈들!)

강화섬 구석에서 낫자루를 들고 지게목발이나 두드리던 소년을 데려다가 임금이라 모셔 놓고, 수많은 귀비, 빈, 상궁, 나인들 틈에서 낮밤없이 주색과 연락(宴樂)에나 탐닉케 했으니 오래 살 까닭이 없다.

산짐승은 산에서 살아야 한다. 들짐승은 들에서 살아야 한다. 궁궐에

살 사람은 따로 있는 것이다. 강화도령이라고는 하지만 일자무식인 초동을 데려다가 뼈끝이 흐물흐물하도록 만들어 놓고 이제 와서 왕제, 후사 없음을 불안해 한들 자업자득이 아니냐 말이다.
(죽일 놈들!)
홍선은 뇌까린다. 저들 외척의 전단(專斷)과 권세를 누리기 위해서 저질러 놓은 자업자득이라고 체념하기엔 너무나 안타까웠다.
김문근, 딸을 왕비로 만들어서 자기는 영은부원군.
그 일족이 조정의 현직을 모조리 독점하고 있다.
김좌근, 전(前) 영의정이니 그들의 실제적인 두령격이다.
김병국은 훈련대장, 군대를 손아귀에 넣고 있다.
한림의 대제학 김병학, 판서 김병기, 그리고 병필, 모두 병(炳)자 판이다.
영근, 현근, 흥근, 그놈의 뿌리 근(根)자의 무성한 뿌리들.
그 '근' 패와 '병'패 중에서 가장 영악한 까닭에 세도(勢道) 김병기.
'세도'. 임금이 직접 신하와 일일이 접촉해 가면서 군권(君權)을 행사할 수도 없는 노릇이라 특정한 인물을 중간에 두고 간접적인 권력 행사를 하게 하는 게 이른바 '세도'.
금상(今上) 밑에 세도 김병기.
그 권세는 일인지하(一人之下)에 만인지상(萬人之上)이다.
교동 김병기 집에 이르른 홍선은 구지레한 의관을 더욱 풀어 헤쳤다.
김병기의 집 솟을대문 앞에는 군노가 파수를 보고 있었다.
그런 제도가 없는데도 그렇게 하고 있었다.
「뉘시오?」
군노가 홍선의 앞을 가로막았다.
「대감을 뵈오러 왔네.」
「쳇, 대감을 뵙겠다구? 못 들어가오. 어서 가시오.」
이번엔 하인이 담뱃대로 삿대질을 하면서 거절이다.
「대감 만나면 알 만한 사람이니 들어갑시다.」
「안 된다니까!」

세도집 하인은 그가 흥선군인 줄 번연히 알면서도 오만하기 그지없다.
언제나 당하는 수모였다.
흥선은 물러서지 않고 벼락 같은 호통을 쳤다.
「이놈아, 내가 누군 줄 알구! 대감께 아뢰어라. 흥선군이 좀 뵙자 한다구!」
쩌렁하게 울리는 호담한 음성이었다. 그러나 그는 이내 비굴한 웃음을 씽긋 웃었다.
「그러지 말고 좀 뵙게 해 주게나. 대감께 아뢰면 들어오라 할 게니.」
철저히 비굴한 웃음을 흘리며 간청했으나 하인은 주춧돌에다 담배통을 딱딱 두드리며 대꾸한다.
「여긴 잔칫집이 아니오. 상갓집에나 찾아가시구려.」
잔칫집, 상갓집, 남의 주석에 잘 찾아들어 식음을 걸터듬질하기로 이름이 나 있는 흥선이었다. '개, 상갓집 개'라는 조롱을 듣고 있는 왕손 이하응이었다.
흥선은 그러나 하인에게 노기를 보이지 않았다.
「하옥대감의 말씀이 있어서 온 길일세, 들어가야 하겠네.」
하옥은 안동 김씨 일족의 영좌격인 김좌근의 아호다. 김씨네의 하인으로선 그 이상 버틸 수가 없는 것이다.
들어오라는 전갈이 나왔다.
안사랑 뜰에는 사람 키만큼 자란 부용 한 그루가 나팔 모양의 붉은 꽃을 피우고 있었다. 그 옆에 벽도(碧桃)잎이 무성했다. 거기 가랑비가 촉촉히 내리고 있었다.
「대감, 어려운 걸음을 하셨소!」
주인 김병기가 안석(案席)에 비스듬히 기대앉은 채, 초라한 몰골로 뜰아래에 와 서 있는 흥선을 보고 아는 체를 한다.
의외였다. 전례로 보면 거들떠보지도 않는다. 귀찮은 인물이 나타났다는 표정조차에도 인색한 그들 김문이었다. 그저 무시해 버리는 게 그들이 흥선을 대하는 인사며 대화였다.

그런데 오늘은 비록 앉아서나마 그런 아는 체를 했을 뿐 아니라, 영내로 올라오라 한다.

옷이 젖어 있다. 그러나 흥선은 그런 체면 생각 않고 영내로 올라가 주인과 대좌한다.

보니, 영외 아랫자리에는 한 사부(士父)가 송구한 자세로 앉아 있다.

주인 김병기는 그 사부한테도 별안간 예외의 특전을 베풀어 영내로 올라오라는 분부를 내렸다.

사십 가까운 사람이었다. 눈망울이 툭 튀어나오고 얼굴이 불쾌한 사나이였다.

「안동성주로 부임하는 김주빈영감이시오.」

주인이 그를 흥선에게 소개했다. 안동부사. 큰 감투를 땄구나 싶어 흥선이 그를 바라보니까 김주빈은 거만한 눈초리로 흥선을 흘겨본다.

흥선은 외면을 했다.

「옷이 젖으셨소그려?」

주인 김병기가 흥선의 후줄근하게 젖어 있는 남루를 바라보면서 또 말했다.

「객초(客草)가 게 있습니다. 피우시죠.」

김병기는 담배까지 권하고 난 다음 김주빈한테로 머리를 돌렸다.

「흥선대감이시오. 참 인사나 드리시지. 그리고 대(담뱃대) 가지셨거든 흥선대감께 빌려 드리시오.」

김병기의 노골적인 야유가 시작된 것이다.

흥선은 눈을 감고 어금니를 질끈 씹었다. 그리고는 빙그레 웃었다.

「이왕임 부싯돌도 좀 빌리시구려.」

빗소리가 쏴아 했다. 보니, 툇마루에는 늙수그레한 청지기 하나가 무릎을 꿇고 앉아 치부책을 뒤적이고 있었다.

세도 김병기는 상반신을 좌우로 흔들기 시작하며 잠시 중단됐던 소관을 잇는다.

「자 그럼 그 다음을 호명해 봐라. 함양군수는 어찌 됐더냐?」

청지기는 책장을 넘기다가 목청을 뽑는다.

「5월 5일 단옷날을 기해서 일천 오백 냥을 보내왔습니다.」
한 고을의 수령으로부터 보내 온 뇌물이 일천 오백 냥이라는데, 그러나 세도 김병기는 만족해 하는 표정이 아니다.
「안변(安邊)은 어찌 됐더라?」
그는 깊숙히 물었던 청옥(靑玉) 물부리를 쑥 뽑으면서 묻는다.
청지기는 다급하게 책장을 넘겨댔다.
「올 3월 초삼일에 이천 냥을 보내왔습니다.」
「진주목사는?」
「6월 1일에 오천 냥과…….」
「오천 냥과…….」
「오천 냥과…….」
「그뿐이냐? 오천 냥뿐이냐 말이다.」
「또 있습니다만……, 기억하고 계실 줄로 아옵니다.」
「내가 일일이 뭘 기억하구 있단 말이냐!」
그는 버럭 역정을 내고 나서,
「진주, 진주, 진준 양(梁) 모렷다. 오, 참 그렇구나, 알았다!」
그는 빙긋이 웃으며 고개를 끄덕거리고는 신임 안동부사에게 귓속말을 한다.
「진양은 원래 미녀의 산지구려. 그러나 여자는 역시 북녘이야.」
그를 통해서 부임한 지방 수령들 사이에는 그의 그런 수법은 유명한 이야기였다. 새로 부임하는 사람 앞에서 약채전(藥債錢)을 일일이 점검하는 것으로 유명했다.
세도 김병기만이 그런 짓을 하는 것은 아니었다.
권세를 쥔 모든 관원들이 제 위치에서 제 나름으로 똑같은 방법들을 쓰는 것이다.
궁중에서도 마찬가지다. 지밀(至密)의 궁인들조차도 직접 액수를 묻고, 적으면 혀를 차고 많으면 만족해 한다. 판서는 대신(大臣), 1년에 3만 냥에서 5만 냥은 바쳐야 그 지위를 유지할 수 있으니 구태여 비밀로 감출 일도 아니었다.

지방의 수령 방백들도 마찬가지로서 지금 김병기가 하고 있는 방법과 같다. 아니 좀더 노골적인 경우가 흔했다.
「그놈 당장 잡아다 하옥시켜라!」
지방 말리(末吏)나 유지로서 고을 원에게 만족할 만한 뇌물을 못 바치면 이름도 모르는 죄목으로 당장 투옥되고 마는 것이다.
그러니 그저 바쳐야 한다. 바칠 만한 사람에게 바쳐야 명맥이 유지되는 것이다.
「현령은?」
「아직 소식이 없습니다.」
「그놈 부임한 지가 언제더라?」
놈이라는 말이 서슴지 않고 튀어나온다.
「석달이나 됐습니다.」
「석달이나 됐는데 아직 종무소식이……」
김병기는 흥선을 돌아보며 말했다.
「정치란 돈과 개인의 수완이지요. 수완 없이는 선정(善政) 못 합니다.」
그는 청지기한테 소리친다.
「그놈은 별도로 가려 둬라. 아무래도 백성들을 제대로 다스릴 놈이 못 될 것 같구나. ○○ 부사는 어찌 됐더라?」
「호피 석 장에 산삼 열닷 근에, 능라(綾羅) 스무 필에, 산사슴 자웅에…….」
「모두 물품뿐이냐?」
「예 모두 품목이올시다.」
「부하들을 잘못 둔 게로구나. 따로 적어 둬라.」
세도 김병기는 순은 재떨이가 깨어져라 하고 담뱃대를 두드려대다가 옆에 있는 김주빈을 본다.
「영감!」
영감이라는 바람에 신임 안동부사는 깜짝 놀라면서 몸을 덜덜 떤다.
그저 송구한 듯이 무릎을 오므린다.

「난 영감을 믿소. 나라를 다스리는 왕자(王者)나, 한 고을을 맡은 원이나 목표는 하나외다. 백성을 사랑하기 어버이같이 해야 하는 게요. 그러자면 지혜도 남보다 뛰어나야 해. 지혜도 수완도 없이 남을 다스릴 수는 없는 게요. 지금 나라에는 국고가 비었구려. 아마 백성들도 살기가 어려울 게요. 허나, 금전 없인 아무 일도 못해. 경제력은 힘의 근원 아니겠소? 부임하시거든 국민들을 어버이의 정으로 사랑해야 하오.」

신임 안동부사는 두 주먹으로 제 무릎을 지그시 누르면서 대답한다.

「이를 말씀이오니까, 대감!」

김병기는 장침에 한쪽 팔을 괴면서 다시 홍선을 지그시 노려본다.

「관직에 있는 자는 모름지기 청렴결백해야 하지요. 그러나 말단 이원(吏員)에서부터 영의정까지, 아니 상감까지, 아랫사람의 재정적인 뒷받침이 없고는 그 자리를 유지할 수 없는 게 이 나라의 실정이외다. 내 두 어깨에 실려 있는 짐이 너무나 무겁고 큰 까닭에 마를 줄 모르는 재원이 필요하군요. 대감이 내 처지라면 어쩌겠소?」

「뭘, 어쩝니까?」

「대감이 만일 내 위치에 계시다면 약채전을 없이 할 수 있느냐 말이외다.」

홍선은 황망히 손을 내저었다.

「대감, 농담도 정도가 있으시지, 나 같은 주정뱅이가 언감생심 가상인들 해 볼 문젭니까!」

홍선의 눈은 순간적으로 번쩍 빛났다. 그러나 이내 또 흐리멍덩해지고 만다.

(정말 나 같으면 어쩔 것인가?)

「허허허, 나 개인으로서의 고민이외다.」

세도 김병기가 무릎에 얹은 다리를 바꾸면서 흘리는 말이었다.

개인적인 고민. 그럴까, 그에게 남 모르는 고민이 있을까.

있을 듯싶기도 했다.

(약고 똑똑한 사람이니까.)

김병기가 김씨 일족 중에서 가장 약고 똑똑하고 영악하다는 것은 인정 안 할 수가 없다.
 (우리 종중에는 저런 사람이 없어!)
 홍선은 속으로 그런 생각을 했으나 외양은 여전히 백치에 가까운 표정이었다.
「대감!」
 오늘따라 뭔가 잘못 된 것 같다. 김병기가 홍선을 왜 이렇게 은근히 대하는지 모를 일이었다.
「예?」
 홍선은 두 손으로 방바닥을 짚고는 입을 벌린 채 주인을 바라봤다.
「맏자제가 몇 살이라 하셨지요?」
「열 여섯입니다.」
「똑똑합니까?」
「똑똑할 수야 있겠습니까. 본 것 배운 것 없는 놈이지오.」
 세도 김병기는 뜻있는 눈총으로 홍선의 눈치를 살피더니,
「왕재가 됩니까?」
 실로 놀라운 말을 꺼내는 것이었다.
 순간, 홍선군 이하응의 심경은 더할 수 없이 착잡했다.
 그러나 그는 재빨리 자신을 바로잡았다.
「대감, 이 홍선을 너무 놀리지 마시오. 헤헤헤, 그렇잖아도…….」
 맏자식을 궁내부에서 밥이나 얻어먹게 해달라고 간청하러 왔다는 말을 했다.
 그러나 김병기는 또 딴소리를 하고 있다.
「대감께서도 그렇게 지내시지 말고, 다시 궁부로 들어오시지요.」
 그 말에 홍선은 두 눈을 거슴츠레하게 뜨고는 살쩍 근처를 손끝으로 가볍게 긁었다.
「그렇게 해주신다면 달게 받아야 하겠습니다만, 대감께서 아시다시피 이제는 심신이 함께 폐인이나 다름없어서 아무 일도 감당 못할 듯싶소이다.」
 홍선은 자기 자신에게 타일렀다.

정신을 바짝 차리고서 이 김병기라는 사나이와 대해야 한다고 스스로 타일렀다.
자칫 잘못했다간 자신도 모르게 그의 농간에 휘말려들어 갈 것 같았다.
「어 속이 빈 데다가 낮술을 좀 마셨더니, 피 꺼억!」
홍선은 당장 토하기라도 할 듯이 손으로 입을 막고 돌아앉았다.
「그래, 영감은 내일이라도 부임하셔야지?」
김병기는 비로소 신임 안동부사를 돌아다보며 물었다.
「예, 곧 떠나기로 하겠습니다.」
어느 틈에 해가 발끈 나 있었다.
김주빈이란 사나이가 일어섰다.
김병기는 아직도 툇마루에 꿇어앉아 있는 청지기를 내려다본다.
「고만 물러가거라!」
그는 청지기한테 분부하고는,
「외사(外舍)에 손님이 많으냐?」
하고 일어서려고 한다.
그러자 홍선은 다급하게 그를 쳐다봤다.
「대감, 헤헤, 제 소청은 어쩌시렵니까?」
홍선은 비굴을 웃음으로 나타냈다.
세도 김병기는 눈살을 찌푸린다.
그는 짜증으로 자기의 위신을 세우려는 것일까?
「사랑으로 나가 입매나 하고 돌아가시오. 난 좀 바빠서. 곧 예궐도 해야겠고……」
김병기는 허공에다 대고 소리쳤다.
「얘! 뉘 있느냐! 홍선대감께 입매상이나 한 상 갖다 드려라!」
그러나 홍선의 얼굴엔 아무런 수치감도 나타나지 않았다.
그는 자기가 왕손이라는 사실을 잊고 싶으며 따라서 당연히 김병기한테는 수모를 당해야 한다는 태도로 나갔다.
「하옥대감껜 기위 말씀드린 바 있습니다만, 제발 자식놈을……」

「참, 요새 도정궁(都正宮) 이하전영감은 어떻게 지내시나요?」
 홍선이 꺼내는 말은 들은 체도 않고 그는 또 엉뚱한 이야기를 물어 온다.
「요샌 통 만날 기회가 없어서……대감, 내 맏자식놈, 궁부의 아무 소임이나 하나 맡게 해주시면…….」
 홍선은 그래도 끈덕지게 간청해 본다.
「같은 종실끼리 왜 서로 내왕이 없으신가요?」
 김병기는 그대로 이하전을 화제삼는다.
 종친 중에선 가장 성정이 굳건하고 활달한 인물, 외척 안동 김씨 일문이 주목하는 왕족, 그가 이하전인 것이다.

 선왕 헌종이 승하하자 신왕으로 물망에 올랐던 인물, 선조의 아버지 덕흥대원군의 직계 후계자, 그가 이하전이다.
 가까운 친척끼리도 상대를 하지 않고 경원당하는 홍선, 그가 그런 이하전과 내통이 있을 리 없다.
 김병기는 그런 내막을 번연히 알고 있으면서 홍선을 놀려 보는 것이다.
 (같은 종실끼리 왜 서로 내왕이 없으신가요?)
 이것은 분명한 조롱이지만, 홍선은 모른 체해 버린다.
「벌써 열 여섯 살이지요. 내 맏자식놈 말입니다. 가세도 궁핍한데, 다 큰 녀석이 빈들빈들 노는 게 보기도 싫고…….」
 그러니 장남 재면을 궁 내부의 아무 말직 소임이라도 하나 맡게 해 달라.
 홍선의 간청은 집요했다.
 김병기는 비로소 홍선을 마주본다.
「맏자제도 대감 닮았음 퍽 똑똑하겠지요? 술 잘 먹고 노름도 잘 한다면서요?」
 그는 잠시 전과는 딴판으로 서슴지 않고 그런 조롱을 하는 것이었다. 홍선, 당신을 닮았으면 오죽이나 변변찮겠느냐는 야유인 것이다.

나는 왕손王孫이 아니로소이다 29

그는 그 이상 홍선에게 개구(開口)할 기회조차 주지 않고 또 자기네 청지기를 부른다.

「나 지금 입궐하겠으니 채비를 차려라. 좀 늦을 테니 사랑손님들 모두 돌아가게 하구.」

자기를 만나려고 수많은 사람들이 와서 기다리지만 안 만나 준다는 것이었다.

이 나라에서 궁중(宮中), 부중(府中), 사공사(私公事) 가릴 것 없이 크고 작은 모든 일이 세도 김병기를 통하지 않고 되는 노릇은 없다.

권력의 정점, 그것이 이른바 세도라는 직책이며, 그의 이름은 김병기이다.

옛날에는 '세도'라는 게 없었다. 정조 때부터 비롯됐다.

홍국영이라는 사람이 정조의 동궁시절부터 모든 어려운 일을 보살피고 보필했다.

따라서 정조는 즉위한 뒤에도 자기의 사사(私事)는 물론 나라의 정사 전반을 그 홍국영에게 맡겨서 처리해 나갔다.

이것이 이른바 '세도'의 시초였다.

그 뒤로는 불문율로 답습돼 내려온다.

그러나 세도의 본보기는 역시 김병기였다.

세도 김병기의 집에서 물러나온 홍선군 이하응은 머릿속이 몹시 혼란했다.

「왕재가 됩니까?」

김병기는 그런 말을 물었다. 정말 뜻밖에 튀어나온, 있을 수 없는 무서운 질문이다.

(왕재가 됩니까?)

맏아들 재면이 왕재가 되느냐 한다. 금상(今上)에다 대면 왕재 못 될 종친이 어디 있는가.

「나 글씨를 볼 줄 몰라서…….」

현왕이 등극하고 얼마 안 돼서 영상 정원용이 형식적이나마 정사에 관한 품계를 올리자, 그 문면을 잠깐 들여다본 왕이 영상에게 호소한 말이라 한다.

　왕의 그 답답해 하는 눈총과 마주치자 정원용은 그의 무식이 측은해서 저도 모르게 눈물을 흘렸다는 것이다.

　그런 까막눈도 버젓이 왕이 됐고 또 왕노릇을 하고 있다.

　(내 집안에 왕재 못 될 사람이 어디 있느냐!)

　저들 족척이 박해하고, 안 시킬 뿐이다.

　지나친 농담이라고 흐려는 버렸으나, 온몸에 소름이 오싹 끼칠 만큼 그의 그런 말은 흥선을 전율케 했다.

　(제가 나를 시험해 보는 것이렷다.)

　똑똑한 왕족은 모조리 없애려는 것이 저들 김씨 일문의 속셈인 줄을 알고 있다.

　이미 3대에 걸쳐 근 60년 동안을 두고 저네들 안동 김씨 일족이 권세를 누려 왔다.

　임금이란 명목뿐, 정치와 권세와 이권은 그들 외척이 전유(專有)하는 바 남김이 없었다.

　학대받는 왕족들, 섣불리 내로다 하다가 역모로 몰려 죽음을 강요당하기 마련이다.

　(이하전이 위태롭지!)

　선왕(헌종)이 승하하자 도정(都正) 이하전이 제1 후보에 올랐었다.

　그러나 김씨 일문한테 여지없이 보이콧을 당했다.

　이유는 이미 성혼한 남자라서 국법상 안 된다는 것이었다.

　그를 적극적으로 민 것은 헌종의 생모인 대비 조씨다.

　그러나 당시 조대비는 시어머니 김씨에게 눌려서 실질적인 힘을 못 썼다.

　이제는 조대비가 왕실의 어른이다. 만약 현왕에게 무슨 일이 있다면 신왕 옹립엔 조대비의 힘이 크게 작용하게 된다.

　도정 이하전은 조대비에 의해서 또다시 물망에 오를 수도 있는 제1 후보의 인물인데 더구나 사람됨이 똑똑하다.

　김씨 일문은 그것을 빤히 알고 있다.

(이도정이 아무래도 위태로워!)

홍선은 김씨 일문에서 무슨 음모가 진행되고 있으리라는 것을 상상할 수가 있는 것이다.

「당연하지 않은가! 종실에서는 아무래도 이하전의 패기를 따를 사람이 없으니까. 그 군은 기개 있는 인걸이지. 해박하구. 인물도 사내답게 잘났지 않은가!」

눈치를 보이기가 싫어서 그런 말로 얼버무린 바 있지만 도정 이하전은 홍선군 이하응에게 있어서 퍽 불안한 존재인 것이다.

(그 군만 없다면……)

이하전만 없다면, 홍선은 자기의 목표를 향해서 한발짝 더 다가서는 결과가 된다.

「외로우셔서 그러시겠지만, 대비마마께선 석 달이 멀다고 그분을 부르셔서 밤 가는 줄 모르시고 환담을 하시지요.」

조성하의 이 말을 분석해 보면 조대비와 이하전 사이에는 어떤 밀의가 진행되고 있는지도 모른다는 귀띔이 되는 것이다.

「아예 그런 발설은 함부로 하지 말게. 그분한테 누(累)가 미치네.」

젊은 조성하에게 이렇게 타이르긴 했으나, 아무래도 그 이하전에 대해서는 가끔 인간적인 질투를 느끼는 그였다.

그 며칠 후, 홍선군 이하응은 실로 엉뚱하고 어처구니없는 연극을 하고 있었다.

「전하, 성수무강하셔야 할텐데 이 웬일이시오니까.」

홍선은 자기 집 안방에 무릎을 꿇고 부복한 채 나직하게 열심히 뇌었다.

「전하, 이 나라는 사천 년 역사이옵니다. 오백 년 왕업입니다. 삼천리 방역(邦域), 팔만 사천 방리에는 어리석은 백성 일천 이백만이 있습니다. 전하는 저들을 잊어서는 안 됩니다. 들의 풀포기 하나, 산의 바윗돌 하나, 지저귀는 새, 노니는 물고기, 뜬구름, 솔바람, 피고지는 꽃, 이 모두 전하의 것이 아닌 게 없습니다. 헐벗고 굶주리는 백성들과, 권세와 매판과 토색질로 영일(寧日)이 없는 무리들까지 모두 다 한결같이 전하의 민초이옵니다.」

꿇어 엎드린 그의 두 눈에는 눈물이 번뜩였다.

「전하, 만수무강하셔야겠습니다. 지금 발호하는 외척들로 해서 가묘에는 찬바람이 돌고, 왕부에는 낙조가 비꼈습니다. 조종(祖宗) 태조(大祖)께서 이룩하신 궁궐(경복궁)은 폐허된 지 이미 300년이외다. 왕손들은 산지사방, 산과 들에 묻혀 숨을 죽인 채 산송장입니다. 전하가 바로잡으셔야 합니다. 주상 뒤에는 내가 있습니다. 전하, 쾌차하셔야 합니다.」

한마디 한마디에 지극한 힘이 담겨져 있었다. 간언이 아니라, 강력한 요청이었다.

「전하, 유인(儒人)들의 행패가 날로 심합니다. 사대성(事大性)이 지나치게 팽배하고 있습니다. 듣자니 대국(청국)마저 잠자는 사자가 아니라 병든 사자였습니다. 법국(프랑스), 영길리(영국)는 중원 천지를 유린하고 있다 합니다. 서래(西來)의 사교는 조상의 위패마저 불사르게 하고 있다는 풍문이오이다. 전하, 그 사교는 벌써 우리나라에도 침윤, 전파되고 있습니다. 중원이 태서의 오랑캐들한테 유린되자, 그 여세가 우리나라에도 뻗쳐질까 두려워하는 무리들은 작금 다투어 그 사학의 교리를 적은 책자를 구하고, 십자로 된 징표를 간직함으로써, 뒷날 양이들이 방역을 침범했을 때 화를 면해 볼까 꾀하는 자 경향에 그 수 마구 불어나고 있으니 가탄, 가탄할 일이외다. 전하, 전하는 모르시오만 선왕(철종)이 등극한 직후에 경중(京中)에는 관상감재에서 성인이 난다는 동요가 있었습지요. 일설에는 구름재에 왕기(王氣)가 서린다고도 했습니다. 그 무렵에 전하께서 탄생하신 겁니다. 관상감재고 구름재고 다 우리가 살고 있는 이곳을 가리키는 말이 아니오니까.」

그의 음성엔 차츰 울음이 섞여 갔다.

「전하, 옥체 보전하셔야 합니다. 전하, 용과 학의 수(壽)는 하늘에 매여 있으니 근심하는 것은 인간의 어리석음인 줄 아오나, 그러나 어버이의 정이 아니오니까. 전하, 악역(惡疫)은 용골을 범하지 못하리다. 하루속히 쾌차하셔야 합니다. 백성에 대한 자애와 소임이 너무나 막중하신

지존이십니다. 힘에 겨우실 때, 보필이 아쉬우실 때 뒤에는 내가 있음을 잊지 마십시오. 전하, 모쪼록 성수무강하셔야 합니다.」
　처절하고 진지한 독백이었다.
　홍선은 고개를 번쩍 들면서 한숨을 쉬었다.
　그의 두 눈은 흥건히 젖어 있었다.
　그는 다시 눈을 감으며, 미간을 찌푸리며, 이를 악물며, 나직하게 부르짖는다.
「전하는 외척의 발호를 철저히 배제하셔야 하리다. 전하는 등극하시기 이전 홍선이 당한, 김문한테 당한 그 피눈물 나는 수모를 명념 각심하셔야 합니다. 미치지 않고는 차마 견디어 낼 수 없었던 수모였습니다.」
　부복했던 몸을 일으키고 다시 고개를 번쩍 든 홍선군 이하응의 두 눈은 푸른 빛을 발산했다.
　그는 현왕(철종)을 선왕이라고 불렀다.
　그는 아들에게 지존이라 했고, 주상이라 했고, 전하라고 불렀다.
　그는 무릎을 당겨앉아 누워 있는 어린 아들의 이마에다 손을 얹었다.
　둘째아들 명복이 그의 앞에 누워 있었던 것이다.
「개똥아!」
　명이 길라고 집안의 지체를 돌보지 않고 그런 별명을 붙여 준 명복이었다.
「개똥아!」
　홍선은 방금 전하라고 부르던 명복의 이마를 짚고는 입속에서 그렇게 불러 본다.
　숨소리가 고르지 않았다. 잠이 든 모양이나 이따금씩 깜짝깜짝 놀라는 것이었다.
　벌써 이틀째 신열이 대단했다. 여름이니 감기랄 수도 없었다.
　(혹시 열병은 아닐까?)
　홍선은 미칠 것처럼 불안했던 것이다.
　지난해는 9월에 그 몹쓸 질병이 전국을 휩쓸었다. 올해는 7월인데 벌써 한고비였다. 장질부사가 연거푸 이태를 창궐한다.

홍선은 요새 장안 거리에서 너무나 흔히 곡성을 귀에 담았다.

하루에 몇 차례씩 북망산으로 떠나는 늙은, 젊은, 어린 불귀의 나그네들을 보았다.

홍선은 자기의 온갖 삶의 뜻과 기대를 오직 둘째아들 명복에게 걸고 있었다.

앓아서는 안 될 아이였다.

「전하, 전의를 들라 하오리까. 곧 불러오리다.」

홍선은 내실에서 나왔다. 여러 날 질척이던 장마 날씨는 반짝 들어 있었다.

「얘, 게 아무도 없느냐!」

홍선이 소리치자, 청지기가 달려와 허리를 굽힌다.

「큰서방님을 속히 불러오너라!」

홍선은 맏아들 재면을 찾았다.

「외출하셨습니다.」

청지기는 힘 안 들이고 대답했다.

「외출? 어디?」

「친구분이 와 찾아서 함께 나가셨습니다.」

「친구? 누구냐?」

「잘 모르는 분이더군요.」

집안에서의 홍선은 근엄하기 짝이 없다.

「마님은 의원 부르러 가셔서 아직도 안 돌아오셨느냐?」

안 돌아온 줄 알지만 조급해서 물었다.

숲에서는 말매미들이 더욱 기승을 부리며 울어 대고 있다.

「시끄럽다! 저 매미들 울지 못 하도록 해라!」

주인 홍선의 호통에 청지기 민구보는 나뭇가지를 쳐다봤다.

「쳐다본다고 매미가 안 울까!」

다시 홍선이 호통을 치니까 청지기는 하늘에다 대고 돌을 던졌다.

나뭇가지는 까맣게 높았다.

나는 왕손王孫이 아니로소이다

「나 외출할 테니 남여 대령해라!」

열 아홉 소년 구보는 눈을 휘둥그렇게 떴다. 남여가 어디 있는가. 현록대부 흥선군 이하응이다. 의당 남여가 아니라 평교자를 타야 할 신분이지만 가난한 낙척(落拓) 왕손에게 남여인들 어디 있는가.

저도 모르게 청지기한테 그런 호령을 한 흥선군은 쓸쓸하게 웃었다.

「허허허, 없는 남여를 대령하라 했으면 이놈아, 말로라도 대령했다 해야 하지 않느냐! 바보 같은 녀석!」

구보 소년은 웃지도 울지도 못 하겠다는 표정이었다.

집안에서의 흥선은 의식적으로 근엄하게 굴었다.

밖에서는 그렇게 파락호(破落戶) 노릇을 할망정, 권문 김씨 일족한텐 그런 참을 수 없는 수모를 자청해서 당할망정, 일단 자기 집 대문 안에 들어서면 지극히 근엄한 지체 높은 문호의 가장인 것이다.

이때 마침 외출했던 민부인이 돌아온다.

흥선은 마루끝에서 성급하게 물었다.

「의원은 어찌 됐소?」

「곧 온다 합디다.」

「멱살이라도 끌고올 일이지 곧 온다 합디다가 뭐요!」

그는 버럭 역정을 냈으나 민부인은 못 들은 체하고는 방금 들어온 대문 밖을 돌아다본다.

「대감! 웬 처자가 우리 집 안뜰을 기웃거리고 있는 것 같습니다.」

「처자가? 애, 구보야! 밖에 누가 왔나 나가 봐라!」

흥선은 지체 않고 청지기한테 소리쳤다.

「대문 안에 이 편지가 떨어져 있습니다.」

대문께로 나갔던 청지기 소년은 밀봉된 편지 한 장을 들고 들어와 흥선에게 불쑥 내밀었다.

「누가 있더냐?」

「젊은 색시가……」

「지금도 있느냐?」

「도망쳐 버렸습니다.」

홍선은 짐작되는 바 있는지 더 묻지 않고 사랑으로 들어가서 봉투를 뜯었다.

여러 날 들르시지 않기로 문후 아룁니다. 오늘 하오라도 틈을 내시 들러 주시면 합니다. 선(仙) 올림

얌전한 달필, 낯익은 추선의 글씨였다.
(틈을 내서 들러 달라?)
홍선은 심상치 않은 예감이 들었다. 한 달을 안 들르기로 추선이 자기한테 편지를 보낼 만큼 경솔한 여자가 아니다. 그날 김병기한테 불려 갔다가 무슨 심상찮은 이야기라도 들었는가.
감히 누굴 보고 오라 가라 할 추선이 아닌 만큼, 홍선은 그 길로 다방골 추선의 집을 찾았다.
「교동대감과 사동대감이 괴이한 얘기를 나누는 걸 들었습니다.」
추선은 세도 김병기와 대제학인 김병학의 색다른 대화를 들었다는 것이다.
「무슨?」
「이런 얘길 해요. "홍선이 제 맏아들의 직처(職處)를 얻어 달라고 왔기에 왕재가 되느냐고 물었더니 그 눈이 번쩍 빛나더라", 교동대감이 그런 얘길 하더군요.」
추선은 홍선의 동정을 세심하게 살피면서 또 조심성 있게 이야기를 잇는다.
「그리고는, 대감 맏아드님이 어차피 대감 닮았으면 기개 있는 위인이 못 될 것이고, 또 대감도 술망나니에다 폐인이 다 된 사람이니 '여러 가지로 한번 생각해 볼 일'이라고 하면서 귓속말들을 하더군요.」
홍선은 추선의 말을 듣고는 얼굴의 핏기가 싹 가셨다.
「그 '여러 가지로 한번 생각해 볼 일'이라는 게 무슨 뜻인지 대감, 짐작이 가세요?」
술상이 들어왔다. 고추부침, 호박전에 민어찌개가 얼큰해 보였다. 술

잔을 여러 번 거푸 든 다음 홍선은 비로소 껄껄 웃었다.
「프, 흐, 후후. 내 맏자식놈한테 미관말직이라도 하나 줄 모양인가!」
「그럴까요?」
그러나 홍선의 심경은 몹시 착잡했다.
(내 눈이 그 순간 번쩍 빛났던가!)
홍선은 술맛이 가셔 버렸다. 무슨 박해가 올지도 모른다는 불길한 예감이 들었다.
그들은 홍선 자기가 추선의 집엘 드나들고 있음을 알고 있는 것이었다.
그날 어떤 뜻이 있어서 일부러 추선을 자기네들 술자리에 불렀으리라고는 생각지 않는다.
그러나 막상 추선을 보니까, 김병기는 그날 낮에 다녀간 홍선의 생각이 나서 불현듯 화제삼은 게 아닐까. 아마도 추선에게 들으라고 꺼낸 말인지도 모른다.
그 알쏭달쏭한 말, '여러 가지로 한번 생각해 볼 일', 그것은 앞뒤의 이야기 거취로 보아 아직도 후사가 없는 현왕 유고시에 재면을 한번 입승(入承) 물망에 올려 볼 수도 있지 않느냐는 뜻으로도 추정이 되는 것이다.
(아아, 지독하게 똑똑한 놈이로군.)
홍선은 김병기란 사나이한테 다시 한번 감복했다.
(우리 집안에도, 그만한 녀석이 하나쯤 있어야지!)
홍선은 간파했다. 김병기는 아직 홍선 자기를 의심하고 있는 것이다.
그는 홍선의 주정뱅이 행세가 위장인지도 모른다는 의심을 가지고 있는 게 분명한 것이다. 때문에 추선이 듣거라 하고 그런 말을 한 게 아닐까?
(그렇다면 그들은 시험삼아 엉뚱한 마수를 뻗쳐 올지도 몰라.)
추선은 별안간 물었다.
「참 대감, 맏자제분 지금 댁에?」
「응, 나갔더군. 왜?」

홍선은 의아한 눈총으로 추선을 쏘아봤다.
「지금쯤 저네들 손에 있을지도 모릅니다.」
추선은 뭔가 내막을 짐작하고 있다는 듯이 분명한 어조로 말했다.
「유괴가?」
「글쎄요, 한번 알아 보세요.」
그러자 홍선은 추선을 얼싸안았다.
「대순가, 어린애도 아닌데. 난 술이나 먹겠네. 이런들 어떠리, 저런들 어떠리, 만수산 칡넝쿨이 얽힌들 기 어떠리가 아니냐, 하하하!」
그날 밤 홍선은 집으로 돌아가지 않았다.
남자란 흔히 현모양처에게 만족하지 않는다.
어쩌면 요기가 승한 여자라야 남자를 사로잡는지도 모른다.
남편에게 순종하고, 부덕이 높고, 지체가 있고, 살림을 알뜰히 하고, 하는 여자를 아내의 이상형이라고 하지만, 그런 여자의 남편일수록 외도를 하기가 쉽다.
부부 생활에 있어선 발랄한 재기가 아쉽다. 싹싹하고, 깔끔해야 한다. 투기도 좀은 있어야 한다.
아내란 늙어도 어리광을 피울 줄 알아야 재미가 있다. 항상 깨끗하고 싱싱해 보여야 남편의 귀여움을 받는다.

홍선의 아내 민부인은 전형적인 현모양처였다. 남편이 죽으라면 죽는 시늉이 아니라 정말 죽음을 불사할 만큼 순종한다.
'바깥어른'이 하는 일에는 일체 관여 않는 것을 부덕으로 알고 있다.
비위에 거슬려도 못 본 체, 못 들은 체 벙어리가 돼야 하는 줄로 안다.
하늘이 두 쪽이 나더라도 눈 딱 감고 남편만 믿으면 솟아날 구멍이 있는 것으로 알고 있다.
민부인은 이른바 현모양처의 전형이었다.
그런 어진 아내를 둔 홍선은 언제부턴가 외도를 즐기게 돼 있었다. 기생이고, 작부고, 경우에 따라선 유부녀고 가리지를 않았다.
그러나 추선과의 사귐만은 단순한 외도가 아니었다.

홍선은 단 한번도 자기의 가슴속을 추선에게 열어 보인 일이 없건만, 추선의 예리한 안목은 홍선의 뱃속까지를 꿰뚫어보고 있는 눈치였다.

추선 앞에서는 아무리 위장(僞裝)에 능란한 홍선도 손을 들어야 했다.

그는 그만큼 추선만은 자기편이 될 수 있는 여자라고 믿었던 게 아닐까. 사람의 비밀이란 어딘가 한 군데 탈출구가 있어야 한다.

이 세상 누구 한 사람도 모르는 절대의 비밀을 간직한다는 것은 참을 수 없이 답답한 노릇이며 흥미없는 짓이다.

살인의 비밀이라도, 친간(親姦)의 비밀이라도, 반역의 그것이라도 누구든 오직 한 사람한테만은 알게 하고 싶은 게 인간의 잠재적인 심리인 것이다.

추선은 홍선의 속셈을 알고 있는 모양이다.

홍선은 그래서 추선이 더욱 좋았다.

자진해서 자기의 정체를, 심경을 노출시킨 일은 없으나 추선의 존재는 왠지 고맙고 미더웠다.

홍선은 언젠가 꼭 한마디 한 일이 있다.

「홍선이 상갓집 개가 된 거나, 추선이 기녀가 된 거나 모두 제 책임은 아닌 것 같구나!」

홍선이 이렇게 비쳐 보니까,

「같은 하늘에도 해가 뜰 때 있고, 달이 뜰 때가 있습지요. 캄캄한 그믐밤도 있구요.」

「이 홍선은 술값으로 난을 치고, 추선이는 시름으로 난을 치고…….」

언젠가 두 사람이 제각기 붓을 들고 난초를 치다가 홍선이 그렇게 말하니까,

「대감이 치신 난초에는 목적과 패기가 있고, 제 난초에는 원한과 시름이 있는 것 같죠?」

하면서 추선은 눈물이 글썽한 일이 있다.

그 추선의 배꼽 아래에는 엽전짝의 구멍만한 새카만 점이 하나 있었다.

「배꼽 아래에 이런 흑점이 있으면 귀인이라더구나.」
그들의 정은 날이 갈수록 두터워졌다.
그날 집을 나갔다던 재면은 이틀이 지나도 돌아오지 않았다.
아직 외박을 해 본 일도 없으며 해야 할 이유도 없는데 아무래도 수상했다.
「큰앤 어찌된 일이에요? 뭐 잘못된 일이 있는 게 아닐까요. 찾아보셔야죠.」
민부인이 근심스럽게 호소를 하자,
「그놈 벌써부터 외박을 하다니, 부전자전이구려.」
추선의 집에서 돌아온 홍선은 남의 일처럼 태연했다.
그러나 홍선도 속으로는 괴이하다고 생각했다.
추선이 하던 함축 있는 말과 견줘 본다면 뭔가 꼬투리가 있는 게 분명했다.
(김문이 무슨 농간을 부리는가?)
그렇다면 '그 어리숭한 녀석'이 그들에게 무슨 속을 빼 줄는지 알 수가 없다.
홍선은 그날 아침 '천하장안'을 집에다 모아 놓고 대수롭지 않은 듯이 말했다.
「우리 큰애가 이틀씩이나 집에 안 들어오는구나. 이제 철이 들 나이니까, 아무래도 곤궁한 살림에 지쳤나 보다. 젊은애들이란 이런 때일수록 자칫 유혹에 빠지는 법이다. 권세 있고 부유한 자제들과 어울려 보면 제 처지가 새삼 싫어지는 게니까. 너희들 눈치 뵈지 않게 그 행방을 수소문해 주겠느냐?」
일거리가 없어서 사지가 뒤틀리는 패거리들이었다. '천하장안', 네 사람의 젊은이들이다. 홍선의 술패, 노름패들이다. 상사람들이지만 호걸풍의 건달들이었다.
천희연, 하정일, 장순규, 안필주.
입심 좋고, 주먹깨나 쓰고, 술 잘 먹고, 노름 잘하고 여자 잘 후리고 하는 홍선의 수족과 같은 거리의 건달패들이다.

우연히 모인 그들의 성(性)이 천·하·장·안이라서 저들 자신이 '천하장안'이라 명명했다.

그들은 자기네가 보잘것없는 상사람들이기 때문에 비록 낙척 왕족이지만 흥선과 사귀는 것을 분에 넘치는 영광으로 생각하고 있다.

따라서 그들은 흥선을 마치 수령처럼 받들었다. 취하면 함께 거리를 휩쓸지만, 그리고 신분을 가리지 않고 흥선과 온갖 농담과 잡소리를 다 하지만, 속으로는 그것이 대단한 자긍이고 보람이었다.

「저희들한테 맡겨 줍쇼, 대감. 서울 장안이 넓다 한들, 천·하·장·안의 눈길 안 닿는 데가 있을라굽쇼.」

키가 물색없이 크다고 해서 '장다리'라는 별명을 가진 천희연의 장담이었다.

「나합의 겨드랑 털이 몇 갠가 세어 볼 수도 있습죠, 대감!」

키는 작지만 박치기가 능하다 해서 '돌대가리'라는 하정일이 눈알을 굴렸다.

「세돗집 찬장 속에 은수저가 몇 벌인가를 염탐해 올 수도 있습니다, 대감!」

장순규의 말에,

「서방님 소재를 가려내면 변방의 수령 감투라도 하나씩 내리셔야 합니다, 대감!」

그들의 리더격인 안필주도 맞장구를 쳤다.

나합이란 김좌근의 소실인 양씨의 별호이다. 나주 양씨였다.

김좌근의 권세를 빙자해서 그 위세가 천하를 주무를 지경이다.

그래서 세간에선 나주합하, 줄여서 '나합'이라고 부른다. 합하는 정일품에 대한 경칭이니 그 위세는 짐작이 가고도 남는다.

흥선은 그들이 벌써 김씨 일문을 지목하는 것을 보고 은근히 경계해 준다.

「그러나 어디까지나 염탐이다. 염탐은 남에게 눈치를 뵈서는 안 되는 게다. 찾아오라는 말은 안 했다. 소재를 남몰래 염탐할 따름이다. 알겠느냐?」

「예, 알았습니다.」
 홍선이 그들에게 어떤 일에 대한 지시를 내려 보기는 처음이었다.
 천·하·장·안 네 사람은 즉각 뒤뜰로 모여서 저희들끼리 사전모의를 가졌다.
 이번엔 안필주가 수령격이 되어 세 녀석에게 지시한다.
 「이댁 서방님은 우리처럼 술망나니두 아니구, 투전꾼도 아니다. 이틀 씩이나 댁에 안 들어오신다면 필시 무슨 곡절이 있다구 봐야 한다. 대감은 큰서방님의 직처를 얻어 주려고 세돗집을 드나드셨다. 대감은 그 일과 무슨 관련이 있는가 하구 생각하시는 것 같다. 어딜 가든지 눈치 뵈지 않게 알아서 살펴야 한다.」
 어디서 얻어들은 수작인지, 이번엔 장순규가 제법 유식한 말로 떠든다.
 「우리의 실력을 뵈 드릴 때까지 큰도령의 소식은 감감이었음 좋겠습네. 경중(京中)의 5서(署) 47방(坊), 3백 40계(契), 4만 3천 호를 이잡듯 뒤져서라도 우리가 찾아낼 때꺼정!」
 그들은 아무도 입밖엔 내지 않았으나, 홍선군의 일이라면 신명을 바쳐서라도 의리를 지키겠다는 심경들이었다.
 「실상 따지구 보면, 언감생심 대감과 어떻게 어울려서 대로를 활보할 수 있단 말야. 그러니까 대감께 어려운 일이 있을 때 신명을 바쳐서 돌봐 드려야 하는 건 당연한 이치지.」
 하정일이 또 눈알을 부라렸다.
 「사실 그건 돌대가리 말이 옳아. 낙척 왕손이라구 뭐 다 홍선대감과 같을까. 그 어른은 자신이 왕손이면서, 반상을 가리지 않는 게 이 사람의 맘에 꼭 들거든.」
 제각기 한마디씩 했다. 그들이 슬금슬금 대문을 빠져 나가는 것을 보자, 홍선은 왠지 흐뭇한 기분이었다.
 마치 잘 훈련된 군졸 같아 맡길 일이 없고 지시할 사안이 없는 게 오히려 섭섭했다.
 홍선은 의관을 바로하고 후정으로 들어갔다.

그는 사당문을 열었다. 교체되지 않은 응달의 습한 공기가 코를 꽉 찔렀다.

홍선은 조종조고(祖宗祖考)의 위패 앞에 무릎을 꿇고 잠시 동안 묵념했다.

그는 특히 아버지 남연군(南延君)한테 진심으로 사죄를 했다.

종실의 부흥을 스스로 책임 맡겠다고 맹세한 지도 이미 20년을 헤아린다. 무엇을 해 왔는가.

천하에 이름을 알렸으나 이제 그것은 주정뱅이, 노름꾼, 상갓집 개다. 낙백 왕손의 대표적인 본보기가 돼 있을 뿐이다.

「안 되겠더이다…….」

똑똑한 체를 하니까 안 되겠더라고 그는 조종의 위패 앞에서 읍소한다.

그는 스물 일곱에 북경 동지사 직에까지 올랐으나 가세가 궁핍해서 그 중임을 스스로 버렸다.

그는 왕궁 내의 주원, 전의감, 사포서, 전설사, 조지소 등의 책임자인 제조(提調)직으로 전전했었다.

「스스로에게 정직해가지곤 안 되겠더이다…….」

조상의 위패 앞에 꿇어앉은 홍선의 두 볼에는 두 줄기 눈물이 흘렀다.

그 당시 그는 의기발랄한 젊은 귀공자였다. 변설은 상쾌할 만큼 유창했다.

모든 일에 재기가 번뜩였고, 인품은 미끈했고, 응대해서 구애됨이 없었고, 이해타산엔 실리적이어서 허례허식을 몰랐다.

그는 연석에 임하면 가곡이 교묘했고, 다중(多衆)과 어울리면 중후한 격조를 보여서, 왕궁 여성들 사이엔 청년 공자로 평판이 대단했다. 봄이면서 꽃 피어 보지 못하는 젊은 여성들의 눈총을 한몸에 담뿍 모았다.

「대궐 안에 남자가 있다면, 홍선대감이지 뭐냐.」

젊은 궁녀들은 애타는 눈총으로 그의 모습을 쫓기에 열중했다.

그는 체수는 작았으나 기상이 씩씩했다.

사대외교(事大外交)의 허례가 싫어서, 그 비굴의 전통을 지켜야 하는 의례관의 직책을 버린 그는 수랏상을 돌봤고, 왕궁 내전을 돌면서 전의의 감독을 했고, 궁정 가꾸기를 보살폈으며, 또 왕궁의 집기 감독관과 제지소의 장관을 역임하는 등, 그가 맡았던 직책은 모두가 실제적인 것 뿐이었다.

「과히 늦지는 않았습니다.」

서른 두 살엔 벌써 종친부의 유사당상(有司堂上), 왕궁에 있어서의 당상종친으로서 그 비중이 뚜렷했고, 드디어 오위도총부도총관이 되어 궁중 금위(禁衛)의 총수로 입신했던 나이가 겨우 삼십을 조금 넘었으니 과히 늦지는 않았었다.

「그러나 안 되겠더이다. 소자 자신의 입신이야 한도가 있는 것이고, 또 소망의 궁극이 될 수는 없습니다. 왕손의 바라는 바는 보좌에 오르는 길이온데, 척신 안동 김문의 발호가 극에 달했으며, 그들의 수단을 가리지 않는 행패는 총명한 왕손에게 일일이 점을 찍어 멀리 물리치고…….」

현왕(철종)과 같은 무지무능한 사람을 왕위에 앉힘으로써 저들의 전단을 영구히 하려 하니 그(왕)도 위(位)에 오른 지 십유 년에 한껏 취약해진 심신이 더는 지탱 못 할 조짐이 보여, 이제 또 그들 김문 일족은 일말의 불안을 느꼈음인지 유일한 종친에다 핏발 어린 눈독을 들이기 시작했은즉,

「앞으로 당분간 소자의 처신에 대해선 눈을 돌려 주시기를 바라옵니다.」

홍선은 경건히 조선의 위패 앞에 사죄하고 아울러 비는 것이었다.

그는 조상의 음덕을 굳게 믿었다.

그는 남연군의 네째아들로 태어났다.

그가 열 여덟 살 때에 남연군은 세상을 버렸다.

그는 아버지의 묘지를 잡기 위해 지관을 따라 덕산 대덕사에 오른 일이 있다.

그때 지관은 대덕사의 탑을 가리키면서,

「바로 저곳이 대길지(大吉地)이지만, 절이 있고 탑자리니 할 수 없소

그려.」
 한탄을 하는 것이었다. 홍선은 곧 서울로 돌아와 가산을 팔았다. 2만 냥이라는 대금을 장만했다.
 그는 그 절반 돈을 짊어지고 다시 그곳으로 내려가서 주지를 위협하고, 설득하고, 유혹하기에 온갖 수단을 다했다.
 주지는 드디어 소년 홍선의 끈덕진 공세에 손을 들었다.
 그날 밤 대덕사엔 갑자기 원인 모를 화재가 일어났다.
 화염은 하늘을 찌를 듯했고, 당황한 중들은 아우성을 쳤으나 절은 형해도 남기지 않고 회신되고 말았다.
 다음날 아침 주지는 스스로 책임을 빙자하면서 바랑을 지고 목탁 들고 표연히 그 절을 떠나면서, 뒤도 돌아보는 법 없이 발길을 재촉했다.
 며칠 뒤 홍선의 형제들이 상(喪)을 받들고 이곳에 도착한 것은 길이 멀어 야반(夜半)이었다.
 마을 사람들은 공포에 떨어 얼씬도 하지 않았다. 큰 벌을 받을 것이라고 수군들거렸다.
 그날 밤 회신된 절터에서 그들 4형제는 밤을 밝혔다.
 차가운 별빛을 바라보다가 그들 형제는 깜빡 졸았다. 졸다가 이상한 꿈을 꿨다.
「동생, 나 무서운 꿈을 꿨네.」
「형님, 저두.」
 모두들 공포에 떨면서 사위를 살폈다.
「저두 꿈을 꿨습니다.」
 그러나 막내인 홍선은 꿈이 없었다.
 별빛에 비친, 위로 3형제의 얼굴들은 사뭇 푸르렀다. 몸들을 오싹 떨었다.
 부엉이가 연거푸 울어 댔다. 밤은 3경, 밤바람은 늦가을이라 선들거렸다.
 3형제가 꼭 같은 꿈을 꿨다고 했다.
 아무도 먼저 꿈얘기를 하려고 하지는 않았으나, 그것은 무섭고 불쾌한 꿈이었다.

흰 옷에 흰 수염이 장엄한 노인이 홀연히 탑 속에서 나타나더니 대갈일성했다던가.

「나는 이곳 탑신이다!」

온후한 모습이었으나 격노한 표정이라고 했다.

「너희들이 공모해서 나의 집을 뺏으려고 하니 심히 괘씸하구나!」

노인은 눈을 부릅뜨고 정면으로 손가락질을 하면서 한 발짝 한 발짝 다가서더란다.

「만일 이곳에 너희 아비를 장사지내면 삼우제 전에 너희 4형제가 모조리 죽음을 당할 것이니 알아서 하라!」

이쪽의 대답일랑 들으려고도 하지 않고 노인은 홀연히 사라져 버렸다는 것이다.

위로 3형제의 꿈은 똑같은 내용이라 했다.

꿈 얘기를 들은 흥선은 형들한테 분연히 한마디 했다.

「과연 그렇다면 아버님은 참으로 명당자리를 얻으셨군요!」

흥선은 겁에 질려 있는 형들한테 태연히 말을 계속했다.

「타고난 명은 스스로가 주인인 법인데, 귀신이 어찌 해할 수 있으리까! 지금 종실은 날로 쇠잔해 가는 형편, 우리 형제는 살기에 급급한 나머지 장김(壯金)의 문전으로 신을 질질 끌고 다니면서 구차스럽게 목숨이나 보전하려는 판국, 뭐가 그렇게 겁들이 나시오?」

장김이란 김씨 일족을 가리키는 말이다. 현재 김씨 일문의 영좌격인 김좌근의 아버지이고 세도 김병기의 할아버지인 김조순이 그 옛날 자하동에 살았는데, 경복궁의 북녘이고 창의문의 아래편이라 성안의 번잡과는 달리 한가롭기 선경 같았다. 그래 사람들은 그 동명을 말할 때 생략된 음으로 '자동', 또 그것을 급히 불러 '장동'이라 했다.

뒷날 그 김조순이 딸을 왕비로 들여보내고, 조권(朝權)을 잡게 되자 집을 교동으로 옮기긴 했지만, 사람들은 그 일족을 '장동에 사는 김씨'라는 뜻에서 지금도 장김이라 부르고 있는 것이다. 꿈 얘기로 홍선이 형들을 나무랐으나, 겁에 질린 그들 3형제는 아무래도 뒷맛이 개운치 않은 눈치였다.
그래 흥선은 마구 소리쳤던 것이다.
「아버님을 길지(吉地)에 모셔서 내가 덕 보자는 게 아니에요! 그렇잖습니까? 형님들은 다 장래를 기약할 아드님이 있지만, 나는 나 한몸 아닙니까. 장래를 바라볼 한덩이의 핏줄도 없는 것은 나뿐예요. 내가 나를 위해서 저지른 노릇이 아니라 우리 종중을 위한 것이란 말입니다.」
흥선은 지금도 그 당시의 흥분을 역력히 기억하고 있다.
(그런데 그 명당자리의 음덕은 아직도 나타나지 않는단 말인가!)
그 이튿날 문제의 석탑을 깨뜨려 보았더니, 전체가 돌이고 바위덩어리였다. 도끼로 두드려 패니까, 도끼가 스스로의 힘으로 마구 튀는 바람에 어쩔 수가 없다.
흥선은 도끼를 하늘로 쳐들며 크게 소리쳤으며, 그의 호통은 산간에 찌렁 하고 울렸다.
「귀신이 있다면 내 말을 들으라!」
높이 치켜든 도끼는 귀신을 찍을 듯 서슬이 무섭다.
「내가 나를 위함이 아니고, 자식으로서 어버이를 위함인데 너 어찌 귀신이라고 할 말이 있다는 게냐! 너도 네 어버이가 있다면 모름지기 내 하는 일에 방해 말라!」
있는 힘을 다해서 도끼를 내리쳤다.
바위가 쩍 갈라지고 그 단단하던 돌은 산산조각이 났다.
이튿날 무사히 묘를 썼다.
뒷날 소문이 나면 잡배(雜輩)가 있어 파 옮길까봐 일만 근의 무쇠를 녹여 관 위에 덮었다. 그 위에 사토를 씌웠다.
서울로 올라올 때, 중로(中路)에 숨겨 뒀던 주지와 동행하다가 기어코 하나의 불행을 보고 말았다.
수원 대포 나루였던가.
나룻배 안에서 주지는 별안간 뜻모를 고함을 치면서 불 끄는 시늉을 하더니 머리통을 움켜쥐고는 미친 듯이 쩔쩔매다가 물속으로 뛰어들었다. 사람이 물에 빠지면 으레 두세 차례는 물 위에 떠오르는 것인데, 그 주지는 한번 빠진 채 감감소식이었다.
「복치형(伏雉形)이라고들 합니다. 14년 뒤에 태어난 게 재황, 명복이올시다. 보살펴 주시옵소서.」
홍선은 합장하면서 조종의 위패 앞에서 빈다.
그는 큰아들 재면의 원인 모를 가출을 근심하면서 둘째아들 명복의 전정(前程)을 빌고 있는 것이다.
명복은 재황의 아명이다.
홍선, 그는 아버지 남연군 위패 앞에 놓여 있는 사리합을 소중스럽게 집어 든다.
순금은 녹이 안 나지만 빛은 일정하고 평범하다. 그러나 합금에 녹이 슬면 오히려 그 빛의 아름다움이란 순금의 유가 아니다.
사리합은 합금이었다. 어둑신한 사당 안에서 촛불의 빛을 받은 사리합의 광채는 실로 신비로웠다.
그는 뚜껑을 열고 그 안에서 콩알보다 좀 큰 세 개의 구슬을 꺼내 손바닥 속에서 그 감촉을 음미했다.
금속도 아니고, 돌도 아니다. 골질(骨質)도 아니다. 그럼 뭣인가. 이른바 사리다. 영육의 화학 작용의 결정일까.
감촉은 심오한 부드러움이었다. 반투명인데 안개의 빛이었다.
「아버님께서 잠들고 계신 그 탑 속에서 나온 사리입니다. 물에 넣어보니까 푸른 기운이 물을 꿰뚫어 한가닥의 빛을 발산하더이다. 꺾을 수 없는, 범할 길 없는, 청정한 빛을 지녔으나, 겉보기엔 반투명이고 안개처럼 부드러움을 지녔습니다. 우리 명복이 그녀석의 자질이 아니오니까.」
단차(團茶)와 함께 남연군 무덤자리에서 나온 것이었다. 이름모를 고승은 차를 즐겼던가. 차를 가루로 만들어서 응고시킨 단차와 함께 이 사리가 나왔던 그 탑자리는 분명코 명당이라고 홍선은 신앙과 같은 믿음을 가지고 있는 것이다.
「절정 뒤엔 내리막길이 있을 뿐, 외척 김씨 일문의 횡포와 발호는 이제 그 절정에 오른 감이 있습니다. 소자의 뜻은 아버님의 뜻이옵고, 그것은 하늘로 머리를 둔 이 강토 일천만의 백성의 한결같은 바램이옵니다. 소자도 이미 나이 사십, 앞으로 왕부의 선통을 바로잡고 이 나라 이 백성을 구휼해야 할 시간이 점점 짧아지고 있습니다. 대통을 이어야 할 재황의 나이도 내년이면 열 살이옵니다. 통촉하옵소서.」

사당에서 나온 홍선은 쨍한 햇빛에 눈살을 찌푸렸다. 은행잎이 바람결에 하늘거리고 있다.

마침 그때 다급하게 대문 안으로 들어서는 여인 하나가 있었다.

젊은 여인은 열 서너 살짜리 소년 하나를 앞세우고 있었다.
나이로 보아 아들 같지는 않다.
청지기 구보 소년이 그네들의 앞을 가로막아 선다.
「어딜 찾아왔기에 이렇게 함부로 양반댁 대문 안엘 들어서시오?」
제법 서슬이 시퍼런 힐책을 한다.
「대감을 뵈려구 왔네.」
아낙네는 삼십이 채 못 된 나이지만 대단히 의젓했다.
단정하게 빗은 머리, 흰 가리마가 직선이다.
「뉘신데요?」
구보 소년의 말투는 단박 부드러워졌다.
「아녀자에게 이름인들 있겠나. 대감 뵙고 드릴 말씀이 있어 왔다고 여쭙게.」
의연한 태도에 지체 있는 말씨였다.
마당 가운데서 그 광경을 보고 있던 홍선은 청지기 소년한테 일렀다.
「내실 대청으로 모셔라!」
있음직한 내방자가 아니었다.
뛰어나게 아름다운 얼굴은 아니지만 기품 있는 모습이었다. 울었는가, 두 눈이 약간 부석한 게 오히려 홍선의 눈을 끈다.
대좌하자, 홍선은 여인의 모습을 세세히 뜯어보았다.
분명 낯익은 얼굴은 아닌데, 왠지 서툴러 뵈지를 않는 게 어디에선가 한번쯤 만난 일이 있는 여자일까.

「무슨 일로 날 찾으셨습니까?」
 흥선은 정중하게 물었다.
 여인은 데리고 온 아이의 손을 잡곤,
「너 인사드려라!」
 소년으로 하여금 우선 흥선에게 절을 하게 한다.
「이렇게 당돌하게 찾아뵌 건 다름이 아니오라……이 아이는 제 조캅니다. 제 오라범의 유자입지요.」
 여인은 아미를 다소곳이 숙인 채 침착하게 이야기를 꺼내는 것이었다.
「제 오라범은 충청도 어느 고을의 한 천리(賤吏)였습니다. 지난날의 일이옵지요. 성명을 윤일우라 하옵는 이 애 아비는 서원을 비방했다는 죄목으로 향옥에 갇혀 혹심한 난장 끝에 병을 얻어 목숨을 잃었습니다.」
 흥선은 여인과 소년을 번갈아 보면서 묵묵히 고개만을 끄덕였다.
「이 아이, 아직 어리고 미거합니다만, 아비의 원통한 죽음을 명심했음인지 글 읽기는 싫다 하고 서울로 훌쩍 올라와…….」
 서울로 올라와서 실속없이 아까운 세월을 보내고 있는 게 보기에 딱해서 데리고 왔으니 행랑에라도 뒤두고 잔심부름이나 시켜 주는 게 소망이라는 것이다.
 흥선은 기가 막혀서 실소를 했다
「그러시다면 사람을 잘못 찾아오신 것 같소이다. 당대의 부와 귀를 겸전한 대갓댁들이 많은데 하필이면 나같이 가난하고 권세 없는 사람을 찾아오시다니, 그 아이의 전정(前程)을 위해서도 될 말이 아니올시다.」
 점잖게 거절할밖에 없었다.
 그러나 여인은 해맑은 눈총으로 흥선을 쏘아보면서 말한다.
「제 아버님이 사람을 알아보는 눈을 가지셨습니다. 아버님 말씀이, 지금은 비록 가난하시고 세도 없으시지만, 흥선대감께는 반드시 좋은 세월이 올 것이라고 가끔 말씀하시는 것을 들은 바 있사옵니다.」
 흥선은 가슴을 펴면서 껄껄 웃었다. 그리고 고개를 옆으로 저으면서 당치도 않은 말이라고 일소에 붙였다. 그러나 물었다.

나는 왕손王孫이 아니로소이다

「엄친이 누구신지요?」
「이름도 없는 한 선비시와요.」
홍선은 고개를 끄덕이며 여인을 쏘아본다.
「그럼 오라버니께선 화양서원 묵패에 화를 입으셨군요?」
화양서원이라면 홍선도 치가 떨리는 것이다.
그 말에 그 젊은 여인의 해맑은 눈총은 요염하게 빛났다. 은근하고 한스런 그 눈총.
홍선은 여인의 그 특징 있는 눈총을 보자 흡사 아직 여자의 피부를 모르는 순진한 소년처럼 가슴이 마구 울렁거렸다.
세상에서도 이름이 난 건달의 가슴이 소년처럼 두근거린 것이다.
그만큼 여인의 젖어 있는 듯한 눈총은 사나이를 사로잡고 마는 신비성을 지니고 있었다.
홍선은 차라리 눈을 감아 버렸다. 그는 상반신을 옆으로 저으면서 마음의 혼란을 가라앉히려고 노력했다.
그러자, 여인의 속삭이는 듯한 음성이 나직나직 들려 온다.
「세도 하늘을 찌를 듯한 솟을대문이야 많은 줄 압니다. 그러나 대감께 이 아이를 데리고 온 소녀의 소행 또한 우연한 작심은 아니옵니다. 거절 마시고 주변에 둬 두시면 충성스럽게 대감을 모실 아이옵지요.」
간청이 아니라 거역할 수 없는 강경한 요구로 들렸다.
홍선은 눈을 번쩍 뜨자, 여인을 쏘아보면서,
「굶으나 먹으나 고생스러워도 참는다면…….」
미처 생각할 겨를도 없이 여인의 요청을 쾌히 응락하고 말았다.
「그러나 나 같은 사람 앞에 있어 봤자 아무 보람도 없을 것이외다.」
이 말에 여인은 살짝 기쁜 낯빛을 해 보이고는 두 손을 앞으로 짚으며 공손히 머리를 숙이는 것이다.
「은혜 잊지 않겠습니다.」
여인은 고개를 들지 않고, 지극히 낮은 음성으로 이번엔 세상이 깜짝 놀랄 말을 서슴지 않고 꺼낸다.
「집권하시는 날엔 제 오라비의 통한도 아울러 풀어 주십시오. 너무나 많은 사람들이 서원 횡포에 희생되고 있습니다. 잘 아시겠으나 백성들의 원성이 대단합니다.」
 홍선은 하도 뜻밖의 말이라서 정신이 아찔했다.
 (집권이라니!)
 큰일 날 소리를 함부로 야슬거리고 있는 이 정체 모를 여인이 갑자기 무서워졌다.
 홍선의 눈은 순간적으로 빛나긴 했으나 이번엔 열화 같은 노기로 돌변했다.
 그는 소리쳤던 것이다.
「허어, 이 홍선이 아무리 사람 구실을 못 하기로소니 조롱이 심하시오! 뉘 댁이신데 그런 무엄한 말을!」
 홍선의 눈총은 허공에서 방황했다.
「썩 물러가시오! 집권이라니? 영특하신 상감이 계신데 그 무슨 집권이라니?」
 홍선은 마구 격노했다가, 그 백치 같은 웃음을 흘리다가, 또 소리 높이 웃어 젖힌다.
「후후후, 하하하, 이 술주정뱅이를 보고 집권이라니? 밥 굶는 왕손, 노름꾼 왕손이라고 아녀자까지 마구 조롱을 하는군! 하하하, 후후후, 애! 여봐라! 이 부인 손님 돌아가신다. 배웅해 드려라!」
 그러나 여인은 일어나지 않고 또 한마디 하는 것이었다.
「저희 아버님께서 소녀에게 말씀하시길, 남은 왕손 중에서 홍선대감만이……」
 홍선은 너무도 어처구니가 없다는 듯, 두 다리를 쭉 뻗었다.
「허허허, 이 부인 사람 죽이는군. 대관절 댁의 선친은 뉘시오?」
「초야에 묻힌 이름없는 선비입죠만, 지인지안(知人知眼)을 가지셨습니다. "세상사람들이 다 속아도 당신만은 대감께 속지 않는다"고 말씀하십니다.」
 홍선은 더는 참고 들을 수가 없어서 자리를 차고 벌떡 일어섰다.
「긴 말 말고 썩 물러가시오! 불충스럽게 젊은 여인이 함부로 그런 큰일날 말을 지껄이고 다니다니, 썩 물러가시오. 나는 왕손이 아니로소이다!」

 홍선은 미칠 것 같은 심정이었다.

 홍선이 진심으로 노하는 것을 보자, 그제야 여인은 공손히 절하고 일어나면서,

「그럼 물러가겠습니다. 이 아이만은……」

 끝내 아이만은 부탁한다는 것이다.

「데리고 가시오!」

 홍선은 버럭 소리를 질렀다.

「내 자식 먹일 양도(糧道) 마련도 못 하는 주제에 남의 자식까지 먹여 살릴 힘이 어디 있겠소! 데리고 가시오!」

 그러나 여인은 당황하는 법 없이 집요했다.

「후일 날을 받아서 다시 보내겠습니다. 저나 저애를 의심하시지 마십시오. 그럼……」

「얘애! 손님 가신다.」

 중문을 나서는 여인을 보자, 홍선은 몹시 불안했다.

 (어떤 놈의 계략이다! 역적모의를 했다고 뒤집어씌우려는 간계다! 누구의 짓인지 다 알 만하다!)

 홍선은 눈앞이 캄캄했다. 머리 위의 대들보가 뚝 부러지고 천장이 와르르 내려앉는 것같이 눈앞이 아찔했다.

 (10년 세월을 그토록 버러지같이 살아왔는데도 기어코 당하고야 마는가?)

「얘애! 게 아무도 없느냐! 대문 닫아 걸어라!」

 그러나 다음 순간 홍선군 이하응은 입술을 지그시 깨물었다.

 (내 경망한 생각이 아닐까?)

 하필이면 젊은 여자를 집으로까지 보내서 그런 흉계를 꾸밀 그런 얕은 꾀를 농할 김문이 아니다. 그토록 어리석은 그들이 아니다.

 홍선은 마루에서 짐승처럼 서성거리다가 보료 위에 털썩 주저앉았다.

 (대낮에 홀렸는가. 백호가 백 년을 묵으면 계집으로 둔갑을 한다더니

……..)
　(정녕 내가 홀렸는가. 그 여잔 사람인가.)
　그럴 리가 없다고 그는 고개를 설레설레 옆으로 젓는다.
　(내 본성을 정확히 꿰뚫어보고 있는 사람이 있구나!)
　(후후, 넓은 세상엔 인물도 있겠지. 사람을 알아보는 눈을 가진 숨은 이인도 있겠지!)
　흥선은 사랑으로 나와 안석을 옆으로 밀어 버리고는 장침에다 팔을 괸다.
　불안하기는 마찬가지였다.
　누구도 자기의 정체를 눈치채서는 안 되는 것이다. 누가, 어떤 선비가, 이 흥선의 본성을 그렇게 간파하고 일개 아녀자한테 그런 발설을 했는가. 윤 모라? 초야에 묻힌 선비라?
　흥선은 장침을 밀어 버리고는 안석에 몸을 기댄다.
　(그렇다면 차라리 그 소년을 받아 둬 두는 게 자연스러웠을 것을!)
　화양서원을 빙자한 것은 대단한 착안이다.
　흥선은 화양서원이라면 지금도 속이 뒤집힌다. 그 봉욕은 평생을 두고 잊지 못할 것이다.
　그는 연전에 충청도를 폐립파의로 유랑하던 길에 전국 서원의 총수격이라는 화양서원엘 들른 일이 있다. 여름이라 무심히 부채질을 하면서 돌층계를 올라서다가 뜻하지않은 봉변을 당했다.
　「예가 어디라고 버릇없이 부채를 들고 올라오느냐!」
　이런 호통과 함께 뒤뜰로 끌려간 그는 서원 유생들한테 혹독한 뭇매를 당한 것이다. 다급해서 흥선군 이하응이라고 신분을 밝혔으나 흥선군이라는 칭호는 방자한 유생들의 발길질 하나도 덜어주는 힘이 못됐다.
　뜻을 얻기 위하려는 선비들이 강도(講道) 수업을 함에 있어 한가로운 초야나 적요한 산골, 또는 물가를 찾아 읽고, 읊고, 배우고, 가르치고, 덕을 쌓고, 마음을 익히는 곳이 서원이라는 이퇴계의 서원론은 중종 때 풍기 백운동에 처음으로 건립한 소수서원 초창기에나 해당되는 말일까.

서원. 근자엔 무위도식하는 유생들의 공공연한 범죄의 소굴이 돼 있는 서원.

옥새가 찍힌 왕령보다도 무서운 서독(書牘), 그 서독을 마음대로 발행하는 유생들의 복마전인 서원, 그 서원 중에서도 화양서원의 횡포, 거기서 당한 흥선의 봉변.

화양서원을 이용해서 흥선의 마음을 떠 본 그 정체 모를 여인의 뒤에는 누구의 눈총이 번뜩이고 있는가. 충혈된 눈일까, 선한 눈일까.

흥선은 깔고 앉았던 보료를 발로 차고 벌떡 일어섰다. 큰아들 재면의 실종 사건과 유관한 듯싶은 예감이 들었다.

「허, 괴이한 일이로고!」

흥선은 불현듯 사랑에서 뛰쳐 나왔다.

「게 아무도 없느냐!」

그는 자신을 잊고 버럭 고함을 쳤다.

청지기 소년 구보가 달려와 허리를 굽힌다.

「큰서방님 아직 안 돌아왔느냐?」

「네, 아직.」

「오늘로 벌써 이틀째인데 아직야? 어디 가 죽은 게로구나! 나 외출한다.」

흥선이 뜰로 내려서는데 마침 왕진을 청한 바 있는 의원이 문간에 들어서고 있다.

「늦어서 죄송합니다, 대감!」

백발이 성성하지만, 민부인의 먼 친척으로서 조카뻘이 된다는 그 의원의 기골은 마주 대할 때마다 더욱 장대해 보인다.

「나한테 죄송한 게 아니라 환자한테 죄송하지. 어서 들어가 보게나!」

흥선의 심기가 좋지 않은 것을 보자 의원은,

「왜 차도가 없습니까?」

전날 와서 병세를 보고 장담을 했던 것을 후회하는 빛이었다.

「그것도 인생이라, 커서 제 애비처럼 사는 이보다는 죽는 게 낫겠다고 생각한 모양일세!」

홍선은 퉁명스럽게 씨부렁거리고는 급히 밖으로 나왔다.
「전하, 들의 풀포기 하나, 산의 바윗돌 하나, 지저귀는 새, 노니는 물고기, 뜬구름, 솔바람, 이 땅의 이 모든 것, 전하의 것 아닌 게 없습니다…….」
앓아 누운 어린 아들이 어느 틈에 왕이나 된 것처럼 스스로 신하가 돼서 울부짖듯 그렇게 호소하며, 자신의 온갖 설움을 토로하고, 이 나라의 모든 어려움을 도맡아 타개하라고 준절히 타이른 바 있는 명복을 남 앞에서는 그렇게 귀찮은 자식인 양 말해 버리는 그였다.
작금의 임금은 황음으로 심신이 쇠잔해져서 툭하면 앓아눕는다는 소문이다.
그러나 아직 그의 나이 삼십이다. 10년을 더 왕위에 있을지, 50년을 더 사는지 모른다.
지금 현재는 후사가 없지만, 열 달 뒤에는 어느 궁인의 배에서 왕자가 나올는지 모른다. 설사 후사 없이 내일 국상이 난다 한들 흥선군 이하응에게 어떤 가능성이 있다는 것인가. 생각하면 허망한 노릇이었다.
「나는 왕손이 아니로소이다…….」
정체 모를 여자한테 그런 비굴을 보여야 한 자신이 슬프기까지 했다.
(병학을 만나 보자!)
그는 대제학 김병학을 만나 보면 무슨 기맥을 눈치챌 수 있을 것 같았다. 추선의 귀띔으로 보아 김씨 일문이 무슨 장난을 시작한 게 분명하다.
(이도정의 차례가 아니었던가?)
도정 이하전의 차례일 줄 알았던 것은 억측인가. 그들한테 굽히지 않는 기개 있는 오직 한 사람의 왕족은 도정궁 이하전뿐이다.
(그 이도정의 차례가 아니고 내 차례일까?)
김씨 일족이 만약 그렇게 착안했다면,
(그들은 역시 똑똑하다. 사람 알아보는 놈이 있다. 역시 병기겠지!)
홍선은 늘 다니는 목로집에 가서 우선 약주 몇 잔을 침안주로 마셨다.
그는 취한 채 자기에게 늘 호의를 베푸는 김병학을 찾아 볼 모양이다.

대감大監, 차라리 돌이나 되시지요

7월 보름은 백중날이다.
백중이라고도 하고, 백종이라고도 하고, 또 중원이라고도 한다.
특히 불도들의 명절로 이름있는 날이다.
열 나흗날 저녁에는 절마다 중마다 흥청댄다. 죽어간 영혼을 위해서 유족들이 그 재(齋)를 올려 주는 날이다.
불교가 국교였던 신라와 고려시대에는 부처를 공양하기 위해서 승려들은 우란분회(盂蘭盆會)라 하여 오미와 백 가지의 과물을 갖추어 분중에 괴어 놓고 시방대덕(十方大德)을 제사지냈단다.
그 무렵엔 백중이 아니라, '백종'이었던 것 같다. 백종이란 여러 가지 음식을 마련한다는 뜻이고 보면 그런가 싶다.
망혼일(亡魂日)이라고도 한다. 여염집에선 보름달 밝은 밤에 채소, 주과를 마련해서 조상의 영혼을 위안하는 날이다.
농민의 명절이기도 했다.
농가에선 머슴에게 휴가와 용돈을 줘서 하루를 즐기게 한다. 농군들은 떼를 지어서 나무 그늘이나 냇가에 모여 노래와 춤과 농악으로 질탕하게 논다.
'호미씻기'란 말이 있다.
백중 무렵이면 호미를 쓰는 논밭 일이 일단 끝나기 때문에 연장을 깨끗이 씻어서 둔다는 것이다.
또 고장에 따라서는 그해 농사가 가장 잘된 듯싶은 농가의 머슴을 뽑아 새옷 입히고 삿갓 씌워 소 등에다 올려 앉히고는 풍악을 잡혀 가며, 동네방네를 두루 돌며, 술과 음식을 대접받게 하며, 떠들썩하게 즐기는 날이다.

백중 무렵이면 더위가 한창이다. 도시의 한가로운 사람들은 산과 물로 놀이를 나간다.

녹음 우거진 산골짜기 나무 그늘에 모여 앉아 유녀를 놀려 가며 주붕(酒朋)과 주흥을 돋워 더위를 잊고 하루를 즐기는 한량들의 놀이가 흥겨운 날이다.

「내일이 백중인가?」

「오늘이 열 나흘입지요.」

홍선군과 김응원의 싱거운 대화였다.

「오늘 밤엔 절에나 놀러 갈까?」

「저승에 있는 망혼한테 불공드리는 날인데 놀러 가시다뇨?」

김응원은 홍선의 집 청지기지만 때로는 주인한테 친구와 같은 대접을 받는다.

구보는 아이 청지기니까 잔심부름이나 하는 게 직책이고 응원은 심복이며 비서며 살림꾼이다.

김응원이 홍선한테 특히 대접을 받는 까닭은 그가 묵화, 특히 난초를 잘 치기 때문이었다.

지금도 그는 홍선의 힘 있는 운필(運筆)을 잔뜩 노려보면서, 대화는 건성이었다.

「밤엔 하옥대감의 소실이 시반선(施飯船)을 띄운답니다.」

「나합이 말인가?」

「백미 스무 섬을 밥으로 지어서 노돌강에다 뿌린다더군요.」

「그 계집은 죽어서 물고기로 환생할 작정인가. 사람도 못 먹는 밥을 왜 물고기한테 먹여!」

김응원은 먹을 갈면서 홍선이 치는 난초를 보다가 미간을 찌푸렸다.

「대감, 뿌리는 약한데 잎만이 그렇게 우뚝 솟아날 수 있습니까?」

「그럴까? 자네 맘엔 안 드나?」

대감大監, 차라리 돌이나 되시지요

「바위 틈에서 잎만이 그렇게 자랄 순 없잖습니까? 옆 바위도 제 눈엔 난초가 자라기엔 너무 짙고 투박해 보입니다.」

「그럴까, 억센 바위 틈에서 자란 난초야 힘차게 솟아오르는 힘이 있을 걸!」

그의 난초는 화법도 무시되고 기교도 없다. 멋대로 쭉쭉 뻗으면서 의지와 힘을 발산한다. 공간도 바위도 난초잎에 압도되는 게 흥선의 묵화, 석파란(石坡蘭)의 특색이다.

「자네, 이주부(李主簿) 좀 속히 불러오겠나?」

흥선은 별안간 무슨 생각에선지 불쑥 그런 말을 하면서 붓을 던졌다.

이주부란 이호준이다.

이호준의 서자가 이윤용이며, 이윤용의 적제가 이완용이니까, 그는 이완용의 아버지다.

「이주부께 뭐 이를 말씀이라도?」

「내가 속히 좀 뵙자더라고 그러게!」

흥선이 사복시(司僕侍)의 제조(提調)로 있을 때 이호준이 그 밑에서 일을 봤기 때문에 서로 친히 지낸다. 사복시는 궁중의 말[馬]을 관리하는 관청, 흥선은 그곳의 책임자였고 이호준은 주부였기 때문에 이주부다.

「양씨의 시반놀이라면 배가 여러 척 뜨겠지?」

흥선의 말투로 보아 이호준을 급히 부르는 것은 나합의 시반선과 관련이 있는 것 같았다.

「백미 스무 섬치의 밥을 짓는다니까 배도 너더 척은 뜨겠습지요. 오늘 밤 노돌강은 불야성일 겝니다. 아첨배들이 다른 배로 뒤를 줄줄이 따를 테니까요.」

「하옥대감도 같이 나가겠지?」

「글쎄요…….」

하옥 김좌근, 그도 기첩 양씨와 함께 시반선이란 이름의 뱃놀이를 할 것인가.

흥선의 관심은 아무래도 좀 엉뚱한 데에 있는 것 같았다.

얼마 후 이호준이 불려 왔다.
홍선은 대뜰로 올라서는 이호준을 보자 느닷없이 한마디 말했다.
「이주부, 잘 오셨소. 참 영의정의 한 달 녹봉이 얼마던가요?」
갑자기 그런 말을 묻는 바람에 이호준은 얼떨떨한 표정으로 홍선을 쳐다보다가,
「백미 두 섬 여덟 말에다, 콩 한 섬 닷말이 아니오니까.」
이호준은 대뜰에다 한쪽 발을 올려 놓은 채로 대답했다.
「정구품은?」
「정구품과 종구품은 다 함께 쌀 열 말과, 콩 닷말입지요.」
홍선은 마당으로 내려서며 또 묻는다.
「이주부는 얼마나 받으시오?」
이호준은 잠깐 어리둥절하다가,
「저야 종육품이 아닙니까.」
「얼마나 받으시오?」
「쌀 한 섬 한 말에다, 콩 열 말을 탑지요. 대감, 그건 별안간 왜 물으십니까?」
홍선은 혼자 고개를 끄덕거리며 말했다.
「이 홍선은 정일품 현록대부니까, 쌀 두 섬 여덟 말과 콩 한 섬 다섯 말씩을 나라에서 타먹는구려. 아마 녹봉으로는 나라에서 제일급 아니겠소? 김좌근도 같지. 그도 정일품 보국숭록대부니까. 그런데 말야, 김좌근의 소실 양씨가 오늘 밤 쌀 스무 섬 밥을 지어서 노돌강의 고기 먹이로 뿌린다는구려. 백성들은 가뭄에 굶고, 장마에 굶어서 모두 부황이 났는데 말이오. 우리 오늘은 그 양씨가 뿌리는 고깃밥이나 얻어먹으러 갑시다.」
「노돌로요?」
「이제부터 천천히 걸어가면 해도 질 게고 배도 출출해질 것 아니오? 술도 있고 안주도 있고 풍악도 있을 게요. 하옥 소실 덕에 우리도 백중놀이나 한번 흥겹게 해 봅시다.」
이호준은 홍선의 속셈을 짐작했다.

그러나 싫다고 한대서 그가 그러냐고 받아들일 리가 없다.
 잠자코 따라나서는 길밖엔 없었다. 그들이 뜰로 내려서자, 안필주가 불쑥 튀어나온다.
「대감, 어딜 나가십니까?」
「너두 따라 나서라!」
「어딜 가시는데요?」
「백중 놀일 가자!」
 봄볕이 쏟아지고 있었다.
 그들이 대문을 나서자 마당가 느티나무에서는 맴매앰, 맴맴, 쓰르르, 참매미가 한가롭게 목청을 뽑아 대고 있었다.
 홍선은 손에 들었던 합죽선을 화라락 펼치며 허공에다 대고 소리를 쳤다.
「훠어이, 이놈. 네놈 우는 동안에 아까운 세월 간다. 세월이 간다.」
 홍선의 쩌렁 하는 고함소리에 매미의 울음이 뚝 그치니까, 안필주가 한마디 한다.
「매미도 대감을 알아 모시는 것 같습니다.」
 홍선이 그 말을 지체없이 받는다.
「조선 팔도 3백하고도 60여 주가 갑자기 조용해진 것 같구나!」
 안필주는 그 말의 뜻을 못 알아들었다.
 이호준은 하늘을 쳐다보며 지그시 눈을 감았다.
(조선 팔도 3백 60여 주가 조용해졌다!)
(그 말이 이 어른의 숨겨진 배포렷다!)
「어제 성하를 만났습니다.」
 이호준은 갑자기 생각난 것처럼 홍선에게 그런 귓속말을 했다.
「뭐랩디까? 왜 나한테 안 들른다지요?」
「그 사람, 기쁜 소식을 못 전해 올리겠으니까, 그렇겠지요.」
 홍선의 안면 근육이 약간 씰그러졌다.
 이호준은 앞을 가는 안필주를 힐끔 훔쳐보면서 역시 나직한 말이다.
「곧 좋은 소식이 있을 것 같답니다.」

「대비마마께 말씀을 드린 것 같습니까?」
「불일 내로 무슨 분부가 있을 듯 싶답니다.」
조성하는 이호준의 사위, 조대비의 친정 조카다. 지금 그들의 은밀한 대화 내용으로 봐서, 홍선과 이호준과 조성하, 조성하와 조대비, 이런 계통으로 무슨 밀의가 진행되고 있는 게 틀림이 없다.
「이크! 이놈, 무엄하게!」
별안간 앞을 가던 안필주가 소리치며, 발길을 딱 멈춰 섰다.
길마소 한 마리가 바로 그의 앞을 건들건들 가고 있었다. 바짝 마른 꽁무니에서 줄줄 툭, 줄줄 툭, 똥을 흘리기 시작한 것이다.
「이랴아! 이놈의 소!」
소 임자가 채찍을 번쩍 쳐들면서 얼러 댔으나, 소걸음은 그대로 소걸음이다.
「난 아무래도 모르겠소.」
홍선이 예사롭지 않은 표정으로 그러나 대수롭잖게 그런 말을 툭 던지자,
「뭘 말입니까?」
이호준이 그의 옆으로 바짝 붙어선다.
홍선은 펼쳤던 합죽선을 화라락 접었다.
「사흘씩이나 어딜 가서 뭘 했는지 종내 말을 않는 게 수상하단 말이야.」
「큰자제 말씀이군요?」
「무슨 약을 먹은 것 같소. 누가 약을 먹인 것 같아. 어리숙한 녀석한테 무슨 달콤한 미끼라도 준 게지.」
실종됐던 재면이 만 사흘이나 돼서야 들어와서도 어디에 가서 뭣을 했다는 이야기를 일체 안 하고 어물어물 얼버무리는 게 수상하다는 것이었다.
「내 집에 어린 청지기가 하나 더 늘었소.」
「좋은 아이를 구하신 게로군요?」
「나를 감시하러 온 첩자인지도 몰라.」

그 정체 모를 여인이 이틀 만에 조카라는 아이를 홍선한테로 다시 보낸 것이다.
「그런 아이를 왜 둬 둡니까?」
「난 여자의 청이라면 거절 못 하는 성미라서. 써먹을 때도 있겠죠. 하하하.」
이호준한테만은 이따금씩 자기의 배포를 슬쩍 비쳐 보이기도 하는 홍선이었다.
이때, 그들은 우연히 전동 어귀에 이르렀다. 별안간,
「에이 이놈들, 모두 물렀거라, 게 앉거라!」
호기로운 벽제소리가 요란했다.
「어떤 양반님의 행차신가, 빌어먹을!」
홍선은 아니꼬운 듯이 한마디 하고는 길가로 비켜섰다.
보니, 대제학 김병학의 행차였다. 거느린 구종 별배 수십 명, 남여 위에 동그마니 올라앉은 그의 위풍은 당당했다.
「에이, 이놈들 모두 비켜라!」
다시 한번 벽제소리가 행인을 위협한다.
바로 그때다.
「길을 멈춰라. 남열 내려라.」
김병학이 갑자기 남여 위에서 소리를 쳤다.
대제학 김병학이 남여에서 성큼 내려섰다.
그는 길가에 비켜선 홍선에게로 다가서더니 깍듯이 머리를 숙인다.
「대감, 여러 날을 두고 격조했습니다. 일간 안녕하신지요?」
홍선은 순간적으로 또 그 어리숭한 웃음을 흘리며 대꾸했다.
「이렇게 안녕하시지요.」
그러나 김병학은 여전히 정중했다.
「어디 가시는 길이신가요?」
그러나 홍선은 뒤틀리는 대답이다.
「구지레한 집구석에 박혀 있자니 답답해서 쏘다니는 길이지요. 다니다 보면 술도 생기고 욕도 생기고 하니까, 하하하.」

필요없이 너털웃음을 웃어 젖히는 홍선에게,
「내 남여를 이용하시지요.」
김병학은 자기 집이 몇 걸음 앞임을 눈으로 가리키고는,
「애들아! 이 홍선대감 가시는 곳까지 잘 모셔다 드려라!」
자기 하인들한테 엄하게 분부하고는 이내 시적시적 걸어가기 시작하는 것이었다.
홍선은 그의 의젓한 뒷모습을 멀거니 바라보면서 한마디 뇌까렸다.
(저놈이!)
김씨네 중에서 다른 사람이 그렇게 나왔다면 홍선을 모욕하기 위한 심술궂은 장난이다.
그러나 병학·병국 형제만은 홍선 자기에게 까닭 모를 호의를 '꽤 끈덕지게' 베풀어 오고 있다.
홍선은 빙그레 웃으며 또 한마디 뇌까렸다.
(저놈을! 우의정이나 한자리 줄까부다.)
홍선은 두말 않고 김병학의 호의를 받아들여 냉큼 그의 남여 위로 오른다.
「에이! 이놈들, 물렀거라, 비켜라! 모두 썩썩 게 앉거라!」
소리친 것은 김병학의 별배가 아니었다.
안필주가 탁한 음성으로 깜짝 놀랄 만큼 큰 고함을 호기롭게 지른 것이다.
「네 이놈들, 한놈두 빠지지 말고 대감의 행차를 모셔라!」
안필주는 수많은 김병학의 하인들한테 호통을 치면서 눈알을 부라렸다.
그러자 홍선이 남여 위에서 점잖게 한마디 분부를 내려 본다.
「가는 곳은 노돌이다. 중도에 목롯집이 있거든 멈춰라. 얼큰한 비지찌개에 탁주를 한 사발 하고 가련다!」
홍선은 말을 마치고 두 눈을 지그시 감았다. 그의 눈마구리에선 눈물방울이 번쩍 빛났다.
월주(月柱)는 강릉의 경포호를 친다던가. 거울같이 맑은 호수에 달기

둥이 서면, 풍류 인사, 경포대 누각에서 시상(詩想)을 가다듬는다.

　한강수 흐르는 물에도 월주는 있었다. 흐르는 물이라 흔들려서 어지러울 뿐이다.
　그날 밤 노돌강에는 10여 척의 유선들이 물속에 잠긴 달을 타고 흘렀다.
　나합의 시반선은 세 척이었다. 스무 섬 쌀의 눈이 부신 백반을 채롱마다에 그득그득 담아서 배 세 척에 싣고 강심에 떴다. 앞뒤엔 수많은 배들이 따르고 있었다.
　—늬나니 나니 난실 나나.
　호적(胡笛)의 가락이 강상(江上)에서 흥을 돋우기 시작했다.
　—쿵 딱딱 쿵쿵 딱딱.
　장구소리가 달빛을 흔들며 장단을 맞췄다.
　항라깨끼로 날아갈 듯이 차려입은 양씨가 뱃전에 앉아서 사과 한 알 만큼씩 뭉친 밥 덩어리를 연신 물에다 던져 주며 축원을 하고 있다.
　「너두 먹구, 너두 먹구, 사해용왕님께 낱낱이 아뢰어라! 시반, 시반, 이 시반은 해동국 조선땅 한성부의……. 」
　나주 양씨가 정성껏 올리는 치성이니 감응하라는 것이다.
　—날라리 늬나니, 늬난실 날라리.
　홍선은 바로 그 뒷배에 도사리고 있었다.
　기함(旗艦)의 위풍을 가진 양씨의 배에는 조정 고관의 부인들이 나합의 시신(侍臣)처럼 늘어앉아 온갖 아첨을 다 부리고들 있었다.
　바로 그 뒤를 따르는 배에는 진(晋)이라는 판서가 타고 있다.
　그리고 그 진판서의 배에는 아첨으로 한몫 보려는 너덧 명의 무리들이 진을 치고 있었다.
　"벼슬 한자리를 하려거든 나합의 치마끈을 붙들어라. 나합의 치마끈을 잡으려면 진판서의 불알을 긁어라!"
　언제부턴가 이런 속말이 이 나라 정가에 나돌고 있었다.
　홍선은 그 배에 뛰어들었던 것이다.

「진판서가 배행을 하고 있습니다.」

황혼으로 강변이 어둑신해 왔을 무렵에야 그네들 일행이 물가에 이르렀다.

홍선에게 이호준이 귀띔을 했었다.

멀찍히 대기하고 있던 홍선 일행이 진판서의 배로 뛰어오른 것은 배가 물 가운데로 밀려 나가기 시작했을 순간이었다.

「저놈들이 누구냐?」

진판서가 고함을 질렀을 때 흡사 해적 떼처럼 남의 배에 뛰어오른 홍선은 아주 천연덕스럽게 대꾸했던 것이다.

「가난뱅이 궁도령이 갈 만한 상갓집도 없어서 이리로 왔습니다. 한쪽 구석에 놔 두고 잡숫다 남는 술이나 몇 잔씩 주시지요.」

순간 진판서의 한 자 두 치짜리 장죽이 부들부들 떨렸지만 배는 강상에 있으니 어쩔 수 없는 모양이었다.

그러나 그도 또한 세상살이에 능란한 사람이었다.

「난 어떤 거리의 잡배들인가 했지요. 홍선대감이시군.」

누군가 했더니 거리의 잡배 홍선이시구려 라는 말과 다를 게 없다. 그를 따르는 사람들이 와 핫하하 하고 뱃전이 출렁거리도록 폭소를 터뜨렸다.

그러자 홍선군 이하응의 눈총은 어둠속에서 번쩍 빛을 발산했다.

당장 면박을 해주고 싶은 말이 있었으나, 그는 질겅 씹어삼키고는 대신 히히힝 하고 바보 같은 웃음을 흘렸다.

「날이 어둬서 미처 못 알아뵈었습니다. 설마하니 진판서께서 아낙네들 물놀이에 따라 나오실 줄은…….」

아무래도 가시가 돋친 말이긴 했다. 벌레가 아닌 이상 앙갚음이 안 나갈 재간이 없었다.

어떻게 그때 그에게 당한 수모를 잊을 수 있겠는가.

벌써 꽤 오래전이었다. 그때나 이때나 홍선의 가난은 마찬가지였다.

어느날 김좌근을 집으로 찾아가 궁색한 청을 했다가 무시당하고는 실의로 몸을 떨면서 물러서는 순간이었다.

대감大監, 차라리 돌이나 되시지요

마침 옆에 있던 진판서가 뭐라고 했던가.
「궁도령이 궁이나 지킬 일이지, 왜 신발 질질 끌고 구질구질하게 재상댁엘 찾아다니는거야!」
뜰아래까지 그의 그런 야유 소리가 들려 왔다. 그리고는 떠들썩하게 들 웃어 젖히는 소리까지 홍선은 들었다. 홍선은 눈앞이 캄캄할 만큼 격노했으나 참았다. 참아야 했다. 지금도 참아야 한다고 어금니를 지근지근 씹는 것이다.
딩딩딩딩딩, 별안간 장구의 챗소리가 터졌다.
이때껏 한편 구석에 앉아서 그네들의 수작을 다소곳이 보고만 있던 기녀가 장구채로 신경질을 부린 것이다.
그것이 신호가 됐다. 뒷배에서 띳따띳따 악공이 호적의 호흡을 조절하기 시작했다.
그것이 신호였다. 앞배에 타고 있던 양씨는 호적소리를 계기로 밥 덩어리를 마구 물에다 던지기 시작했던 것이다.
축원도 뇌기 시작했다.
그때다. 홍선은 흠칫하고 놀랐다. 어슴프레한 어둠속에서 자기한테로 쏘아지는 푸른 시선을 본 것이다.
홍선은 정말 놀랐다.
취한 체, 바본 체 하느라고 정말 보지 못했다. 여자가, 기생이 타고 있었다는 사실조차 몰랐었다.
장구가 다시 덩더꿍 울렸다.

　　화무십일홍이요,
　　달도 차면 기우나니
　　인생은 일장춘몽인데
　　아니 놀진 못하리라.

초동들이 지게목발이나 두드려대며 부르는 속된 노래다.
왜 갑자기 추선은 그런 흔해빠진 노래를 부르기 시작했을까.

마치 홍선에게 뭣인가 넌지시 일러 주고 싶어서 꺼낸 노래 같았다.
　홍선도 눈치를 챘는지 서슴지 않고 한마디 뽑았다. 추선과는 달리 훨씬 의욕적인 창법이었다.

　　　태산이 높다 한들
　　　하늘 아래 뫼 아니냐
　　　사람이 제 아니 오르고
　　　뫼만 높다 하는다.

　추선은 장단을 멈추고 귀를 기울이는 눈치였다. 홍선의 그 노래가 뭣을 뜻하는 것인지를 잠깐 생각하면서 듣고 있는가 싶었다.
　삐이걱! 하고 사공의 노소리가 갑자기 두드러진다. 배가 한쪽으로 기우뚱하자 뱃전에 줄줄이 달려 있는 수많은 연등들이 물속으로 쏟아진 것 같다. 휘황한 불빛이 물속에 어른어른 번지다가 또렷또렷 열려 나간다.
　「자아, 대감 더 듭시오. 그리고 하실 일이 있습네다. 이 배에 실린 밥만도 석 섬 곡식이니 부지런히 뿌려야 합니다.」
　석 섬 밥을 물고기한테 뿌려 주는 게 진판서가 이 배를 타고 있는 임무의 전부가 아니냐는 듯이 추선이가 말한다.
　때를 맞춰 홍선은 껄껄 웃었다.
　「날이 더워 밥이 쉬었을지도 모르는데, 노돌의 물고기들이 달게 먹을까요? 차라리 쉰밥일랑 남겼다가 저 구경꾼들한테나 나눠 주시지요.」
　그 말에, 이번엔 진판서가 수염끝을 까불어 대면서 웃어 젖힌다.
　「허 허 허, 대감두. 쉰밥이 그렇게 아까우시거든 몇 덩이쯤 남겨 드릴테니 가실 때 싸가지구 가시지요. 며칠 끼니 걱정은 안 하셔도 되리다.」
　여태껏 배꼬리에 외면을 하고 앉아 있던 안필주가 그 소리를 듣자 두 주먹을 불끈 쥐고는 뱃전을 탕 쳤다. 그러나 홍선은 눈을 거슴츠레하게 뜬 채 마냥 즐겁기만 하다.
　「가지고 가는 것도 좋지만 당장 배가 고프니 한 덩어리 먹어야겠소.」

홍선은 옆에 놓인 밥치룽 속에서 밥덩어리를 꺼내 한입 덥석 물었다. 그리고는 그는 넉살좋게 지껄여 댔다.

「굶주린 사람 창자야 모래알인들 못 삭이겠소만, 물고기들의 창자는 그리 튼튼치가 못합니다. 체하지 않게 영신환이라도 밥에 섞어 뿌려 줄 걸 그리셨소.」

홍선은 이 말끝에 필주를 돌아봤다.

「얘 이놈 필주야, 너도 배가 고프겠구나? 아따, 한 덩이 먹어 둬라.」

그는 필주에게 밥덩이 하나를 던져 주고는 자기도 기갈이 든 것처럼 마구 먹어 대는 것이었다. 코끝이며 볼따구니에 밥알을 더덕더덕 붙여 가며 미친 사람같이 씹어 대는 것이다.

배 안에 탄 사람들은 좋은 구경거리라는 듯이 싱글거리며 홍선의 꼴을 구경하고 있다.

「대감, 며칠이나 굶으셨소.」

이것이 진판서의 말이라면 참을 수밖에 없다.

그러나 낯도 이름도 모르는 젊은이가 그런 말로써 홍선을 놀리려 들었다.

안필주는 순간 벌떡 일어섰다. 그러나 그는 와악, 우우! 허공에다 대고 산짐승의 포효처럼 고함을 질렀다.

불끈 쥔 주먹으로 뱃전을 쿵, 쿵, 쳐보는 것은 일종의 시위일까.

그러자 이번엔 추선이 뚱타닥, 뚱타닥, 장구를 치면서 홍선 앞으로 바짝 다가왔다.

홍선한테로 슬쩍 접근해 온 추선은 팔을 벌리고 허리를 굼실 틀었다. 장구채를 든 왼손이 위로 치켜지면서 핑그르르 한 바퀴 도니까, 덩실 하는 춤이 된다.

그 순간, 추선의 눈은 불빛 속에서 하얗게 흘겨졌다.

(대감, 너무하시는군요.)

홍선을 책망하는 눈흘김이었다.

그러나 추선의 입에선 실로 당돌한 말이 튀어나온 것이다.

「세상에 대감도 곶감도 많다지만, 쉰밥 치러 다니시는 대감은 하늘 아래 단 한 분이실 거야.」

추선은 자지러지게 까르르 웃으면서 몸을 날려 진판서 쪽으로 달아나는 시늉이다.

「와아! 우우!」

그런 안필주의 고함소리가 또 하늘에 둔탁하게 메아리쳤다.

추선이 두드려 대는 능숙한 장구소리가 또 딩딩 당당 몹시 성급했다.

열 척 가까운 놀잇배들이 불빛 찬란하게 강심을 흐르고 있었다.

배마다에선 쉴새없이 흰 밥덩이가 물속으로 던져지고 있었다.

진판서는 술이 거나해지자 또 홍선을 놀리고 싶었던 것 같다.

「대감, 참 큰자제를 똑똑하게 두셨다죠?」

「똑똑하지요.」

「아하아, 내 일찍이 소문은 들었습니다. 왜 여기 데리고 오시지 않았습니까. 저렇게 남은 밥도 많은데요.」

홍선의 눈총은 또다시 불과 같이 번쩍 빛났다. 그러나 이내 소나기라도 맞은 것처럼 그 광채가 스러지고 만다. 뱃전이 또 탕! 하고 울렸다.

물론 안필주의 소행이다.

잠시 후, 배들은 대안에 예정없이 기착했다.

「왜 배를 대느냐! 누가 대라고 했느냐!」

지휘관격인 진판서가 몸을 둥개며 사공에게 풀기없는 호통을 쳤을 바로 그때이다.

별안간 어디서 나타났는지 여러 명의 시커먼 괴한들이 배 안으로 우르르 뛰어들었다.

세 척의 배가 대안에 닿았던가. 그 세 척 배에 각기 대여섯 명씩의 괴한들이 침범해 들어왔다.

시커먼 헝겊으로 복면을 한 장한들이다. 일체 말들을 하지 않았다. 그들은 배 안으로 몰려 올라오자 불문곡직하고 밥치룽을 끌어 내더니 강기슭으로 팽개치기 시작한다.

목적은 물고기한테 뿌려 줄 밥을 저들이 먹으려고 강탈하는 게 분명했다.

「네 이놈들, 목숨이 아깝거든 썩썩 물러가거라!」
 진판서가 몸을 와들와들 떨면서, 그러나 카랑한 호통을 쳤지만 누구 하나도 들은 체를 하지 않는다.
「저놈들을 모조리 잡아라!」
 아무도 그 괴한들한테 손을 대려 하지 않았다.
 세 척 배는 삽시간에 톡톡 털렸고 나머지 배들은 강심을 향해 줄행랑을 치고 있었다.
 꼭 7월 백중날이라고 정해 있지는 않았으나 해마다 한번씩 나합의 시반놀이가 노돌강에 벌어진다.
 연안의 굶주린 빈민들은 미리부터 별러 왔던 모양이다. 올해의 행사는 밤이니까 더욱 그들에게 기회를 줬던 것 같다.
「물고기 대신 이 나라 백성이 먹겠다는데 무슨 죄가 될라구.」
 그들의 의논들은 그렇게 해서 잘도 여물어 갔는지도 모른다.
「잡혀도 죽지 않는다!」
 사람의 재물을 뺏는 것이 아니고 물고기의 밥을 뺏는 거니까 이 나라의 어떤 법률도 벌할 수가 없다는 것이었다.
 그러나 법률에 의해서만 사람을 벌할 수 있는 것은 아니었다. 권세인이고, 관리고, 유생이고, 양반이고 그들은 자기네가 밉다고 생각하는 사람은 언제나 벌할 수 있었다.
 이날 시반선을 습격했던 괴한 중에 두 사람이 미처 배에서 뛰어내리지 못하고 잡혔다.
 복면을 벗겨 보니 한 사람은 열 칠팔 세밖에 안 되는 새파란 소년이다. 그리고 또 하나는 삼십대의 건장한 장한이었다.
 백사장에서 긴급 문초가 시작되었다.
 그 여러 척 배 안에는 양씨의 신변을 보호하기 위해서 여러 사람의 포졸들이 변장을 한 채 타고 있었던 것 같다.
「마님, 송구합니다. 참말 죄송하게 됐습니다. 내가 직접 국문해 보겠습니다.」
 진판서는 양씨에게 연신 머리를 조아리며 연거푸 사죄를 했다. 수많은 등불을 밝힌 백사장 달빛 아래서 천하에도 기이한 국문 광경이 벌어졌다.
 먼저 소년을 꿇어앉혔다. 피골이 상접한 소년은 새까만 두 눈을 깜박이며 공포에 덜덜 떨었다.
「네 이놈, 어디 사는 놈이냐?」
「저어기 강변에 삽니다.」
「네 이놈, 어느 어른이 그 배에 타고 계신 줄 알고 함부로 뛰어들었느냐?」
「그런 건 모르겠어요.」
「왜 그런 못된 짓을 했느냐?」
「배가 고파서, 정말 배가 고파서 그랬어요.」
「네 이놈, 죽을 죄를 진 줄은 알지?」
「물고기 밥이라 괜찮다구 해서 그랬습니다. 동생들이 이틀씩이나 굶어서 갖다 먹이려구요.」
「저놈을 쳐라! 물고기 밥이라 괜찮다니!」
 보고 있던 홍선이 손을 번쩍 쳐들면서 앞으로 나섰다.
「아, 아! 아일 가지고 점잖지 못하시게. 진판서, 그앤 포리들한테 맡겨 두십시다.」
 이번엔 삼십대의 장한이 끌려 나왔다.
「네 이놈, 지은 죄를 알렷다!」
「사흘을 굶었사옵니다.」

 사흘 굶고 도둑질 안 할 놈이 있느냐는 반박일까. 처음부터 만만치가 않은 탯거리다.
「이 배에 누가 타신 줄 알았느냐?」
「높으신 양반님네가 타셨다굽쇼?」
「그런 줄 알면서 네 이놈, 감히 용왕님이 자실 밥을 훔치러 들어와?」
「저희놈들은 어르신네의 밥이나 재물을 훔치려던 게 아니올시다.」
「그럼?」

대감大監, 차라리 돌이나 되시지요 73

「저희는 이 강변에서 잔뼈가 굵어 왔습니다.」
「그래서?」
「노돌강에는 용왕님이 살지 않고 물고기들만 사는데 그놈들은 다 저희들의 친구입죠.」
「뭣이라구?」
「저희들은 물고기한테 미리 애원을 했댔습니다요. 너희들은 밥을 안 먹어도 살아갈 수 있으니 시반선이 뿌리는 이밥일랑 우릴 달라고 물고기들과 미리 약조를 했습니다.」
「허어, 저놈을 결박하고 몹시 쳐라!」
진판서는 심한 조롱을 당하자 몸을 부들부들 떨면서 악을 버럭 썼다.
그러나 그 순간 괴한은 몸을 날려 잽싸게 뛰기 시작했다. 굉장히 날쌘 뜀박질, 누구도 발이 푹푹 빠지는 백사장에서 그를 따라갈 재간은 없었다.
바로 그때였다. 누군가가 소리치는 것이었다.
「저기 또 밥을 훔치는 놈이 있습니다.」
어둠속에서 포졸들에게 잡혀온 사람은 어처구니없게도 홍선군 이하응이었다.
진판서는 물론 모든 사람들은 아연해서 말도 나오지 않았다.
홍선은 큼직한 밥덩이를 입에 물고 있었다.
그는 도포자락에도 밥덩이를 더부룩하게 싸서 앞에다 안고 있었다.
「이왕 물고기한테 줄 밥인데 갖다가 자식새끼들 배나 채워 주겠소.」
자기도 물고기 밥을 훔친 도둑이니 문초할테면 하라는 배짱이 분명했다.
그러자 추선이 앞으로 선뜻 나선다.
「대감, 피라미만도 못 하시군요. 아이구 이 냄새, 이건 쉰밥이 아니오니까.」
아까 파라미 밥으로 강물에 뿌린 것은 쉰밥이 아니었다는 뜻일까. 사람들은 또 폭소를 했다.
양씨는 그런저런 광경을 벌씩이서 낱낱이 보고 있었다.

나합 양씨는 드디어 뜻밖의 분부를 내린다.

「오죽이나 배가 고파서 그런 짓들을 했겠느냐! 그 도둑놈들을 다 놔 주라고 진판서께 여쭤라!」

양씨는 몹시 불쾌한 모양이지만 특별히 관용을 베푼다는 태도였다.

시반은 물놀이가 아니라 경건하고 엄숙한 치성이라고 한다. 물고기한테 자애를 베풀어서 사해용왕한테 복을 비는 양씨의 연중행사였다. 그런데 그런 상서롭지 못한 마(魔)가 들었으니 불길한 징조만 같았다.

그러나 이런 경우 화를 내면 더욱 마음이 불안할 것이며 남보기에도 볼썽이 사나울 것을 나합은 알고 있었다.

나합 양씨는 되도록 너그러우려고 애를 썼다.

「그리고 남은 음식이 있으면 굶주린 사람들에게 싸서 들려 보내도록 해라.」

자기 몸종에게 이르고는,

「진판서께 여쭤라. 배에 남은 음식을 다 내려서 구경꾼들한테 골고루 나눠 주시도록!」

마치 여왕이 시종에게 내리는 분부였다.

양씨의 그 '인자한 특사령'은 진판서에 의하여 지체없이 시행됐다.

"오죽이나 배가 고파서 그런 짓들을 했겠느냐. 도둑놈들을 다 놔 주어라. 음식은 싸서 굶주린 사람에게 들려 보내라."

양씨의 이 말은 역시 밥을 훔친 홍선에게도 그대로 해당되는 것이 분명하다.

아니 어쩌면 특히 홍선한테 은연히 모욕을 주기 위해서 일부러 그런 말로 선심을 쓴 것인지도 모른다.

결국 군중 앞에서 가장 쑥스럽게 된 것은 진판서 자신이었다.

진판서는 담뱃대를 벌컥 허공으로 쳐들면서 앙갚음을 엉뚱한 홍선에게 하는 것이었다.

「얘들아!」

그는 하인을 불렀다.

「그 밥 남은 것하고 과일, 안주, 술 할것없이 남은 음식을 두둑히 싸서 홍선대감께 드러라.」
 하인들은 서로 얼굴을 마주보고 망설였다. 그러자 추선이 나섰다.
「제게도 한몫 싸 주십시오..」
「너야 그걸 뭘 하려구?」
「홍선대감과 함께 한자리 벌이겠습니다.」
 홍선의 눈총은 어둠속에서 또 번쩍 빛을 발산했다. 그러나 허헝 웃어버린다.
「어허, 고얀!」
 이제까지 경칩 전의 개구리처럼 입을 잔뜩 봉하고 있던 이호준마저 분통이 터지는지 그렇게 한마디 씹어뱉었다.
 와하하하. 사람들은 또 폭소를 터뜨렸다.
 보름달은 강 위에 휘영청 밝았다.
 추선은 속셈이 있어서 취한 언동이었다. 그 말끝에 입술을 꽉 깨물었던가 싶다.
 입안에 찝질건건한 미각이 감돌았다. 아랫입술을 깨무는 바람에 피가 났던 것 같다.
 피는 물보다, 침보다 짭짤했다.
「추선아!」
「네?」
「네 신세 잊지 않겠다.」
 추선은 홍선의 이 눈치 빠르고 은근한 말을 듣자 와락 통곡을 하고 싶은 모양이다.
 그러나 추선은 달빛 아래서 피식 웃었다. 그리고 춤을 추는 동작으로 홍선의 귀에다 대고 속삭였다.
「하두 철저하시길래.」
 홍선의 위장이 하도 철저해서 자기도 보호색을 뿌려 줬다는 것인가.
 그러나 홍선의 귀에다 대고 호되게 이번엔 쏘아붙인다.
「어떻게 참으세요. 그럴 바엔 대감, 차라리 돌이나 되시지요.」
 생각 없는 돌이나 되라는 것이다. 마음 있는 사람으로서야 어떻게 그런 비열한 흉내를 거듭하며, 그 참담한 수모를 번번이 감당해 내느냐는 것이다.
 홍선은 저도 모르게 흐흥 웃었다. 동감이지만 어떻게 하겠는가. 진정 돌이나 되고 싶다.
 개 발에 채이거나 사람 발에 밟히거나 아랑곳할 필요 없는 돌, 차라리 마음 없는 돌이나 될 수 있다면 얼마나 좋을까.
 홍선은 자신에게 반문해 본다.
 (뭣 때문에……뭘 바라고…….)
 뭐가 되기 위해서 스스로를 그렇게 학대해야 하는가. 그런 수모를 감당하겠다는 거냐.
 (소망을 위한 작위적인 나의 의지다.)
 그러나 집념인 성싶었다. 뭐가 되기 위해서, 무슨 일을 하기 위해 그런 집념을 버릴 수 없는 것인가.
 천하를 탕탕 호령하기 위해서, 미운 놈들에게 통쾌한 보복을 하기 위해서, 자식의 영달을 보기 위해서, 선조에게 면복을 세우기 위해서, 역사에 이름을 남기기 위해서, 가난한 이 나라 백성을 보살펴 주기 위해서 그와 같은 비열과 그와 같은 욕됨을 참겠다는 것인가.
 아닌지도 모른다.
 그런 의식적인 목적을 위해서가 아니라, 타고난 왕손으로서의 집념, 고질적인 집념의 소행일는지도 모른다.
 「대감, 차라리 돌이나 되시지요.」
 홍선은 추선의 섬세한 마음씀을 생각하며, 눈을 지그시 감았다.
 밤바람, 강바람이 휘익 불어 왔다. 모여든 구경꾼들이 와글대기 시작했다.
 백사장은 다시 떠들썩해졌다.
 삼현육각이 어이없게 스러져 버린 홍취를 다시 돋우어 보려고, 해금이, 피리가, 저가, 장구가, 북이 '까강깡' '리릴리' '호호릭' '덩기덩' '두둥둥' 제가끔 제 소리를 내보긴 했지만 행차 뒤의 나팔처럼 사뭇 헤식기만 했다.

나합 양씨의 시반놀이는 뜻않은 사건으로 해서 완전히 잠쳐져 버린 것이다.
　이튿날 아침엔 벌써 서울 장안에 파다한 화젯거리가 됐다. 그 화제는 세 가지의 서로 다른 방향으로 꼬리에 꼬리를 이어 번져 나갔다.
「어젯밤 노돌강 애기 들었나?」
「그 애기를 들으니까 내 삼 년 묵은 체증이 다 뚫려 버렸네.」
「물고기 밥이니까, 물고기들한테 미리 승낙을 얻었노라고 빈정거렸다니 배짱이 대단한 놈이지.」
「그럴 게 아니라 배 밑으로 들어가서 모조리 뒤엎어 버렸더면 속 시원했을걸. 나합이 직접 용궁 구경을 가게 말야.」
　서울의 일반 서민들의 화제는 이런 방향으로 자꾸 번져 나갔고,
「홍선의 코는 개코야. 이젠 부인네들 물놀이에까지 코끝을 쭝긋대며 찾아다니는군.」
「도둑들도 이젠 대담해졌소이다그려!」
「그놈들 그래 쉰밥 몇 덩어리 얻어먹자고 목숨을 걸어?」
「진판서 애기로는 처음부터 불길한 조짐이 보였다는군요. 난데없이 홍선이 뛰어들었으니 그럴 만도 하지요. 하하하.」
　묘당 현직들인 친김 일파들은 이렇게 홍선을 비웃었고,
「하여간 나합은 여장부야. 즉석에서 그 도둑들을 다 방면해 주라고 했다니까.」
「말이 남의 소실이지, 이 나라를 주름잡고 있는 여걸 아닙니까. 그 배짱을 보시오. 자그마치 쌀 스무 섬 밥을 물고기의 모이로 뿌리다니 수염이 없고 불알이 안 달려 남자가 아닐 뿐이지요.」
「뭣한 소리지만 여자 구실도 대단하답디다.」
「영웅은 호색이라는데, 여걸도 호색 아니겠소. 더구나 기생 출신이니 기술인들 좀 좋겠소.」
　미관 말직들은 주로 양씨에 대한 화제가 구수했다.
　석류가 붉게 익어 터지는 7월이 갔다.
　추석을 며칠 앞둔 어느날 홍선군 이하응은 충격적인 풍문을 앞에 놓

고 장순규를 시켜 조성하를 급히 불렀다.

　홍선은 조성하가 불려올 무렵이 되자 외출복으로 갈아입고 금시라도 집을 나갈 태세를 취했다.

　그러나 그는 외출을 할 의사도 계획도 없었다.

　조성하가 급히 달려왔다.

　「부르셨습니까?」

　「내가? 아니! 난 마침 외출하려던 길일세.」

　홍선은 자기의 마음을 감추고는 시치미를 뗐다. 불러 놓고도 부른 일이 없다고 했다.

　급히 달려온 조성하는 어리둥절했다. 장인 이호준의 암시적인 귀띔도 있고 자기 눈에도 홍선이 범용한 인물이 아님을 알아차린 그는 조대비 다음으로 홍선을 섬겨 왔으나, 만날 때마다 알 수 없는 게 홍선의 사람됨이었다.

　바보일까, 영걸일까, 비열한 인간일까, 교활한 속물일까.

　도무지 알 수 없는 게 홍선이라는 인물이었다.

　「세상이 그분을 뭐라든지 자넨 꾸준히 도와 드리게. 이유는 묻지 말어. 나는 그 어른을 모셔 봤으니까 잘 아네. 아무런 내색도 말고 그저 자네 어르신넬 대하듯 섬기란 말일세.」

　이호준의 이런 말을 늘 명심하고는 있지만 조성하는 이따금 홍선을 회의해 온다.

　지금도 홍선은 자리에 앉으며 생감한 소릴 꺼낸다.

　「이왕 왔으니 얘기나 함세그려, 자네 악장 어른께, 성하가 요샌 자주 들르지 않는다고 그러긴 했지. 그래, 지금 세상은 어떻게 돌아가나? 자네 빙장 말씀으론 자넨 김문 규방의 베개송사까지 알아내는 재간이 있다면서?」

　이렇게 되면 조성하 그도 홍선을 별수없이 우러러봐야 한다. 홍선은 생각이 있어서 성하 자기를 부른 것이 틀림없다.

　그런데 그는 그 사건을 엉뚱한 방법으로 질문하고 있는 것이다.

　그는 자기의 초조감을 감추기 위해서 그런 위장 전술을 쓰고 있는 게 아닌지 모르겠다.
 조성하는 그날의 김씨네 밀의(密議) 광경을 들은 대로 홍선한테 보고하지 않을 수 없었다.
「일족이 다 모였답니다…….」
 며칠 전, 김씨 일족의 중요한 인물들이 김좌근의 집에 다 모였다는 것이다.
 김좌근을 중심으로 해서 김영근, 김홍근, 김병기, 김병학, 김병국, 김병필 등이 이례적으로 은밀히 모였었다.
 무슨 모의 끝에 그들의 화제가 우연히 홍선에게 미쳤었다는 것이다.
「그 사람이야 이미 폐인 다 됐으니 염두에 둘 필요도 없구, 그보다는…….」
 김좌근이 이런 식으로 운을 떼어 놓으니까,
「글쎄요. 저는 그렇게 보지 않습니다. 저는 홍선의 눈을 알고 있습니다. 무서운 광채를 발할 때가 있습니다. 옛부터 똑똑한 왕족은 자기가 박해를 받는다고 느꼈을 때 하나의 탈을 쓰기 마련 아닙니까. 홍선은 경계해야 할 인물로 봅니다.」
 김병기가 단연코 반론을 들고 나섰다는 것이다. 김병필이 그 말을 받았다.
「지금 우리가 주목할 수 있는 대상은 세 사람 정도 아닙니까. 도정 이하전, 홍선군 이하응, 경평군 이세보, 그 세 사람 정도 아닙니까. 제 생각으론 애초에 위험한 불씨는 미리 꺼 버리는 게 상책일 줄 압니다. 이제 상감께 후사를 바라는 건 무망한 노릇이고, 또 작금의 잦으신 환후로 보아 언제 무슨 일이 있을지 모르는 것입니다. 사람이란 어리석을수록 엉뚱한 배포를 가질 수 있는 게 아닙니까. 후환은 아예 미리 없애는 게 상책인 줄 압니다.」
 김병필은 왕비의 오라비다.
 왕비인 누님이 딸 하나를 낳지 못했고, 낳을 가능성도 없는 데 대해서 남다른 초조와 불안감을 가지고 있는 강경파였다.
 그러자 훈련대장 김병국이 한마디 했다.

「제 의견은 좀 달라요. 귀찮은 존재들이 있다면 견제하면 될 일이지, 과격한 수단을 써서 백성들의 이목을 자극시키는 것은 이쪽이 오히려 손해입니다. 더구나 당장 오늘내일 무슨 일이 일어날 것도 아닌데.」
 문관보다도 오히려 온건한 그의 주장에 대해서 강경론은 으레 반발하는 것이 상례였다.
 김병필은 주먹으로 무릎을 누르며 고개를 옆으로 저었다.
「싸움은 무자비해야 합니다. 섣불리 점잔을 빼다가는 발이 걸려요. 네가 나를 해치지 않는 이상 나도 너를 해치지 않는다 하는 소극 전법은 언젠간 패하게 마련이지요. 방비는 평화시에 굳혀 놔야 합니다. 불안한 요소는 미리 제거하는 게 상지상책(上之上策) 아닙니까.」
 김병필은 끝내 강경 일변도였다.
「그렇다면 무슨 방법이 있다는 겐가?」
 김좌근이 담뱃대를 끄르륵 빨면서 묻자,
「제거해야지요.」
「어떻게?」
「원칙이 결정되면 방법은 생기게 마련 아닙니까.」
「그 세 사람을 다?」
「열 사람 있음 열 사람 다죠.」
「자넨, 너무 과격해. 그런 일은 잘못 판단을 내렸다간 후회 막급이 되는 거야.」
 김좌근은 연장자다운 신중론을 주장했다.
 그러자 이때껏 묵묵불언이던 대제학 김병학이 갓끈을 늦추면서 입을 열었다.
「미운 사람이 있다고 무턱대고 제거만 할 양이면 정치는 보복의 연속이 되고 맙니다. 미운 사람이란 언제나 있게 마련이고 권세란 한쪽에만 영원할 수 없는 게 원리 아닙니까. 설혹 정적이 있다면 습복(褶伏)시켜야 하는 게지 피를 보아선 안 됩니다. 홍선군이 과연 세상이 알고 있는 파락호가 아닐지도 모릅니다. 아니, 종친 중의 영걸이라고 가정합시다. 그렇다고 지금 그를 무슨 명목으로 박해를 한단 말예요. 명분이 있어야 합니다. 다중이 수긍할 수 있는 명분이 없고서야 함부로 손을 대서는 안 됩니다. 하긴 우리에겐 그들 한두 사람쯤 하루아침에 제거할 수 있는 능력과 힘이 있지요. 그렇다고 아무 때나 명분 없이 칼을 뺄 수 있어요? 하면 되지만, 해서는 안 됩니다. 온 세상 사람이 흥선은 아무런 야욕도 없는 거리의 주정뱅이로 압니다. 만일 그런 사람한테 손을 댔다간 우리에게 돌아올 대가는 민중의 원성과 비난뿐일 것입니다. 안 됩니다. 우리는 이 나라의 강자가 아닙니까. 강자일수록 힘을 남용해서는 아니돼요. 백성이 어리석다고만 생각했다간 큰일 납니다. 우리가 계속해서 강자 노릇을 하려면 하찮은 아녀자들의 눈과 입까지 잘 살피고 조절해야 합니다. 흥선이 지금과 같은 주정뱅이 행세를 계속하는 동안엔 그에게 손을 못 댑니다. 누가 보아도 손댈 상대가 못 된다 말예요.」

김병학은 몹시 흥분하더라는 것이다.

그 말에 훈련대장 김병국은 손으로 눈을 가린 채 고개를 끄덕였다. 역시 형의 의견에 동감이란 의사 표시다.

그러나 김병필은 또 발끈했다.

「백성의 눈치만 살피다간 아무 일도 못 합니다. 백성들은 누가 정치를 하든지, 왕이 되든지, 그런 건 대수롭지 않게 알고 있어요. 오히려 우유부단한 집권자는 불신하게 마련입니다. 언제고 힘을 보여 줘야 따릅니다. 흥선 한 사람쯤, 이하전 하나쯤 어떻게 되든지 그들에겐 대단한 문제가 아닙니다. 일을 하려면 방해되는 자는 거침없이 제거하는 게 순서가 아닙니까.」

이번엔 김병국이 김좌근을 쳐다보며 언성을 좀 높였다.

「도대체 흥선군 이하응이라는 주정뱅이가 우리에게 무슨 방해물이 된다는 겐지 모르겠습니다. 그는 어디로 보나 우리와 겨룰 위인이 못 되잖습니까.」

김병학이 그 뒤를 또 이었다.

「흥선이 세자로 책봉될 것도 아니고, 상감이 승하하신 것도 아니고, 갑자기 왜 이런 논의들을 해야 하나요! 하여간 명분 없는 짓을 했다간 반드시 역사의 심판을 받습니다. 그렇잖아도 세간에선 족척 정치라고 해서 말이 많은데, 할 수 있다고 무슨 일이든지 해서는 안 돼요.」
 그네들의 의견은 완전히 둘로 갈라졌다. 결론이 나올 수가 없었다. 그러나 그네들의 영좌인 김좌근이 결론을 내렸다는 것이다.
「당장 힘이 있다고 사리에 어긋나는 일을 저질러서는 신망을 잃어서는 안 되지. 만부득이한 때가 아니고선 매사에 자중하는 게 좋아. 홍선은 지금의 홍선 그대로 봐서 무방할 게다.」
 세도 김병기는 자기의 주장을 강력히 내세우는 법 없이 구구한 의견들을 조용히 듣고만 있었다. 따라서 그의 속셈이 가장 미지수였다.
 그날 김씨 일족의 이런 회합의 내막까지를 조성하가 소상히 알고 있을 수는 없다. 그저 그네들이 이례적으로 은밀히 모였고, 그 석상에서 홍선에 대한 이야기가 화제의 중심이 되었다는데, 그들은 홍선을 의외로 경계하고 있더라는 정도의 이야기를 적당히 윤색해서 보고했다.
 홍선은 시종 웃음으로 조성하의 이야기를 들었다. 젊기 때문에 좀 가볍고 든직하지가 못한 조성하는 큰인물이 되기는 어렵겠다고 홍선은 속으로 생각해 본다.
 승후관이라면 친족 중에서 할 수 있는 궁정 비서일까. 조성하는 승후관으로 조대비를 모시고 있으면서 홍선을 조대비한테 접근시키려고 기회만을 보고 있는 사람이다.
 이번에 그네들 밀의의 내막을 대강이나마 알아낸 것도 그 김씨집 청지기가 캐낸 염탐인 것이다.
 홍선의 얼굴에는 불안한 빛이 역연히 나타났다.
 그는 진정 불안했던 것이다. 한 걸음 다가온 듯한 신변의 위험을 실감하지 않을 수 없었다.
 (여태껏 헛지랄을 했던가!)
 차마 양심과 자존심이 허락 않는 난잡한 생활과 스스로 생각해도 처량할 만큼 온갖 어릿광대 노릇을 해 가면서 왕족에게 대한 저네들의 박해를 모면하려고 했는데 결국은,
 (허사였던가!)
 왕족으로서의 위신은 고사하고, 서 푼짜리 양반의 지체조차도 헌신짝

처럼 버렸었다.

밖에 나가서야 말할 나위도 없지만, 집에 찾아오는 낯 모를 아녀자에게까지도 상사람 풍속처럼 마주 대하고 직접 담화하기를 꺼리지 않았다. 변방의 말직의 체모인들 그럴 수는 없는 것이다.

「대감, 그래도 체면이 있는데 남이 보는 데선 저한테 직접 심부름 같은 건 시키지 마셔야지요.」

부인 민씨조차도 애원하듯 그런 말까지 했을 정도이니, 생각하면 정말 미안한 노릇이다.

(그런데 다 괜한 짓이었던가!)

홍선은 그러나, 김병학만은 믿고 싶었다. 병학, 병국 형제가 평상시에 자기한테 베풀어 준 그 호의가 거짓이 아니라면, 그 자리에서도 그들이 그렇게 변명을 해 줬다면, 그들 형제의 힘이 작용할 것이라고 기대해 볼 수밖에 없었다.

(아무래도 그 계집이 수상했다!)

윤아무개라는 그 정체 모를 여인이 다녀간 뒤에, 그들 김문이 그런 모의를 가진 것을 보면,

(그 여잔, 그네들의 앞잡이였던가?)

'저를 의심하지만은 말아 달라'던 그 여인의 그 고혹적인 눈총, 지금 생각해도 요기일 수는 없는데, 역시 젊은 여자란 요물로 봐야 하는 것인가.

김씨 일족의 정보가 그 집 청지기를 통해서 조성하를 거쳐 홍선 자기한테로 넘어오듯이, 그럼 홍선 자기의 일거수 일투족도 낱낱이 그네들한테로 알려지고 있었던가.

(내 본시 여자한테 약해 놔서……)

정체도 모를 그 윤이라는 여자가 부탁한다고 냉큼 집안에다 둬 둔, 그 나어린 녀석이 아무래도 의심스러웠다.

조성하가 돌아가자, 홍선은 그 윤수백이라는 소년을 소리쳐 불렀다.

「부르셨습니까.」

「불렀다. 불렀으니까 네놈이 왔잖냐!」

홍선은 다소곳이 허리를 굽힌 소년을 한동안 무섭게 쏘아봤다.
 홍선은 겁에 질린 듯한 소년의 놀랜 모습을 내려다보자 안된 생각이 들어 얼굴에 비로소 미소를 머금었다.
「얘, 수백아!」
 홍선의 음성은 부드럽다.
「너 내 집에 와 있는 것을 후회 안 하느냐?」
 수백은 허리를 굽히며 황공한 듯 대답한다.
「이렇게 시하(侍下)에 둬 두시는 것만으로도 하해 같은 은혜이옵니다.」
 홍선은 고개를 끄덕이며 화제를 슬쩍 바꿔 보았다.
「너를 데리고 왔던 그 고모라는 여인의 소식은 종종 듣고 있느냐?」
 매혹적인 눈을 가졌던 그 정체 모를 여인의 모습을 잠깐 머릿속에 그려 보면서 홍선은 넌지시 물어 본다.
「제가 이리 온 이후로는 소식을 전연 못 듣고 있사옵니다.」
「그 여인의 남편은 뭘하는 사람이랬지? 네 고모부 말이다.」
「고모부는 안 계십니다.」
「없어?」
「연전에 작고하고 안 계십니다.」
「그럼 네 고모되는 여인은 과부냐?」
 소년은 대답을 망설이며 홍선의 눈치를 흘끔 쳐다보다가 외면을 해 버린다.
 홍선은 다시 묻는다.
「네 고모의 시집은 어떤 집안이냐?」
「저는 시골서 살았기 때문에 자세히는 모르옵니다. 제 고모부는 어디 부사로 도임하다가 불의의 횡사를 했다고 들었습지요만 자세한 이야기는 잘 모르옵니다.」
「그래? 기회 있으면 그 네 고모를 다시 한번 만나 진상을 들어 보고 싶구나. 네 아비도 비명에 가고, 고모부도 그런 죽음을 했다니 너희 집안은 회포가 많겠구나!」

그러나 홍선은 소년의 그런 말을 액면대로 다 곧이듣지는 않았다.
그 여인의 이야기나 이 소년의 이야기가 어떤 목적을 위해서 조작된 것임을 눈치챈 것이다.
그것은 단순한 홍선의 육감이었지만 왠지 그 육감이 사실과 부합할 것 같았다.
홍선은 '천하장안'을 시켜서 그 여인의 정체를 캐 보리라고 속으로 다짐했다.
「그 녀석들!」
'천하장안' 네 녀석들은 저번 큰아들 재면이 여러 날 행방을 감췄을 때 서울 장안 그가 갈 만한 곳은 샅샅이 뒤지고도 아무런 단서조차 못 얻었던 주제들이긴 하지만, 그러나 그 녀석들의 수완은 일단 믿어도 좋다고 생각한다.

그날 재면을 찾아 나섰던 그들은 김씨 일문의 여러 문전을 지켜봤고, 부랑배의 소굴이나 기방, 술집 등 갈 만한 곳은 다 뛰어다녔던 모양이다.
「분명히 말씀드릴 수 있는 건, 서방님은 김씨네한테 납치된 사실이 없다는 점이올시다. 아마도 내일 안으로 빈들빈들 웃으며 돌아오시겠지요.」
천희연이 그런 말을 했었는데, 아닌게아니라 이튿날 저녁 무렵 재면은 좀 파리한 모습으로 무색한듯 빙글거리며 제 발로 돌아왔다.
홍선은 그네들의 판단력이 그만하면 될 성싶어 흐뭇했다.
「어딜 갔었느냐고, 이유도 캐물으실 필요 없다 그 말씀입니다.」
하정일의 말대로 재면한테는 그동안의 경위를 캐묻지 않았다.
「여자 관계에 틀림없습니다. 단지 그 상대가 누구냐, 그것을 탐색하려면 좀 시일이 걸릴 뿐이라 그 말씀입니다.」
장순규의 결론이었으나 단순한 심증이었고 추리일 것이었다.
여자 관계라면 대수롭지 않은 일, 그 일은 일단 불문에 붙이기로 했다.

「애, 이놈 수백아!」
 홍선은 아직도 허리를 굽히고 서 있는 소년을 새삼스럽게 불렀다.
 홍선의 쩌렁 하는 음성에 소년 수백이는 깜짝 놀랐으나 이내 침착성을 회복하고는 남달리 새까만 눈으로 주인을 쳐다본다.
 홍선은 그 순진한 소년의 눈총에서 문득 그의 고모라는 여인의 매혹적이던 눈총을 연상했다.
 그는 엉뚱한 소리를 했다.
「저 느티나무에서 매미소리가 요란하구나. 홍선대감께서 시끄러워하신다고 냉큼 가 일러라.」
 소년 수백이는 이 엉뚱한 주인의 명령에 잠깐 어리둥절하다가 고개를 외로 비틀고는 녹음 우거진 고목을 쳐다본다. 그들은 잠시 말이 없었다. 그들은 똑같이 마침 느티나무 밑에서 고개를 발랑 젖힌 채 우거진 나뭇가지를 기웃거리고 있는 명복을 본 것이다.
 홍선은 느티나무 밑으로 서서히 걸어갔다.
「매밀 잡고 싶으냐?」
 아홉 살짜리 소년은 망설이지 않고 대답한다.
「잡고 싶어요.」
「매민 지금 어디서 우니?」
「저쪽 나뭇가지에 앉았어요.」
「그 매밀 잡으려면 반드시 어떻게 해야 하느냐.」
「나무에 올라갔음 좋겠어요.」
「매밀 잡고 싶다, 매미는 나뭇가지에 앉았다, 저놈을 잡으려면 나무를 타고 올라가야 한다. 그러니까, 너는 나무에 올라가야 하겠구나?」
「그렇지만 제가 어떻게······.」
「올라가 봐라! 매밀 잡으려면 나무에 올라가야 하잖느냐.」
「중간까지만 오르면 올라가겠는데 중간까지 오를 수가 없어요.」
「그래? 그럼 중간까진 네 힘으로 도저히 안 되는 일이니 내가 거들어 주겠다. 그 다음엔 네 힘으로 올라가야 한다.」
 홍선은 서슴지 않고 아들 앞에 앉았다. 아들을 어깨 위에 올려 놓았다.
　명복은 아버지의 어깨를 타고 느티나무 중간으로 기어올랐다.
「오를 수 있겠니?」
「힘들겠어요.」
「힘이 들거다. 허나 오르고 또 오르면 못 오를 리가 없다.」
　어린 명복이는 이를 악물고 나무 위로 기어오른다. 그러나 매미는 기다려 주지를 않았다.
　찍 찌륵 하고 비명 같은 소리를 내고는 푸른 공간으로 날아가 버렸다.
　하늘에는 흰 구름이 서녘으로 흐른다.
　홍선은 더 오르지도 못하고, 내려오지도 못하는 어린 아들을 쳐다보면서 소리친다.
「매미가 다시 날아올 때까지 거기서 기다려라. 네 소망을 네 힘으로 이루어 봐라.」
　어린 명복이는 나무 밑동에 착 달라붙은 채 말도 못 했다.
　떨어질 것만 같아 무서워진 모양이다.
　그러나 홍선은 한가롭게 자꾸 말을 시킨다.
「땅에서 보는 하늘과 거기서 보는 하늘관 어떻게 다르냐?」
　어린 명복이는 나무 위에서 간신히 대답한다.
「여기엔 하늘이 없어요. 나뭇가지만 있어요.」
　무성한 나뭇가지에 가려 하늘이 안 보이는 것이다.
「아래를 내려다봐라! 여기 있는 나와 저 수백이가 어떻게 뵈느냐?」
「조그맣게 보여요.」
　홍선은 나무 위에 매달려 있는 어린 아들한테 소리친다. 미친 듯이 소리친다.
「그렇지? 우리가 조그맣게 보이지. 그래 우리는 너보다 조그맣게 보일 게다. 그래 우리는 너보다 조그맣다. 그리고 너는 지극히 높은 곳에 있고 우리는 낮은 곳에 있다. 다른 사람은 다 네 발밑에 있는 거야. 너만이 높은 곳에 있는 거다.」
　그러나 그때 나무 위에 매달려 있던 명복이는 갑자기 울음보를 터트렸다.

어린 그는 그 이상 나무 위에 매달려 있을 자신을 잃었던 것 같다. 겁에 질린 채 울면서 내려 달라고 호소를 했다.

그러나 흥선군 이하응은 서두르지 않고 흡사 실성한 사람처럼 중얼대고 있었다.

「허, 죽일 놈! 죽일 놈이구나. 네 손에 잡히지 않고 달아나 버린 매미란 놈이 천하에 죽일 놈이구나!」

홍선은 초조해서 나무 위를 쳐다보고 있는 수백이를 슬쩍 돌아보고는 아무 말도 없이 시적시적 거리로 나가 버리는 것이었다.

그날 이후, 홍선의 행동은 날이 갈수록 더욱더 거칠어져만 갔다.

「홍선은 이젠 아주 개망나니가 됐더군!」

「왕족이라는 사람들이 모두 그 꼴이 돼 가니 김씨네들은 앞으로 5백년 집권이라도 너끈히 하겠다니까.」

「그래도 아직까지 그네들한테 굽히지 않는 분은 도정궁(都正宮) 이하 전밖에 없음네.」

「똑똑한 체하다간 또 무슨 변이 나지!」

「백성은 가난에 쪼들리는데, 관의 횡포, 서원의 수탈, 전염병, 가뭄, 장마, 거기다가 상감은 무능하고 척신은 날뛰고 당파싸움은 그칠 날이 없으니 이 나라가 도대체 어찌될 모양인가.」

거리에, 사랑방에, 나무 그늘에, 저자 속에, 어디서나 사람 셋만 모이면 이런 울분과 개탄들이 마구 쏟아졌다.

홍선은 매일 장취였다.

천하장안, 그 건달들과 잘도 어울려서 목롯집, 기생집을 털고 다니며 무전취식이나 하는 것이 다반사였다.

남대문 밖, 동대문 안, 수구문께, 홍제원 등 변두리의 너절한 술집에서도, 큰일 집에서도 그의 모습은 어디서나 볼 수 있었다. 그는 밑천 한 푼 없이 노름판에 뛰어들었다. 속임수를 쓰다가 쫓겨도 나고, 개평을 떼노라고 막사람들한테 욕설쯤 얻어먹는 것은 아프지도 가렵지도 않은 표정이었다.

외도로도 소문이 자자한 왕손이 되었다. 하찮은 작분들 어떠랴, 기생은 더욱 좋다, 반반한 유부녀라면 더더욱이나 좋고, 돈 가지고의 오입이 아니라 억지와 구변과 수완이 밑천인, 이른바 무궤도의 헌팅이었다.

그는 의식적으로 자기의 난잡한 소문을 널리 퍼뜨리려는 것 같았다.

그는 돈이 없어 마시지도 않은 술에 취할 때가 흔히 있었다.

길을 가다가 점잔을 빼고 걸어오는 양반을 만나면, 위풍당당한 관원을 보면, 눈에 핏발이 선 나졸들과 부딪치면 그는 한 방울도 마시지 않은 술이 왈칵 취해 버리는 것이다.

그는 취기를 빙자해서 주정을 하고 시비를 걸기가 일쑤였다.

그러나 누구도 그한테 손찌검을 하거나 잡아가거나 하지는 못했다. 왕손이라는 명목 때문이었다.

대신 돌려세우곤 한마디씩 하게 마련이다.

"재수 없군!", 아니면 "처량한 왕손이군!", 아니면 "굶주려도 체면이나 지킬 일이지!", 아니면 "허이 이젠 아주 폐인이군!", 아니면 "똥이 무서워서 피하나, 더러워서 피하지", 아니면 "불쌍한 양반, 젊어선 호걸이었는데".

사람에 따라 동정적이기도 하고, 개탄조이기도 하고, 매도적이기도 했다.

「똥이 무서워서 피하나!」

그에게 터무니없이 시비를 당한 포리(捕吏)나, 양반 유생들이 길을 피해 가면서 투덜대는 말은 으레 그것이다.

가을이 짙어 갔다. 추수를 해 보니 논농사는 예년의 반타작도 못 되는 흉년이라 했다. 9월이 갔다.

함경도 변방에서는 고국을 등지고 국경을 넘어 이지(夷地)로 살 길을 찾아가는 유랑 농민들이 부쩍 많아졌다고 했다.

10월이 갔다.

동짓달로 접어들었다. 초순이었다. 어느날 흥선군 이하응은 기어코 간담이 서늘한 소식을 또 귀에 담았다.

「대감, 기어코 왕손 한분이 억울하게 희생되나 봅니다.」

역시 그런 소식을 가장 빨리 전해 주는 사람은 조성하였다.

홍선은 사랑에서 둘째아들 명복이한테『동국통감』제8권 강(講)을 받고 있다가 그런 소식을 접했다.

홍선은 명복이를 내보내고 난 다음 조용히 젊은 조성하와 마주앉았다.

홍선은 소리없이 심호흡을 하고는 부산히 연죽에다 황엽 담배를 꾹꾹 담아 불붙여 입에 물었다.

「무슨 소린가? 자세히 얘기해 보게나!」

홍선은 충격과 흥분을 자제하면서 태연하려고 애를 썼다.

남의 일이 아니라 자기 신변에 어떤 불길한 선고를 각오한 것이다.

그러나 조성하의 이야기는 홍선이 예기한 것과는 좀 다른 각도로 빗나간다.

「경평군께서 원도(遠島)로 유배를 당하는 모양입니다.」

홍선은 좀 의외였다. 경평군 이세보는 미처 생각 못 했었다.

왕족이 희생된다면 아마도 도정궁 이하전일 줄로 알았었다. 아니면 홍선 자기거나.

홍선은 담배 연기를 깊이 들이마셨다가 후휴우 하고 내뿜었다.

「뭐라는 죄목이라던가? 고작 또 역적모의라는 거지?」

「왕손한테 씌우는 죄목이란 역모라야 중죄를 줄 수 있잖습니까?」

「유배지는?」

「신지도(新智島)라던가 합니다.」

「신지도? 전라돈가?」

「완도 근처일 겝니다.」

홍선은 잠시 침묵했다.

그리고 보니 경평군도 그들이 주목할 만한 인물임엔 틀림이 없었다.

경평군만 하더라도 그들 외척들한테 할말이 많은 사람임에 틀림이 없는 것이다.

「작호(爵號)도 환수됐다던가?」

「속적(屬籍)까지 단절돼서 이젠 경평군이 아니오라 본명 이세보로 불

대감大監, 차라리 돌이나 되시지요

리게 됐다 하는군요.」
「군은 아우 택응(宅應)의 일이 부르터 난 모양이군 그래?」
홍선도 누군가에 들은 바가 있어 이세보의 이번 화근을 어렴풋이 짐작할 수가 있었다.
이세보는 현왕의 사촌이다.
능원대군(陵原大君)의 후손으로서 상계군(常溪君)의 뒤를 이어 입적되는 바람에 경평군으로 봉군이 된 왕족이다.
그에겐 아우가 있었다. 택응이다. 택응은 임금의 특지로 한림이라는 벼슬을 제수받았으나, 세도 김병기와 그의 주변 사람들의 반대에 부딪쳐서 뜻을 이루지 못한 일이 있다.
조성하가 설명한다.
「경평군께서는 금중공좌(禁中公座)에서 교동대감 부자를 마구 욕했다더군요. 그게 화근이 된 모양이옵니다.」
교동대감 부자란 김좌근과 김병기를 일컫는 말이다.
「참을성이 좀 부족한 인물이니까……」
홍선은 수긍이 간다는 듯이 고개를 끄덕였다.
이세보의 좀 경솔하고 그 카랑한 성격으로 보아 있을 수 있는 일이라고 생각했다.
「"조정은 도대체 누구의 것이냐, 이 나라의 상감이 계시고 왕령이 내렸는데도 외척 몇 놈이 틀면 만사휴의이니 대관절 김좌근 부자는 상감 위에 있는 놈들이 아니냐. 대역이다!" 경평군께선 이렇게 마구 말씀하셨다니 화근이 안 될 수 있습니까.」
임금이 그런 내막을 뒤늦게 알고 김좌근을 불러 노기를 보였다는 것이다. 여기서 일은 크게 부르터 난 것이다.
조정은 발칵 뒤집혔다.
어떤 힘으로 발칵 뒤집히게 했던 것이다.
「그만 일에 상감께서 그렇게 노하시다니, 그럴 수가 없소이다.」
조정 현관들은 입을 모았다.
「경평군이 승후(承候)해서 상감께 있는 말, 없는 소릴 함부로 고해

바친 게 틀림없소이다.」
「가만 놔 뒀다간 무슨 짓을 할는지 모릅니다. 경평군을 이 기회에…….」
격분한 김문은 이 일을 필요 이상으로 크게 트집잡았다.
세도 김병기는 조정대신들을 이끌고 일제히 궐하에 엎드렸다.
왕이 거처하는 궁전 앞의 섬뜰을 월대(月臺)라고 부른다.
그들은 월대 아래 엎드려 대죄한 채, 차라리 자기네를 벌해 달라고 협박을 했다는 것이다.
「심약하신 상감께선 당황하신 나머지 그들을 극구 회유하시니까…….」
그네들은 번갈아 가며 임금한테 아뢰기를, 경평군은 평소의 언행으로 보아 불충한 종실이며, 왕실에 대한 비난을 자행하니, 이는 필시 감춰진 속셈의 발로인즉,
「황공하오나, 이번 기회에 정형(正刑)을 내리셔야 나라가 바로잡히오리다.」
강경히 요청했다는 것이다.
조성하의 이야기를 들으면서 홍선은 어금니를 지근지근 씹었다.
홍선은 별안간 은수복 담배통으로 놋쇠 재떨이를 딱딱딱 두드려 댔다.
「적반하장이군!」
그는 또 뇌까렸다.
「그 군은 그처럼 경솔한 게 탈이야. 벌을 받아 마땅하지! 마땅해.」
이 뇌까림에 조성하는 고개를 번쩍 쳐들고 홍선을 바라봤다.
진심인지 아닌지를 판별하기 위해서였다. 진심이라면 홍선은 무골충(無骨蟲)인 것이다.
그러나 조성하는 홍선의 눈꼬리가 파르르 경련하는 것을 발견하고는 외면을 했다.
(그도 격노하고 있다!)
조성하는 홍선의 침묵에 위압을 느꼈다.

「여파가 클 듯 싶사옵니다. 아마 경평군의 부(父), 숙(叔)에 이르기까지 탈관삭직을 당할 것이라는 소문입니다.」
「그 다음에 올 것이 무섭겠지!」
「유배당한 경평군께는 머지않아 사약이 내리겠습지요?」
「대비전마마의 심기는 어떠시던가?」
「일체 말씀이 없으시니까.」
「..........」
「참, 간밤엔 이도정나으리께서 다녀가셨습니다. 밤이 깊도록 두 분이 환담하시는 걸 보고 좀 불안했습니다.」
「뭐가 불안하던가?」
「종실 어른께선 되도록이면 궁중 출입을 삼가시는 게…….」
「대비전마마는 청상으로 남자와 대좌할 기회가 없으신 분이야. 적적하실 테니까 종친 중에 그렇게 자주 드나드는 분도 있어야지.」
조성하는 별안간 무릎을 당기면서 음성을 낮췄다.
「엊그제 무슨 말씀 끝에 대감의 안부와 함께 자제분들의 나이를 일일이 물으시더군요.」
「외로운 분이시니까, 아이들에 대한 관심이 남다르실 걸세.」
「유독 명복아기에 대해서 자세히 물으시옵디다. 한번 만나 보고 싶으신 양으로…….」
홍선의 눈총은 순간적으로 번쩍 빛났다. 그러나 이내 흐리멍덩해진다.
그는 이제까지 잠잠하던 분위기를 갑자기 뒤집어 엎는다.
「김문의 권세는 앞으로 3백 년은 지속할 걸세.」
그는 말을 끊었다가는,
「그네들한텐 인재가 많아. 인재 있는 곳으로 권세가 집중되는 건 하늘의 이치야.」
안면 근육이 씰그러지더니,
「이런 땐 차라리 돌이나 되구 싶구먼. 밟히거나 채이거나 돌은 마음이 없어 좋아. 그렇잖은가, 성하! 하하하.」

그는 불현듯 벌떡 일어섰으나 앉은키보다 별로 크지가 않았다.
그는 대수롭지 않은 듯이 조성하에게 말했다.
「기회 있으면 대비마마나 한번 넌지시 뵈올 수 있도록 해 주게나!」

「무꾸리, 수리여!」
깐깐한 음성이 거리를 누비고 있었다.
「무꾸리, 수리, 수리여!」
따닥 딱딱 톡, 대지팡이가 울룩불룩한 길바닥을 더듬으면서 여름 뙤약볕으로 간다.
1862년, 서울의 여름은 불볕의 폭서가 계속되고 있었다.
「수리여! 무꾸리, 수리여!」
목청을 쥐어짜며 거리를 더듬고 있는 장님의 좁은 이마에는 구슬땀이 줄줄이 흐르고 있었다.
낡은 갓끝이 길 언저리 지붕 처마에 넘실거렸다. 장님의 키가 유난히 큰 게 아니라, 민가의 지붕들이 너무나 낮았다.
왕궁에서 멀지 않은 와룡동 일대의 지붕들은 서울에서도 특히 낮은 것 같았다. 창덕궁이 들어앉은 터전은 그다지 높지 않은 지대다.
그러나 왕궁 뜰에서 장안의 모든 민가의 지붕 용마루가 한결같이 내려다보여야 하는 것이었다.
너무 큰 집을 지어서는 안 된다. 일백 칸을 채워서는 안된다. 2층집은 물론 지을 수 없다. 정남향으로 집을 앉혀서도 안 된다. 왕궁이 자좌오향(子坐午向)이니까 자좌오향의 남향집은 안 된다.
커도 안 되, 높아도 안 되, 사양(射陽)해도 안 되, 백성이란 사는 집부터 이런 억압적인 제도 밑에 얽매여 있었다.
길은 좁고 구불거리고, 먼지와 똥과 쓰레기로 뒤범벅이 돼 있었다. 낮에는 파리 떼가 잉잉거리고 밤에는 모기, 빈대, 벼룩이 집집마다, 방마다 마구 득실거린다.
그런 주택가의 골목길을 더듬으면서 장님은 목청을 쥐어짜고 있었다.
「수리여! 무꾸리, 수리여!」

무꾸리를 하라는 것이다.
신숫점, 병점, 재숫점을 치라는 것이다.
「야아, 장님막대다! 재수 없다, 퉤퉤!」
골목 안에서 놀고 있던 어린애들이 일제히 길을 비키며 늙은 장님을 놀렸다.
「예끼놈들! 장님 놀리면 불알을 깐다!」
장님, 이(李)맹인은 대막대기를 번쩍 쳐들어 허공을 휘젓는다.
아이들은 더욱 기승을 부리며 놀려 댄다.
「왓하하, 장님 불알은 세 쪽이래요! 하하하.」
아이들은 그의 뒤로 슬금슬금 다가들었다가 와 하고 뿔뿔이 흩어지며 또 놀린다.
「그쪽으로 감, 똥 밟아요! 밟는다, 밟는다, 와하하, 하하하.」
맹인의 대막대기는 또 허공을 휘젓다가 앞길을 또 때린다.
「무꾸리, 수리여!」
그는 어느 골목 모퉁이에서 발길을 멈추자, 잠깐 고개를 비틀고는 보이지 않는 눈알을 굴린다.
「무꾸리, 수리여!」
그는 다시 한번 깐깐한 음성으로 소리치며 같은 자리에서 맴을 돈다. 돌면서 대막대기로 뭣인가를 더듬는다.
「수리여!」
그의 쥐어짜던 음성은 갑자기 땅속으로 잦아들 듯이 낮아졌다.
그는 허리에 찼던 베수건으로 목덜미의 땀을 씻으면서 잠깐 주위의 동정을 살피다가 잊었던 듯 또 외쳐 본다.
「수리여! 무꾸리, 수리여!」
수리여, 소리는 한참 동안이나 그 근처에서 맴돌았다.
그가 맴돌고 있는 바로 앞에는 솟을대문 하나가 우뚝 서 있었다. 말이 솟을대문이지 형편 없는 고가여서, 닫혀 있는 대문도 멋대로 일그러진 채 틈새가 환했다.
바로 그때 그 집 대문이 삐이걱 소리를 내면서 열리고 있었다.

대문 안에서는 나이 찬 처녀 한 사람이 바깥으로 나오다가 길 가운데에 우뚝 서 있는 장님의 모습을 보고는 흠칫 뒷걸음을 치는 것이었다.

장님 이맹인은 대문 앞의 그런 기맥을 알았는지 몰랐는지 주위를 유심히 두리번거리며 혼자 중얼댔다.

「가만 있자, 이상도 하구나!」

이맹인은 대막대기로 자기 주변을 터덕터덕 두드려 보다가 솟을대문 쪽으로 몇 발짝 다가서며 또다시 중얼댄다.

「거, 아무래도 이상하다. 엎드러지면 코 닿을 데에 왕궁이 있는데, 거 아무래도 심상치 않은걸!」

그는 방금 대문소리가 난 쪽을 향해서 대막대기를 몇 번인가 더 휘저어 보고는 갑자기 소리친다.

「무꾸리, 수리여!」

그는 솟을대문이 달린 문기둥을 대막대기로 따닥 딱딱 더듬어 보다가 또다시 혼잣말을 흘린다.

「하아, 대관절 이 댁에 사시는 어른이 어떤 분이시관대?」

그러자 대문 안에 숨어서 장님의 그런 괴상한 동정을 엿보고 있던 처녀가 주위를 한번 두리번거리고는 나직하게 묻는다.

「봉사님! 무슨 일로 그러시는지요?」

그 말에 이맹인은 소스라치게 놀라는 시늉을 하고는 홱 돌아선다.

돌아서서 그는 또 혼잣말을 흘린다.

「내가 큰일 날 소리를 지껄였나 보군. 사람이 있는 줄도 모르구.」

처녀는 대문 안에서 나와 있었다.

「봉사님, 무슨 일이시오니까?」

처녀는 체면 불고하고 묻지 않을 수 없는 모양이다.

「게 누가 계셨소?」

이맹인은 몸을 돌리고는 보이지 않는 눈알을 헤번덕거리면서 또 혼잣말이다.

「허어, 내가 실수를 했군! 내 말을 들으셨단 말씀이오? 허어, 이거 내가 내 주둥이로 큰 실수를 했나 보군.」

맹인 이씨는 난처해진 듯이 잠깐 주변에서 사람의 기척을 살피다가,
「지금 이 골목 안엔 아무도 없습니까? 내 말을 들은 사람은 부인 이외에 달리는 없사오니까?」
더할 수 없이 은근하게 묻는 것이다.
「아무도 없습니다. 그러구 난 부인이 아니에요. 처녀예요.」
「아하, 그러신가. 여보시오, 색시! 대관절 이 댁엔 어떤 어른이 살고 계시오?」
「그런 걸 함부로 어떻게 말해 드려요. 그건 왜 물으시나요?」
「하도 놀라운 일이 있어서, 대관절 지금 주인되시는 어른이 댁에 계신가요.」
「아씨마님이 계세요.」
「아씨마님이 계시다! 안 되겠는걸.」
「무슨 일인데, 그럼 아씨마님께 아뢸까요?」
이맹인은 고개를 설레설레 흔든다.
「안 될 말씀이시지. 감히 뉘댁 아씨마님이신데 나같이 눈깔 먼 봉사가 ……..」
처녀의 호기심은 절정으로 유발되고 말았다.
처녀는 장님한테 잠깐 기다리라 하고는, 대문 안으로 재빨리 사라지더니 잠시 뒤에 다시 뛰어나왔다.
「지금 아씨마님 혼자 계신데 잠시 들어오셨다가 가시겠어요?」
아씨마님, 아씨마님, 처녀는 그 집의 몸종인 것 같다.
「무슨 말씀이신지 아씨마님께서도 궁금히 여기셔요. 들어오시래요.」
「내가 또 실수를 하는 거야. 이런 일은 모르는 체하는 게 상책인걸.」
이맹인은 좀 수선스럽게 독백을 하면서, 그러나 당연한 순서라는 듯이 그 처녀를 따라 대문 안으로 들어섰다. 대문이 삐이걱 닫히고 빗장이 덜커덕 걸리자, 안에서는 미닫이 밀리는 소리가 스르륵 연하게 들려 왔다.
대문을 들어서면 중문, 중문을 들어서면 안문, 안문을 들어서면 내정, 내정 저쪽에 대청이 있게 마련이다.

이맹인은 내정 한복판에 섰다. 잠시 후 대청 쪽에서 품위로 가다듬어진 여자의 음성이 들린다.

「보아하니, 앞 못 보는 봉사신데 우리 집 문 앞에서 괴이한 말을 하셨다지요?」

파격이었다. 안주인은 직접 외간 남자한테 그런 말을 물었던 것이다.

이맹인은 머리를 굽히면서 송구해 한다.

「제가 경솔히 실언을 했나 봅니다. 마땅히 벌받을 소리를 경솔하게 지껄였나 봅니다.」

「무슨 얘긴지 허물없이 말씀해 보오.」

삼십대의 조촐하게 차린 여자였다. 점잖이 대청마루에 선 채로 봉사를 내려다본다.

「관가에 알려지면 큰일 날 소리, 두번 다시는 입밖에 낼 수 없사옵니다.」

이맹인은 장님막대를 다부지게 움켜잡으면서 딱 잘라 말한다.

「괜찮아요. 아무도 듣는 사람이 없으니, 맘에 있는 말을 허물없이 해 보시오.」

그러자 이맹인은 보이지도 않는 눈을 마구 헤번덕거리며 주위에 신경을 쓰는 체하다가,

「저한테 화가 미치지 않게 해 주신다면…….」

하고는 별안간 땅바닥에 넙죽 엎드린다. 그리고는 한껏 조심스럽게 말한다.

「우연히 지나가다 보니 이 댁 대문 안에 왕기(王氣)가 서려 있사옵기에 저도 모르게 그런 발설을 했나 봅니다.」

대청에 단정히 서서 몸을 옆으로 틀고 있던 부인은 소스라치게 놀라면서 앞으로 나섰다.

「왕기라니요?」

음성이 갸냘프게 떨려 나온다.

「왕기가 서렸습니다. 이 댁 나으리께선 왕손이신 듯싶사옵니다.」

고개를 든 이맹인은 자기 말에 대한 반응을 조용히 기다려 본다. 너무

나도 당황한 부인은 잠시 동안 말이 없었다. 타는 듯 붉던 입술이 핏기를 거두었다.
　가위소리, 때마침 엿장수의 째깍거리는 가위소리가 바깥 골목을 흘러가고 있었다.
　그네들은 그 가위소리가 멀리 사라져 갈 때까지 잔뜩 긴장한 채 귀를 기울이고 있었다.
　정말 큰일 날 대화들이었다. 관가에 알려지면 말한 사람이고, 들은 사람이고 함께 역모로 몰려 멸족을 당하고 말 어마어마한 말인 것이다.
　부인은 몸을 가눌 수 없을 만큼 놀랐던 것 같다. 그러나 그것은 공포가 아니었다.
　부인은 대뜰로 내려서다가 몸을 기우뚱하고 쓰러질 뻔했다. 기둥을 붙잡고 잠깐 진정을 한 다음, 서서히 마당 가운데로 내려섰다.
　「봉사님, 무슨 얘기인지 모르겠습니다. 좀더 자세히 말씀해 주시지요.」
　체면도 돌보지 않고, 양가의 부인이 난생 처음 보는 장님과 마주 선다.
　「이왕 쏟아 놓은 물……」
　맹인 이씨는 혼자 뇌까렸다. 이왕 꺼내 놓은 말이니 할말을 하겠다는 건가.
　「주변엔 지금 아무도 안 계십니까?」
　이맹인은 묻는다. 주변에는 지금 아무도 없다. 처녀, 부인의 몸종인 처녀는 그 말에 재빨리 어디로 몸을 숨겼는지 보이지를 않는다.
　「아무도 없어요.」
　단아한 이마를 가진 부인은 입안의 침이 바짝 말라서 제 음성이 아니었다.
　「어찌된 영문인지 저도 모르겠사옵니다. 허나 이댁에 왕기가 서려 있고, 그 왕기가 서린 이상엔 머잖아 나라 안엔 큰 변고와 더불어 크나큰 경사가 날 것으로 아뢰옵니다.」
　「그게 진담이시오? 그럼 우리 집안에서?」

부인은 몹시 상기된 얼굴로 나직하게 묻는다. 다리며, 팔이며, 아니 온몸이 부들부들 떨리고 있었다.
「제 영감은 틀려 본 일이 없었지요. 조용히 때를 기다리십시오. 그리고 경사가 나거든 이 눈깔 먼 장님을 잊지 마십시오.」
마당에 선 부인은 온몸에 맥이 쏙 빠져 땅바닥에 털썩 주저앉고 싶을 뿐이었다.
맹인 이씨는 부인의 경악과 흥분을 맹인 특유의 발달된 감각으로 눈 뜬 사람보다 더욱 소상하게 관찰한다.
맹인 이씨는 지극히 은근하게 한마디 덧붙인다.
「제가 알기로는 상감께선 수(壽)를 못 타고나신 분이올시다. 거기다가 무후합지요. 자궁에 아드님이 없으신 분이라 그 말씀이야.」
맹인 이씨는 보이지 않는 눈으로 또 주위를 한번 둘러본 다음 음성을 더욱 낮춘다.
「제 말이 맞나 두고 보시란 말씀이야. 아마도 내년을 넘기기가 어려울 것입니다. 계해년이 그 어른한텐 액년이라 그 말씀이지요.」
부인은 이젠 어깨로 숨을 쉬고 있었다. 맹인 이씨를 끌고 내실에라도 들어가 앉아서 조용히 소상한 이야기를 듣고 싶었으나 그럴 체면이 아니라서 안타까워하는 눈치다.
「만약 나랏님이 여차하는 경우 대통을 이을 만한 종실로는 세 분밖에 없는 줄로 아옵니다.」
인당(印堂)이 넓고, 코끝이 순후하게 생긴 부인은 침을 꼴깍 삼키면서 맹인에게 묻는다.
「세 분이라뇨? 누구누구신지요?」
말투로 보아, 앞에 서 있는 맹인은 보통 무꾸리나 하고 신숫점이나 치러 다니는 그런 사람이 아니라고 단정한 부인은 초조하게 물었던 것이다.
「뻔하다 그 말씀이야. 경평군, 홍선군, 그리고 이도정 댁, 그 세 종실 가문이라 그 말씀이야.」
맹인 이씨의 말씨는 이제 주저없는 반말로 변해 있었다.

「허나, 경평군은 이미 대역으로 몰려 유배된 몸이니 논외로 치고, 남은 두 어른 중에서 대통을 잇게 된다 그 말씀이외다. 그런데 이 댁에 이처럼 왕기가 서려 있으니 대관절 이 댁이 어느 어른 댁이오니까?」

부인은 얼른 대꾸할 수 없는 모양이다. 대문간에다 몹시 신경을 쓰면서 맹인 이씨만을 노려보고 있었다. 맹인 이씨는 능글맞게 씽긋 웃고 난 다음,

「흥선군은 타락해서 거리의 부랑배가 됐으니 그런 집안에 용골이 묻혀 있을 리 없구, 여기가 구름재가 아니니 흥선군 댁이 아닌 건 뻔한 노릇. 아하아, 그럼 이 댁이 바로 도정궁 이하전나으리 댁이 아니십니까?」

맹인 이씨는 새삼스럽게 머리에 쓴 갓을 바로하더니 두루마기 앞자락을 여미며 다시 허리를 굽힌다.

「소인 눈깔이 멀어서 몰라뵈었습니다. 그런 댁인 줄 몰라뵙구 함부로 내정에까지 들어와서 지껄였사옵니다. 지나던 거렁뱅이의 말로 아시고 마님 가슴속 깊숙히 묻어 두십시오.」

맹인 이씨는 몸을 돌리어 대막대기로 마당을 투덕거리기 시작했다. 키가 늘씬한 부인은 몹시 아쉬운 표정으로 멍하니 마당 가운데에 서 있다가 불현듯 중문까지 그를 배웅하면서,

「저어, 봉사님을 다시 뵈오려면 어디로 어떻게 찾아뵈어야 하나요?」

간절한 음성으로 물었다.

「예, 저야 세상을 떠돌아다니며 동가숙 서가식하는 신세, 하늘 아래는 다 제 거처니 찾을 길이 없으실 겝니다. 후일 경사 소식 들으면 제 발로 궐하에 참진해서 곡배를 올리고 싶습니다. 다만, 벼슬 없는 지체에다 앞 못 보는 맹인이고 보면 언감생심 궐문에 근접이나 할 기회가 있겠사옵니까. 만수무강 합시오.」

맹인 이씨는 줄줄줄 말을 흘리면서 대문을 나서더니 사면을 두리번거리고는, 골목 모퉁이를 도망하듯 돌아서는 것이었다.

「무꾸리, 수리여!」

맹인 이씨의 음성은 길게 여운을 남기면서 여름 낮 골목 안에 한가로이 번져 나가고 있었다.

그날 밤, 종로의 인경이 울린 다음에야 도정(都正) 이하전은 집으로 돌아왔다.

「나으리 내실로 좀 듭시라고 여쭤라!」

언제나 밤이 늦어서야 집이라고 찾아드는 남편, 오늘따라 부인은 그가 돌아오기를 초조하게 기다렸던 것이다.

「오늘은 내실서 주무시지요.」

부인은 술기운이 있는 남편의 등뒤로 돌면서, 그의 도포와 두루마기를 벗기며 떨리는 음성으로 말했다.

「왜, 별안간 영감 생각이 났소? 이 무더운 여름철에 불과 열흘 공규(空閨)도 못 참겠소? 하하하.」

호쾌한 이하전은 농담끝에 부인의 둔부를 손으로 때렸다. 그는 보료 위에 덧깐 강화 화문석 위에다 그 장대한 몸을 뒹굴리면서 한탄하듯 말한다.

「아아, 세상이 너무 혼탁해! 나라 안이 너무 어지러워!」

아무래도 내실에서의 얘깃거리가 아닌 말을 불쑥 꺼내는 것이었다.

「왜 밖에서 무슨 일이라도 있으셨나요?」

부인은 미리 준비한 앵두화채 한 대접을 쟁반에 받쳐 내놓는다.

연옥색 사기대접에 불그레한 물빛이 아름답다.

「뜻맞는 친구들과 한잔 하다 보면 화제가 늘 울적해집디다그려, 아무래도 이 나라엔 무슨 변이 일어날 것 같아. 민란이란 백성이 참다참다 더는 못 참을 극한에 달했을 때 비로소 일어나는 게 아니겠소. 아무래도 심상찮지 뭐요. 올 들어서 벌써 몇 번이야. 이젠 전국적으로 번져 나갈 기세구려.」

「또 어디서 민란이 일어났나요?」

「그칠 새가 없소그려. 할수없이 나라에선 삼정이정청(三政釐整廳)을 설치했다던가. 각처에서 일어나고 있는 민란이 삼정(三政)을 문란케 하는 원인이라고 단정한 모양이야.」

「그럴지도 모르지요.」

「아하, 그럴지도 모르다니, 역시 아녀자의 소견이로군!」

이하전은 분홍빛 아름다운 화채 한 대접을 단숨에 마셔 버리고는 머리에 쓴 탕건을 훌떡 벗어서 팽개친다.
「민란이 일어나니까 삼정이 문란해지는 게 아니야. 삼정이 극도로 문란하니까 민란이 일어나게 마련이지. 정치하는 사람들은 늘 그것을 반대로 생각하니 수습이 되느냐 말이오.」
삼정이란 전정(田政), 군정(軍政), 그리고 환곡(還穀)을 말한다.

멀리 소급해서 임진왜란의 여파라 하지만 전답은 황폐해 있는데 궁전(宮田)이니, 둔전(屯田)이니 하는 면세되는 땅은 자꾸 넓어져 갔고, 양반 토호들이 마음대로 점유하고는 토지대장에는 올리지도 않은 땅, 이른바 은결(隱結)은 확대일로에 있어 국고수입이 형편없이 줄어들었으니 과중한 세금으로 죽어나는 것은 힘없고 양순한 농민들뿐이었다. 전정의 문란인 것이다.
군정의 문란도 극에 달했다.
장정이 직접 병역을 치르는 대신 군포를 바치게 돼 있다. 장정 한 사람한테 포 한 필을 내게 하고 부족한 재정은 어염세(漁鹽稅), 선박세 그 밖의 잡수입으로 보충케 돼 있으나 그러나 양반, 아전, 관노 등은 병역이 면제되는 데다가 징병 행정이 극도로 문란해져서 많은 농민과 장사치마저 관리와 결탁해서 징병을 회피하게 되니까 애매한 농민들을 대상으로 황구첨정(黃口簽丁)이라던가. 아직 뱃속에 든 어린애마저 어른과 똑같은 세금을 내게 하고 심지어는 백골징포(白骨徵布)라 해서 이미 죽어 없는 사람에게까지 세금을 받아들이는 판이다.
환곡의 문란 역시 그렇다. 가난한 농민한테 나라에서 미곡을 꿔 줬다가 추수 때에 당이자를 붙여 받는 것은 농민을 구호하려는 게 목적인데, 목적과는 달리 지독한 고리대로 변했을 뿐 아니라, 이 명목 저 구실로 타작마당에서 농민들의 깝대기를 홀랑 벗기게 마련인 것이다.
삼정이 그토록 문란하니 어찌 민란이 안 일어나느냐는 것이다.
이하전은 울분의 한숨을 뿜으면서 부인의 손을 잡아당긴다.
이왕 내실에 들었으니, 그런저런 일 다 잊어 보자는 심산인가 싶다.

그러나 부인은 몸을 버티며 단연 거절을 한다.
「드릴 말씀이 있어요, 조용히.」
그러나 이하전은 다시 한번 아내를 낚아채려다가 잠시 전의 화제를 잇는다.
「당연하지, 민란이 일어나는 건 당연해. 임금은 주색에 탐닉해서 허파가 썩어 가고 있고, 척신들은 천년 권세를 꿈꾸고 있고, 간신 아첨배들은 왕성 묘당을 에워쌌으며, 관공리는 불한당의 탈들을 쓰고 백성을 괴롭히는데, 염통에 피가 돌고 있는 백성치고 어찌 안 일어나겠어! 진주 민란은 2월이었겠다?」
익산은 4월. 개령, 함평 등에서 그 달에 연이어 일어난 민란도 농번기를 맞은 농민들이 눈앞이 캄캄했던 까닭이다.
요즘 기의 전국 각지에 횡행하는 마적 떼가 과연 단순한 도둑 떼일까. 방화, 약탈을 자행한다고 해서 마적 떼라고 할 수 있을까. 피해를 입은 대상은 모조리 악질 관원이고, 권력에 아부하는 지방 토호들이고, 서원을 방패삼아 횡포를 부리는 사이비 유생들인데, 그네들이 마적 떼일까.
「나으리, 오늘 아주 이상한 일이 있었어요. 남이 알면 큰일 날 얘긴데요.」
부인이 남편한테로 무릎을 당기면서 눈총을 빛냈으나,
「상감은 이씨인데, 정사하는 놈들은 왜 김씨야! 하긴 그것도 좋지. 잘 만 해서 나라가 태평하고 백성이 성세(盛世)를 누린다면야 이가면 어떻고, 최가, 마가면 어떻겠어. 제 백성, 제 나라 사람이 다스리면 고만이지. 내가 구태여 낙척 왕손이라서 불평하는 게 아니란 말이야, 어허 이제라도 늦잖으니 저 강화도령께서 정신 바짝 차려 주셔야겠는데!」
이하전은 술이 꽤 취해 있었고 오늘따라 울분이 대단했다.
「말씀 삼가세요. 상감보구 강화도령이 뭐예요.」
부인은 취해 있는 남편을 보자, 입술이 바짝 탔다. 술기운으로 금방이라도 잠들 것 같은 남편을 지그시 흔들면서 말했다.
「우리집에 왕기가 서렸대요.」

그러나 남편 이하전은 잠꼬대 같은 대거리를 한다.
「뭐 왕기가 서려? 하하아, 명색이 왕손이니 왕기 서린 게 뭐 새삼스럽소?」
「오늘 이상한 사람이 왔었어요. 도인인가 봐요.」
「도인이라?」
「어떤 봉사가 우리집 앞을 지나다가…….」
「지나다가, 봉사가 집 앞을 지나다가?」
「깜짝 놀라면서 얼굴색이 변하더래요. 순이가 그러길래, 집으로 불러 들였더니, 마당에서 넙죽 절을 하고는…….」
「절을 하고는? 봉사가 말이오? 앞 못 보는 장님이 당신한테 절을 했단 말이오? 그놈 눈은 멀었어도 여자는 뵈나 보군.」
「우리집에 왕기가 서렸다면서 대관절 어느 어른댁이냐고 묻지 뭐예요.」
「목릉참봉(穆陵參奉) 도정 이하전 댁이라고, 조대왕의 아버님이신 덕흥대원군의 사손(嗣孫)이며, 별칭 인손(仁孫)댁이라고 그러지 그랬소.」
「농담하실 얘기가 아니에요. 봉사는 겁이 나는지 입을 봉하고 부들부들 떨면서 자꾸 달아날 궁리만 하는 걸 간신히 말을 시켰더니, 상감께선 내년이 수(壽)라고 하면서…….」
이하전은 비로소 벌떡 일어나 앉았다.
그는 술이 홱 깨는 모양으로 눈을 휘둥그렇게 뜨면서 아내한테 그 뒷이야기를 자세히 물어 대는 것이었다.
부인이 조심스럽게 낮에 있었던 그 장님과의 수작을 낱낱이 설명하니까, 이하전의 낯빛은 갑자기 파랗게 질려 가고 있는 것이다.
그는 부인의 이야기를 다 듣고 나더니 손으로 무릎을 탁 쳤다. 그 바람에 황촛불이 홱 꺼진 건 아무래도 불길한 징조만 같다.
「허! 당신은 큰일을 저질렀소그려!」
이하전은 버럭 역정을 내면서 부인을 호되게 나무랐다.
「장님이 뭘 안단 말이오! 왕기는 눈먼 장님한테만 보인답니까! 설사 알 만한 사람이 있다고 합시다. 그런 도인이라면 주인도 없는 남의 집 내정에까지 들어와서 일개 아녀자한테 함부로 지껄일 리가 없잖소? 왕기라는 게 냄새라도 나오? 연기처럼 코로 마시면 난다 합디까? 눈 똑바로 뜨고도 모를 왕기를 눈먼 장님이 어떻게 알며, 또 그런 걸 알 만한 사람이면 결코 그렇게 지각없이 경솔한 말을 할 까닭이 없잖으냐 말이오.」

이하전은 준열한 어조로 아내를 꾸짖는 것이었다.

그는 몹시 낭패해 하는 태도였다. 뭔가 잘못돼 가고 있음을 직감한 순간의 노기가 아내에 대한 그런 힐책으로 변한 것 같았다.

남편의 그런 눈치를 알아챈 부인은 꺼진 촛불을 다시 켜 놓으면서 불안하게, 그리고 조심스럽게 묻는다.

「그럼 그 맹인은 뭘까요? 헛말을 지껄이는 것 같진 않던데요.」

「이제 두고 보면 알게 될 거요.」

「내가 경솔했나 보죠?」

「경솔하게 눈치를 뵌 것 같소. 세상이 이렇게 어수선할 땔수록 낯모를 사람을 믿어선 안 되는 게요.」

무더운 여름밤은 깊어 가고 있었다.

이하전은 잠시 동안 눈을 지그시 감고 있다가 혼잣말처럼,

「양식을 가지곤 차마 보고도 못 본 체 하기가 힘이 들어. 나라의 앞일이 암담할 뿐이오. 당신도 그 천주교라는 걸 믿고 싶소?」

부인이 어리둥절하면서,

「천주교라뇨? 아닌 밤중에 별안간 무슨 말씀이신가요?」

남편의 속셈을 몰라 반문하니까,

「특히 상류사회의 내실로 침투하고 있는가 봅디다. 아내가 남편 몰래 믿는 집안이 퍽 많다더군.」

「설마하니……」

「전국에 퍼져 있는 서양 선교사들이 이젠 꽤 여러 사람인 것 같소. 그네들의 감화를 직접 간접으로 받은 수천 명의 신도들에 의해서 흡사 전염병처럼 번져 나가고 있는 모양이오. 소위 『성경』이라는 책 한 권과 목숨을 맞바꾸던 시절은 이미 간 것 같단 말이오. 십자가를 자랑스럽게 가

슴에 걸고 거리를 활보하는 무리가 부쩍 늘었소. 짐승처럼 가슴팍에, 팔 다리에 털이 북실거리는 양인들한테 다투어 미태(媚態)를 부려야만 불안한 생각을 떨쳐 버릴 수 있을 만큼 사람들은 자신에 대한 신념을 잃어가고 있소그려.」

 사실이었다. 재작년, 그러니까 1860년 영불 연합군이 북경을 공략하자, 대국이라는 청나라조차도 하루아침에 서양인의 천하가 됐다는 풍문이 그곳을 다녀온 외교사절(동지사)의 목격담을 통해 국내에 퍼졌다. 약삭빠른 사람들은 그 양코배기라는 인종의 위력이 머잖아 이 나라를 석권할지도 모른다는 공포로 해서 하룻밤 사이에 벼락 천주교도가 되곤 하는 실정이었다.

 부인은 이마를 숙인 채, 남편의 의사를 조심스럽게 떠본다.

「말씀을 하시니 말이지, 많이들 믿나 봐요. 뭐 착하게 살자는 거라더군요. 남한테 좋은 일 많이 하고, 서로 미워 말고, 믿으며 사랑하자는 교리라던데요. 그리고 잘 믿으면 천당엘 간다나요. 지옥이 있대요.」

 이하전은 부인의 말에 기가 막히는 모양이었다. 넋빠진 사람인 양 아내를 멀거니 바라본다.

「믿으면 천당엘 가고, 안 믿으면 지옥엘 가고, 조상의 제사도 지내지 말고, 어버이가 죽어도 곡조차 하지 말고, 오직 믿고 섬기는 것은 성모 마리아? 하나님 아버지? 허어, 당신도 어느 틈에 천당병이 걸렸소그려? 장님도 믿고, 하나님도 믿고, 믿는 것도 많소그려! 하긴 사람이 사람을 못 믿게 된 세상이라니까 그런 거라도 믿고 싶겠지!」

「안 될까요? 혼자만 믿으면 되는 거라는데 남에게 내색할 필요도 없구. 안 될까요?」

 부인의 빛나는 눈동자를 보자, 이하전은 고개를 옆으로 저으면서 타박을 준다.

「집안 망신시키지 마오! 그 천주교 때문에 또 한번 난리를 치러야 하리다.」

 이하전은 그 천주교에 대해서는 남다른 선견적인 견해를 가지고 있었다.

그래 문득 생각난 김에 부인을 떠본 것인데, 벌써 자기 아내도 적잖은 호기심을 가지고 있는 눈치이니 망연했다.

그는 정색을 하면서 부인에게 선언한다.

「나는 덮어놓고 반대하는 게 아니오. 다시는 천주교의 천자도 입밖에 내서는 안 되오! 또 한번은 피를 보게 될 게 뻔한걸. 어떤 종교든지 외래의 것은 초기엔 화를 입게 마련이야. 불교도 그랬고, 유교도 그랬고, 다 그랬어. 정치가 궁색해지면, 세도 싸움이 심해지면 그런 종교 탄압으로 탈출로를 삼는 거요.」

그는 잘 알고 있다.

정조 때 서파(西派)와 남인(南人) 사이의 당파싸움도 구실은 천주교였다.

서인과 남인의 싸움이었다. 남인의 대표적인 재사 이가환은 사교(邪敎)인 천주교 신자라는 죄목만으로 단두대에 올랐고, 그를 따르던 수많은 남인 일파가 탈관삭직되어 벽지로 유배를 당했다.

말하자면 천주교는 서인과 남인의 당파싸움에 기름 구실을 한 것이다.

이하전은 그후의 신유교안(辛酉敎案)을 알고 있다. 순조가 즉위한 1801년에 일어난 당쟁과 천주교의 일대 파란이다.

순조는 열 두 살에 즉위했다. 섭정은 영조의 비(妃) 김씨였다.

이때도 서인 일파는 남인을 없애기 위한 기회를 노리고 있다가 마침 순조가 즉위하자 그해 정월에 대왕대비의 교서를 빙자하고는 남인파를 가리켜 무부무군멸기난상(無父無君蔑紀亂常)이라고 몰아 남인파의 천주교 신도들을 숙청했다.

천주교란 아비도 모르고 임금도 모르는 사교인만큼 그것을 믿는 것은 국적이라고 낙인을 찍어 몰락시킨 것이다. 역시 당쟁에 천주교가 구실이 된 사건인 것이다. 이하전은 그후에 일어난 청국인 주문모 사건도 알고 있다.

주문모 신부는 북경 천주교 본부에서 교리는 물론 가장 그 풍채와 학식이 뛰어난 인물이라 하여 남인 일파의 요청으로 이 나라에 건너왔다.

그는 서울 안국동 어느 신도의 집에 살면서 특히 여성 신자들의 평판이 자자했다. 그에게 세례를 받으러 오는 여성들이 매일 열을 지었다.

외래의 자유 사상인 천주교는 그때도 역시 남인들 중에서 신도가 많았다.

구도덕의 주자학을 신봉하는 권력자 서인 일파한텐 언제나 탄압의 대상이었다.

그래, 미남 신부 주문모는 화동에 있는 어느 젊은 과부의 안방으로 깊숙히 숨어 버렸다. 이것은 서인뿐이 아니라 뭇남성들의 질투와 악평의 대상이 되고 말았다.

그는 드디어 규탄됐다.

여러 왕족, 귀인의 부인들과 도색적인 환락에 빠졌다는 치명적인 스캔들로 해서 색출, 체포됐다.

서인들은 이 사건을 물고 늘어졌다.

남인들은 또다시 궁지에 몰린 것이다.

자백이란 뭣인가.

자기 입으로 숨겼던 사실을 실토하는 거다.

자기 입으로 실토하는 건 다 사실일까.

강요되고 위압적인 분위기 속에서의 자백이란 믿을 가치가 없는 것이다.

그는 무서운 신문(訊問)에서 왕족 이 아무개의 부인과 간통했노라고 자백했다. 간통 장면까지 낱낱이 설명한 다음 그는 말했다.

「주님께선 여자를 보고 음심을 가지면 벌써 간음한 것이라고 하셨습니다. 이 사람, 주님의 뜻을 받들어 이 나라에 와서 간음했다는 혐의를 받았으니 이미 간음한 것이나 다름없지요. 그렇습니다. 이 사람, 그 부인과 간음했습니다. 당신네들의 말대로 그날 밤 거기서 그 부인과 발가벗고 간음했으니 주님의 부르심을 받겠습니다.」

주문모 신부는 이미 체념했던 것 같다. 자기 때문에 왕족의 부인이 희생되고, 그 일족이 멸망하게 된 것도 이미 기정된 순서임을 알고 서슴없이 그 자백을 한 것인지도 모른다.

공명功名도 부귀富貴도 다 잊었노라

조야(朝野)는 발끈 뒤집혔다.
서인 일파가 싫어하던 그 왕족 이곤(李榲)은 영조의 사손(嗣孫)으로 왕족 중에서도 현인이라고 평판이 자자하던 사람이다.
그런 집단이 하루아침에 망해 버렸다.
그 왕족 이곤도, 이국인 신부와 간통했다는 그의 젊고 아름다운 아내도 지체없이 사사를 당한 것이다.
며칠 후 주문모 신부는 서문 밖 형장에서 하늘을 우러러 경건히 성호를 그리면서 조용하게 그 이승의 마지막을 고했다.
최후로 남기고 싶은 말이 없느냐는 물음에 그는 꾸밈없이 미소를 지으면서 유창한 한국말로 말했다는 것이다.
「나는 천주께서 부르시니 가거니와, 만일 주께서 다시 이 세상에 보내 주신다면 또다시 이 땅에 와서 여러분께 복음을 전하는 게 버릴 수 없는 소망입니다. 천주의 은총이 이 땅의 형제들한테 함께 하기를 기도합니다. 아멘.」
당파싸움이 애매한 종교를 구실로 삼은 좋은 본보기였다.
종교는 종교인 자신들에 의해서 피해를 입는 경우가 있다.
종교인이 타락하면 일반의 상식을 벗어나는 예를 흔히 본다.
이하전은 황사영의 괴문서사건도 알고 있다.
그것은 천하를 깜짝 놀라게 한 한 종교인의 배리(背理)였다.
관은 청국인 주문모 신부를 심사하다가 많은 그의 동지들을 색출해

냈다.

그중에 황사영이라는 인물이 있었다.

황사영은 주문모 신부가 관가에 잡히는 것을 보자 충청도 제천으로 몸을 피해 토굴 생활을 하기 8개월에 이르렀다.

그는 황필, 김한빈, 옥천희, 현계흠 등과 통모한 끝에 이른바 백서사건이라는 남인파 최대의 추태이며, 천주교도로서는 얼굴을 들 수 없을 파렴치한 사건을 저지른 것이다.

황사영 일당은 저들의 동지 교도들이 잔학한 형벌을 받았을 뿐 아니라, 정부의 탄압이 너무나 가혹한 데에 원한을 품고 외국의 무력을 빌어 정적인 서인파를 복수하는 한편, 교세의 만회를 획책하려 한 것이다.

그는 제1안으로서, 청국인 신부 주문모의 참형 실정을 청국에 알림으로서, 청국 황제로 하여금 이 나라 국왕한테 유고를 내려 양인들과의 접촉을 용인케 할 것을 꿈꿨다.

그는 제2안으로서, 청국의 무안사라는 것을 평안도 안주에다 두고 저들의 왕족 한 사람이 직접 그곳에 와 머무르며 이 나라를 감독함으로써 천주교의 교세 확장을 꾀하려고 했다.

그는 제3안으로서, 서양의 어떤 강국을 지적해서 군함 수십 척, 정병(精兵) 5,6만, 대포나 그밖의 신예 무기를 다량으로 이 나라에 보내 교도를 원조해 줌으로써 자유 포교를 성취하도록 하겠다는 것이다.

이상 세 가지 방안을 흰 명주에 백반으로 써서 물에 적셔야만 그 글자가 보이도록 비밀 문서를 작성, 그것을 역졸 편을 이용해 북경에 있는 천주교 본부로 보내려 한 것이다.

이 얼마나 무섭고 비열한 획책인가.

다행히 역졸이 잡힌 바 되어 황사영 일파는 제천에 있는 토굴에서 손쉽게 일망타진이 됐다.

황사영의 백서사건은 천주교 동정자들조차도 그 이목을 가리게 했다.

뿐만 아니라, 서인 일파의 횡포를 증오하는 나머지, 천주교의 신앙을 배척할 필요가 없다고 생각하던 세인으로 하여금 그 매국적 행위를 규탄, 저주케 한 것이다.

따라서 세상 사람들은 제천 토굴에서 무모하게도 국제 정국을 움직이려고 한 황사영 일파의 말로를 빈축으로써 지켜본 것이다.
 그후 30년이 계속 서인의 세상이다.
 이하전은 과거의 이런 여러 가지 천주교의 파란이 그때그때의 종파적인 싸움과 연결된 것을 너무나 잘 알고 있기 때문에 자기 아내가 그리로 눈을 뜨는 것을 극도로 경계하지 않을 수 없었다.
 정체 모를 맹인의 왕기설(王氣說)도, 부인의 천주교에 대한 관심도 도정 이하전은 다 함께 유쾌하지 않은 화제였다.
 그는 부인에게 엄격히 선언한다.
「장님의 미친 소리도, 천주교에 대한 부인의 관심도, 자칫하다간 집안에 큰 재앙을 가져오기가 쉽소. 명심해야 하오.」
 열어 놓은 창밖 하늘에는 별빛이 졸고 있는 밤이었다. 이하전은 상투 끝에서 은동곳을 뽑아 머리맡에 놓고는 허리띠를 끌렀다.
「오늘 대전마마를 뵈었소.」
 그는 조대비를 만났다고 말머리를 돌렸다.
 부인은 대거리할 말이 얼른 생각 안 나는지 잠자코 있다.
 이하전은 덧붙여 할 말이 없는 것처럼 머리맡에 있는 합죽선을 집어 천천히 바람을 일궈 보다가 집어던진다.
「당신(조대비)한테도 이젠 자주 드나들지 말라고 하십디다.」
 한참 만에 그런 소리를 하면서 자리로 눕는다.
「왜요? 자주 들어오라고 하시던 분이.」
 아내도 치마끈을 푼다.
「내 신상을 위해서 내리시는 말씀이시겠지…….」
 아내는 속적삼의 앞자락을 열면서 말한다.
「하긴 저네들이 좋아는 안 하겠지요. 자주 거기 드나드시는 걸.」
 이하전은 하품을 싸악 하면서 대수롭지 않게 뇌까린다.
「김문 일파들은 내가 무슨 속셈이라도 있어서 드나드는 줄로 알는지도 모르지! 누구한테 무슨 얘길 들으신 모양이야.」
「무슨 얘기라뇨?」

아내는 윗목에다 또 하나의 정갈한 금침을 펴고 있었다.
「아무리 종실이라도 대비궁엘 무상출입하는 건 법도에 어긋난다고 했다더군.」
남편은 아내의 탐스런 몸매를 바라보고 있다.
「김씨네가요?」
「병필의 말 아니겠소! 김병필은 의심이 많은 사람이니까. 이리 내려와 눕구려! 참 홍선군 얘길 하시더군.」
「대비마마께서요?」
부인은 자기 금침으로 와서 누우라는 남편의 말엔 반응을 보이지 않고, 윗목에 깐 요 위에 몸을 옆으로 틀고 앉는다.
「종실의 체면도 있는데 너무 추태가 심하다는 소문, 마마께서 듣기에 민망하신 모양입디다. 이리로 내려와 눕구려.」
「홍선대감, 아무리 살림이 궁색하기로 너무 체통없이 구시는가 보지요?」
「그 양반은 술 때문에 패가망신이야. 이젠 그 버릇 고칠걸. 당신 요새 살이 올랐는가?」
「젊어선 영걸이셨는데요.」
「천시도 변하고, 계절도 변하고, 사람도 변하고, 모두가 변하는 게 세상 이치니까. 이리 내려오구려. 어서!」
「나으리 말씀대로 강화섬에서 지게목발이나 두드리던 분이 임금이 되신 것도 그런 이치겠지요?」
「부럽지도 않소. 그 어른이야 말이 임금이지, 김씨 일족의 허수아비밖에 더 되오! 요샌 각혈을 하신답디다. 왕궁 안에 남자라곤 상감 한 분이니 그 많은 여자들한테 오죽이나 시달리겠소. 산해진미, 인삼녹용이 시골서 자시던 보리밥에 오이지 한쪽 맛만 할 턱이 없지 뭐요. 이리로 내려와 누우라니까!」
이하전은 하품을 싸악 했다.
「나으리!」
부인은 그제야 그에게로 다가앉으며 새삼스럽게 불렀다.

「불 끄오!」
 이하전은 손을 뻗었다. 그는 다가온 아내의 목덜미를 잡아 눕히려고 하다가 깜짝 놀란다.
 그는 자리를 차고 일어나 앉으며 부인의 앞가슴을 와락 잡아 헤쳤다. 그는 몹시도 당황하는 부인을 무섭게 노려보며 소리쳤다.
「누가 이런 짓을 하랬소! 어느 틈에 당신마저 이렇게 됐단 말이야!」
 이하전은 아내의 가슴에 매달린 십자가를 덥석 잡아 낚았다.
 그러나 부인은 몸을 도사리며, 남편이 벽을 향해 팽개친 십자가를 집어서 주먹 속에 꼭 쥔다.
「친구가 하나 주길래 받아 간직했을 뿐이에요. 가슴에 걸면 마음이 가라앉고 기도하면 죄악이 씻어진다기에 몸에 지녀 봤을 뿐이에요. 영세를 받은 것도 아니구…….」
 눈물이 글썽해진 부인의 말투가 너무나 유순한 바람에, 이하전은 노기를 자제하면서 머리를 옆으로 저었다.
「내 집에 서학이 들어왔다고 소문이 나오. 아직도 서학은 사학(邪學), 반드시 크나큰 말썽이 생기리다. 최근 50년에 그 천주학 때문에 희생된 사람이 좀 많소. 싸움의 불씨는 언제나 그 천주학이었어. 정다산(丁茶山)을 비롯해, 이 나라의 석학 준재들이 모두 그 천주학 때문에 비참한 말로를 더듬은 줄을 몰라서 그런 짓을 해!」
「그렇지만 여자야 어떻겠어요. 주님을 믿는다고 세상에 공개할 것도 아니구요.」
「여자야 어떻겠느냐는 말이 돼? 정조대왕의 아우님 은언군 비(妃) 송씨도, 그 계수 신씨도, 청국인 주문모한테 직접 영세를 받았다는 죄목만으로 참형을 당한 걸 몰라서 그런 소릴 해?」
 부인은 할말이 없었다. 손아귀에 꼭 쥔 십자가의 감촉이 아픔처럼 가슴에 왔다.
「당신이 싫다시면 멀리 해야지요.」
 아내는 남편의 의사를 따라야 하는 것, 신앙이라고 해서 남편의 의사에 반(反)할 수 없는 것이 부도(婦道)다.

눈에 보이는 것도 아닌 마음속의 신앙이라도 남편의 의사에 따라야 어진 아내다.

그러나 부인은 심장의 아픔을 참는 신음 소리처럼 꼭 한마디 지껄여 보고 싶은 모양이었다.

「모든 비밀과 모든 지식을 알고, 또 태산을 옮길 만한 힘과 믿음이 있더라도 사랑이 없으면 아무것도 아니오. 내가 내게 있는 모든 것으로 구제하고 또 내 몸을 불사르게 내어 주더라도 사랑이 없으면 내게 아무 이로울 게 없느니라……성경 말씀이에요.」

부인의 동공은 고정돼 있었다.

별안간 뭣에 씌운 사람처럼 성경을 외기 시작한 아내의 경건한 표정을 보자, 남편은 어이가 없어서 말도 나오지 않는가 싶다.

「……사랑은 오래 참고, 사랑은 온유하며, 투기하는 자가 되지 아니하며, 사랑은 자랑하지 아니하며, 교만하지 아니하며, 무례히 행치 아니하며, 자기의 이로움을 구하지 아니하며, 성내지 아니하며, 악한 일을 생각지 아니하며, 불의를 기뻐하지 아니하며, 진리와 함께 기뻐하고, 모든 것을 참으며, 모든 것을 믿으며 바라며, 모든 것을 견디어 내느니라. 그런즉 믿음, 소망, 사랑 이 세 가지는 항상 그대에게 있을 것이니 그 중에 으뜸은 사랑이라……성경 말씀은 진리예요.」

부인은 경건했다. 한마디 한마디의 뜻을 음미하는 것 같다. 이하전은 그러한 부인을 보자, 피식 웃을 수밖에 없었다.

「자알 미쳤구려! 그만하면 서양 전도사도 한두 번 아니게 만났겠군. 속담에 '모르는 건 서방뿐'이라더니, 모르고 있었던 건 나뿐이구려!」

그러나 부인은 자애로운 미소를 얼굴 가득히 흘리며 조신하게 말한다.

「〈고린도 전서〉 제 13장이에요. 거듭 외우고 있노라면 마음이 정화되고 모든 것을 사랑할 수 있을 듯싶어요. 마음속으로 혼자 믿는 거야 어떻겠어요. 천주교를 믿는 게 아니라 제 마음을 믿는 건 좋은 일이 아니겠수?」

좋은 일, 좋은 일, 제 마음을 사랑으로 믿는 거야 좋은 일이긴 하지만 그것으로 말미암아 너무나 많은 사람들이 너무나 참혹한 화를 입었음을 이하전은 근심한다.

도정 이하전 부처가 그 해괴한 왕기설과 천주교 신봉에 대한 상반된 주장으로 적잖은 갈등을 벌이던 낮과 밤, 그날은 홍선군 이하응에게도 차마 잊을 수 없는 하나의 사건이 있었다.

불쾌한 사건이지만 이하전의 그것과는 전연 성격이 다르다.

모든 관원은 비록 종구품의 말단이라도 종자 없이는 거리에 나서기를 꺼리는 그런 세태였다.

가마라도 타든지 한두 놈 앞뒤에 세우든지 해야 체면이 서는 것으로 알고 있는 것이다.

조대비의 승후관 조성하는 홍선의 집을 나오자 꽤 골똘한 생각에 잠기며, 수은동 관쪽으로 발길을 옮기고 있었다.

해는 이미 져 있었다. 불볕은 스러졌으나 바람기 없는 거리는 아직 무더웠다.

그는 고개를 약간 숙인 채 시적시적 걸으면서 혼자 중얼대고 있었다.

「만나 뵈었더라면 약주나 대접할랬더니······.」

홍선은 집에 없었던 것이다.

조성하는 엊그제 조대비가 흘리던 말을 이해할 수 있었다. 그리고 동감이었다.

「홍선은 아무래도 모를 사람이야. 어찌 보면 범상한 인물이 아닌 듯 싶기도 하고, 또 어찌 보면 역시 무뢰한이고······.」

홍선에 대해서 조대비는 무슨 풍문을 들은 것 같았다. 조성하 자기도 같은 생각이면서 조대비에게 말했다.

「무뢰한이 범상치 않게 보일 수는 없습니다. 범상치 않게 보이는 점이 있다면 반드시 무뢰한은 아닙니다.」

조대비는 더는 말하지 않았으나 홍선군에 대한 관심도의 표현임에는 틀림이 없다.

조성하는 좀더 홍선군 이하응을 알고 싶었다.

그럴 사이가 아니지만 기방에라도 한번 안내해서 그의 참모습을 보려고 찾아갔더니 출타중이라 한다.
 (또 누구네 집 주연에라도 비실비실 찾아들었는가!)
 이런 생각을 하면서 걷고 있는 조성하의 앞에, 낡은 가죽신 한 켤레가 여덟 팔자로 떡 멈춘다.
 순간, 조성하의 어깨를 철썩 때리는 전주산 합죽선이 있었다.
 조성하는 몸에 밴 대로 거의 본능적으로 허리를 굽혔다.
 「대감, 그렇잖아도……」
 「이제 퇴궐하는 길인가? 승후관이면 거리에 나설 때 가마라도 타야 하네!」
 「대감께선 정일품 현록대부시니까 평교자를 타시고 파초선에다 구종별배를 앞뒤에 거느리셔야 하옵니다.」
 「하하하, 자네도 출출한 모양이군! 헛소릴 다 하니. 어디 가 한잔 할까?」
 「가시죠.」
 「돈 가진 것 있나?」
 「잘 다니시는 기방이라도 있으시면……」
 「이제 난 외상이 안 통하네.」
 「제게 돈이 좀 있습니다.」
 「대비의 승후관이면 매관매직한 돈은 아닐 게구. 정 자네가 술을 사겠다면 바쁜 몸이긴 하지만 가 주지 않을 수도 없군 그래, 왓하하.」
 홍선은 오던 발길을 다시 돌렸다.
 그러자 마침 장님 한 사람이 옆골목에서 불쑥 나서다가 대막대기로 하필이면 홍선의 발등을 툭툭툭 두드린다.
 「여보시오, 그건 사람 발등이오.」
 홍선이 쩌렁 하는 음성으로 고함을 치니까 장님은 찔끔 놀라면서 대막대기의 방향을 바꾼다.
 「이거 미안스럽소이다! 앞을 못 봐두 그런 실수는 좀체로 안 하는데…….」

장님은 무슨 착잡한 생각이라도 하면서 걸었다는 것인가. 그래서 좀처럼 없는 실수를 저질렀다는 말투였다.
　「장님 막대에 걸렸으니 오늘은 재수가 좋겠는걸!」
　미상불 홍선은 그날 밤 통 재수가 없었던 것이다.
　홍선이 앞장을 서서 자주 드나드는 주모를 찾았다면 그런 일은 없었을지도 모른다.
　모처럼 조성하가 한잔 낸다는 바람에 그가 한두 번 가 본 일이 있다는 기방엘 따라 갔었다. 사동의 어느 골목이었다.
　꽤 이름이 있는 기녀인가 싶었다. 초저녁인데 중간 장지문을 뗀 3칸방에는 6, 7명의 주객들이 꽉 들어차 거드럭대고 있었다.
　합석을 해야 한다. 제각기 온 손[客]이라도 차례대로 합석하게 마련이다. 나중에 왔으면 말석으로 가서 한자리를 끼여야 한다. 그리고 선객들의 눈치를 봐 가며 수완껏 좌석 분위기에 휩싸이면서 제 술 제가 사먹기 마련이다.
　변변치 못한 위인이면 제 돈 쓰면서 아예 기생 치맛자락 근처에도 가 보지를 못한다. 말씨름에 지면 병신 구실을 모면 못 한다.
　특기가 있으면 빛난다.
　노래를 잘 불러도 된다.
　잡기가 능해서 사람들의 관심을 끌 수 있다면 한몫 보기가 수월하다.
　이것도 저것도 다 자신이 없을 땐 여러 사람의 술값이라도 도맡아 치르겠다면 그런대로 인기가 있다.
　처음이면 말할 것도 없고, 한두 번쯤 찾아간 정도의 단골이라면 도대체가 까다로운 게 기방의 풍습이었다.
　「그 집 기생의 이름이 뭔가?」
　「초심입니다.」
　「처음 초(初)에 마음 심(心)자겠군?」
　「이름은 그래도 마음이 헤프다는 소문입죠.」
　「오사리 잡패 다 모이겠구나!」
　이런 말을 하면서 찾아간 홍선과 조성하는 전후해서 윗목 말석으로 들어섰다.
 선객들은 일제히 새로 등장한 두 사나이를 쏘아봤다.
 방으로 들어선 홍선은 처음부터 다른 사람의 존재란 도통 무시했다.
 「내가 꽤 여러 날 못 들렀지? 초심이! 그동안에 앞뒤가 다 무고하렷다!」
 그는 이런 말로 능청을 떨면서 자기가 단골손님이라는 것을 여러 사람한테 과시하려는 배짱이었다.
 기생은 코끝이 아름다운 제법 미모였다.
 가야금 줄을 딩당 디디딩 튕기고 있다가 홍선은 아예 무시하고 젊고 맵시 있는 조성하에게 눈인사를 할 뿐이다.
 「좀 죄어 앉읍시다.」
 이것은 말석에 새로 끼는 주객이 으레 던지는 첫인사로 돼 있다. 조성하는 앉을 자리가 비좁지도 않은데 그런 말을 하면서 뒷좌석에 한몫 낀다.
 그러나 홍선은 서슴지 않고 사람들 등뒤를 비집으며 기생 옆으로 다가갔다.
 「내 전번엔 가야금 줄을 하나 끊어뜨렸겠다! 고쳤나? 하긴 가야금이란 열 한 줄로도 뜯을 줄을 알아야 돼. 그래야 초심이도 관록이 붙을 게야.」
 홍선은 안하무인격으로 기생 옆에 비비고 앉았다. 그리고는 좌우를 둘러보면서 서슴없이 한 마디 던졌다.
 「좀 죄어 앉읍시다. 오늘은 손님이 많군!」
 그는 여러 사람들의 불쾌해 하는 시선 따위는 아랑곳도 하지 않고 기생한테 수작을 걸었다.
 「상부련(想夫憐)아나? 노랜 내 부를께, 자넨 가야금이나 뜯게. 아니 그보다도 우선 한잔 따라야지, 목을 축여야겠으니까.」
 사람들은 홍선의 그 방자한 행동에 묵묵불언이었다.
 꼴들을 보다가 시답잖으면 호되게 봉변이라도 주려는 눈치들이다.
 기생은 은주전자를 들면서 한마디 비꼬아 주는 것을 잊지 않는다.

「이 냥반, 나중 난 뿔이 우뚝하대나. 통성명도 없이 그런 법이 어디 있습니까.」

그러나 술은 잔에 따른다.

홍선은 술잔을 든 채 좌중을 둘러보며 머리를 치킨다. 숙이질 않고 치켰다.

「나 이하응이외다. 전주 이가지요.」

그 말에 좌중은 끓는 물처럼 술렁거렸다.

사람들은 거리낌없이 한마디씩 했다.

「유명한 홍선대감이시군!」

「투전대감이시지.」

「판서댁 잔치도 아닌데 공술을 자시러 왔음 안 될걸!」

「술값으로 난초라도 한 폭 칠 작정이겠지!」

비양거리는 거야 어떻겠는가. 으레 그러려니 하면 된다.

「흥 깨졌군!」

「술맛 떨어지네.」

「이렇게 되면 재수가 없다더군!」

「오죽해야 교동대감 사동관서들이 그런 꾀를 다 냈을라구?」

「무슨 꾀?」

「남산에서 놀이를 할 양이면 필운대라구 소문을 내구, 자하문 밖으로 갈 양이면 동대문 밖에서 논다고 한다더군. 그래도 낙자없이 냄새를 맡고 찾아간답디다. 개코래나! 냄새를 잘 맡는다 해서.」

저들끼리 수군대는 소리가 홍선에게까지 들리는 데에는 심정이 사나왔다.

「자아, 그럼 홍선대감의 상부련이다!」

「노래에 맞춰서 가야금을 뜯어라!」

모두들 맞대 놓고 홍선을 한바탕 놀리려 든다. 홍선은, 그러나 몽롱한 눈초리로 껄껄 웃었다.

「하 하 하. 상부련은 이 자리에선 너무 점잖구 내 아리랑이나 불러 볼까. 궁중에서도, 상감께서도 아리랑을 잘 부르신다더라.」

그것은 사실이다. 궁중에서 꾸며 부르는 아리랑의 가사는 따로 있었다. 분위기가 끝내 이렇게 풀려 나갔다면 흥선의 승리였다.

그러나 그렇게는 되지 않았다.

중간쯤에 앉아 있던 한 사나이가 별안간 괄괄한 음성으로 호통을 친 것이다.

「돈 없이 한자리 끼려면 우리한테 절이라도 한번 하시오. 아무리 흥선군이라도 공술이야 자시게 할 수 있느냐 말이외다.」

보니, 그는 혈기 방장한 젊은 군관이었다. 젊은 군관은 또 소리친다.

「여러분 어떻소? 우선 우리 흥선대감의 절이나 한번 받읍시다.」

좌석은 물끓듯 했다. 손뼉들을 치고 환성들을 지르고 했다.

흥선은 잠깐 눈을 감았다가 빙그레 웃었다. 그는 서슴지 않고 대답했다.

「좋소이다. 술값 대신 절이라면 백 번인들 못 하겠소. 내 숙배(肅拜)라도 드리리다.」

어이없는 말이었다. 숙배는 만백관이 품계대로 늘어서서 임금한테 정식으로 드리는 절이다.

왕족이 기방에서 술 몇 잔 얻어마시려고 신분도 모르는 어중이떠중이 술패들한테 숙배를 올리겠다니 기가 막힌다.

「자아, 그럼 흥선군의 숙배를 내가 대표로 받겠습니다. 여러분, 좋지요?」

젊은 군관의 말에 물론 좋다고 환성을 올린다. 그는 좌석의 중심으로 나와 앉았다. 교의에 걸터앉은 시늉을 하기 위해서 사방침을 엉덩이에 받치고는 두 무릎을 세웠다.

그러자 그의 옆에서 한 사나이가 벌떡 일어섰다.

「내가 인의 노릇을 하겠습니다.」

역시 좋다고들 손뼉을 친다.

인의는 임금이 보좌에 좌정하면 월대 위에서 숙배에 대한 구령을 하는 통례원 정육품관이다.

홍선은 그동안 혼자 주전자에서 술을 연방 따라 마셨다. 그는 술잔을 탕 하고 술상 위에다 놓더니 서슴지 않고 일어섰다.

「대감!」

듣다보다 못해서 윗목에 앉아 있던 조성하가 간절한 음성으로 그를 불렀으나, 그의 귀엔 들리지 않는 모양이다.

그는 젊은 군관 앞에 선뜻 나서며 마주섰다. 두 손을 앞으로 모았다.

드디어 인의라는 사나이가 목청을 뽑았다.

「국 구웅!」

모두들 묵묵히 흥미로운 시선으로 홍선을 지켜본다. 국궁은 공손히 허리를 굽히라는 말이다. 홍선은 그 구령에 따라 주저하는 법 없이 허리를 굽혔다.

「바아 이이!」

바이는 배(拜), 두번째 구령이 떨어지면 북쪽에 정좌한 임금에게 절을 해야 한다.

임금은 언제나 북쪽에 앉고, 신하는 남쪽에서 우러러보게 마련인 것이다. 홍선은 임금 아닌 그 젊은 군관한테 넙죽 절을 한다.

「홍!」

홍(興)소리가 길게 나면 몸을 중간까지 일으킨다. 홍선은 역시 법도대로 구령 따라 몸을 일으켰다.

「평 시인!」

평신이 되라는 말이다. 몸을 곧바로 세우라는 뜻, 중국말의 투다.

홍선은 똑바로 섰다.

사람들은 집이 떠나갈 듯이 웃어 댄다.

인의라는 사나이의 구령은 다시 먼저대로의 순서로 반복한다. 세 차례를 더 반복했다.

숙배는 4배인 까닭이다.

홍선은 그 젊은 군관에게 거듭 네 번 절을 해야 했다.

조성하는 말석에 묵묵히 앉아서 천장만 쳐다보고 있었다.

주객들은 손뼉을 치면서 홍선군 이하응에게 경멸의 환성을 올렸다.

그러나,

「자아, 이만하면 이 술좌석은 내가 베푸는 거나 다름없소이다. 여러분 맘껏 마시고 즐깁시다.」

홍선은 태연하게 좌중을 둘러보면서 넉살좋게 지껄였다.

방 가운데에 사방침을 타고 앉아서 홍선의 절을 받은 젊은 군관이 갑자기 벌떡 일어났다.

보니, 그의 눈총은 분노와 멸시에 가득차 있다.

무슨 짓인가 할 것 같았다.

홍선은 극도로 긴장하지 않을 수 없었다.

젊은 군관은 기어코 눈알을 부라리더니 홍선에게로 다가왔다.

다가온 그는 서슴지 않고 발길로 홍선의 아랫배를 걷어찼다. 뿐만이 아니다.

그의 손바닥은 사정없이 홍선군 이하응의 뺨을 후려때렸다. 발길로 차고, 뺨을 치고, 주먹으로 쥐어박고, 그의 폭력은 사정이 없었다.

술꾼들은 졸지에 일어난 일이고 보니 영문들을 몰라서 멍할 따름이다.

조성하만이 어느결에 홍선을 가로막고 서서 젊은 군관한테 호통을 쳤다.

「이 무슨 무례한 짓이냐!」

조성하는 주먹을 불끈 쥔 채 젊은 군관에게 덤벼들 듯이 호통을 쳤다. 그러자 젊은 군관은 어깨로 숨을 쉬면서 홍선에게 퉤하고 침을 뱉었다. 그리고 그는 매도하는 것이었다.

「저이가 그래 이 나라의 왕손이야! 왕손이라는 자가 저 꼴이야! 정일품 현록대부 홍선군 이하응이 저꼴이야! 공술에 눈이 벌개져서 아무한테나 숙배를 해! 정말 눈꼴 사나워서 못 보겠다! 퉤, 퉤이!」

젊은 군관은 제자리로 가서 털썩 앉았다.

그는 술을 자작으로 따라서 마구 마신다.

그래도 홍선은 빙그레 웃었다. 그 젊은이를 멍청한 눈으로 바라보며 빙그레 웃고 있었다.

「홍선대감, 이리 오시오. 나한테 술 한잔 따라 주시오.」
젊은 군관의 뒤틀린 의기는 교만으로 변했다. 홍선은 한결같이 빙그레 웃으며 그에게 접근해 갔다.
그리고 그의 요청대로 홍선은 주전자를 기울여 주었다.
젊은 군관은 홍선이 따라 준 술을 홍선의 얼굴에다 끼얹었다.
그리고 그는 소리치는 것이었다.
「억울하거든, 욕본 게 분하거든 나를 기억해 두시오. 내 이름은 이장렴이외다.」
홍선은 얼굴에 끼얹어진 술을 도포자락으로 씻지 않았다.
「이 아까운 술을!」
홍선은 자기 얼굴에 끼얹어진 술이 입언저리로 흘러내리자 아깝다는 표정으로 천연덕스럽게 껄껄거렸다.
「이장렴이라? 거 노형 괴상한 성미시구려. 절 받고 사람을 치다니, 그런 법이 어딨소. 아무려나 나 때문에 파흥이 된 모양, 여봐라 초심아! 한곡 뜯어라!」
홍선은 술을 냉수처럼 벌떡벌떡 마시고는 별안간 목청을 뽑는다.

　공명도 잊었다
　부귀도 잊었노라
　세상사 번잡한 일
　다 주어 잊었노라
　내 몸을 나마저 잊었으니
　남이야 알아 뭣 하는가

주객들은 아무도 홍선의 노래를 귀기울여 듣지 않았다. 이장렴이라는 군관은 어느 틈에 기생의 허리를 휘감고 있다가 한마디 더 비양거린다.
「문관은 호반을 알기 개 발싸개요. 그런데 호반 하고도 말직인 내가 감히 거룩한 어른한테 손찌검을 했소이다. 대감, 나한테 맞은 게 분하거든 앞으로 좀 똑똑히 굴란 말이오.」
뭔가 의분을 느낀다는 말투였으나, 홍선은 엉뚱한 소리를 했다.
「술만 생긴다면야 숙배뿐이겠소. 그 초심이의 가랭이 밑으로라도 기겠소이다. 허허!」
 이 말에 어느 심술궂은 사나이가 고함을 지르는 것이었다.
「야아, 그거 재미있시다. 여보시오, 초심이! 좀 일어서 보지. 대감께서 자네 가랭이 밑으로 기시겠다네.」
 이야기가 점점 치사하고 천격해지자, 견딜 수 없었던 것은 조성하였다.
 그는 벌떡 일어서면서 홍선의 팔소매를 잡아 낚았다.
「고만 가시지요. 가 보실 데가 있잖습니까.」
 그러나 홍선은 고개를 흔들었다.
「벌여 놓은 술을 두고 어딜 가? 조바심 말고 자네도 좀 취해 보게나!」
하자 군관 이장렴이 조성하한테 술잔을 홱 던졌다.
「누구신지 모르겠소만 홍선대감이 벌여 놓은 술이니 염려 말고 들고 가시오.」
 그는 홍선에게 또 말머리를 돌렸다.
「갈 데야 많으시겠죠. 조정 대관댁을 순방해야 될 테니까.」
 철저히 비꽈 주는 것이었다.
 그래도 홍선은 지극히 태평이다.
「허허허, 그놈들이 이젠 나를 속입디다요. 동에서 놀면서 서에 있다 하고 북으로 가면 서남으로 간다고 헛소문을 퍼뜨리는데, 내 영락없이 찾아 내지. 자아, 기생아! 가야금 이리로 넘겨라.」
 홍선은 가야금도 능수였다. 그의 가야금 병창은 듣는 사람에 따라 회포에서 슬픔을 자아내게도 하고 산조로 엮어 댈 때는 강산이 춤을 추듯 홍겨웠다.
 누가 보아도 그는 마냥 즐겁기만 한 것이다. 잠시 전에 당한 그 모욕을 그는 전연 마음에도 없는 듯 그저 홍겹고 즐겁기만 하다.
「정말 듣던 대로 천하의 병신이군.」
「저쯤 되면 사람이 아니지.」
「아닌게아니라 술이나 준다면 계집 가랭이라도 뚫겠는걸.」

주객들은 거리낌없이 한마디씩 했으나 흥선은 역시 아랑곳하지 않고 그저 흥겨웠다.
    평생 아재(我才) 쓸데 없어
    둥당 딩딩 디덩덩
    세상 공명을 하직하고
    두둥 둥둥 딩디 덩덩
흥선의 창은 슬프리만큼 애조가 어리기 시작한다.
    땅땅 뚱뚱 딩디딩
    아마도 이 강산 임자는
    나뿐인가 하노라
    나뿐인가 하노라
흥선은 어느 틈에 좌중의 분위길 이끌기 시작했다.

양귀비楊貴妃는 석양夕陽에 지는고야

7월 하순이었다. 이른 새벽의 공간은 청정해야 했다.
그러나 그날은 안개가 몹시 짙었다.
해는 아직 뜨지 않았다.
낮게 가라앉은 구름인 양 짙은 안개는 낙산을 가리고, 서울의 지붕들을 가리고, 다섯 발짝 앞의 시야를 가렸다.
새벽 안개가 짙으면 낮엔 덥다던가.
담장 밖 거리에선 새벽의 구수한 소음이 들려 오기 시작했다.
새벽 저자로 가는 민생의 소리인가, 덜거덕 덜거덕거리는 소달구지가 지껄여대는 시골 음성과 함께 담장 밖 한길을 흘러간다.
고양, 양주에서 들어오는 마늘쫑이나 풋고추 바리일지도 모른다.
배우개, 남대문, 야주개의 새벽장을 보려고 제각기의 풋고추 치룽을 동넷집 달구지에 실은 채 일여덟 명의 고추 임자들이 허위단심 뒤를 따르며 지껄여대는 민생의 소릴 것이다.
그런대로 새벽부터 구수하게 부푸는 저잣길임에 틀림이 없다.
고추를 팔아 보리쌀 몇 되, 아니면 좁쌀 말이나 사고 이웃집에서 부탁받은 제사 흥정으로 북어 두어 마리에 다시마나 고사리 서너 춤을 잊지 말고, 또 집안 아이들을 생각해서 능금 여남은 개, 어른을 모신 사람은 민어 반 토막이라도 사면 그네들은 오늘을 만족하는 것이다.
「이리여! 이놈어 소!」
채찍소리는 들리지 않았으나 달구지소리가 갑자기 더 요란해진다.

새벽길을 가는 그런 저자꾼의 지저귐이 들려 오기 시작하면 서울의 아침은 밝는다.

그러나 오늘은 안개가 몹시 짙다.

짙은 안개 속에 묻힌 허물어져 가는 담장 안에선 소년 하나가 대청 대뜰을 마악 내려서는 길이었다. 머리를 곱게 땋아 내린 소년은 미투리를 발에 꿰자 안마당을 건너 사랑채 옆을 돌아 별당 서사(書舍) 쪽으로 다가간다.

소년은 별당 문 앞에 이르자 발길을 멈추며 앳된 기침소리를 한마디 캥캥 내어 본다.

「게 누구냐?」

별당 안에서 우람한 음성이 튀어나오자 비로소 소년은 신발을 벗고 툇마루로 올라선다.

미닫이를 조심스럽게 연 소년은 방안으로 들어서자 공손히 어른한테 아침 문안을 올린다.

「안녕히 주무셨습니까.」

절을 하는 맵시가 날렵하고 예쁘다.

아이들의 절맵시는 그 집안의 지체를 설명하는 것이 된다.

「일찍 일어났구나. 이리 온.」

흥선은 이제 열한 살 난 명복이를 대견한 듯이 앞에다 앉게 했다.

「오늘이 며칠이더냐?」

「7월 24일이옵니다.」

명복이는 새까만 눈을 반짝이며 영리한 음성으로 대답한다.

흥선은 별안간 어린 아들한테 연속적인 색다른 질문을 던지기 시작한다.

「머리는?」

「마리요.」

「귀?」

「이부.」

「진지는?」

「수라요.」
「약은 뭐라던가?」
「탕제라고 부르옵니다.」
 흥선은 명복이의 총기를 대견해 하면서 고개를 끄덕인다.
「이 담에 커서 혹시 벼슬이라도 하면 왕궁에 들어가서 임금님을 뵈게 될는지도 모르는 게다. 궁중에서 쓰는 말은 익혀 두는 게 좋다.」
 부자 사이의 재빠른 문답은 다시 계속된다.
 바지는 봉지, 저고리는 등의대, 수건은 수긴, 눈은 안정, 코는 비궁, 발은 족장, 손은 수장, 혀는 설상, 상투는 치, 갓은 두메.
「옷 입는다는?」
「옷 접수신다.」
 흥선은 궁중 용어를 어린 아들한테 익혀 주면서도,
「그런 말은 아무 데서나, 아무 하고나 함부로 지껄여서는 안 된다.」
「네, 저 혼자만 알고 있겠사옵니다.」
 소년 명복은 이미 여러 번 그런 다짐을 받아 왔기 때문에 쉽사리 그런 대답을 할 수 있었다.
「어깨는 뭐라고 하지?」
「견부라고 하옵니다.」
「허리는?」
「요부요.」
「이빨은?」
「어치.」
「젖은?」
「유도.」
「차는?」
「다탕.」
「어머니는?」
「어마마마.」
「내 너에게 하는 말을 잊지 말라는?」

「과인이 경에게 이르는 말을 명심하라.」
　홍선은 만족한 듯이 빙그레 웃으며 담뱃대에다 담배를 담기 시작했다.
「아바마마!」
　이번엔 소년 명복이 아버지를 쳐다본다.
「불러 계시오니까?」
　홍선이 아들한테 머리를 조아린다.
「누가 밖에서 우리 대문을 흔드나 보옵니다.」
「대문을?」
　홍선은 그제서야 제정신으로 돌아가면서 고개를 번쩍 쳐들고 귀를 기울였다.
「제가 나가 보겠습니다.」
「가만 있거라! 이렇게 일찍 누가 올 사람도 없을텐데!」
　아버지와 아들은 귀기울여 바깥 동정에다 신경을 모은다.
　대문이 한두 번 찌꺼덕거리더니 쿵쿵쿵 요란스럽지 않게 두드리는 소리가 들린다.
　그러자 행랑채에서 방문이 열리고 신발 끄는 소리가 들린다. 구보 소년이 나가는 모양이다.
　삐이걱 하고 낡은 대문 여는 소리가 나더니 몇 마디의 대화가 들리고는 다시 대문이 닫힌다.
　신발소리가 별당 서사로 접근해 오고 있다.
「밖에 누구냐?」
　홍선은 성급하게 자기가 먼저 물었다.
「수백이올시다.」
　그러고는 어험어험 기침소리 두 마디, 그것은 어른의 기침이었다.
「대감, 기침해 계시오니까.」
　낯익은 음성이라 홍선은 벌떡 일어나면서 미닫이를 드르륵 열어 젖혔다.
　마당에는, 지붕에는, 공간에는 안개가 자욱했다. 그 안개 속에 새벽의 내방인이 서 있었다.
「어, 사돈, 아침이 이른데 웬일이시오?」
이호준이었다. 그들은 사돈 사이가 돼 있었다.
홍선의 서녀(庶女)를 이호준의 서장자인 윤용에게 시집보낸 것이다.
그러니까 홍선과 이호준은 사돈 사이, 조성하는 이호준의 사위, 따라서 조성하도 홍선에게는 사돈이 되는가, 겹사돈인가.
그 조성하가 대왕대비 조씨의 조카니까, 그네들 네 사람은 하나의 줄에 연결돼 있는 셈이다.
홍선, 이호준, 조성하 그리고 조대비 이렇게 연결돼 있는 것이다.
홍선은 사돈 이호준이 새벽 일찍 찾아온 것이 이상해서 서둘러 방으로 맞아들였다.
그는 은근히 긴장하면서 아들 명복을 안으로 들여보내고는 이호준과 대좌한다.
(대왕대비께서 무슨 갑작스런 분부라도 내리셨다는 건가?)
홍선은 그런 생각을 했다. 그렇지 않고서야 이호준이 이렇게 일찍 찾아올 일이 없는 것이다.
조성하의 무슨 이야기라도 듣고 대신 온 것일지도 모른다.
「안개가 대단히 짙은가 보지요?」
홍선은 엉뚱한 말을 꺼내면서 이호준의 눈치를 슬쩍 살폈다.
홍선은 자기의 긴장된 감정을 숨기기 위해서 일부러 안개 이야기를 꺼냈다.
그러나 이호준은 홍선의 그런 말을 들은 체도 않고,
「얘기 들으셨습니까?」
음성을 낮춰 은밀하게 묻는 것이었다.
홍선은 되묻지 않을 수 없었다.
「무슨?」
「이도정나으리의 얘기 말씀입니다.」
그 말에 홍선은 가벼운 실망을 느꼈다. 자기에 관한 이야기가 아니라 도정(都正) 이하전의 이야기라면 빗나가는 화제였기 때문이다.

「왜, 이도정한테 무슨 일이 생겼습니까? 난 아무 얘기도 못 들었는데.」

「역모에 몰렸습니다.」

「그래요? 도정이 역모로?」

남의 일이긴 하지만 홍선은 심각한 충격을 안 받을 수 없었다.

「역적모의를 했다는 도당(徒黨)이 어제 금부에 일망타진 되었다는 소식이옵니다.」

「그래요? 그럼 이도정도 구금됐단 말요?」

「종친의 체면을 봐서 구금까지는 안 하고 근신하도록 했다는군요.」

홍선은 눈을 감았다. 신음과 같이 음! 소리를 내면서 잠시 생각에 잠겼다.

(기어코 도정 이하전도!)

예상되던 사태였다. 종친 중에서 오로지 혼자 자기의 기개를 굽히지 않던 이하전이니만큼 머잖아 그에게 박해가 올 줄을 미리 짐작하고 있었던 것이다.

홍선은 손바닥으로 눈을 가린 채 한참 동안 말이 없었다.

(반반한 왕족은 차례차례 없애는구나!)

지난해엔 경평군 이세보가 역모로 몰려 귀양을 갔고, 이제 또 이하전이 역모로 몰렸으니 다음은 누구 차례인가.

「어제 이도정나으리는 노돌강에 나가 뱃놀이를 했답니다. 평소부터 친근히 지내던 김순성, 이긍선과 더불어 뱃놀이를 하다가 별안간 몰려 닥친 나장(羅將)들한테 영문도 모르고 붙들린 모양이더군요. 지금 그 김순성과 이긍선이 금부옥에 갇혀 있다니까 아마 밤새도록 추국(推鞠)을 당했을 것입니다.」

이호준은 몹시 근심이 되는 눈치였다.

홍선도 이호준의 염려하는 초점을 짐작했다.

김순성과 이긍선이 무슨 엉뚱한 소리를 자백할는지 모르는 것이다.

원래 무고하게 잡힌 사람들은 자백이 강요되게 마련이고, 그 자백이란 권력이 미리 짜 놓은 대사에 불과한 것임을 알고 있기 때문이다.

「이놈들! 네놈들이 이하전을 추대하기로 하고 거사를 모의했겠다!」
국문은 거듭될 것이고,
「네, 그러하옵니다.」
결국엔 이런 소리가 나올 때까지 모진 매가 계속될 것이다.
「아니올시다. 저희들은 아무것도 모릅니다. 그런 불순한 모의는 생각할 수도 없습니다.」
제정신이 있을 동안엔 그런 말로 완강히 부인한다 하더라도,
「저놈들이 바른말을 할 때까지 몹시 쳐라!」
하면 반죽음이 되도록, 어깨가 으스러지도록, 볼기에서 살이 묻어나도록, 혼이 다 나가도록 매질이 계속되는 것이다.
종당에는 매에 못 이겨,
「예, 그러하옵니다.」
누군가의 입에서 이런 말 한마디만 나오면 하전의 운명은 탁방이 나는 것이다.
이하전은 이미 운명이 결정됐을 것이다.
오늘 오전중엔 영의정 김좌근이 왕 앞에 부복한 채 이른바 '이하전 역모사건'의 진상이라는 것을 아뢰는 게 순서다.
그러나 일이 그것으로 끝날까.
홍선은 의금부에서의 굴욕적인 국문 광경이 눈앞에 선했다.
「네 이놈, 홍선군 이하응도 그런 모의에 가담했겠다! 그렇지?」
각본을 꾸민 사람은 김병기가 아니면 김병필일 것이다.
그들은 다 홍선을 귀찮아한다. 그리고 그 두 사람의 예리한 관찰력은 홍선의 파락호적인 행동에 대해서 다소 의심을 품고 있을는지도 모른다.
만약 그들이 꾸민 각본 속에,
(이 기회에 알쏭달쏭하고 귀찮기만 한 홍선도!)
라는 생각이 반영돼 있기만 하면 문초하는 순서가 저절로 빤해진다.
「네 이놈, 홍선군도 네놈들 모사에 가담했겠다!」
이렇게 되는 날이면 대답은 이미 정해져 있다.

「예, 실인즉슨 그러하옵니다.」
 죽어 가면서도 이 한마디는 뱉어 놓아야 매질이 그칠 게고, 그렇게 되면 홍선의 운명도 오늘 안엔 어떤 결말이 나게 되는 것이다.
 불길한 예감 앞에서의 침묵은 불안과 공포의 갈등이다.
 홍선도 침묵했고, 이호준도 침묵했다.
「무슨 꼬투리는 있다던가요?」
 한참 만에 홍선이 눈까풀을 경련시키며, 그러나 침착하게 물었다.
「이도정나으리가 바보 천치가 아닌 담에야 어찌 그런 짓을 섣불리 하겠습니까. 제 짐작 같아선 역시 조작된 사건입니다. 오위장(五衛將) 이재두의 고변(告變)이라는 말이 있는데, 하여간 김문이 이도정에게 손을 대리라는 것은 예감이 가던 일이 아닙니까. 더구나 사전에 이도정 댁에선 상서롭지 못한 해괴한 일이 있었다는 풍문입니다.」
「그래요? 해괴한 일이라뇨?」
「풍문이라서 믿기는 어렵지만, 어떤 맹인이 도정 댁에 나타나서 "댁에 왕기가 서렸으니 머잖아 나라엔 이변이 있고, 댁에 경사가 나리다"라는 말을 지껄이고는 표연히 사라졌다 합니다.」
 이호준의 이야기를 듣자 홍선은 별안간 껄껄거리고 웃어 젖혔다.
「하하하하, 그 맹인이 뭘 알긴 아는 사람이군요. 미상불 역모란 왕기와 무관한 게 아니지요. 허나 도정이 왕기를 타고 났으면야 이미 오래전에 등극을 했을텐데, 맹인은 아마 그군의 지나친 욕심을 야유해 준듯싶군.」
 이호준은 어처구니없게 웃어대는 홍선을 넋없이 바라보다가 입맛을 다셨다.
「제 짐작으로는 그 맹인이 그런 수작을 던져 놓고는 이도정을 함정에 빠뜨린 게 아닌가 싶습니다. 그 맹인과 고변자인 이재두와 그리고 김씨네가 한패거리 같습니다.」
 그러나 홍선은 고개를 옆으로 저었다.
「설마하니 김문이 그런 짓이야 하겠소. 원래 이도정은 패기가 만만한 사람이니까 아마 엉뚱한 생각을 품었을는지도 모르지.」

홍선은 이 말을 하면서 갑자기 이호준에게 눈짓을 했다. 그리고 손으로 입을 가리키며 말조심을 하자는 시늉을 한다.

홍선은 손가락으로 방 바깥쪽을 가리키며 필요 이상으로 음성을 높였다.

「이 나라엔 백성을 극진히 사랑해 주시는 영특한 상감이 계신데 이도정 따위가 무엄하게도 그런 역적모의를 했다면 의당 잡혀서 극형을 받아야죠, 그렇잖소? 사돈!」

이호준은 표변한 홍선을 물끄러미 바라보면서 역시 바깥 동정에다 귀를 기울였다.

그들은 바깥에서 누군가의 발소리가 난 것을 알아차렸다.

그러나 발소리는 딱 중단된 채 다시는 들리지 않았다.

홍선은 화제를 바꾼다.

「사돈! 활을 쏘시던가요?」

「제가 어떻게 그런 무부(武夫)의 흉내를 내겠습니까.」

「오늘 필운대 사정(射亭)에서 편사(便射)가 있답니다. 추선이가 불렸다는데 함께 가 보시지 않겠소?」

이때 밖에서 다시 조심스런 발소리가 나더니 가만가만 사라져 가고 있다.

「누구오니까? 저 발소린.」

이호준이 물었다.

「집안 사람이겠지요.」

홍선은 대수롭지 않게 대답했다.

「낮말은 새가 듣고 밤말은 쥐가 듣는다니까 말조심은 해야 하겠지요.」

이호준이 긴장을 풀며 뇌까린다.

「새벽 말은 아이놈이 듣는가 보오.」

홍선은 바깥에서 난 발소리가 수백이었음을 암시한다.

「이도정은 대왕대비께서 태산같이 믿으시는 사람인데, 그 어른이 퍽 섭섭하시겠군.」

대왕대비는 섭섭해 하겠지만 흥선군 자기는 그다지 섭섭할 것이 없다는 라이벌 의식이 저절로 그 언투에 비쳤다.
이호준이 흥선과 조반을 함께 하고 돌아가자 잠시 후에 조성하가 달려왔다.
「김병필이 이하전 제거론을 극구 주장했고, 김병기가 그에 동조했다는 일설이 있습니다.」
흥선은 수긍이 가는 이야기라고 고개를 끄덕였다.
「사건이 그 정도로 끝날는지는 아직 추단하기 어렵고, 이도정나으리께는 사약이 내릴 것이라는 추측입니다, 대감.」
조성하가 가지고 온 새로운 정보라는 것은 그 두 가지였다.
조성하가 다녀가자 이번엔 안필주가 나타나서 귀띔을 했다.
「좌찬성 김병기가 급히 입궐했다는 소식입니다. 오늘 새벽에 김순성이 모조리 실토했다는군입쇼.」
김병기는 어느새에 좌찬성이 돼 있었다.
「뭐라구?」
「노돌강에 배를 띄우고는 역적모의를 한 게 사실이라굽쇼. 이도정나으리를 추대하기로 했다나요. 얼마나 매를 맞았는지 김순성은 인사불성이 된 채 그저 깨나지를 못했다는군입쇼.」
안필주가 아직 있는데, 뒤미처 천희연이 헐레벌떡 나타났다.
「이하전은 사사하기로 어명이 내렸답니다. 영의정 김좌근대감이 이하전의 역모 사건을 아뢰니까 상감은 역모가 뭐냐고 물으셨다나요. 그래 김좌근대감이 역모를 설명하고, 역모한 자는 멸족을 시켜야 하지만 이하전이 왕손이니 관대하게 처분해서 본인만 죽이자고 하니까 상감께선 그럼 내 손으로 사람을 죽여야 하느냐고 하시더래요.」
흥선은 담배를 뻑뻑 빨다가 물부리를 쑥 뽑았다. 웃음도 안 나오는가 싶다.
「도대체 너희들은 어디서 그런 얘기를 그토록 속히 얻어들었느냐?」
그들이 수집한 신속한 정보에 놀라움을 금치 못하는 흥선에게,
「귀는 듣자는 게 아닙니까. 천리안은 못 되죠만 십리귀는 되지요.」

「천리안이면 십리이(十里耳)지 무식하게 십리귀는 뭐냐!」
천희연이 안필주를 타박하고는,
「대감, 고대 이도정 댁 앞으로 지나왔습니다. 벌써 문전을 나졸들이 지키고 서서 출입을 금하고 있더군요.」
그러자 홍선은 정색을 하면서 소리를 꽥 질렀다.
「이놈들아! 너들더러 누가 그런 일 알아 오래던! 술도 밥도 안 생기는 짓을 왜 하고 돌아다녀! 냉큼들 물러가거라! 곧 손님이 오실 테니까.」
홍선은 어리둥절하는 그들을 쫓아 버리면서, 그러나 큰 소리로 일렀다.
「오늘 저녁때 내가 한 잔 사겠다. 하정일, 장순규란 놈들도 데리고 오너라. 잠시 후에 세 과붓집에서 만나자꾸나.」
세 과붓집이란 홍선이 그들과 가끔 어울리는 목로술집이다.
그러나 그날 오후 홍선은 엉뚱한 방향에 가서 엉뚱한 짓을 하고 있었다.
서울의 남촌이 한눈에 내려다보이는 필운대, 필운대 서녘 마루에 자리잡은 사정 주변에는 수많은 시민들이 구름같이 모여 있었다.

훈련대장 김병국이 사두(射頭)로 돼 있는, 서울에서도 이름 있는 사정이었다.
편사(便射)란 경기성을 띤 궁술 대회를 일컫는 말이다. 그 편사가 열리고 있었다.
홍선은 어느 틈엔가 그곳에 나타나 질탕한 주안상에서 마음껏 걸터듬질을 하고 있었다.
술이 거나해지자 홍선은 김병국이 자리잡고 있는 상좌로 올라갔다.
「우리 조카가 활을 제법 쏜다기에 기특해서 구경을 왔네.」
그는 김병국에게 느닷없이 농담 한마디를 던지면서 그의 옆을 비비고 앉았다.
「허어, 아재비한테 올리는 문안 쳐놓군 진실로 방자할진저!」

만나기만 하면 농담을 즐기는 둘의 사이였다.
여러 사람 앞이면, 특히 흥선이 멸시를 당할 만한 좌석이면, 김병국이 먼저 허물없는 농담을 걸어서 흥선의 위신을 세워 주곤 한다.
좌장격인 김병국과 허물없이 구는 흥선을 보면 아랫사람들이 감히 흥선을 조롱할 수 없게 되는 것이다.
김병국은 그런 심리적인 포석으로 흥선의 위신을 세워 주고, 그의 난처해지는 처지를 두둔해 주곤 하는 사람이다.
왜 그럴까. 모든 사람이 멸시하는 흥선한테 그는 왜 그런 세심한 신경을 쓸까.
(놈이 워낙 똑똑해서!)
(김병학, 김병국은 지인지안[知人之眼]이 있는 놈들이야!)
흥선은 속으로 그렇게 생각하며 그네들의 호의를 부담없이 받아들여 온다.
그 두 사람 앞에서는 아무리 허튼 수작을 부려도 씨아리가 안 먹는 줄을 알고 있다.
그러나 흥선은 자기의 감춰진 꼬리를 호락호락 내놓지는 않는다.
「출출하던 판에 고대서야 애길 듣고 쫓아왔네. 후래삼배라는데 조카야, 술 석 잔은 철철 넘치게 따라 줘야잖나!」
흥선은 술잔을 김병국 앞으로 쑥 내밀고는 술을 따르란다.
사람들은 어이가 없어 흥선의 방약무인한 수작을 말없이 바라보고 있다.
지화자소리가 폭발하듯 터졌다.
어느 궁수가 과녁을 맞힌 모양이다.
보니, 장구를 멘 추선이 덩더실 춤을 추기 시작한다. 좀 떨어진 곳에서 말이다. 그리고 거기엔 열두 명의 기생들이 두 줄로 근감하게 자리를 잡고 있었다.
지화자, 지화자, 자자, 지화자.
지화자소리만 중창으로 계속되니, 몹시 단조롭지만 그러나 흥겨웠다.
「어허 시끄럽군! 지금의 궁수는 요행으로 맞힌거야! 장현(張弦)이

틀려먹었어. 팔심은 약한데 현을 너무 벌렸기 때문에 팔이 떨렸어. 그러고도 과녁을 맞혔으니 요행이 아닌가.」
 홍선은 어느 틈에 봤는지 한마디의 강평을 잊지 않고 편육을 접시째 집어서 입안에다 긁어 넣어 우물우물 씹는다.
「제법 뭘 아는 것처럼 얘기하는군!」
 김병국이 가볍게 핀잔을 주니까,
「훈련대장! 나하구 한번 겨뤄 볼까?」
 홍선이 슬쩍 도전을 했다.
「쏠 줄 아나? 활을 잡아 봤느냐 말일세?」
「단 일시(一矢)로 결판을 낼까?」
「나는 과녁을 맞혀야 하고 조카는 못 맞혀야 이기는 것으로 하지!」
 와하하. 민춤스럽게 김병국의 추종자들은 요란하게 웃어 댔다.
 홍선이 불끈하며 일어섰다.
 김병국도 점잖게 일어났다.
「무엇을 걸까?」
 김병국이 물었다.
「내가 이기면 저 기생의 입이나 한번 맞추게 해 주게.」
 홍선이 제안했다.
「그게 소원이라면 좋지. 그러나 내가 이긴다면 어쩐다지?」
「내 자네 앞에서 물구나무라도 서지!」
「그럼 홍선의 불알이 가꾸로 매달리겠는걸!」
 하하하, 의무인 양 웃는 '놈'들은 따로 있었다.
 목궁(木弓)이었다. 김병국이 먼저 쏘기로 했다.
 구경꾼들이 원진(圓陣)을 쳤다.
 하늘은 높푸르고, 바람은 없고, 태양열은 불 같았다.
 김병국은 현직 훈련대장의 정장(正裝)이다. 당상관이다. 붉은 단령(團領)에 각대 띠고 사모를 쓴 위풍이다.
 홍선은 섶도 화장도 깡뚱한 도포에다 퇴색한 갓을 삐뚜름하게 썼다.
 김병국이 홍선에게 귓속말을 한다.

「괜한 짓을 하는 게 아닌가? 잘못했다간 조카를 놀리는 게 되겠구.」
홍선이 그 말을 받았다.
「궁술은 무부의 당연한 기예거늘 내가 아마도 훈련대장에게 욕을 뵈느니!」
그러나 이미 궁술은 호반이고 선비고를 가릴 것 없이, 늙음이나 젊음을 가릴것 없이 몸에 익혀야 하는 수양이며, 기예이며, 경기이며, 풍류였다.
「자아, 쏘네!」
김병국은 자세를 취했다. 줄에다 살을 꽂고, 궁신을 수직보다 위를 앞으로 높이고, 왼손을 쭉 뻗고, 오른손으로 줄과 살을 겸해서 잡았다. 그리고 왼발을 앞으로.
홍선은 그 자세를 보면서 혼자 지껄인다.
「족법(足法)은 괜찮고 방광(膀胱)도 괜찮고, 배력(背力)이 좀 어색하구나.」
자세에 대한 평이었다.
「장현도 그만하면 괜찮고!」
김병국은 줄을 힘껏 잡아당겼다. 어깨의 힘을 다해 탄력이 극도에 달하도록 켕기고는 팔십 간 저쪽에 있는 지름 넉 자의 다섯 줄 둥근 과녁의 중심을 향해 온 정신을 모은다.
그러고는 혼신의 힘이 안정되기를 기다린다.
떠들썩하던 주위는 물간 듯 조용했다.
시윗!
드디어 자 네 치[一尺四寸] 길이의 화살은 푸른 공간을 날았다.
「과녁 적중!」
정곡은 아니었지만 과연 김병국의 궁술은 대단했다.
지화자, 지화자, 자자, 지화자.
기생들의 지화자소리가 터지고, 산이 떠나갈 듯 군중의 환성이 오르고, 하늘에선 그대로 봄볕이 쏟아지고, 활은 김병국으로부터 홍선의 손으로 옮겨져 왔다.
「미안하지만 물구나무를 서야겠네!」

득의만면해야 할 것인데 김병국은 분명히 미안해 하는 얼굴로 홍선에게 말했다.

그러나 홍선은 추선을 보고 소리친다.

「치마 두른 기녀들아! 내가 이기면 너하고 입을 맞추기로 했다. 입술이나 닦아 노려무나.」

홍선이 활줄을 당기니까 구경꾼들은 그다지 긴장하지 않았다.

비웃고 술렁거리고 했다.

아무도 관심을 갖지 않았다. 오직 추선이만이 극도로 긴장한 채 활줄을 당긴 홍선을 뚫어지게 지켜보고 있었다.

궁술은 정신의 통일이 중요하다. 감정이 통어돼야 한다.

늠름한 장부의 기상이 거기 있어야 하고, 심적인 초조감이나 요행을 바라는 마음이 있어서는 결코 안 된다.

기백이 있어야 하고, 통일된 정신은 도역(道域)에 이르러야 한다.

홍선은 눈망울이 불룩 솟아났다.

시윗!

공간에 한 줄기 포물선이 그어지자 곧 골짜기 하나를 사이에 둔 서쪽 과녁판에서 탁! 소리가 하늘로 튀었다.

수많은 군중들은 일제히 발돋움을 했다.

홍선은 과녁판을 보려고도 하지 않고 유연히 돌아섰다.

산상에는 다시 환성이 일어났다.

그러나 대기하던 기생들의 지화자소리는 터지지 않는다.

환성은 홍선에 대한 비웃음이었으며, 김병국에 대한 갈채였다. 기생들의 침묵은 무엇을 뜻하는가.

홍선이 쏜 화살은 외곽 다섯째 줄 과녁에서도 빗나가 있었다.

구경꾼 중에서 누군가가 소리쳤다.

「자아, 여러분 약속대로 홍선대감이 여러분 앞에서 물구나무를 서십니다. 박수로 환영합시다.」

박수소리가 산상에 메아리쳤다.

구경꾼들은 홍선을 중심으로 다시 원진을 치기 시작했다.

「풍악을 울려라!」
누군가가 또 고함질렀다.
삼현육각은 아니었다. 띠따 띠띠 하더니 호적이 울기 시작했다.
그러나 장구소리는 나지 않았다.
추선은 장구채를 손가락 사이에다 낀 채 눈을 가리고 서 있었다. 마음의 안정을 얻기 위해서일까. 남갑사의 치맛자락이 한들거리는 솔바람에 포르르 날렸다.
「자아, 물구나무를 서시오.」
구경꾼들의 원진은 서서히 죄어들고 있었다.
그 한가운데에 서 있는 다섯 자 두 치 키의 홍선군 이하응은 그러나 빈들빈들 웃고 있다. 구경거리가 된 게 자랑이라도 되는 것처럼 말이다.
홍선은 태연히 그 알량한 갓끈을 성급하게 끄르면서 말했다.
「사나이 한번 한 말, 어길 리야 있겠소.」
물구나무를 설 모양이다.
하늘에는 흰 구름이 두둥실 떠 있었다. 서북쪽으로 흐르고 있다.
그 순간이었다. 훈련대장 김병국이 홍선 앞으로 선뜻 나섰다.
그는 구경꾼들을 향해서 음성을 돋궜다.
「사나이 한번 한 말, 어겨서는 안 되지요.」
「옳습니다!」
구경꾼들의 환성과 박수가 또 요란했다.
원진 밖에 홀로 외면을 하고 서 있던 추선이도 고개를 번쩍 들었다.
훈련대장 김병국은 좀더 큰소리로 외쳤다.
「홍선군께서 이기시면 저 추선의 입을 맞추기로 했습니다. 만약 내가 이기면 홍선군께서 물구나무를 서시기로 했지요.」
군중들은 술렁거리고 김병국은 말을 잇는다.
「그러나 우리는 이런 내기를 했소이다. 나는 무부니까 과녁을 맞히되 정곡이어야 하고, 홍선군께서는 문관이시니까 못 맞혀야 이기는 것으로 언약을 했지요.」
구름같이 모여든 구경꾼들은 어리둥절했다.

「나도 사나이외다. 한번 한 말, 어길 수는 없어요. 내기는 내가 졌습니다. 나는 과녁의 정통을 쏘지 못했고, 홍선군께선 못 맞히신 게 사실입니다. 결국 승자는 홍선군이십니다.」

구경꾼들은 허를 찔린 셈이라 술렁거리지도 않았다.

훈련대장 김병국의 말투가 홍선을 조롱하기 위한 역설이 아니라, 엄숙하게 진실을 설명하는 것 같아 사람들은 멍청할 뿐이었다.

김병국이 소리쳤다.

「여보게 추선이! 미안하지만 사나이끼리의 약속이니 내 체면을 세워줘야겠다. 오늘 홍선대감을 모시도록 하라!」

명령이 있을 수 없었다.

그러나 그는 명령했다.

환성이 다시 터졌다.

그러자, 추선이 얼굴을 장미빛으로 붉히며, 그러나 기쁜 표정으로 김병국에게 말했다.

「점잖으신 말씀. 내기란 정하기에 달린 것. 저도 한살[一矢] 쏴 보겠사옵니다. 만약 과녁을 맞히면······.」

「만약 과녁을 맞히면?」

김병국이 추선에게 반문했다.

「제가 쏜 화살이 관중(貫中)이면 영감이 끝내 지신 겁니다.」

훈련대장은 종이품 벼슬, '영감'이라고 불려지는 게 당연하지만, 세상 사람들은 김병국 역시 대감으로 통칭해 온다.

그러나 기생 추선은 분명하게 영감 호칭을 썼다. 홍선대감보다 은근히 격을 낮추려는 의도인지도 모른다.

추선의 제안을 듣자 김병국은 껄껄거리고 웃었다.

「그거 참 좋은 생각이로구나. 내 일찍이 기생 추선이 궁술의 명인이라는 소리는 들은 바 없다. 관중은 턱도 없는 소리, 그러나 홍선대감을 편들어 감연히 나서는 네 단심 가상할 만하구나!」

군중은 또 들끓었다.

수백 수천의 시선들이 흥미롭게 여자 추선에게로 집중됐다.

추선은 흰 명주수건으로 머리를 맵시있게 동였다. 붉은 띠로 가는 허리를 질끈 맨다. 그리고는 활을 들었다. 살을 골랐다.

훈련대장이 쏠 때보다도 흥선군이 자세를 취할 때보다도 사람들의 관심은 훨씬 북돋아질 수밖에 없었다.

추선은 드디어 자세를 취했다. 왼발을 살짝 내밀고 궁신(弓身)을 세로로 세웠다. 이미 살은 줄에 메겨 있으니 힘을 모아 줄만 당기면 활대가 아름답게 휘는 것이다.

추선은 호흡을 조절한 다음 혼신의 힘을 들여 팔과 팔의 사이를 벌리기 시작했다.

떨렸다. 왼손도 떨렸다.

오른손도 부들부들 떨렸다.

여자의 힘으로는 떨리게 마련이다.

그러나 일단 활대와 활줄이 마치 여자의 딱 벌린 입의 형상으로 한껏 벌려지자, 왼손도 오른손도 이내 안정을 얻고, 오른편 다리도 왼편 다리도 천 근의 무게로 대지를 짓눌렀다.

처음 천심(天心)을 향했던 화살 끝은 서서히 땅을 향해 내려오기 시작했다.

그러나 화살 끝이 고정된 위치는 하늘도 아니고 땅도 아닌 하나의 점이었다.

사람들의 긴장과 흥미는 절정.

시윗!

살은 활을 떠났다. 살은 푸른 창공을 꿰뚫는다.

과녁판을 보라.

「관중!」

산이 떠나갈 듯 환성이 올랐다.

하늘을 흐르던 구름도 출썩 움직인 것 같았다.

가장 드높은 지화자소리가 터졌다. 풍악이 요란하게 울렸다.

「허, 천하의 명수로고!」

김병국이 그렇게 좋아할 수가 없다. 진심으로 기뻐하고 경탄했다.

양귀비楊貴妃는 석양夕陽에 지는고야 145

추선은 아무 말 않고 두 사나이에게 허리를 꺾다가 비로소 생각난 듯이 이마에 동였던 명주수건을 풀었다. 그리고는 치맛폭을 감싸쥐면서 다시 공손하게 허리를 굽혔다.
「자아, 오늘의 편사는 홍선대감과 추선이의 완전한 승리요!」
훈련대장 김병국은 엄숙히 선언했다.
그는 추선에게 말했다.
「여보게, 추선이! 자네는 화살로 어떤 과녁을 맞혔는지 아나?」
추선이는 고개를 들며 물었다.
「어떤 과녁을 맞혔사오니까?」
김병국은 손가락으로 홍선을 가리켰다.
「홍선대감의 과녁을 맞혔네! 홍선대감의 어딜 맞혔는지 아나?」
「어딜 맞혔사옵니까?」
「심장을 맞혔네! 홍선대감은 이 순간 자네의 볼모가 되셨어.」
여러 사람 앞에서 홍선군 이하응이 이처럼 떳떳하고 호쾌해 본 일은 근래에 없었다.
홍선의 눈에는 눈물이 핑 돌았는지도 모른다. 고마워서, 김병국이 고맙고 추선이 고마워서 눈물이 핑 돌았는지도 모른다.
새벽 안개가 그토록 짙더니 한낮엔 몹시도 무덥게 찌는 날씨였다.
한낮에 그렇게 찌더니 저녁 무렵이 되자 기어코 날씨는 요신을 부렸다.
여름 날씨는 늙은 시어머니의 변덕이라던가. 어느 틈에 하늘엔 먹장구름이 뒤덮였다. 그리고 이내 비가 쏟아지기 시작했다.
지나가는 소나기일 것이었다. 물씬하는 흙냄새와 함께 후드드득 듣기 시작한 빗방울은 삽시간에 억수로 퍼붓는 것이었다.
거기다가 뇌성이 우르릉거렸다. 동남풍인가, 바람이 빗발을 휘몰아왔다.
필운대에 구름처럼 모였던 군중들은 산지사방으로 흐트러지며 산 아래로 뛰기 시작했다.
「어, 꽤 오겠는걸!」

훈련대장 김병국은 남여 위로 오르려다가 홍선을 찾았다.
「홍선대감 어디 계시냐?」
「글쎄요, 어디루 가셨는지 안 보입니다.」
혼자만 남여를 타고 가기가 안되어서 홍선을 찾았는데 어디로 갔는지 보이지 않는다는 바람에, 그는 교군꾼을 재촉했다.
사람들의 동작은 동남풍이 휘몰아오는 소나기보다도 더욱 날쌨다.
잠깐 사이에 그 수많은 군중이 와글대던 필운대는 썰렁해져 버렸다.
홍선은 그때 어느 떡갈나무 옆에 홀로 서 있었다. 밑이 아니라 옆에 서 있었다.
양반은 물에 빠졌을망정 개헤엄만은 안 친다던가. 비록 목숨이 위태로운 지경이라도 말이다.
홍선은 쭈그리고 앉지도 않았다. 그의 그 짤막한 키의 어깨도 다 가리지 못하는 어린 떡갈나무가 비를 그을 곳은 아니었으나, 그는 그 옆에 곧바른 자세로 서 있었다.
퇴색한 낡은 갓이 빗방울을 받는다. 후줄근한 도포가 쏟아지는 소나기에 흠씬 젖어 버렸다. 얼굴에선 빗물이 줄줄이 흘러내렸다. 코끝에서 소리없는 낙수가 턱으로 낙하하고 있었다.
그러나 홍선은 몸을 움직이지 않고 서 있었다. 답답했던 가슴을 식히려는 것일까. 흠씬 매라도 맞아 보는 심경일까.
세상에서 완전히 버림을 받은 천애의 고아처럼 그는 홀로 외롭게 서 있었다.
「대감!」
홍선은 별안간 자기를 부르는 음성이 있어 고개를 돌렸다.
「이리로 들어서세요. 그 나무가 대감을 의지해서 비를 피하고 있네요.」
그의 바로 뒤에는 사람 두셋이 들어설 정도의 바위 틈새가 있었다.
거기 추선이 혼자 서 있었다. 타고 갈 가마를 대기시킨 채 홍선의 동정을 지켜보고 서 있었다.
홍선은 쏟아지는 빗발 속을 천천히 걸어서 추선이 서 있는 바위틈으로 갔다.
「왜 안 갔나?」
「대감께선 왜 거기 그러구 계셨어요?」
홍선은 대답하지 않고 손바닥으로 얼굴에 흐르는 빗물을 쭉 훑어내렸다.
추선은 홍선의 그러한 동작을 본 순간 가슴이 아픈 모양이다.
(이 나라에서도 첫째 가는 귀공자가 저럴 수가 있을까.)
추선은 입술을 지그시 깨물면서 홍선의 어깨에다 이마를 눌렀다.
「대감!」
추선의 눈에는 눈물이 글썽했다.
「대감이 만약 영웅이시라면 피를 많이 보시리다.」
추선의 생감한 말이다.
「치인(痴人)이라면?」
「수(壽)를 하시겠지요.」
「영웅도 치인도 아닌 범부라면?」
「저는 대감을 모르고 지냈겠습지요.」
추선은 아까의 그 비굴하던 홍선의 모습을 연상하며 한마디 안 할 수가 없는 모양이다.
「대감의 그 비굴은 하나의 잔인성이에요. 어쩌면 그렇게 철저하실 수가 있어요. 대감이 만약 어떤 여자의 정인이시라면, 그 여잔 눈물로 지새우겠지요.」
꽈르릉거리는 뇌성, 비는 더욱 세차게 쏟아진다.
추선은 홍선의 그 철저한 가장(假裝)을 잔인성이라고 불렀다.
두 사람은 잠시 말이 없었다. 제각기 제 생각을 하고 있는 것 같다.
「추선아!」
이번엔 홍선이 엉뚱한 말을 꺼낸다.
「네가 만일 나합이라면?」
추선은 서슴지 않고 대답한다.
「하옥대감의 아이를 낳았겠습지요.」

김좌근의 아이를 낳았을 것이라는 것이다. 나합이 김좌근의 소실이니까 당연한 대답이다.
그러나 추선은 그 말에 주석을 달았다.
「아들은 낳지 않으오리다. 아무리 하옥대감의 피라도 왕통은 될 수 없으니까요. 계집앨 낳을 겁니다. 크면 왕비로 삼기 위해서요. 그러면 모든 영화는 그대로 지속되겠습지요. 영화란 참말로 좋은 것이 아닙니까. 결국 저는 아녀자입니다. 호강을 하고 싶은 거겠지요.」
홍선은 말없이 고개를 끄떡였다.
그러나 그는 오늘따라 누구에게든지 자기 자신을 발가벗겨 보이고 싶은 강렬한 충동을 느꼈다.
그는 나직하게 말했다.
「지금쯤 이도정은 사약을 받았을 것이야.」
「이도정나으리가요?」
추선은 모르고 있었던가 싶다. 깜짝 놀라면서 묻는 것이었다.
「역모로 몰렸다네!」
홍선은 추선의 손을 꼬옥 쥐었다.
「누구나 그렇진 않겠지? 뭣인가 불쾌하고 불길한 일이 일어날 듯싶어서 항상 불안해 하면서도, 어쩌면 자기한테만은 그런 일이 영원히 안 일어나리라는 막연한 바람으로 그날그날을 불안하게 살아가는 그런 인간은 많지는 않겠지?」
추선은 홍선의 독백을 곰곰이 되씹어 보면서, 군중 앞에서 물구나무를 서겠다고 나서던 그의 행동을 서글퍼했다.
「대감, 일생에 꼭 한 번 있을지 말지 한 막연한 기회를 붙잡기 위해서 평생을 남이 웃어 주지도 않는 어릿광대 노릇을 하는 건 참말로 허무한 일이 아니오니까?」
홍선은 추선의 말을 곰곰히 되씹어 본다.
(네 얘기냐! 내 얘기냐!)
추선 자신의 감춰진 회포 같기도 했고, 홍선 자기를 비유하는 말 같기도 했다.

홍선은 대답해 준다.
「그게 사람의 본성이 아니냐. 그런 욕심도 없이야 살아 뭣 하겠니. 추선아, 이 홍선의 딸이나 하나 낳으려무나.」
구름이 갈라지기 시작했다. 쏟아져 내려가는 물줄기와 같이 구름 사이로 푸른 하늘이 죽죽 뻗어나가고 있었다.
비가 그치니까 여기저기서 사람들이 기어나오기 시작했다. 나무 밑에서, 바위 틈에서, 사람들이 튀어나왔다.
추선은 가마 속으로 숨었다.
홍선은 산 아래로 터덜터덜 내려간다. 보랏빛 엉겅퀴꽃이 물방울을 뿌리며 발길에 채였다.

홍선의 예측은 맞았다.
그날 그 무렵에 도정 이하전은 심문 한번 받은 일 없이 역모의 주동 인물이라 하여 임금이 내린 사약 사발을 '황공한' 자세로 정갈한 상 위에 받아 놓아야 했다.
「특히 전하랍시는 성지(聖旨), "의당 멸족에 해당하는 죄지만 소원(疏遠)치 않은 종실의 신분이므로 죄지은 본인에게만 사약하노라", 특히 전하랍시는 성지올시다.」
독약을 가지고 온 금부도사는 외면을 한 채 그런 말을 했다.
도정 이하전은 한마디만은 묻고 싶었다.
「내 친구 두 사람 김순성, 이긍선은 어찌 되었나?」
침묵은 묻는 말에 대한 대답일 수도 있다.
주독(酒毒)일까, 코끝이 빨간 금부도사는 외면을 한 채 묵묵부답이었다.
이하전은 고개를 끄떡였다.
「알겠소이다. 그 사람들은 이미 소문 밖 새남터에서 효수됐겠구나.」
그는 두 친구의 참담한 모습이 눈앞에 알찐대는 모양이다. 잘린 목이 나무기둥에 매달린 채 뭇사람들의 구경거리가 되고 있을 것이다.
이하전은 눈을 감고 어금니를 지근지근 눌렀다. 진심으로 후회했다.

어제 뱃놀이를 하자고 유인만 안 했던들, 그들한테 그런 화재가 미칠 까닭이 없는 것이다.

이하전은 고개를 끄떡였다.

그는 자기가 마땅히 죽어야 한다는 이유를 거기서 발견했다.

(결국은 친구 두 사람을 죽인 것은 나다!)

그러니까 나는 죽어야 한다. 죽어야 하는 이유를, 죽기 직전에 죽어야 하는 이유를 발견한다는 것은 신의 은총이 아닐까.

이하전은 마음의 안정을 얻었다.

「더우시겠군?」

숨이 콱 막힐 만큼 방안은 덥다. 한여름인데 아궁이에 장작불을 지펴 놓았다. 펄펄 끓는 방에서 약을 마셔야 독기가 빨리 온몸에 퍼진다.

「괜찮습니다.」

금부도사는 숨을 헉헉 몰아쉬면서도 괜찮다는 것이다.

두 사람이 임무를 띠고 그의 집에 와 있었다. 그와 마주앉아 있었다.

죽음을 감시해야 한다. 그리고 사실대로 봉고(奉告)해야 한다. 금부도사의 임무였다.

주검을 확인해야 한다. 또 한 사람, 의관의 할 일이다.

코끝이 빨간 금부도사와 수염이 탐스러운 의관이 여름날 그 뜨거운 방에 마주앉아 있었다.

「더운데 나가들 계십시오. 나중에 내 주검만 확인하시면 될 일이 아니오.」

이하전이 점잖게 말하자, 더는 못 참겠는지 그들은 화다닥 방문을 박차고 나갔다.

주변엔 다른 가족과 친지들의 접근이 엄하게 금지돼 있었다.

「약이 다 졸았습니다.」

이하전은 부인의 슬픈 음성을 들었다. 침착한 음성이었다. 약은 의관이 달일 것이지만 부인이 달이겠다고 했다. 마지막으로 드는 남편에의 시중, 부인은 기도하며 약을 달였다.

「들여 보내시오.」

양귀비楊貴妃는 석양夕陽에 지는고야 151

사모관대, 도정(都正)의 정장을 한 이하전은 가묘(家廟) 있는 방향으로 무릎을 꿇었다.
이미 부인과 친지들과의 이별은 끝냈다. 가묘에 대한 봉고도 끝냈다.
「그 장님의 요설이 불길한 징조였어요.」
장님을 집안에 들였기 때문에 남편을 죽이게 된 것으로 아는 부인의 회한을 남편은 위로해 주었던 것이다.
「나는 언젠가 이 날이 올 것을 각오하고 있었소. 어차피 회피할 길 없는 운명이라면 사는 날까지라도 비굴하지 않으려고 노력해 왔소. 뒷일을 부탁하오. 당신은 너무 젊구려!」
남편의 말에 부인은 슬픔마저 느끼지 못할 만큼 정신이 나가 있었으나, 그러나 잘 참았다.
여자에게 어디 그런 힘이 있었을까. 신앙의 힘일까. 오늘 종일 자세를 흐트리지 않았다.
부인이 둥근 호족(虎足) 소반에다 약사발을 받쳐 들고 들어왔다.
「나가 계시오!」
남편은 마지막 시선으로 부인을 보며 말했다.
「기구(祈求)하겠어요.」
부인은 남편의 마지막 모습을 망막에 길이 간직하기 위해서 꿇어앉았다.
남편은 부인의 의사를 꺾고 싶지는 않았다.
오히려 부인이 지켜보는 앞에서 마지막 숨을 거두고 싶었다.
「죽음이란 영혼과 육신이 서로 갈리는 것을 뜻할 뿐이옵니다. 아마 천주님의 뜻이 옳을는지도 모르지요.」
부인의 음성은 경건했다. 부지중에 나온 말이었다.
그 말은 남편의 비위를 건드렸다.
「나는 마땅히 죽어야 할 사람이란 말이오?」
이하전은 버럭 역정을 냈다. 부인의 그런 말이 천주교라는 신앙에서 우러나온 것인 줄로 짐작은 가지만, 왠지 섭섭했던 모양이다.
부인은 떨리는 음성으로 말했다.

「안 떠나실 수 없는 길, 편안한 마음으로 가시게 하기 위해서 여쭌 말씀예요.」

이하전은 고개를 끄떡이며 두 손으로 약사발을 들었다. 손이 부르르 떨렸다.

부인은 눈을 감는다.

(천주님께 기구하옵니다. 저 아직 영세하지 않은 몸이오나, 영세할 것을 맹세하오며 기구하옵니다. 아직도 살리실 힘이 있으시면 살려 주십시오.)

가불영세(假拂領洗)라고 할까. 앞으로 영세받을 것을 전제하고 드리는 기도라는 것이다.

그러나 부인의 음성은 입밖엔 나가지 않았다.

이하전은 그 사이 어느 정도 마음의 안정을 얻은 것 같다. 왼손으로 약사발을 받쳐 든다.

숨이 막힐 만큼 방안은 더웠다. 한증막보다 못지 않았다.

이하전은 검은빛의 약물을 응시했다.

마셔야 할 죽음의 약빛이 검은 것은 인간의 지혜인지도 모른다.

빛이 없어 맑은 물처럼 투명하다면 공포가 그 물 위에 어른거릴는지도 모른다. 달이 물에 비치듯 죽음의 공포가 거기에 비쳐서 마지막 보는 자기의 모습이 추할까 봐 검은빛으로 만들었을까.

「전능하신 천주님께선 우리를 불쌍히 여기사 우리의 죄를 사하시고 우리로 하여금 상생(常生)의 길로 나가게 하옵소서. 아멘.」

스스로의 힘이 너무나 무력함을 깨달을 때 사람들은 기도를 한다.

아랍 사람들은, 그 유목민들은, 하루에 다섯 번 기도를 하느라고 두 시간 반에서 세 시간을 소비한다. 반드시 눈앞에 닥친 어떤 극한 의식에서가 아니더라도 하넓은 땅 위를 유랑하다가 언제 어느때 위해(危害) 앞에 설는지 모르기 때문에 그 기도는 더욱 경건하다. 절대의 신인 알라에 대한 기도 없이 그들은 삶을 생각할 수 없는 것이다.

부인은 남편의 죽음을 기도 없이 볼 수는 없었다. 자기에게도 남편에게도 이번 죽음은 너무나 절대적인 것이기 때문에 차라리 기도 없이는 감당할 수 없었다.
 천주교를 그토록 경원하려던 이하전도 별수없이 부인의 기도에 경건히 귀를 기울였다.
 이하전이 말했다.
「아침에 보니까 뜰에 늦된 양귀비가 봉오리졌던데 지금쯤은 활짝 피었겠소그려?」
 부인은 울음을 삼키며 대답했다.
「낮엔 더없이 화사하게 피었더이다만 지금쯤은 낙화하겠지요.」
 이하전은 어쩌다 늦핀 양귀비꽃의 그 청초하게 희던 빛깔을 연상하면서, 죽음의 약을, 그 검은빛을 벌떡벌떡 마시기 시작했다. 사발 밑이 깨끗이 드러날 때까지 입을 떼지 않고 단숨에 마셔 버렸다.
 그 순간, 부인은 한쪽 무릎을 세우면서 자기 목에 걸린 십자가를 끌렀다.
 남편이 동댕이치던 십자가. 부인은 그것을 그의 가슴에다 늘여 주고는 그를 안아 보료 위에다 조심스럽게 뉘었다. 머리에 베개를 높이 받쳐 주고는 두 무릎을 꿇고 손을 모았다.
「전능하시고 자비로우신 천주께선 우리의 죄과를 용서하시고, 내 남편을 긍휼히 여기시고, 당신 앞으로 인도하소서. 아멘.」
 성호를 긋는 부인의 눈에서 떨어진 눈물 방울은 남편 면상에서 이슬처럼 굴렀다.
 손과 손이 서로 잡혔다.
 영원히 풀리지 않을 결합인 양 굳게 엉겼다.
 1862년 7월 스무 나흘 저녁 무렵, 소나기가 한바탕 지나가고 난 잠시 뒤의 서울의 어느 지붕 밑에서 일어난 슬픈 이야기다.
 앞뜰에는 정말 철늦게 양귀비 한 그루가 외롭게 피어 있었다.
 그 옆, 담장을 훨씬 넘는 키의 벽오동잎에는 석양빛을 담뿍 받은 물방울이 청순하게 빛나고 있었다.
「이이랴, 오오랴, 이이랴……」
 어디선가 무심히 뛰놀고 있는 아이들의 음성이 어렴풋이 들려 왔다.

시간은 꽤 흘렀던 것 같다.
뜰에 대기하고 있던 금부도사와 의관은 불현듯 의심이 났다.
(내외 두 사람이 함께 죽은 건 아닌가?)
금부도사는 그 시뻘건 코끝을 주먹으로 한두 번 튕겼다.
의관은 탐스런 턱수염이 두세 번 쭈뼛거렸다. 그러나 모든 일은 순조롭게 진행됐고, 탈없이 끝나 있었다.
(불쌍하게시리……)
그날 밤, 밤이 꽤 이슥했을 때, 구름재에 있는 흥선군 이하응의 집 대문이 조용히 여닫혔다.
「오늘 석양 무렵에 이도정나으리께서 사약을 받으셨답니다.」
조성하가 흥선에게 알려 온 소식이었다.
「석양 무렵?」
흥선의 두 눈은 번쩍 빛났다.
석양 무렵이라면 자기가 필운대에서 물구나무를 서려고 하던 그 무렵이다. 그 시각에 이 나라의 한 왕족은 죄없이 죽음의 약을 마시고 있었던가.
흥선은 서글폈다. 그러나 웬지 그의 눈총은 순간적으로 번쩍 빛났던 것이다.
(유일한 경쟁자였는데!)
가장 똑똑한 라이벌은 기어코 제거됐다.
왕통을 이을 만한 세 집안, 그 중에서 이제 두 집안은 김씨네 손으로 몰락시키고 말았는가. 이세보가 변방으로 축출되고, 이하전마저 가고, 남은 것은 흥선뿐이다.
(나 하나가 남았다.)
그는 불안한 반면에 홀가분한 기분이었다.
(때는 서서히 착실하게 나에게로 다가오고 있으렷다!)
흥선군 이하응의 입가에는 남이 하해할 길 없는 잔잔한 미소가 놀처럼 물들고 있었다.
「도정은 너무 똑똑한 첼 했어!」

홍선이 뇌까렸다.
「그렇지만 대감께선 너무 심하시더군요.」
조성하가 홍선의 반응을 주의깊게 관찰하면서 말했다.
「뭘?」
「그날 밤 그게 있을 수 있는 추태입니까?」
젊은 조성하의 음성은 그대로 의분이었다.
「하하하, 그 젊은놈한테 내가 숙배를 했대서 하는 소리 같군! 도시 잘못된 일이지. 잘못되기로는 자네 같은 애숭이와 더불어 기방 출입을 한 것부터가 이미 잘못의 시초일세. 안 그런가?」
조성하는 대답을 하지 못했다.
황촛불이 찌지직 소리를 내더니 촛불 타는 냄새가 홱 풍겨 왔다. 거기 뛰어든 모기인가 하루살이들인가가 호로록 날개를 태우고는 촛농에 연방 투신을 한다.
「그렇지만 장난도 정도가 있지 않습니까.」
조성하는 아직도 불만이었다.
「장난이 아닐세. 그게 어떻게 장난인가?」
홍선은 조성하가 깜짝 놀랄 만큼 근엄한 얼굴로 돌변했다.
그러나 젊은 조성하는 발끈해 본다.
「장난이 아님 뭡니까. 그럼 대감은 술 몇 잔에 그토록 비루하단 말씀인가요.」
홍선은 피식 웃으며 대답했다.
「그럴 수도 있지. 경우에 따라선 말야.」
「그 경우란 어떤 경우입니까.」
「살려고 발버둥거리다 보면 간혹 그런 경우도 있는 것일세.」
홍선은 젊은 조성하를 쏘아보면서 말을 잇는다.
「장난이 아냐. 장난이란 심심파적으로 하는 짓이 아닌가! 허나 내 그런 행동은 욕망이며, 본능일세. 식욕, 색욕, 명예욕 말고 좀더 근본적인 욕망이 뭐겠나? 생명 있는 자 살고 싶어하는 건 욕망보다도 본능이지! 알겠나?」

그 말에 조성하는 분연히 소리쳤다.
「그렇게 안 하시면 누가 술집에서 대감께 위해를 가합니까? 당장 대감의 생명을 노리는 놈이 있었던 것도 아닌데 그 무슨 추탭니까.」
그러나 홍선은 고개를 옆으로 흔든다.
「자넨 내 맘을 아직 몰라. 알 때가 올 걸세. 내 멋대로 살게 내버려두게나!」
홍선은 조성하에게만은 자기의 본체를 보여 줄 필요가 있었다.
조성하만은 홍선 자기를 오해해서는 안 되는 것이다. 조성하마저 오해를 하면 조대비도 홍선을 몰라보게 된다.
그것은 절대로 홍선의 본의가 아닌 것이다.
「내 말뜻을 알아듣겠나?」
홍선은 다져 물었다.
「대감의 본의를 제가 어찌 모르겠습니까. 알고는 있으면서도 옆에서 보고 있기가 너무나 민망해서……。」
「자넨 젊었어. 자넨 의당 그래야 하지. 밤도 늦었으니 돌아가도록 하게.」
「몸조심하십시오. 약주 취해서 너무 늦게 다니시지 마시고요.」
홍선은 껄껄 웃었다.
「대왕대비께서 몹시 상심하실 텐데 자네가 잘 위안해 드리게. 이도정을 퍽 사랑하셨으니까. 혈육을 잃으신 것 같으실걸.」
「마마께서도 모르시게, 전광석화로 해치운 일이라서 극도로 분노하고 계십니다.」
「노하신들 어찌하겠나. 이미 사람은 죽었고, 당신껜 힘이 없으신데.」
조성하를 배웅하고 돌아서면서 홍선은 영탄조로 뇌까렸다.
「세월은 자꾸 가는데 미움만 남는구나!」
별빛이 밝은 밤이었다. 어디선가 개짖는 소리가 컹컹컹 들려 왔다.
신앙이란 무엇일까.
자기 인생에, 세상살이에 허무감을 느꼈을 때 발아되는 절대에 대한 의뢰심이다.

그리고 어떤 절정에 선 순간부터 비롯되는 하나의 모색이다.

가장 선할 때, 가장 악할 때, 가장 행복할 때, 가장 외로울 때, 가장 괴로울 때, 가장 절망적일 때, 가장 한가로울 때, 그것이 절정이었을 때, 사람들은 눈을 감고 손을 내밀어 뭣인가를 찾아 보려고 허위적거린다.

그럴 때 도달하는 마음의 안식처가 신앙이다. 체계가 선 신앙은 종교다. 선각자가 이론적으로 체계를 세워 준 신앙은 종교다.

그러나 같은 절대에의 의뢰이면서 체계가 없고, 모색하는, 방황하는, 괴로와하는 사람들한테 길을, 빛을 밝혀 주지 못하는 믿음이 있다. 샤머니즘이다. 미신이다. 그것은 결코 종교가 아니다.

이하전의 부인은 자기 남편을 죽인 것이 그 정체 모를 장님이라고 생각한다. 그 장님은 불길을 예보해 준 검은 그림자의 사자였다. 장님이 김씨 일문의 첩자라고 단정하기 이전에 불운을 가져다 준 마귀라고 생각한다.

장님, 무당은 샤머니즘의 상징이기 때문에 그 예언이 맞으면 믿고, 안 맞으면 재수없는 존재다.

그런데 며칠 후, 흥선군 이하응의 집에도 그와 유사한 사건이 일어났다. 역시 불길한 사태를 예보하는 검은 그림자의 사자였을까.

재황, 즉 명복이는 마침 수백이와 바깥마당 느티나무 밑에서 놀고 있었다.

열한 살 난 명복은 이제 아주 어린애는 아니었다. 소년인 것이다.

두 소년 앞에 별안간 어디서 나타났는지 방갓을 쓴 한 사나이가 나타났다.

사나이는 명복의 얼굴을 유심히 뜯어보더니 혼자 감탄하는 것이었다.

「허어, 에기……..」

감탄하는 그는 방갓을 쳐들고 뒤를 돌아다보면서 손을 가볍게 쳐들었다.

방갓을 쓴 사나이는 옆에 있는 수백인 거들떠보지도 않고 시적시적 걷기 시작했다.

「누구야?」

명복이 물었다.
「글쎄, 누굴까요.」
소년 수백이의 대꾸였다.
「들어가십시다, 도령!」
수백이는 주인 아이의 손목을 잡아 끌었다.
그러나 명복은 발길을 돌리지 않았다.
어린 눈에도 그 사나이의 인상이 좀처럼 가셔지지 않아서였다.
수백이는 혼자 집안으로 들어갔다. 그러자, 방갓을 쓴 사나이는 다시 명복 앞에 나타났다.
그는 서슴지 않고 소년 명복에게로 접근하더니 귓속말을 하는 것이었다.
「제 이름은 박유붕이옵니다.」
그는 깍듯이 공대를 쓰면서 자진해서 자기 소개를 했다.
그는 어리둥절해 하는 소년에게 정중한 어조로 소곤거린다.
「도령! 제 말씀을 기억해 두십시오. 도령께선 머잖아 임금이 되실 상(相)이로소이다.」
방갓을 쓴 사나이는 소년의 반응은 아랑곳없이 제 할말을 또 한다.
「제왕이 되실 상이로소이다. 원컨댄 아무한테도 이런 말씀 누설 마셔야 합니다.」
사나이는 방갓 전을 푹 숙이면서 다시 시적시적 제 갈길을 가고 있었다.
열한 살이다. 그만한 말귀는 알아들을 나이였다.
명복은 가슴이 두근거렸다.
(박유붕? 애꾸눈이!)
그는 왜 제 이름을 먼저 댔을까.
그날 밤 소년 명복은 혼자 고민했다.
(제왕이 되실 상이로소이다. 원컨댄 이 말씀 아무한테도 누설 마셔야 합니다.)
그러나 순진한 소년 명복은 그날 밤 어머니한테 그 이야길 털어놓았

양귀비楊貴妃는 석양夕陽에 지는고야 159

다.
「어머니!」
「왜?」
「누가 그러는데 내가 임금이 될 상이래요.」
민부인은 기절할 듯이 놀랐다.
얼굴이 새파랗게 질리면서 어린 아들에게 다그쳐 물었다.
「그런 소릴 누가 하더냐.」
소년은 어머니한테만은 모든 일을 감춰선 안 되는 것으로 알았다.
「박유붕이라는 사람이래요.」
「박유붕? 박유붕이 누구냐?」
소년 명복은 본대로 들은대로 어머니한테 낱낱이 이야기했다. 그가 왼쪽 눈이 성하지 않은 애꾸더라는 이야기도 했다.
모자는 맹세했다.
「그런 말 누구한테도 입밖에 내선 안 된다! 알겠느냐?」
「알겠습니다.」
어린 아들 앞에선 태연했으나 민부인의 당황하는 모습은 극한이었다.
민부인도 풍문을 들은 바 있었던 것이다.
이하전이 역모로 몰리기 며칠 전에 그의 집에 정체 모를 맹인이 나타나 왕기설을 발설하고 갔다는 이야기를 듣고 있었던 것이다.
무엇이 다른가. 집안에 왕기가 서렸다는 말과 어린 아이에게 임금이 될 상이라는 말과 다른 게 뭣인가. 장님과 애꾸눈과 얼마나 다른가.
민부인은 불길한 예감이 몸에 오싹 스며드는 바람에 좌불안석이었다.
(이 어른은 어딜 가셔서 밤늦도록 안 들어오시는가!)
언제라고 흥선이 밤늦게 안 들어오는 날이 있을까만 민부인은 이날따라 극도의 조바심으로 입술이 바작바작 탔다.
(누구한테도 발설하지 말라!)
이하전의 집에 나타난 맹인도 그런 뜻의 말을 했다는 풍문이었다.
흥선은 자정이 넘어서야 돌아왔다.
흥선이라고 예외일 수는 없었다.

그는 아내 민씨 이야기를 듣자 술이 홱 깨는 모양이다.
그는 그 무섭게 빛나는 눈총으로 잠시 동안 부인을 쏘아보더니,
「아이를 좀 일으키시오!」
잠들어 있던 명복은 눈을 비비며 일어나 앉았다가 아버지의 모습을 보고는 허리를 굽혔다.
「아버님 다녀 들어오셨습니까.」
몸에 젖은 인삿말이다.
흥선은 직접 어린 아들한테 물었다.
「나한테 자세히 얘기해 봐라! 낯 모르는 사람이 너한테 뭐라더냐?」
소년은 초롱한 눈으로 아버지 어머니를 번갈아 보다가 입을 열었다.
「방갓을 쓴 어른이에요. 왼쪽 눈이 애꾸였어요. 저를 유심히 보더니 혼자 뭐라고 중얼대며 한길 쪽으로 갔어요. 좀 있다가 다시 와서는 "도령! 머잖아 제왕이 되실 상이로소이다. 원컨댄 이 말씀 누구에게도 발설 마십시오!" 그러잖아요?」
「그 말뿐이더냐?」
「아 참, 먼저 "제 이름은 박유붕이올시다" 하더니 그런 말을 했습니다.」
「너의 집이 어디냐, 누구의 아들이냐, 아버지 성함이 뭐냐, 네 이름이 뭐냐, 몇 살이냐, 그런 말도 묻지 않고?」
「그런 말은 묻지 않았어요.」
흥선은 아들한테 더는 물을 말이 없음을 알고 침묵했다.
그러자 소년 명복은 제 의견을 말했다.
「아마 누구하고 같이 왔었는지도 모릅니다. 그러니까 처음엔 제 얼굴만 보고 어디론가 가더니 다시 또 온 게 아녜요? 그 사이 누굴 만나구 온 게 아닌지 모르겠어요.」
부인은 아들의 뒷머리를 연방 쓰다듬어 주고 있었다.
어릴망정 아들의 의견에 슬기가 있음을 대견히 여기는 것이다.
부처는 한참 동안 대화들을 잊은 채 이 맹랑한 사건을 곰곰히 풀이해 봤다.

그러나 남편도 아내도 얻은 결론은 어둡기만 했다. 불길한 예감이 무거운 침묵을 자아내게 했다.

남편은 담배통에 담배를 담으면서,

「알았다, 자거라!」

아들한테 자라고 말했다.

아내는 아들을 다시 잠자리에 누이고는 남편의 동정만 살폈다.

그들은 어린 아들이 다시 잠들기를 기다리는 눈치였다.

명복은 이내 쌔근쌔근 고른 숨소리를 내면서 잠들었다.

(이번엔 우리 차롄가!)

아내는 자꾸 이하전의 집에 나타났었다는 장님의 이야기가 생각났다.

(이번엔 내 차롄가?)

남편은 반항을 생각해 봤다.

눈앞에 밀려오는 파도를 보면서 몸을 피하지 않는 것은 어리석은 짓이 아닐까?

흉악한 짐승의 위해를 눈앞에 보면서 아무런 대비책도 없이 운명을 기다리는 것은 산사람이 취할 바 태도가 아니잖을까?

내게 작용하는 나 이외의 의사를 거부하는 것은 당연한 권리다. 그런 자기 방어를 반역이라 하면, 반역이라도 하자.

(미리 피신을 할까?)

흥선의 침묵은 그런 자문자답이었다.

그러나 그는 부인을 보면서 말했다.

「우연히 지나던 관상장이겠지. 사실 우리 저 앤 그런 상(相)이 아니겠소!」

부인은 위안이 되지 않는 모양이다.

「무슨 관상장이가 애꾸눈이겠어요?」

흥선은 다시 침묵할 밖에 없었다.

(그걸 낸들 아나! 그가 왜 애꾸가 됐는지 내가 어떻게 알아!)

이튿날 아침, 흥선은 '천하장안'을 앞에 불러 놓고 근엄하게 일종의 밀지를 내렸다.

「너희들의 슬기와 수완을 시험해 봐야겠다. 너희들은 내게 신명을 바칠 수 있느냐?」

흥선은 우선 물었다.

「뭣이든지 분부대로 즉각 거행하겠습니다. 목숨을 바쳐 대감을 모시기로 저희끼린 이미 합심하고 있습니다. 무슨 일인뎁쇼?」

천희연이 네 사람을 대표해서 흡사 임금 앞에 부복하는 시늉으로 능청을 떤다. 그 남달리 큰 허위대로 말이다.

「한 가지 내탐(內探)을 해야 할 일이 있다.」

「저희들은 그런 일이 식성에 맞습지요. 한두 번 실패는 했습니다만서두.」

하정일이 그 재재하는 말투로 넉살을 부렸다.

「관상장이를 하나 찾아 내야겠다.」

「관상을 보시려굽쇼?」

장순규도 한마디 빠질 수가 없는 모양이다.

그 메기입이 씰룩거린다.

「여보게, 조용히 대감 분부나 들어!」

안필주가 야무지게 핀잔을 준다.

그들은 흡사 한 패거리의 개구장이 그대로다.

흥선은 전에 없이 근엄했다.

「관상장이를 찾아 내라! 성명은 박유붕이다. 특징은 한쪽 눈이 굿었다.」

「그 관상장이 괴짜군. 외눈배기가 두눈배기의 관상을 본다 그 말씀입죠?」

하정일이 침을 튀기며 이죽거렸다.

「두 눈으론 얼뵈니까 외눈으로 보겠지! 세상은 외눈으로 봐야 일목요연일세.」

장순규의 말에,

「야, 이놈들 멋대로 지껄이지 말고!」

흥선이 소리를 버럭 지르는 바람에 무례방자하던 그들은 찔끔했다.

그는 천희연에게 분부했다.
「네가 지휘해라. 서울 장안에 반드시 있다. 이름은 박유붕, 애꾸눈이 관상장이 찾아라! 왼쪽눈이 굳었다. 발견하거든 쥐도 새도 모르게 내게로 모셔 오너라. 참, 방갓을 쓰고 다닌다더라. 알았느냐!」
수령의 명령이다. 왕자(王者)의 지엄한 분부 같기도 했다.
「알아모시겠습니다, 대감. 오늘 해지기 전에 쥐도 새도 모르게 잡아 대령하겠습니다. 저희 수완을 믿으십시오.」
우선 장담을 하고 보는 게 그들의 배짱이다.
「대감! 그 사람의 인상 특징을 말씀해 주십시오. 가령 키가 몇 자쯤이고 머리통이 어떻구 걸음걸이가 어떻구 하는 인상 특징 말씀입쇼.」
장순규가 물었다.
홍선이 대답한다.
「이놈아, 내가 그런 걸 어떻게 알아! 외눈배기 관상장이라면 다 됐지. 더군다나 성명까지 대 줬잖냐, 박유붕!」
'천하장안'은 신바람이 나서 거리로 퍼져 나갔다.
포교들이 명령을 받고 출동하는 것처럼 호기 있게 달려나가는 그들을 보고 홍선은 생각한다.
(저놈들을 어쩌면 저런 식으로 써먹을 수도 있으렷다?)
그러나 써먹을 날이 있을까. 그런 세월이 올까. 그런 운이 있을까.
홍선은 버릇인 어금니를 지근지근 씹는다.
세월은 낚는 것, 운명은 개척하는 것, 위험은 피하는 것, 나를 해치려는 자에겐 감연히 반항하는 게 남아의 취할 바 태도, 인간은 싸워 이기는 자가 강자, 강자가 되는 것은 모든 사람의 소망.
「이 홍선은 너희들 마음대로 그리 호락호락하진 않으리!」
혼자 분명한 소리로 뇌까리는 홍선의 눈망울은 툭 불거진다.
사람에겐 누구에게나 이율배반적인 막연한 기대를 가져 보는 본성이 있다.
홍선은 운명이라는 것을 부정하면서, 덮쳐 오는 검은 그림자가 있다면 감연히 항거할 것을 생각하면서, 그날 종일토록 집에 있었다.

집에 있어서는 안 된다는 불안 의식을 가졌으면서도 그는 대문 밖에 나가지를 않았다.

(설마 내게야! 다른 사람이 다 당해도 설마 나한테야…….)

하는 막연한 기대와 함께 어떤 운명적인 손을 앉아서 기다려 보는 심사는 무엇일까? 안찬 성정의 탓인지도 모른다.

(이놈들이 그 관상장이를 찾아 낼 수 있을까?)

앉아서 당하느니보다는 그 애꾸눈의 정체를 밝혀 내고 싶은 것은 담대한 적극성이다.

그는 '천하장안'이 돌아오기만을 기다리며 온종일 집에 있었다. 청지기 김응원과 더불어 오랜만에 난초를 여러 폭 쳤다.

「어디 가서, 좀 팔아다 줘야겠네.」

술값 조달이 아니라 집안의 식량을 장만하기 위해서도 난초 몇 폭은 팔아 와야 할 형편이었다.

「대감, 이젠 정말 팔 만한 곳이 없습니다.」

김응원은 애원하듯 말했다. 미상불 그는 딱했다

웬만한 사람한텐 다 먹여 놨으니 이젠 가지고 찾아갈 곳이 없는 것이다. 아무리 좋은 그림이라도 귀해야 값이 나가며 원매자(願買者)도 있는 것이다.

「아아, 또 석파(石坡)의 난초로군! 요샌 너무 흔해빠져서…….」

지목하고 찾아간 상대의 입에서 이런 말이 나오기 시작하면 그것은 돈이 될 수 없는 것이다.

그렇다고 어찌 하겠는가. 그래도 빈손으로 가서 뀌 달라는 것보다야 난초 한 폭이라도 들고 나서는 편이 낫다.

김응원을 내보내고 난 다음, 홍선은 무료해서 낮잠이나 잘까 하는데 오랜만에 민승호가 찾아왔다.

민승호는 그의 처남이니까, 민부인의 오라비동생이다.

민승호는 혼자가 아니었다. 의매인 민소저를 데리고 왔다.

「어쩐 일들이냐?」

「여러 날 못 뵙구 해서 놀러 왔습니다.」

민승호는 멀지 않은 친척 아저씨가 딸 하나를 남겨 두고 세상을 떠났기 때문에 그 집으로 입양한 사람이다. 그런 남매들이다.

촌수로는 처제뻘인가? 민소저는 올해 열두 살, 명복이보다 한 살 위였다. 몸매가 곱고 기상이 좀 거세어 보이는 소녀의 얼굴은 너무나 영리해 보인다. 총기가 있어 보이는 어글한 눈과 날이 선 비릉(鼻陵)은 영악한 사람됨을 말한다.

민소저가 안으로 들어가자 홍선은 민승호에게 말했다.

「자네도 이젠 등과를 해 놔야지.」

민승호가 그 말에 대답한다.

「등과한들 무슨 소용입니까? 민씨네 쳐놓고 반반한 벼슬아치가 어디 있습니까?」

「그렇다고 등과도 안 하면 기회조차 바랄 수 없잖은가? 젊은 사람이 앞가림은 해 놔야지!」

「이런 세태에서 등과해야 별 수 없고, 좋은 세월 만난다면 등과 안 했더라도 그런대로 길이 트일 것 아니겠어요?」

홍선은 고개를 가로저었다.

「젊은 사람마저 그렇게 패기가 없어선 탈이군! 자네처럼 안이한 처세를 하려면 척신이라도 돼야 세상을 만날 게 아닌가. 민씨네 집안에서 왕비 될 사람이라도 있나? 왕궁에 성혼시킬 세자라도 있는가. 총각 임금이라도 있는가? 등과도 안 하고 민씨네 잘되길 바라? 현재의 처지가 불만이거든 실력을 길러야 하느니. 혈기 있을 때 말야!」

홍선은 이상하게도 마구 흥분하는 것이었다.

민승호는 그처럼 흥분하는 홍선을 일찍이 본 일이 없다. 웃음이 나왔다. 홍선의 행동거지와 견주어 볼 때 웃음이 안 날 수가 없다.

(어떻게 그렇게 하기 좋은 말로 남을 나무랄 수가 있을까?)

그러나 홍선은 민승호의 그런 생각을 빤히 들여다보고 있었다.

홍선은 음성을 낮추며 말했다.

「하긴 내 처지로 자네한테 그런 말을 하는 건 모순일세. 허지만 나는 이미 시간이 없어. 허룽허룽 살다 보니까 사십이 넘었네. 그뿐인가. 나는 종친의 한 사람이야. 지금 세상에 용빼는 재주를 가졌어도 종친으로선 어쩔 길이 없어. 알겠나? 그러나 자넨 다르이. 젊었어. 아무도 주목 안 해. 똑똑하면 길은 있네. 찾으면 있어!」

홍선은 더할 수 없이 야무지게 말했고, 민승호는 홍선의 말뜻이 짐작돼서 서글픈 표정을 지었다.

「자네 무슨 볼일이 있어서 온 건 아니지?」

「문안겸해서 왔습니다. 세상이 하도 어수선하고 해서요.」

「자넨 이도정 사건 까닭에 나를 근심한 게로군. 돌아가게! 어서.」

「왜요?」

「여기 오래 있을 필요 없어. 김씨네의 눈총은 도처에서 번뜩이고 있네. 내 집에 드나들다 자네도 무슨 봉변을 당할는지 아나. 돌아가게!」

그들은 이하전의 사건을 생각하면서 동시에 침묵했다.

그날 밤 늦어서야 그 수상한 점장이를 찾아 나섰던 '천하장안'이 한 사람씩 돌아오기 시작했다.

안필주가 먼저 돌아와 홍선 앞에 허리를 굽혔다.

「어떻게 됐느냐?」

「아직 찾지 못했사와요.」

「물러가거라!」

홍선은 더이상 물으려 하지 않았고 상대도 하지 않았다. 싸늘한 태도였다.

이내 하정일이 돌아왔다.

「찾아 냈느냐?」

「아직 못 찾았습니다.」

「물러가거라!」

잠시 후에 장순규가 나타났다.

「무슨 단서라도 잡았느냐?」

「아직. 오만 군델 다 알아 봤습니다만.」

「물러가거라!」

천희연이 맨 나중에야 돌아와서 홍선 앞에 떡 버티고 섰다.

양귀비楊貴妃는 석양夕陽에 지는고야

「못 찾았겠지?」
「아직 찾아 내지 못했습죠만……」
「물러가거라!」
「실제 있는 인물이란 것은 알아 냈습니다.」
 홍선은 턱을 쳐들면서 입에 물려 있던 장죽의 옥물부리를 쑥 뽑았다.
「실명이라더냐? 박유붕이란 그 성명이?」
 천희연은 자기만이 알아낸 공로를 자랑스럽게 늘어놓는다.
「제가 조사한 바에 의하면 박유붕이란 본시가 관상장이는 아니고 현재 벼슬자리에 있는 사람이라 합니다. 청도 사람이라던가요. 이따금 표연히 서울에 나타나선 취미삼아 관상을 봐 주는데 아주 잘 맞힌다는 평판입니다. 모모한 대갓댁에선 다 알 만한 사람으로서 가끔 가다 엉뚱한 예언을 한답니다. 왼눈이 굳은 것도 사실입니다.」
「그럼 그 소재를 알았느냐?」
「그런데 그게…… 그는 곧잘 바람처럼 나타났다간 바람처럼 사라지기 때문에 아직 그 소재를 알기 힘든답니다. 그런데 그 박유붕이가 누구의 관상이라도 봤습니까?」
「하두 영하다기에 내 관상이나 볼까 해서다.」
「대감, 저희한테 뭣인가 숨기시는굽쇼?」
「들어가거라!」
「제가 조사한 바에 의하면 그 박유붕이는 제 눈을 제 손으로 찔러서 애꾸가 됐다는군입쇼.」
 천희연은 자기만이 알아 낸 정보를 자랑스럽게 보고한다.
 홍선은 다시 장죽에다 담배를 담았다.
「제 눈을 제가 찔러?」
「네, 그렇다는 풍문입니다.」
「실수가 아니고 고의로 제 눈깔을 멀게 했다는 게냐?」
「제 관상을 제가 보니까 두 눈이 멀쩡해서는 영달할 수 없는 상이었다는굽쇼. 그래서 화젓가락으로 제 눈을 찔러서 애꾸가 됐답니다. 그뿐이 아닙니다. 그는 산이고 인물이고를 두루 찾아다니며 곧잘 신기한 예언을 하는 기인이라 합니다.」
 홍선은 천희연의 보고를 들으면서 하나의 명확한 판단을 내려야 하는 것이다.
 (이하전의 집에 나타나서 왕기설을 홀리고 간 그 맹인과는 근본적으로 다른 인물인가?)
 같은 인물이 아니라고 해서 불안이 가셔지는 것은 아니지만, 하여간 뭔가 아는 인물일지도 모른다는 생각이 들었다.
 의심은 의심을 낳는 것. 박유붕이라는 관상장이는 불쾌한 존재는 아닐지도 모른다. 불운이나 죽음의 촉수는 아닐지도 모른다. 왜? 그는 우선 제 이름 석 자를 당당히 밝히고 그런 예언을 한 것이다. 왜 이름 석 자를 먼저 밝혔을까. 자신이 있어설까, 아니면 이 다음에 자기를 알아 달라는 포석일까.
 (제왕이 되실 상이로소이다.)
 한 소년에게 그런 중대한 예언을 했다면 소년이 임금이 됐을 때 그는 국사의 대접이라도 받을 것이 아니냐 말이다.
 홍선은 단정했다. 박유붕이라는 사람은 뭔가 알고 있는 예언자다. 박유붕. 홍선의 얼굴에는 차츰 화색이 돌았다.
 (명복인 제왕이 될 아이다. 절대로 돼야 할 아이다. 기어코 제왕으로 만들어야 한다.)
 바깥에서는 엿장수의 가위소리가 재깍재깍 한가롭게 들려 왔다.
「그런데 말씀입니다…….」
 천희연이 아직 할 말이 남았다는 것이다.
 홍선은 그를 쏘아보며 그의 말을 기다린다.
「항간에는 심상찮은 풍문이 떠돌더군입쇼.」
「무슨?」
 홍선의 반응은 심각하고 예민했다.
「이번 이도정나으리의 역모 사건에 대감께서도 관련됐다는 풍문이 떠돈답니다.」
 그 소리를 듣자 홍선은 지체 않고 파안대소를 했다.

양귀비楊貴妃는 석양夕陽에 지는고야 169

「하하하하, 거 대단한 소문이로구나! 나 같은 술주정뱅이가 역모라? 이 홍선이 역적 모의에 가담됐다? 거 괜찮은 풍문이로구나. 홍선한테도 사람 대접을 하는 놈이 있구나! 똑똑치 못한 사람은 그런 큰일을 저지르지 못하는 법, 이도정 같은 걸물 축에다 나를 견주니 그 아니 반가운 소문이냐!」

천희연은 어처구니 없다는 시선으로 자기의 상전을 바라본다.

「그렇게 웃으실 일이 아닙니다. 지금 저네들은 무슨 짓이든지 할 수 있는 게 아닙니까. 대감이라구 안심하실 수는 없으세요.」

천희연은 진심이었으나,

「이놈아, 그런 건방진 걱정일랑 말고, 어디 투전판이나 찾아 내라! 이거 궁기가 껴서 어디 살 수 있느냐!」

홍선은 말머리를 슬쩍 돌려 놓고는,

「여름 투전이란 대개 판이 큰 법이다. 우리 단단히 짜고서 한밑천 장만하자꾸나!」

거슴츠레하게 뜨는 그의 눈은 완연히 무뢰한의 그것으로 돌변해 버린다.

그로부터 이틀이 지난 밤, 홍선과 '천하장안'은 남산골 어느 큼직한 투전판에서 천하에도 기괴한 장난질을 치고 있었다. 정말 투전꾼들은 감쪽같이 속을 수밖에 없었다.

전에도 몇 번인가 드나든 일이 있는 집, 울 안에 감나무 두 그루가 서 있는 그 고가는 여름 겨울 없이 노름판을 붙여서 생계를 유지해 간다.

감나무집, 노름꾼들 사이에는 감나무집으로 통칭되고 있는, 담장이 얕고 뜰이 넓은 그 고가에는 그날 밤에도 꽤 큰 판이 벌어지고 있었다.

종로에서 지전을 경영한다는 최생원을 비롯해서 어울린 패거리들은 거의 타짜꾼에 가까운 솜씨들이었다. 홍선은 용케도 그런 판에 끼여 짧은 밑천으로 몇 번 손속을 보다가 몽땅 털린 채 뒤로 물러앉아 개평이나 떼고 있는 처량한 신세였다.

밤은 꽤 깊었다.

투전쪽을 잡은 사람들은 눈알이 벌겋게 충혈된 채 시익시익 거친 숨결들을 내뿜고 있는 중이었다.
 판돈은 한 거리에 서른 냥이 넘을 정도, 크게 승부들은 없었지만 손톱 끝에다 온 신경을 집중시키며 투전쪽을 훑고 있는 그들의 승부 다툼에는 그대로 살기가 감돌았다.
 여름인데도 미닫이는 닫고들 있었다.
 밤이 늦었으니 덥지도 않았으나, 밤바람에 등잔불이 흔들리기 때문이었다.
 투전몫은 본시 예순 장이 한 몫이다. 그러나 마흔 장만 가지고 노는 '돌려태기'가 유행이었다. 돌려태기는 끗수 내기, 가보 잡기인 것이다.
「가귀다!」
「여덟이오!」
「난 가보다!」
 말이 서른 냥이지, 한 판에 판돈 서른 냥이면 눈들이 뒤집히는 판국이다.
 창호지를 여러 겹 백비를 해서 기름을 먹였다. 빛은 마분지처럼 노오랗게 결었다. 종이는 탄력이 있어 착착 손가락 사이에 휘감긴다. 길이는 15센티 정도고 폭은 엄지손가락보다 좀 좁다. 거기 인물, 또는 새나 짐승, 아니면 물고기나 벌레의 형상을 그려서 끗수를 표시한다. 시구(詩句)로 끗수를 표시한 것도 있다.
 그것이 투전목이다.

 홍선을 빼놓고는 거기 어울린 패들이란 거개가 장사치들이었다. 밑천들이 든든했다.
 홍선은 몇 푼 안 됐지만 제 밑천을 몽땅 날리고도 그다지 초조해 하지 않았다. 그러나 누구든 딸 때마다 개평은 영락없이 떼었다.
 그들도 그게 편했다. 홍선의 주머니 속을 번연히 알면서 판에 붙여 줘야 귀찮기만 한 것이다. 차라리 물러앉혀 놓고 개평이나 떼어 주는 게 속이 편했다.
 판돈은 최생원 앞으로 여러 번 긁혀 들어갔다. 모두들 눈알이 벌개가

지고 시익식하는 거센 콧소리를 냈다.
 빠르륵빠르륵 투전장 섞는 소리가 이따금씩 단조롭게 밤공기를 흔들곤 했다.
 컹컹컹, 어디선가 개가 컹컹거리다가 이내 잠잠해져 버렸다.
 흥선은 귀를 기울였다.
 미닫이 밖에서 푸석하는 소리가 난 것 같아 조용히 귀를 기울였다.
 모두들 새로 판돈을 붙였다. 이번엔 좀더 커지는 모양이었다. 방석 위엔 엽전닢이 수북하게 쌓였다.
 마침 그때였다.
 별안간 미닫이 살을 드르륵 긁는 소리가 나면서 우람한 호통이 터졌다.
「이놈들 꼼짝 마라! 판돈 고대루 놔 두고 꼼짝 마라! 오랏줄 들어간다!」
 순간 투전패들은 얼굴이 노래졌다. 손이며 턱이며 발가락까지 벌벌 떨었다.
 그러자 흥선이 소리쳤다.
「누구시오?」
「나는 포교나리다!」
 순간 흥선은 즉각적으로 해야 할 행동이 있었던 것 같다.
 그는 앞으로 푹 엎드리며 판돈을 끌어안았다. 그리고는 밖에다 대고 소리쳤다.
「방문은 열지 마시오! 당신네나 우리나 서루 얼굴일랑 보지 말기루 합시다!」
 그러나 밖에서는 또 호통을 쳤다.
「이놈들, 꼼쩍 마라! 오랏줄 들어간다!」
 노름방에는 뒷문도 없었다. 미닫이 밖에서 포교가 호통을 치고 있으니 어디로 들고 뛸 구멍이 없다. 그러나 흥선만은 당황하지 않았다. 그는 자기의 할 일이 있었다.
 그는 듬뿍 움켜쥔 판돈을 고스란히 미닫이 밖으로 불쑥 내밀면서 소리쳤다.
「옛다! 한밥 먹어라! 스무 냥이다.」
노름패들은 바짝 당황하고 긴장하면서, 그러나 귀추만 기다렸다.
홍선은 구멍 난 미닫이에서 주먹을 쑥 뽑아 들였다. 창호지가 쭉 찢어져 있었다.
그의 주먹은 비어 있었다.
밖에선 투덜대는 소리가 들렸다.
「허, 그놈들 날쌔게 도망을 쳤군!」
노름패들은 귀를 기울였다.
포교는 발소리를 남기고는 사라져 갔다. 담을 뛰어넘는지 쿵 소리가 들려 왔다.
노름패들은 그제서야 한숨을 후우 뿜으면서 제각기의 셈들을 하려고 했다.
「이 판은 남은 돈 그대로 놓고 하시오!」
홍선의 말에 아무도 이론을 제의하지는 않았다. 그러나 그들은 투덜거렸다.
「거 너무 많이 집어 준 게 아니오!」
「스무 냥은 너무 많았어!」
그러자 홍선이 한마디 쏘아붙였다.
「여보슈들, 오랏줄에 묶여서 포도청에 가는 것에다 비기면 스무 냥쯤은 아무것두 아니지 뭐요!」
이 말에 지전 주인 최씨가 동조했다.
「하긴 그렇지. 잡혀가서 그 봉변을 당하는 것에 비기면 싸구말구, 이백 냥두 싸지!」
「자아, 그럼 다시 시작해 볼까!」
차르륵 다시 투전쪽 섞는 소리가 밤공기를 조용히 흔들 뿐, 노름꾼들의 눈망울은 더욱 충혈돼 가고 있었다.
삼십 분쯤 지났을까. 밖에서 또다시 쿵하는 소리가 났다. 그러나 그것은 극히 작은 소리, 투전에 열중한 사람들의 귀에는 전연 들려 오지 않았다.
 홍선만이 그 기척을 들을 수 있었다. 그의 눈총은 다시 판돈으로 쏠렸다. 그는 어험어험하고 헛기침을 두어 번 했다.
 이내 또 밖에서 미닫이 살이 드르륵 긁혔다.
 이번엔 또 무슨 막대기를 가진 '놈'인 것 같다.
 사람들은 다시 한번 얼굴이 파랗게 질렸다.
 이번엔 먼젓번의 경험이 있어서 제각기 판에 내놓은 돈을 회수하려고 들 했다.
 그러나 홍선은 그것을 제지했다.
「아하아, 현금에 손대지 마시오!」
 홍선은 필요 이상으로 큰소리를 냈다. 그리고 그가 해야 할 행동은 먼젓번과 같았다. 역시 두 손으로 엽전을 한 움큼 긁어쥐고는 푹석 미닫이 종이를 뚫으려는 찰나인데, 밖의 '놈'이 또 소리를 친다.
「이놈들, 육모방맹일 받아라!」
 때를 맞춰 홍선이 마주 소리쳤다.
「엣소! ㅈ 나간다, ㅅ 받아라!」
 홍선의 두 주먹은 또 빈주먹이 돼서 돌아왔다.
「허, 그 냥반 참 아가리두 더럽다. 이거 한 놈두 못 잡는걸. 허허, 어지간히 급했구나. 모두들 맨발루 도망쳤으니!」
 투덜대며 사라져 가는 포교의 발소리, 담장을 뛰어넘는 소리, 바깥은 어둡고 방안은 환했다.
「허 죽일 놈들, 두 놈씩이나 오다니!」
 홍선이 손을 툭툭 털면서 자기의 임기응변의 묘수를 생색낸다.
「모두들 내 덕인 줄 아슈! 당신들은 따면 되지만 난 뭐야, 포교놈들 좋은 일만 시켜 주고 있으니. 나중에 한턱들 써야 하우!」
 가지고 온 밑천들은 많았다. 그들은 다시 판을 계속했다. 그러나 사건은 또 있었다.
 이번엔 먼젓번보다 좀 동안이 떴다. 노름꾼들은 포교가 두 놈씩이나 다녀갔으니 더는 안 오리라는 안도감에서, 거는 돈을 점점 늘리고 있었다.

 포교들한테 뺏긴 돈을 얼른 되찾으려는 초조감도 작용해서 더욱 눈들이 벌갰다.
 한 시간쯤 됐을까. 자정을 알리는 인경도 울린 지 꽤 오래 됐을 무렵이다.
 이번엔 홍선도 깜빡 인기척을 못 들었다.
 판이 너무 커져서 방석 위에 엽전이 쉰 냥 가까이 쌓이는 바람에 구경 자체에 몰두했던 것 같다.
 별안간 미닫이가 덜컹 열렸다가 탁 닫히면서 또 쩌렁하는 호통이 터졌다.
「이놈들 꿈쩍하면 육모방맹이에 오랏줄이다! 다섯 놈이구나!」
 노름꾼들은 별수없이 또 기가 질렸다.
「이놈들 판돈에 손을 대는 놈이 있음 모조리 묶어 간다. 주머니에 남은 돈두 몽땅 털어 놔라!」
 먼저의 호통과 나중의 공갈은 그 음성이 달랐다. 두 사람인 모양이다.
「최생원도 있구, 박가놈두 있구나! 한 십 년 옥살이 하기 싫거든 알아서 해라!」
 홍선이 또 민첩하게 행동해야 했다. 사람들은 으레 홍선이 나설 것으로 알고 체념 상태였다.
 홍선은 서두르는 법 없이 눈에 띄는 돈은 모조리 긁어모아서 또 미닫이 종이를 푸숙 뚫고 주먹을 바깥으로 내밀며 말했다.
「거 포교님들, 너무들 허슈! 벌써 벌써 두 양반이 다녀갔는데 또 두 분씩이나 오심 어떡허우! 아무려나 있는 돈 몽땅이니 너두 먹구 물러가구 너두 먹고 물러가라!」
 홍선은 판돈을 한 푼 안 남기고 몽땅 '바깥 손님'에게 선심을 썼다.
 수법은 같았다.
「어허, 제엔장! 투전판이 벌어졌다기에 몽땅 묶어 가려고 왔더니 거짓말이었군! 여보게 속았네, 어서 가세.」
「집을 잘 못 알구 왔나! 이놈들을 한 오랏줄에 굴비두름처럼 줄줄이 엮어 갈랬더니!」

밖에선 두 녀석이 한마디씩 주거니받거니 하면서 바람처럼 획획 담을 뛰어넘는 소리가 들렸고, 컹컹컹 개짖는 소리가 다시 골목 안 밤공기를 흔들었다.

노름꾼들은 어이가 없었다. 가진 밑천은 엉뚱하게 포교들한테 다 털렸으니, 노름판은 깨지고 말았다. 너나 할것 없이 오금들을 펴면서 천장만 쳐다보는 것이 마치 닭 쫓던 개 지붕 쳐다보는 격이었다.

「재수 더럽게 없군!」
「그놈들이 포교야? 강도야?」
「포교놈들야 허가 맡은 강도가 아닌가베!」
「그런데 말야, 나중 온 두 놈은 음성이 귀에 익은 것 같습디다!」
「그래?」
「아냐, 귀에 많이 익은 음성들이야!」

노름꾼들은 어처구니가 없어서 한마디씩 툭툭 던지고 있었다.

그들은 누워서, 앉아서, 하품들을 번갈아 했다. 등잔 그을음에 그들의 콧구멍은 연통처럼 시커멓게 돼 있었다.

「포교들이 네 놈씩 왔다는 게 아무래두 수상해. 대개 두 놈이 한 패거리 아니냐 말야!」
「한 놈두 방에 들어오진 않았거든. 놈들의 쌍통도 못 보고 그 많은 돈을 다 뺏기다니!」

변변히 노름도 못해 보고 돈을 뺏긴 게 억울해서 단념들이 안 되는 모양이다.

「저 양반이 괜히 듬뿍듬뿍, 조자룡이 헌칼 쓰듯 집어 줘서 그렇지 뭐요!」

홍선에게로 드디어 공격의 화살이 겨눠졌다.

「이제 그런 소릴 한들 뭣하겠소. 사람의 음성이란 다 비슷비슷한 게 아니오? 그놈들 말마따나 한 오랏줄 굴비두름처럼 줄줄이 엮여 가지 않은 것만도 내 덕인 줄 아시오.」

홍선은 빈들빈들 웃으면서 한마디 더했다.

「하긴 포교놈들은 둘씩 짝을 집다. 그렇지만 한 패거리만 오란 법도 없잖소! 두 패거리면 네 놈, 네 놈이 왔으니까 두 패거리가 온 게지 뭐요.」

홍선이 유들거리니까 지전집 주인 최생원은 울화통이 터지는 모양이었다. 벌떡 일어서면서 소리를 질렀다.

「여보슈, 개평이나 떼면 됐지, 노형더러 그런 짓 해 달랍디까. 잡혀가도 우리가 잡혀갈 텐데 왜 남의 돈을 멋대루 집어서 그놈들한테 선심을 쓰는 거요! 첨부터 저 양반이 끼길래 재수 옴 붙었다 했더니. 저 미닫이 구멍이나 발라 놓구 가슈!」

미상불 미닫이는 엉망이었다. 홍선이 두 주먹을 불쑥불쑥 내밀었기 때문에 낡은 창호지는 성한 곳 없이 찢어져 있었다.

홍선도 일어섰다. 일어서면서 그는 또 한마디 할말이 있었다.

「정 억울하면 내 그 돈 다 찾아다 드리리다. 모두들 주소성명을 적어 주슈! 포도청에 가서 이러이러한 사람들이 노름하다 뺏긴 돈이 있으니 도루 내라고 하지요. 그 대신 석 달 열흘씩은 들어가 있어야 할 게요.」

잠시 후 홍선은 '세 과붓집' 술청으로 가기 위해 노름집을 나온다.

그의 앞에는 '천하장안' 네 녀석이 먼저 와 앉아서 노닥거리고 있었다.

「대감은 양반이라 손이 작아서 안 되겠습니다. 우리네 손 같으면 한번에 쉰 냥은 너끈히 집어 줄 텐데, 고작 스무 냥, 서른 냥씩이 뭡니까.」

안필주가 주머니에서 엽전닢을 주르르 쏟아 놓으면서 말했다.

「난 발목을 삐었어. 담을 뛰어넘다가 돌멩일 밟았던 모양이야. 삐끗하더니 발목이 새큰거려 걸을 수가 없던걸!」

장순규가 발목을 주무르면서 투덜거렸다.

「주모! 술상 차려 오시우. 오늘은 밀린 외상값 다 치를 테니. 생굴, 낙지에다 초고추장 좀 해 오시오.」

하정일의 호기가 대단했다.

천희연도 불룩한 주머니를 까뒤집어 엽전닢을 주르르 털어 놓았다.

「모두 얼마나 되느냐?」

홍선이 물었다.
「백 냥은 좀 넘겠습지요.」
「하룻밤 도둑질룬 적지두 않은걸!」
하정일의 말에 홍선이 핀잔을 줬다.
「이놈아, 그게 왜 도둑질이냐. 노름판 개평이지!」
홍선의 말에 안필주가 한마디 거든다.
「대감의 체면이 있으신데 도둑질이 뭐냐!」
「이놈들! 노름판 돈은 그렇게 좀 뺏어도 괜찮다. 네 녀석들이 똑같이 노나 가져라. 자식새끼들 쌀 됫박이나 사다 먹여야지.」
「저흰 필요없습니다. 이 돈에서 술이나 좀 사주시면 됩니다.」
「이놈아, 내 말대로 해! 난 술이나 한잔 얻어먹겠다. 맨 나중에 들어온 두 놈이 누구더냐?」
「저희들입니다.」
장순규, 안필주였다는 것이다.
「네놈들 음성이 귀에 익은 것 같다구 지전집 최생원이 고개를 갸우뚱거리더라. 녀석들! 음성에 위엄이 있어야지.」
술상이 들어왔다. 과부 셋이서 하는 술집이라 '세 과붓집'이다. 세 자매 과부가 다 그들 사이에 한 자리씩 끼여 앉아 주전자를 기울였다.
홍선은 출출하던 판이라 연거푸 마셨다.
뽀오얀 약주에 밥알이 동실거리는 술잔을 연방 받아 마시며, 그러나 그의 심정은 외롭고 서글펐다.
마시는 것은 술이 아니라 '미움의 세월'이었다.
밤은 새벽을 잉태해 가고 있었다.
홍선의 귀 앞 살쩍에는 어느 틈에 생겨났는지 흰터럭이 희끗희끗 섞였다.

　　세월아 세월아 가지를 마라,
　　아까운 인생이 다 늙어 간다.

늙수그레한 주모 하나가 무심히 그런 노래를 흥얼거리기 시작했다.
8월이 갔다. 9월도 거의 다 간 하순이었다.

한가위 전후는 중추, 9월도 하순이면 만추, 하늘은 드높고 바람은 소슬했다.
서울의 거리에는 겨울을 재촉하는 장사치들의 발길이 바빴다.
김장바리에 고추치룽, 소금섬에 마늘두름, 솔가리짐, 장작바리, 모두 겨울을 파는 장사치들이 거리에 널려 있는 계절이었다.
「벼갯속 사아료오!」
메밀껍질을 한 부대 등에 지고 목청을 짜는 시골 늙은이의 짚신 뒤축은 얼마나 돌아다녔는지 거덜이 나 있었다.
누더기 이불솜을 새로 틀어서 한 보따리 이고 가는 아낙네의 치맛자락은 스산한 바람에 휘날렸다.
교동 막바지, 처마끝이 하늘을 향해 날개를 퍼득이는 대갓집 담장은 어마어마하게 길었다.
그 담장을 끼고 한 아낙네가 가고 있었다. 몸차림은 상민의 아낙네였으나, 살갗이 흰 날렵한 몸매는 난숙한 여자로서 한창 나이였다.
아낙네는 바구니 하나를 묵직하게 들고 있었다. 아구리엔 뚜껑이 덮였고, 그 뚜껑을 노끈으로 동여맨 꽃바구니 속에선 이따금씩 부스럭거리는 소리가 새어 나왔다.
아낙네는 대갓집 대문을 서슴지 않고 들어섰다. 뉘집이냐 말이다. 영의정 김좌근의 집인데 상민의 아낙네는 서슴지 않고 들어섰다. 본집이 아닌들 영의정의 집이 아닐까. 오히려 그의 본집보다도 서슬이 푸른 권세가였다. 예사 첩실인가. 마음대로 벼슬을 주고, 과거(科擧)의 급제조차도 임의로 시키는 천하의 나합이 사는 집이다.
이 대문만 제대로 뚫으면 함경도 출신의 물장수가 하루아침에 제 고장 성주로 도임해 갈 수도 있다.
이 집 안주인의 눈에만 들면 시골 벼슬아치도 품계가 두셋씩 뛰어오를 수도 있다.
이 집 안주인 비위에 거슬리면 당상관이 귀신도 모르게 파직 유배되기가 일쑤다.
이 나라의 주인은 임금도 아니고 백성도 아니었다.

김씨네가 주인이었다. 김씨네의 영좌는 하옥(荷屋) 김좌근이었다.

이 나라의 일로서 영상(領相) 김좌근과 그의 아들 김병기의 마음대로 안 되는 일은 없다.

나합 양씨는 그 김좌근을 틀어잡고 있는 여자다. 요염한 교태, 풍만한 육체, 뛰어난 슬기, 불같은 정열, 끝없는 욕심, 나합은 나이로도 여자의 전성기에 있었다.

그 나합의 집엔 수많은 사람들이 밤낮을 가리지 않고 드나든다. 지체의 반상이 없이 드나든다. 대개는 청탁이다. 청탁을 하기 위해서 뇌물을 가지고 드나든 남녀의 군상들로 이른 아침부터 밤중까지 문전성시다.

그런데 오늘은 그 집 문전이 한가로왔다.

어제도 그대로 한가로왔다.

「나합께서 몸이 불편하셔서…….」

방문객을 극도로 제한했다는 것이다.

그러나 그 젊은 아낙네는 서슴지 않고 그 집의 대청으로 올라갔다.

나합의 몸종이 그 여자를 내실로 인도했다.

「좀 어떠시오니까?」

나합 양씨는 보료 위에 단정히 앉아 있었다. 결코 환자는 아니었다. 몸종을 시켜서 이마의 솜털을 뽑고 있었던 것 같다.

몸종이 족집게를 가지고 다시 등뒤로 도는 것을 보면 그렇다.

여자는 이마가 잘 생겨야 한다.

이것은 이 나라 사람들의 보편적인 심미안이었다.

좁은 이마, 튀어나온 이마, 지나치게 넓은 이마, 짧은 이마, 긴 이마, 이마가 잘못 생기면 얼굴 전체의 균형이 잡힐 수가 없으니 이마 생김이 특히 여자의 얼굴에 있어서 중요하다는 것은 당연하다.

「그래 그건 구해 왔나?」

나합이 은근한 말씨로 아낙네한테 물었다.

아낙네는 두 손을 마주 비비며 싹싹하게 대답한다.

「그러믄입쇼. 구하구 말구요.」

아낙네의 눈웃음은 고혹적이었다.

「보시겠어요, 마님?」
 아낙네는 윗목에 놓아 두었던 꽃바구니를 들고 나합의 앞으로 왔다.
「아주 큰놈 세 마린뎁쇼. 작은 건 간혹 있지만 이렇게 큰놈들은 퍽 귀하더군입쇼.」
 아낙네는 꽃바구니의 아구리를 덮은 뚜껑을 열어 젖혔다.
 가길가길 꽃바구니전을 긁는 소리가 좀더 간지럽게 들렸다.
 나합이 상반신을 기웃하며 꽃바구니 속을 들여다봤다.
 나합의 곧바로 튼 하얀 가리마가 수직으로 아름답게 섰다.
「어디서 용케 구했네그려!」
 나합은 미간을 약간 찌푸리면서 뇌까렸다. 방안이라 후덥지근했던가. 가슴을 풀어헤치고 있었다.
 탐스런 두 유방이 살찐 골짜기를 이룬 채 깊숙히 들여다보였다.
 살갗은 사람마다 타고나는 것, 흴수록 사람의 눈을 끄는 힘이 있다. 섬세할수록 젊음을 상징한다. 탄력이 있을수록 정욕적이다.
 나합의 속살은 남달리 희고, 섬세하고, 탄력이 있어 보였다.
「이걸로 효험만 보신댐 지가 얼마든지 구해다 드리겠어요, 마님.」
 아낙네는 꽃바구니의 뚜껑을 덮고 나서 노끈으로 칭칭 동여맸다.
「어디 시험해 봅시다.」
 나합은 물러앉는다. 한 무릎을 세우면서 호로로한 삼팔주(三八紬) 속치마로 트이기 쉬운 앞을 가린다.
 얼굴이 갸름한 몸종은 다시 그의 어깨 뒤로 돌면서 족집게로 주인의 이마털을 뽑아 주기 시작했다.
 나합은 따가운지 시원한지 이따금씩 눈살을 찌푸렸으나 눈은 줄곧 감고 있었다.
 그러나 입으로는 할 이야기가 있다.
「나보다두 대감께서 잡수셔야 할 텐데.」
 아낙네가 마주 앉은 채, 눈감은 나합과 주군주군 대화를 한다.
「마님께서 먼저 잡숴 보시고 효험이 있으심 대감마님께서두 잡수시도록 하셔야죠.」

「잘드는 칼이 있어야지?」
「준비해 두라고 일렀습지요.」
「자네가 해 주려나?」
「저 아님 못할걸요, 마님.」
「많이 해 본 게로군?」
「꼭 한 번 해 본 일이 있사와요.」
「누굴 먹였나?」
「제 서방이 부족병이 걸렸을 때, 한두 마리 해 멕인 일이 있습죠.」
「부족병에두 좋다든가?」
「부족병은 낫지 않구 기운이 넘쳐서 눈알만 벌개지더군입쇼. 저두 먹어 봤어요, 마님.」
「그래 자네도 기운이 넘쳐 뻗치던가?」
「한 열흘은 발끈발끈 하더군요, 마님.」
아낙네는 얼굴을 붉히며 가볍게 웃는다.
「열흘?」
「지가 지금 나가서 만들어 올리지요.」
「아무려나!」
아낙네는 꽃바구니를 들고 밖으로 나가고, 나합은 다시 눈을 감은 채 몸종한테 그 훤히 트인 이마를 내맡긴다.
「너 올해 열 여덟 됐지?」
「열 아홉이에요, 마마.」
「시집을 가야지!」
「마마두…….」
나합은 잠깐 쓸쓸한 표정을 짓는다. 몸종의 나이와 그 싱싱한 젊음과 그리고 그 순결에 가벼운 질투를 느껴 보는 그런 표정이었다.
「저 샛미닫이를 열어!」
샛미닫이를 열었다. 가을 햇볕이 툇마루에 부서지고 있었다. 그때, 나합은 정말 무심결에 하나의 잔인한 광경을 목격하고야 말았다.
말이 툇마루지 여염집 대청마루만이나 했다.

거기 아까 그 아낙네가 꽃바구니에서 꺼낸 두 마리의 짐승을 놀리고 있었다.

「요놈들이 모가질 오므렸어요, 마님.」

아낙네는 해사하게 웃으며 몸을 깊숙이 감춘 자라 두 마리를 어르고 있었다.

돌과 같았다. 대가리를 감춘 자라는 시커먼 돌멩이와 다르지 않았다.

「그걸 어떻게 한다지?」

이제 나합은 흥미로운 시선으로 아낙네의 하는 행동을 바라보고 있었다.

나합답지 않게 지극히 한가로운 한때였다.

「다 하는 수가 있습지요.」

아낙네는 그놈을 거꾸로 들었다. 길이 16, 7센티 정도의 배갑(背甲) 네 귀퉁이에 두드러진 세 개의 발톱을 가진 네 개의 다리가 헤엄치듯 허우적거린다.

아낙네는 가지고 있던 송곳 끝으로 그놈의 꽁무니 밑살을 사정없이 쿡쿡쿡 찔렀다.

그러자 거꾸로 매달린 그놈은 배갑 속에 숨겼던 모가지를 쑥 뽑으며 흡사 뱀 모양의 대가리를 좌우로 흔들어 댄다.

신축성이 있는 목이지만 역상(逆上)은 불가능, 주둥이 끝 부근에 있는 가로지른 콧구멍 두 개가 민숭스럽다.

아낙네의 동작은 민첩했다. 준비했던 도마 끝에다 자라의 모가지를 척 걸쳤는가 했더니 어느 틈엔가 다른 손에 가졌던 예리한 칼날로 그 목줄기를 세차게 탁 쳤다.

보고 있던 나합은 순간적으로 눈을 감았다. 몸종도 눈살을 잔뜩 찌푸린 채 구경을 하고 있었다. 부엌일을 하던 여러 사람의 아낙네들도 어느 틈에 모여서서 구경을 했다.

나합이 다시 눈을 떴을 때 모가지가 잘린 자라 대가리 두 개가 도마끝에서 꿈틀대고 있었다.

그리고 아낙네는 하얀 사기종지를 잘린 자라목에다 대고 있는 중이었다.

새빨간 피가 하얀 종짓전에 뚝뚝뚝 떨어지다가 약하게 뻗치다가 다시 뚝뚝뚝 떨어지고 있었다. 피는 한 종지나 나왔다.

아낙네는 자라 두 마리에서 두 종지의 붉은 피를 받아가지고 나합의 방으루 들어왔다.

「마님, 자라 피는 찹니다. 냉혈이니깝쇼. 허지만 남자구 여자구 양기엔 그만이라니까요.」

새까만 옻칠 쟁반에 받쳐 들여온 두 종지의 핏빛은 아름다울 정도로 붉었다.

나합은 좀 망설이면서 말했다.

「전엔 사슴의 피도 마셔 봤네만, 막상 눈앞에서 모가지가 잘리는 걸 보니까 좀 잔인한 것 같네그려!」

아낙네는 피시시 웃으며 충정어린 말투로 말했다.

「본시 인간은 잔혹한 게 아니오니까. 사람 먹는 음식이구 약이구 따져보면 다 잔인한 것입지요. 하지만 사람 위에 가는 영물은 없다니까 다른 생물들이야 사람 위해서 있게 마련이 아녜요? 더군다나 마님처럼 고귀한 어른을 위해선 죽는 짐승두 영광이지 뭡니까? 짐승뿐입니까, 사람으루 태어나서두 마님을 위해서라면 목숨을 아끼지 않는뎁쇼.」

아낙네는 술술술 유창하게 말을 쏟아놓으면서 핏종지를 들어 나합에게 바치는 것이었다.

「피 한 종지가 아니라 양기 한 대접인 줄 아시구 쭉 마시세요. 울컥 비린내가 날는지두 모르니까 한손으로 코끝을 꼭 쥐세요. 꿀꺽 삼키면 담엔 입을 벌리지 마시구 한참동안 숨을 들이마셔야 비위가 상하지 않더군요.」

나합은 핏종지를 받아들고는 잠깐 호흡을 조절했다. 너무나 붉은 빛이라서 오만상을 찌푸리는데 아낙네가 또 한마디 한다.

「뭘 망설이세요. 이하전은 독배두 단숨에 마셨다는뎁쇼.」

아낙네의 그 말을 들은 순간, 나합은 눈앞이 캄캄해지는 모양이다.

이하전의 독배와 견주면서 마시라니 그것은 자라의 날피가 아니라 독약 같은 착각이 일었다.

나합은 핏종지를 쟁반 위에 놓았다.

「왜 안 마시구?」

아낙네가 한 무릎 당기면서 묻는다.

나합은 정색을 하면서 아낙네를 나무랐다.

「왜 하필 독배 얘긴 꺼내나! 그 소릴 들으니 소름이 오싹 끼치네그려.」

아낙네는 자기의 실언을 인정하는 것인지 아닌지, 비시시 웃으며 역시 입을 나불거린다.

「마님두! 무심히 지껄인 말을 가지구. 아 독배야 마님이 남에게 내리실 처지지, 받으실 처지세요? 어서 식기 전에 단숨에 쭈욱 마시세요.」

흡사 나합을 조롱하듯 말하는 아낙네의 눈총은 푸르게 빛났으나, 그러나 나합은 보지 못했다.

나합은 '양기' 두 종지를 연거푸 마셨다.

코끝을 쥐고 눈살을 찌푸리고 마셨다.

명주 수건으로 입 언저리를 닦으니까 헝겊에 묻은 피는 빨갛지가 않고 검붉었다.

열어 젖힌 미닫이 밖으로 멍석만한 하늘이 드높고 푸르렀다.

그 하늘엔 주렁주렁 감이 열려 있었다.

아낙네가 감나무와 하늘을 바라보면서 지껄였다.

「하늘이 참 맑군요. 사랑채 용마루만 없으면 목멱(木覓)이 한눈에 보일 텐데, 좀 답답하네요. 대청에서 산을 볼 수 있어야 집자리가 명당이라잖습니까?」

목멱은 남산, 대청에 앉은 채로 남산을 볼 수 있다면 얼마나 시원하겠느냐는 것이다.

나합도 동감이라구 생각했다.

「하긴 그렇군. 자네 말이 옳으이. 여기 앉아서 사시절(四時節)의 남산을 볼 수 있다면 속이 탁 트이겠는데.」
「그럼요, 봄 여름엔 푸른 소나무, 가을엔 붉게 물든 단풍, 겨울엔 백설이 만산하고, 명월이 만건곤할 게 아닙니까?」
순간 두 여인은 똑같이 놀라면서 서로 얼굴을 마주봤다.
아낙네는 속으로 당황했다.
(아차, 실수했구나!)
나합은 혼자 고개를 갸웃했다.
(이 여잔 상사람의 과숫댁이라더니 그렇지가 않았던가?)
아낙네가 말한다.
「마님 언제나 일이 있음 부르세요. 마님 심부름이램 무슨 짓이든지 해 올릴 테닙쇼.」
나합이 말한다.
「자네 문자를 쓰는 걸 보니까 상민은 아닌가 보군그래?」
아낙네는 대답한다.
「대갓집을 가끔 드나들다 보니까, 무식한 게 얻어들은 풍월입죠, 마님.」
「윤(尹)씨라구 그랬지?」
「파평 윤가예요, 마님.」
「파평임 양반이 아닌가?」
「벼슬을 하든지, 돈이 있든지 해야 양반이 아닙니까, 마님.」
아낙네는 또 배시시 웃었다.
나합은 둥실한 젖무덤을 손으로 가볍게 문댔다.
늙은 바깥하인이 죽은 자라를 치우면서 말했다.
「이건 저희들이나 파먹겠습니다, 마마.」
이때 갑자기 바깥의 분위기가 술렁거렸다. 아낙네가 날쌔게 일어서면서 마루로 나갔다.
「대감마님께서 행차하셨나 봐요, 마님.」
이 집의 주인이며, 김씨 일문의 영좌이며, 이 나라의 지배자인 영의정 김좌근이 근감한 행차를 몰아 첩실 나합의 집에 이르른 건 사실이었다.

흰 수염을 쓰다듬으면서, '어험 어험' 헛기침을 하면서, 팔자 걸음으로 중문을 들어서는 김좌근의 위세를 보면서, 나합은 세상에도 기발한 '떼' 하나를 생각했다.
 하옥, 김좌근은 대청으로 올라서면서 유유히 농담 일석이다.
「합하, 옥체 미령하시더니 이제 쾌차하셨소?」
 나합 양씨도 그를 맞으며,
「저하, 정무(政務)에 무한(無閑)하실 텐데 어찌 소첩의 집엘 다 왕가하옵시나이까?」
 의대를 받아 횃대에 걸고는 자기가 앉았던 자리에 그를 앉게 했다.
 그 자리에 앉으면 누구나 시선이 마당으로 가게 마련, 하옥이 마당을 보면서 말한다.
「저 감이 며칠 사이에 더 물이 들었소그려. 아오? 당신, 삼절(三絶)을. 감나무란 삼절이지. 잎이 크고 살이 쪄 좋고, 녹음이 짙어 여름에 좋고, 붉은 열매 창구에 열린 게 또한 절경이라, 삼절이지.」
 나합은 하옥 옆에 선 채로 그 말을 받는다.
「대감은 감나무의 삼절만 아시지 '나합'의 집이 절벽이라는 건 모르시지요?」
 하옥은 양씨의 손을 잡아 낚으면서 묻지 않을 수 없었다.
「그 무슨 소리요? 천하의 '나합'이 사는 집이 절벽이라니 그 무슨 소리요?」
 나합이 그의 어깨에다 이마를 대면서 투정하듯 말한다.
「옥(獄)에도 영창은 있습네다. 우리 마당은 옥의 영창 구실도 못하지 않아요? 내가 태어나 자란 곳은 나주에서도 산천 좋기로 이름 있던 곳인데 여기선 산 구경이나 제대로 할 수 있어야죠.」
「한양성에 산이 없어서 산 구경을 못 하오? 영봉(靈峰) 삼각산이 꼬리를 치는 곳에 낙산, 백련, 목멱, 인왕, 백악 등이 오십 리 평방의 한양성을 안으로 옹위하고 있는데 산 구경을 못 하겠다니 무슨 말이오? 목멱 너머 정남엔 관악이 있고, 멀리 동남편에는 남한산이 있고, 정동에는 불암, 동북에는 수락, 정북에는 도봉, 정서에는 안악, 첩첩한 산들의 외곽이 이중으로 지켜 주는 한양성 한복판에 앉아서 산 구경을 못하겠다니 그 무슨 말이오?」

나합 양씨는 하옥 김좌근의 옥관자를 만지작거리면서 그 말을 받는다.

「멧속에 묻힌 황금도 보이지 않으면 없는 것과 같습네다. 낭군도 먼 곳에 있어 보이지 않으면 눈앞에서 마당 쓰는 머슴보다 못하다더군요. 산도 백이 있음 뭘 합니까. 여자의 몸, 내실에 앉아서 볼 수 없는 산이야 아무리 많은들 없는 것과 뭐 다릅니까, 대감.」

비로소 김좌근은 껄껄거리고 웃는다.

「허, 그 말에도 일리는 있소그려. 허나, 내 아무리 천하를 호령하는 영의정이라 한들 멧부리야 안마당까지 불러들일 수 있소?」

양씨는 눈꼬리를 살짝 치키면서 사랑채의 용마루를 바라본다.

「대감, 산이란 본시 가깝게 보면 바윗덩어리, 멀리 봐야 운치가 있습니다. 남산을 우리 안마당에다 갖다 놓을 게 아니라, 저 사랑채의 용마루를 낮춰 여기 앉은 채로 바라볼 수 있다면 운치가 있지 않겠어요?」

하옥은 어이가 없다는 듯 요염한 양씨를 돌아본다.

「그럼 저 사랑채의 용마루를 낮추라는 게요?」

「안채를 훨씬 높였으면 좋겠지만 대궐에 대해서 무엄하니 안 되지 않습니까. 그럼, 이 나라의 영상인 대감의 힘으로도 어쩔 수 없는 일이군요?」

나합은 그에게 기댔던 몸을 바로 가누면서 샐쭉하는 기색이었다.

김좌근은 큰 소리로 하인을 불렀다.

「얘, 게 아무도 없느냐!」

영의정 김좌근은 다시 한번 소리쳤다.

「게 아무도 없느냐!」

아무도 없을 리가 없다. 늙은 청지기가 섬돌 아래 대령했다.

「부르셨습니까?」

김좌근은 근엄하게, 그러나 우선은 농담이었다.

「불렀으니 네가 왔잖으냐!」

그는 나합이 물려 준 담뱃대를 입에서 쑥 뽑으며 늙은 청지기에게 분부했다.
「너 당장이라도 역사(役事)를 시작해야겠다.」
「무슨 역사입니까, 대감마님?」
「예 앉아서 보니 사랑채가 남산을 가로막고 있구나. 내일이라도 곧 사랑채의 네 기둥을 잘라서 지붕을 낮춰라.」
청지기는 주인의 말귀를 못 알아들었다.
「기둥을 자르다니오, 대감마님?」
김좌근은 담뱃대로 사랑채의 용마루를 가리켰다.
「여기 앉아서 남산이 환히 보이도록 기둥을 자르고 지붕을 낮추란 말이다. 알겠느냐?」
청지기는 그래도 어리둥절했다.
김좌근은 소리쳤다.
「그래도 못 알아들었느냐?」
「알아들었습니다, 대감마님.」
「알아들었음 곧 시행해라.」
청지기가 뒷걸음질을 치며 물러났다.
「이제 됐소?」
김좌근은 나합을 돌아보면서 어이없게 빙긋이 웃었다.
「한 가지 소청이 또 있습니다.」
나합은 몸을 꼬며 그의 무릎 위에다 손을 얹었다.
「말해 보오. 우리 나합의 소청이시라면 내 무슨 일인들 못 들어 주겠소.」
그는 나합의 둔부를 가볍게 두드렸다.
「똑똑한 사람이 하나 있어요.」
「현령(縣令) 정도면 되겠소?」
「현령은 좀…….」
「군수?」
「부사.」

「어디?」
「안변.」
「안변부사는 저번에 당신이 시킨 변(邊) 모가 아니오? 도임한 지 한 달도 채 안 될 텐데.」
「당신 아드님 병기는 제가 보낸 신관이 부임도 하기 전에 다시 또 신관을 임명했다더군요.」
「꼭 안변 부사라야 하오?」
「제가 이미 언질을 줬어요. 취소할까요, 대감?」
「그럴 수야 있겠소. 당신의 체면이 있는데, 되도록 해 봅시다.」
나합의 보드라운 손길은 늙은 재상의 가슴 위에서 고물고물 움직이고 있었다.
「대감!」
「또 있소?」
「우리 하인방에 드나드는 때깔이 고운 미동(美童)을 보셨지요?」
「황(黃) 모라는 녀석? 당신 그놈에게 벌써 눈독을 들였소그려?」
「그 애 형이 있대요.」
「어디로 보내면 되겠소?」
「함경도 북청이 고향이라던가요.」
「북청 군수로 보내면 되겠군!」
「대감 아님 못 산다니까.」
양씨는 전신이 기생이다.
나라를 주무르는 영의정도 양씨 앞에선 천치였다.
능란한 여자는 남자의 투기를 이용해서 자기의 목적을 달성한다.
「이번엔 내게도 조건이 있소.」
김좌근은 볼멘소리를 했다.
「그 황모라는 미소년을 내실에 드나들지 못하게 하오. 당신은 닭도 영계도 잘 먹으니까 안심이 안 돼.」
「대감두!」
나합은 미닫이를 닫아 버린다. 저녁 햇살이 미닫이를 붉게 물들였다.

이튿날부터 역사가 시작됐다.

이른바 나주합하 양씨의 집 사랑채의 네 기둥이 잘리고 말았다.

천장이 낮아지고, 지붕이 낮아지고, 용마루가 내려앉았다. 양씨가 대청에 앉으면 남산이 한눈에 바라보이도록 말이다.

그 며칠 뒤에는 안변부사가 한 달 만에 경질됐다. 전후해서 북청군수로 부임한 황유복은 일자무식의 물장수였다.

아마도 그로부터 일세기, 백 년 뒤의 사람들도 이 황유복과 당시의 임금(철종)과의 실로 역사적인 대면 광경을 전해 들을 것이다.

영의정 김좌근은 직책상 그를 데리고 임금 앞에 나가 임관의 예식을 치러야 했다.

곡배의 형식은 미리 여러 번 연습을 시켰기 때문에 그런대로 해냈다.

황유복은 임금 앞에 그 까다로운 절만 하고 돌아서는 것은 예절에 어긋날지 모른다는 생각을 했다. 목청을 가다듬으면서 한마디 의젓하게 말했다.

「첨 뵙겠수다. 나으리가 임금이시우?」

만조는 혼비백산, 더할 수 없이 조용했다.

황유복은 자기의 사나이다운 말투에 모두들 감탄한 줄로 알았다. 그는 좀더 큰 음성으로 한마디 덧붙여 본다. 숫제 긴장을 풀면서 말이다.

「임금님이 나보담도 젊으셨수다그려. 나로 말하자면 함경도에서 서울에 와 물장수를 하던 사람으로서 이번에는 성주가 돼 고향으로 도임하게 된 황유복이란 사람이오.」

모두들 아연했다. 어떤 대감은 참지를 못하고 푸숙 웃음을 터뜨리고야 말았다.

황유복은 좌우의 동정을 살폈다. 살피다가 푸숙 웃음을 터뜨리는 대신이 있음을 보고 자기의 인삿말이 그럴싸하게 잘 돼서 그러는 줄로 알았다. 그는 빙긋이 웃음을 흘리면서 뭣인가 한마디 더 해야겠다고 마음을 먹었다.

「이번엔 정말 고맙수다. 아무것도 모르는 짚신을, 아니 신발을……참! 신(臣)을 내 고향 원님이 되게 해 주셔서 고맙수다.」

만조백관의 분노한 시선은 영의정 김좌근에게로 쏠렸다. 신 소리를 기억하려고 짚신을, 신발을 연상해야 했던 신임 지방 수령보다도 그들의 분노는 김좌근에게로 쏠렸다.

김좌근은 하는 수 없이 그를 끌어내리려고 앞으로 나섰다. 그러자 임금이 그를 제지하며 자애로운 음성으로 말했다.

「나는, 과인은 거짓말을 싫어하오. 백성들도 아마 거짓말을 모르는 성주를 따를 것이오. 그 사람 명관이 되겠소.」

임금의 음성은 떨리고 있었다. 그 역시 "나는, 과인은"하고 말을 더듬었다.

자신의 과거가 문득 생각났던 것 같다. 강화섬 산골에서 지게목발이나 두드리던 무식한 전신, 남의 일 같지가 않았던 것 같다.

「그럼 고맙수다레, 임금나으리.」

황유복이 넙죽 엎드리며 절을 했다.

만조백관은 다시 한번 숙연했다. 유구무언들이었다.

황유복은 주위를 둘러보며 의기양양했다.

백년 뒤의 사람들은 말로 글로 전해지는 지금의 이 광경을 연상하며, 황유복의 거짓없는 태도들을 오히려 상찬할 것이다.

임금은 국가의 원수이며 존엄의 상징이다.

일천 이백만 백성들은 이 궁궐을 우러러보며, 임금을 섬기며, 이 높고 낮은 지위의 관원들을 의지하며 살아가고 있었다.

낙엽落葉은 밟지 말라더이다

그날의 그 이야기는 영의정 김좌근의 체면을 봐서 비밀에 붙이기로 했다.

그러나 비밀이라는 이야기는 으레 새어 나가는 법, 며칠 후 그 이야기를 전해 들은 김문(金門)의 두 형제는 비분강개했다.

대제학 김병학은 마침 의논할 일이 있어서 동생 병국의 집 사동으로 찾았다.

그 자리에서 그 화제가 나오자 훈련대장인 병국은 서슴지 않고 말했던 것이다.

「형님두 나두 김씨 집안에 태어난 덕으로 벼슬깨나 하고 있지만 큰일입니다. 나라가 이 꼴이 돼 가지고야 큰일이에요. 어차피 길지도 않겠지만 무슨 변화가 있어야지 오장이 바로 박혀가지곤 차마 못 볼 판국이 아닙니까.」

김병학도 고개를 끄덕여 수긍했다.

「요새 항간엔 이상한 가요가 불려지고 있다네. 아이들 입에까지 오르내린다더군. 동생도 들었나?」

병학은 병국보다 네 살이 위다. 마흔 셋, 서른 아홉의 지각 있는 장년들이었다.

「못 들었는데요, 무슨 노래입니까?」

「"화무십일홍이요, 달도 차면 기우나니"라더군. 그러고는 "인생은 일장춘몽인데 아니 노진 못한다"라던가.」

「퇴폐적이군요?」
「상징적이지.」
「우리 김씨네를 두고 비꼬는 말인가요?」
「내 귀엔 자꾸 그런 뜻으로만 들리더군, 허허.」
문신인 병학은 공허하게 웃었다.
무관인 병국은 입맛을 쩍쩍 다시면서 고개를 끄덕였다.
「내 추측으론 홍선의 장난이 아닌가 해.」
「뭐가요?」
「홍선이 그런 가요를 만들어서 항간에 퍼뜨린 게 아닌가 싶으이.」
「홍선은 그런 짓 능히 할 만한 인물이지요.」
「그 군의 배포는 참 알 듯도 하고 모를 듯도 하이.」
「무서운 사람입니다. 그 온갖 수모를 자청하면서 참는 모습을 가만히 보고 있노라면 처절감마저 들어요. 이하전 사건 이후로는 더욱 심한 것 같더군요.」
「우리 형제만은 그 군을 괄세하지 마세. 내 판단으론 반드시 그 군의 세상이 와. 김씨 집안에서 홍선한테 길을 닦아 주고 있네. 경평군을 없애고, 이도정을 없애 주고 한 것은 홍선에게 어떤 길을 터준 거나 진배 없어. 홍선은 아마 마음속으로 좋아라 할걸.」
「병기 형님이 똑똑한 체는 혼자 하면서 홍선만은 몰라보거든요. 언젠가 홍선의 큰 자제를 몰래 꾀어 내다가 그 위인됨을 시험해 봤나 보더군요. 직처를 얻어 준다는 미끼를 주고는 홍선의 정체를 캐 본 모양예요.」
「그래 무슨 결론을 얻었다던가?」
「홍선은 무뢰한이고, 주태배기고, 바보 천치이며, 그의 장자 재면이도 영악한 젊은이가 아니니 가히 경계할 대상들이 아니라고 판정을 내렸을 테죠.」
「난 그 둘째아이를 주목하네.」
「명복이 말이죠? 어리지만 귀인의 상입니다.」
「동생한테 말이지만, 홍선하고는 언약이 돼 있네. 사돈이 되자고 말야.」

「명복을 사위 삼으시기로요?」
「무서운 세상이 올 테니 두고 보게나. 상감은 수를 못 하셔. 왕실의 권한은 대왕대비가 쥐고 계셔. 대왕대비는 홍선을 가까이 하시고 계셔. 홍선은 둘째아들을 총애하고 있어. 뭔가 예상되지 않나?」
그들 형제는 눈총이 마주쳤다.
그들 형제는 김좌근, 김병기 부자의 전단(專斷)에 대해서 비판적이었다.
김병학은 갑자기 음성을 낮추면서 은근하게 조용히 말했다.
「내가 가끔 드나드는 관상의 대가 한 사람이 있네. 청도 사람이지. 엊그제 우연히 들렀더군. 그 사람의 말로는 우리 안동 김씨들도 이젠 운이 다했다는 게야. 날뛰지 말라는 게 부탁이데. 어떡하다가 홍선의 애기가 나왔어. 그 사람도 홍선을 주목하더군. 그래, 장난삼아 사람을 딸려 보내 홍선의 관상을 봐 오라고 했었어. 그랬더니…….」
홍선의 집을 찾아가다가 마당에서 놀고 있는 그의 둘째아들 명복을 보고는 허겁지겁 되돌아왔다는 것이다.
「그 사람 말로는 홍선의 관상은 볼 필요도 없다는 게야. 그 둘째아들이 왕상이라는 게야. 그 애꾸눈은 제 목을 걸고 장담한다는 게야. 갑자년엔 내가 그 아이에게 곡배를 드리게 된다는 게야. 갑자년임 내년, 후년 아닌가. 그 애꾸눈이, 그 사람은 애꾸눈일세. 내 벼슬이 영상에까지 오르리라는 게야.」
병국은 빙그레 웃었다.
「형님두! 그건 모순된 말이 아닙니까? 만약 그이 말대로 홍선이 대원군이라도 되는 날이면 우리 김씨 일문은 하루아침에 멸족의 화를 면치 못할 텐데 형님만이 어떻게 그토록 영달을 해서 영의정까지 된단 말입니까?」
병학도 빙그레 웃었다.
「내 말도 그 말일세. 그 박유붕인, 그 사람의 이름이 박유붕일세. 그 사람의 말은, 그러니까 우리 형제는 알아서 처세하라는 걸세. 제 목숨이라도 걸고 내기를 하자면서 나와 동생한텐 아직 시운이 남았으니 조심

조심 처세하라는 걸세. 믿기엔 너무나 허망하지만 그렇다고 웃어넘기기엔 뭔가 미련이 남네그려.」

김병국도 웃어 넘기지는 않았다.

「형님, 하여간 불우하게 지내는 한 인간에게 호의를 베푼다는 것은 좋은 일이 아닙니까. 오늘날까지도 저는 홍선한테 하노라고 해왔어요. 뭐 뒷날을 위해서가 아니라 인간적인 동정이 앞서서였습니다.」

「동생한테 말이지만 차라리 홍선 같은 사람이 권세를 잡으면 나라의 기강은 바로세울 걸세. 나는 홍선의 위인을 알아. 그의 숨겨진 야심을 알고 있어. 나라가 이렇게 혼란할 때는 새 사람이 들어서서 연래의 적폐와 누습과 타성을 도려 내야 하네. 지금은 한 사람의 뛰어나고 과단성 있는 영웅이 절실하게 대망될 때야. 홍선은 호시탐탐 기회만 노리고 있는 영웅일지도 모르네.」

「구태여 홍선이 아니라도 무슨 변혁은 일어나야 합니다. 유생들은 관장을 점거하고 조신(朝臣)은 어장, 염전의 이권을 강점하고, 권신(權臣)들은 수령 방백들과 결탁해 백성들을 주구하고, 사교(邪敎)는 문약한 선비, 권문의 여성들을 현혹하고, 태산같이 믿는 종주국은 양이(洋夷)한테 굴복하고, 여세로 이적(夷敵)들은 철선을 이끌고 와서 경구(京口)를 위협하고, 당파 붕당은 싸움에 영일이 없고, 왕도는 척신과 과부에게 조종되고. 형님, 우리 김씨네는 그동안 오랜 영화를 누렸으니 책임을 느끼고 물러나야 할 계제에 있다고 봐요. 우리 스스로 물러나지 않으면 반드시 피를 본 끝에 멸문하기 쉽고, 후세 사학의 신랄한 비판을 받고야 말 것입니다.」

형제의 화제는 의외로 심각했다.

그들 형제는 종문(宗門)에 무턱대고 충직하지도 못했고, 배리(背理)에 과단이 있는 것도 아니었으나, 비교적 사유하는 성정이었고, 불의에 대한 저돌적인 배포도 모자라는, 김문의 이단아들이었다.

「여보게, 이러다간 우리 형제가 역모로 몰리겠네, 하하하.」

형은 쓸쓸히 웃고, 아우는 음울한 한숨을 뿜었다.

「형님, 기녀의 정절을 보았습니다.」

김병국은 간단한 주안상을 앞에 놓고 형과 대작하기 시작하면서 갑자기 가벼운 이야기로 화제를 바꿨다.
「무슨 얘긴가? 왜, 외도에 실패한 게로군.」
김병학도 흥미가 있다는 듯 귀를 솔깃이 한다.
「추선이 아시지요?」
「알지.」
「천금을 미끼로 삼았지만 막무가내더군요.」
「그래? 똑똑한 여자긴 하지. 그러나 제가 기녀의 몸으로서야! 아마 동생의 수완 부족이겠지?」
「눈총 들여 이루지 못한 여자가 없었는데, 추선이만은 안 되겠더군요. 그 이유는 알았지만요.」
형은 아우에게 잔을 넘기며 묻는다.
「뭔데, 이유가? 병신이던가?」
아우는 약간 외면을 하면서 술잔을 비우고는 너비아니를 집는다.
「마지막 한마디의 항거엔 뽑았던 칼을 회수하고 말았습니다. "기녀에게도 정인은 있습니다. 정인 있는 여자에게 정절은 목숨보다 소중한 것, 훈련대장의 권세로도 천만금의 위력으로도 제 마음은 유린 못 합니다." 이처럼 서릿발같이 싸늘하게 선언하면서 몸을 도사리는 바람에 고만 열적어지고 말더군요. 하하하.」
형은 아우가 내미는 잔을 받아들면서 우스갯소리로 말한다.
「아홉 번은 찍어 본 게로군. 열한 번만 찍어 보게나!」
아우는 식성 좋게 씹으면서 대답한다.
「추선이도 같은 말을 합디다. 흔히 남정네들은 열 번 찍어 안 넘어 가는 나무가 있느냐고 하지만, 백번 천번을 찍어도 여자 가슴엔 생채기 하나도 안 날 수가 있다고요. 그래 물었습지요. 성춘향이 당한 그런 곤욕이라도 견디어 내겠느냐고.」
추선의 대답은 한마디였다는 것이다.
「대뜸 "사인(斯人)이 유차질(有此疾)이란 말씀을 아시지요?"하더군요.」

'이런 어질고 착한 분이 어찌 저런 추한 병에 걸렸는가!'하고 남의 질병을 애처롭게 여겨 하는 말, 그것이 '사인이 유차질'이다.

대제학 김병학이 웃으며 말한다.
「하하하, 일개 기녀한테 조롱을 당했네그려! 동생은 대답에 궁했겠군!」
훈련대장 김병국은 아래턱을 쓰다듬으면서 자기는 추선에게 다음과 같이 말했다는 것이다.
「"사마도 부조조부 불능이취도(駟馬道不調造父不能以取道)"라니까 하는 수 없군!」
아무리 좋은 말(馬)이라도 길이 험하고 사나우면 기사도 능히 달리지 못하는 것이니까 하는 수 없군! 했다는 것이다.
그리고 김병국은 추선에게 다시 물었다는 것이다.
「여이남위가(女以男爲家)인데 그럼 어찌하여 너 혼자 지내느냐?」
여자한테 지아비의 집만이 몸을 두고 사는 곳인데 어째서 너 혼자 기녀노릇을 하느냐고 물었다는 것이다.
그러니까 추선은 방긋이 웃으며 쓸쓸히 대꾸하더라는 것이다.
「사람에겐 8난이 있다잖습니까. 7난은 이미 겪고, 이제 한 가지 남은 고비를 넘으려는 중이니 캐어묻지 마소서.」
김병국은 추선에게 또 한마디 물었다는 것이다.
「도대체 그 변변치 못한 네 정랑(情郞)은 누구냐?」
추선은 대답하더라는 것이다.
「천하가 다 아는 미치광이랍니다.」
병학은 병국에게 묻는다.
「그럼 흥선이 아닌가?」
이때 바깥대문을 두드리는 소리가 요란했다.
「대문이 닫혔던가?」
형이 술잔을 놓으면서 귀를 기울인다.
(어떤 놈이 방정맞게 함부로 대문을 두드리나!)

아우도 바깥 동정에 신경을 기울이며 무엄한 놈이라고 불쾌한 낯빛을 한다.

상노가 창밖에 와서 목청을 높인다.

「대감마님!」

김병국은 방문을 벌컥 밀어 젖혔다.

「왜? 누가 왔느냐?」

보니, 뜰 아래엔 나합의 집 늙은 하인이 와서 허리를 굽히고 섰다.

「무슨 일이냐?」

「저 교동대감께서 혹시 여기 와 계신가 해서 왔습니다.」

「교동대감이라니?」

김병국은 물었다. 단순히 교동대감이라면 영의정 김좌근을 말하는 것인지, 그의 아들 병기를 말하는 것인지, 얼른 구별이 안 간다.

「좌찬성대감 말씀입니다.」

세도 김병기를 찾으러 왔다는 것이다.

「안 오셨는데요, 왜?」

「하옥대감께서 급히 모셔오라 하십니다.」

「왜? 무슨 급한 일이라도 생겼나?」

「글쎄올시다. 안 오셨나요?」

「언젠 여기 자주 오시더냐!」

김병기가 김병국의 집엘 올 턱이 없지 않느냐는 말투였다.

반목까지는 아니지만, 언제부턴진 모르지만, 무슨 까닭인진 분명하지 않지만, 교동파와 사동파 사이엔 같은 집안이면서 왕래가 잦지 않았다.

그들 사이엔 보이지 않는 장벽이 생겨 있었다.

권세를 보전키 위해선 수단을 가리지 않는 강경파와 그래도 양심을 속일 수가 없어서 모든 일에 신중을 기하는 온건파와의 대립이었다.

그리고 주도권을 쥐고 흔드는 주체세력과, 같은 주체이긴 하지만 어딘가 겉돌고 있는 종속적 세력의 대치, 그것이 교동파와 사동파가 일구는 미묘한 포말인 것이다.

「안 오셨다고 가 여쭤라!」

주인 김병국은 퉁명스럽게 나합의 집 하인에게 소리를 쳤다.
하인이 물러가자 김병학이 말했다.
「또 나주합하의 무슨 긴급한 영이 내릴 모양이군.」
김병국도 한마디 했다.
「또 몇 군데 고을[郡]이 왔다 갔다는 게 아닐까요?」
그러나 그들 형제의 예측은 완전히 적중하지는 않았다. 그렇다고 빗나간 것도 아니었다.
바로 그 무렵 나합의 집 바깥마당에는 조랑말 한 필이 피로한 듯 다리를 꼬고 서 있었다.
지나는 사람들은 그 조랑말을 보고 수군거렸다.
「나주 말이 또 올라왔군!」
「천릿길을 닷새 동안에 왕복한다면서?」
「저 말을 두고 천리마라 한다네!」
이윽고 세도 김병기의 행차가 들이닥쳤다. 국가에 큰 변란이라도 난 것처럼 들이닥쳤다.
「불러 계시오니까?」
아들은 아버지 앞에 무릎을 꿇자 우선 묻는다.
「나주서 급히 사람이 올라왔구나.」
하옥 김좌근은 입에 물었던 부산 연죽의 옥물부리를 쑥 뽑으며 말했다.
그 소리를 듣자 김병기는 맥이 풀리는 것처럼 현란한 방치장을 살피면서 입맛을 다셨다. 이때 나합이 밖에서 들어왔다.
나합은 병기를 흘겨보면서 아는 체를 했다.
「오래간만에 오셨소그려.」
병기는 간단히 허리를 굽혀 보인 다음 아버지에게 물었다.
「무슨 일이십니까?」
그러자 나합이 하옥 옆에 도사리고 앉는데, 보니 심기가 몹시 불쾌한 모양이다.
불쾌할 때에 불쾌한 얼굴을 하는 것은 사람의 순성(純性)이다.

그러나 나합은 그런 불쾌감이나 노기를 이내 부드러운 미소로 돌변시키는 슬기를 가진 여자였다.
　나합은 잔자로운 미소를 지으면서 이 크나큰 권세를 가진 '영감의 아들'한테 말했다.
「새로 도임한 나주목(羅州牧)의 행패가 극심하다는군요.」
　세도 김병기는 나합의 그 한마디로 사건과 용건을 짐작할 수 있었다. 그러나 그는 아버지 앞이라 정중하게 물었다.
「나주 목사가 무슨 일을 또 저질렀나요?」
　이번엔 하옥이 좀 난처한 기색으로 입을 열었다.
「무고한 사람들을 함부로 옥에 가두고 심한 국문을 한다더군.」
　아들은 아버지 얼굴을 뜻있게 쳐다볼 뿐 말은 없었다.
　이번엔 다시 나합이 한쪽 무릎을 세우면서 말한다.
「나주서 사람이 왔소. 내 오라버니를 또다시 옥에 가뒀다니 그놈이 배은망덕도 이만저만이 아니오! 제가 감히 내 오라버니를 투옥시켜! 내 오라버닐 말이오!」
　나합의 어깨는 조용히 들먹거리기 시작했다.
「무슨 짓을 또 저질렀기에…….」
　김병기는 싸늘하게 혼잣말을 했다.
　순간, 나합의 분노는 폭발하고 말았다.
「그걸 말이라구 하오! 죄가 있고 없고, 그래 내 오라버니한테 감히 손을 대? 설사 무슨 잘못이 좀 있다구 합시다. 그렇다구 나주목이 언감생심 내 집안에다 손을 댈 수 있소? 그놈이 하늘 높은 줄 모르고, 그래 양씨 집안에다 포교를 보낼 수 있다는 게요?」
　순간, 병기의 심정은 착잡했다. 불현듯 나합의 서슬을 꺾어 보고 싶은 충동이 일었다. 그는 말했다.
「누구든지 죄가 있으면 국법의 제재를 받아야 하죠. 왕손도 죄를 지으면 법을 받아야 하고, 우리 안동 김씨도 국법을 어기면 처벌을 면치 못하오.」
　순간, 하옥의 눈꼬리가 송충이처럼 꿈틀거리며 안면 근육이 심하게 경련한다.

「허어 고이얀! 네가 내 앞에서 그런 말을 할 수 있느냐! 허어 고이얀!」

딱딱딱, 하옥은 담배통을 재떨이에다 마구 두드려 대면서 나합의 눈치만 살폈다.

그러나 나합은 오히려 잠시 전보다 그 음성이 부드러웠다.

「나한테 할 수 있는 대답이 그것뿐이오? 세도대감이라 내 앞에서 국법을 강론하고 법의 공평을 주장할 작정이구려? 정 그렇다면 나도 할말은 없소만.」

나합은 기가 막히다는 듯이 가볍게 실소를 했다. 그리고 말을 다시 잇는다.

「하긴 그렇죠. 나는 전주 이가도 아니고, 안동 김가도 아닌 첩살이 양가니까 법을 논한다면 더 할말이 없군요. 영의정의 첩인들 별 수 있나, 국법에 따라야지. 권력은 '세도'가 쥐고 있는 게니까.」

순간, 병기는 피식 웃으며 대답한다.

「그렇다고 방면 안 한다는 것은 아니오. 내가 듣기엔 친가에서 너무 행패를 부리는 것 같소. 좀 자중하라고 일러요. 나주 바닥뿐이 아니라 전라도 일대에서도 원성이 자자한 모양이니 좀 삼가라고 해요.」

미상불 두통거리였다.

전라도 일원에선 나합의 권세를 빙자한 권속들의 행패가 말이 아니었다.

혈기 있는 관헌이 치죄를 하려 들면 조랑말이 서울 천릿길을 달린다. 닷새 후면 방면이 되고 관헌은 보복을 당한다. 말 잘 타고 걸음 잘 걷는 주자가 서울길을 왕복하려고 늘 대기하고 있는 상태였다.

기가 막힌다. 영의정 김좌근의 다음 말은 기가 막힌다.

그것은 아들에게 대한 어쩔 수 없는 분부였다.

「나주 목사를 갈아치우지!」

하옥의 그 말을 듣자, 아들 김병기는 눈을 감았다.

나합은 몸종이 통영 칠소반에다 받쳐 들여온 잣죽을 그들 부자 앞으로 밀어 놓으면서 또 야실야실 입을 놀린다.

「뭐, 이번 행패만으로 갈아치울 건 아니지만, 한 2만 냥씩 낼 사람은 여럿 있는데 생각해 보구려.」

하옥이 쐐기를 박는다.

「사랑채 수리를 하느라고 빚을 좀 졌다. 이 사람이 답답해 하기로 용마루를 낮춰 남산이 보이도록 만들었다. 너두 내다보려무나, 전망이 확 트였으니.」

하옥은 샛미닫이를 드르르 열어 젖혔다.

그 순간 마당을 지나가던 젊은 여인을 그들은 봤다. 김병기는 보라는 남산은 보지 않고 젊은 여인의 뒷모습을 유심히 쏘아보면서 나합에게 물었다.

「누구요, 저 여인은?」

나합은 바깥을 기웃하면서 대답한다.

「이웃에 산다는 과숫댁인데 아는 게 제법 많고 외양이 꽤 반반하오.」

그러나 김병기는 잠깐 생각하는 표정이었다.

「어디서 본 여인 같군요. 상사람인가요?」

「상사람이라죠, 아마.」

「근본을 아시오?」

「모르죠, 가끔 잔심부름이나 시키고 있는 여자니까. 그건 왜?」

「글쎄, 낯이 익은 것 같소. 아마 상민이 아닐지도 모르오.」

「양반이 뭐가 답답해서 상사람 행세를 하겠어요.」

「그렇긴 하지만.」

김병기는 민감한 사나이였다. 아낙네의 뒷모습을 힐끗 보고는 무엇인가 기억을 더듬었다.

「들자!」

하옥은 잣죽을 들기 시작했다.

이때 나합은 혼자 생각에 잠겨 있었다.

(그러고 보니 그 여잔 좀 수상한 데가 있었던가?)

눈 하나 깜짝 안 하고 자라 모가지를 툭툭 자르던 그 행동을 보고 저

젊고 싹싹한 여자한테 어디 그런 잔인성이 숨어 있었던가 싶었는데, 그럼 그게 어떤 목적을 숨긴 조작적인 행위였던가.

"뭘 망설이세요? 이하전은 독배도 단숨에 마셨다는뎁쇼."

아낙네의 그런 말을 듣고 나합은 몸서리가 오싹 쳐졌지만, 그러고 보면 그것도 무심하게 지껄인 말은 아니었던가.

(정말 상사람은 아닐지도 모른다.)

"하늘이 참 맑군요. 사랑채 용마루만 없으면 목멱(남산)이 한눈에 보일 텐데요. 대청에서 산을 볼 수 있어야 집자리가 명당이랍니다."

이것이 막사람의 여편네의 입에서 나올 수 있는 말일까. 그뿐인가.

"봄 여름엔 푸른 소나무, 가을엔 붉게 물든 단풍, 겨울엔 백설이 만산하고, 명월이 만건곤할 게 아닙니까."

대청에 앉아 마루를 바라볼 수 있다면 전망이 얼마나 좋겠느냐는 그 아낙네의 풍류적인 슬기와, 그리고 그 유식한 언변이 상사람의 여편네로서는 될 말이 아니다.

그런 생각을 하니 이번에야말로 나합은 소름이 오싹 끼쳤다.

(그게 자라피가 아니고 먹고 죽는 것이었다면 어쩔 뻔했을까!)

나합은 이를 악물면서 병기에게 물었다.

「어디서 본 여잔지 생각 안 나시오? 아까 그 여자 말인데.」

김병기는 잠깐 생각하다가 대답한다.

「얼굴을 본 것도 아니니 뭐라고 말할 수는 없소만, 다만 누구나 권세를 잡고 있다 하면 알게모르게 혐의를 갖는 사람이 많소. 그러니 근본 모른 사람을 함부로 집안에 들여놓지 않는 게 상책일 줄 알아요. 나는 이제 물러가겠소. 나주엔 기별을 하지요.」

김병기는 일어섰다.

나합도 마주 일어섰다.

「기별이라고 따로 할 게 있나요. 이왕 나주에서 올라온 사람이 지금 곧 회정(回程)할 것이니 그 편에 몇 자 친필을 들려 보내도록 하시오!」

김병기는 귀찮은 생각에서 하라는 대로 하고 나합의 집을 나섰다.

그는 남여 위에 오른 다음에도 마음이 몹시 울울했다.

권력을 남용하고, 벼슬자리를 팔고, 재화를 부정한 방법으로 긁어모으는 것은 자신 한 사람의 영화를 위해서가 아니라 실로 김씨 일족을 위해서였다.

고민이 없을 수 없고, 양심의 가책이 없을 수 없고, 스스로도 불쾌할 때가 없을 수 없다.

그런데 나합은 뭣이냐. 일개 기녀의 신분으로 영의정인 아버지의 총애를 독점했다고 해서 김씨네보다도 더 권세를 부리려고 드니 딱한 노릇이 아니냐 말이다.

나합 때문에 얻어먹는 욕이 얼마나 많으냐 말이다.

나합 때문에 아버지가 본의 아니게 저지른 실책이 얼마나 많으냐 말이다.

대청에 앉아 산이 안 보인다고 해서 그 큰 사랑채의 기둥을 싹둑싹둑 자르게 하는 나합의 횡포. 그러나 그 욕은 아버지에게로, 김씨네에게로 돌아오게 마련이 아닌가.

「늙은이가 계집한테 빠져가지고.」

김병기는 아버지마저 미웠다.

「형, 형, 형.」

뒤에선 말발굽소리가 요란히 들려 왔다.

전라도 나주에서 온 녀석이 벌써 떠나는 모양이니 사흘 뒤에는 나주 바닥이 떠들썩하고, 나합의 권속들은 한층더 횡포를 부리겠지.

세도 김병기의 이런 고민은 아무도 모른다.

(또 몇 놈이나 파직을 시켜야 하느냐?)

나합의 말로는 2만 냥짜리가 여럿이라니 수령 방백 몇 놈쯤은 또 교체시켜야 하겠고, 김씨 종문들도 그 크나큰 살림이 궁핍해진 모양, 왕궁에도 재정이 떨어져 가는 눈치, 또 새로운 매관 주구를 대대적으로 해서 정치 자금을 마련해야 될 계제. 세도는 버리고 싶지 않지만 하는 일이 유쾌하지 않은 게 세도 김병기의 처지인 줄을 남들은 미처 생각지 못한다.

「에이 이놈들, 물렀거라 비키라!」
 별안간 터진 호기로운 벽제소리, 슬금슬금 길을 비키는 행인들의 적의에 가득찬 눈초리, 김병기는 남여 위에서 종자들한테 호통을 쳤다.
「떠들질랑 말고 조용조용히들 가라.」
 그의 행렬이 어느 골목 어귀를 돌아가고 있을 무렵이었다.
 별안간 앞길을 막으며 나서는 두 사람의 장한이 있었다.
 행렬은 잠깐 멈칫거리고 별배들의 호통소리가 요란했다.
「이놈들 무엄하게! 물러서라!」
 김병기는 그바람에 앞길을 바라봤다.
 누구의 집인지 큼직한 솟을대문 앞마당이었다. 사오십 년씩이나 묵었음직한 은행나무 두 그루가 노랗게 물든 수많은 이파리들을 휘날리고 있었다.
 그리고 그 길 위에는 떨어진 은행잎들이 쫙 깔려서 보기에도 아름다웠다.
 거기 정체 모를 장한 둘이 싸리비를 든 채 길을 가로막은 것이다.
 김병기는 교자 위에서 그들의 하는 꼴만 바라봤다.
「이놈들 비켜라! 감히 어느 대감 행차신 줄 알구!」
 별배들이 우르르 앞으로 내달리며 얼러 댔다.
 그렇다. 이 나라 판도 안에서 세도 김병기의 행찻길을 막을 사람은 없는 것이다.
「저놈들을 모조리 잡아라! 포교들을 불러서 포청에 쓸어넣도록 해라!」
 서슬이 시퍼런 구종들이 앞으로 내닥치며 그들에게 덤볐다.
 그러나 두 장한의 태도는 유유 자적했다.
 손에 든 비로 길 위에 깔린 아름다운 빛깔의 은행잎을 시적시적 쓸기 시작하며 유유자적했다. 한 사람은 키가 후리후리 크고, 한 사람은 중키였으나 몸집이 딱 바라진 게 힘깨나 쓰도록 보인다.
「이놈들 행찻길을 트지 못하겠냐! 이 행차가 뉘 행차신 줄 알구 언감 무례하게 구느냐!」

별배 한 사람이 그들에게 다가가 호통을 치고 구종 둘이서 그들의 멱살을 잡으려고 들었을 때 비로소 키가 후리후리한 장한이 싸리비를 곧 추세우고 한마디 할말이 있다는 것이다.

그의 음성은 우람했다.

「뉘 행차시오?」

「허어 이놈! 교동대감의 행차시다!」

「교동대감이 어느 대감이시오?」

「좌찬성대감의 행차시다! 썩 비키지 못하겠느냐!」

그제서야 장한은 교가 위에서 저들을 쏘아보고 있는 김병기에게 허리를 굽혀 보인다.

「실은 소인들은 사영대감의 행차신 줄은 몰랐습니다. 단지 어느 대감의 행차이시든 간에 고귀하신 어른의 행찻길이 이렇게 낙엽으로 어지러운 것을 보고 지나가시기 전에 말끔히 쓸어 드리려고 한 죄밖에 없습니다. 통찰합시오!」

사영(思潁)은 김병기의 별호다.

김병기는 졸지에 대답할 말이 없었다. 행찻길이 어지러워 깨끗이 쓸어 주기 위해서였다는데 역정을 낼 수는 없다.

그러나 영악한 김병기는 다 알고 있었다.

(저놈들이 나를 놀리는 거다!)

저놈들 배후에는 반드시 누가 있다. 내게 장난질을 칠 만한 배후의 인물이 반드시 있다. 누구냐, 내게 장난질을 걸 놈이.

물어 볼 필요도 없었다.

그 배후의 인물이 나타났다.

얼근히 취한 홍선군 이하응이 갓을 비뚜름하게 쓰고, 깡똥한 도포에다 낡은 가죽신을 끌면서 어슬렁어슬렁 나타났다.

별배들은 어이가 없어 한발 물러서고 구종들은 그러나 그의 팔을 잡으려고 했다.

김병기는 멈춰진 교가 위에서 홍선의 초라한 몰골을 멀거니 바라볼 수밖에 없었다.

홍선은 달려드는 구종들을 뿌리치며 그 쩌렁 하는 음성으로 오히려 호통을 친다.

「이놈들, 나도 대감이다. 내 가는 길을 막지 말라! 교가를 타고 구종별배들 거느린 행차나, 땅을 밟고 걸어가는 행차나 대감 행차는 소인이 막지 못하는 법. 네 이놈들 감히 대감 행차를 막느냐? 사영대감이 보시는 앞에서 언감생심!」

홍선은 점잖게 호통을 치고는 세도 김병기의 교가 앞으로 삐딱삐딱 다가왔다.

그는 김병기를 쳐다보며 말한다.

「대감! 노엽게 생각지 마십시오. 저 두 놈은 내 구종들입니다. 마침 이곳을 지나려다 보니까 은행잎이 낙엽 져 길을 물들였습니다. 성현의 말씀이, 낙엽 중에도 은행의 낙엽은 밟지 말라더이다. 그 고운 잎을 어찌 발로 밟으랴는 선비들의 시심(詩心)이겠지요. 시심은 있어 저놈들로 하여금 비질을 하게 했던 것입니다.」

그러나 김병기는 교가 위에서 태연히 그 말을 받아넘긴다.

「대감, 고맙소이다. 내 가는 길을 대감께서 몸소 청소를 해 주시니 진실로 고맙소이다.」

한 사람은 교가 위에서, 한 사람은 길 가운데서, 허허허 웃었다.

묘한 것이다.

김병기가 알기로는 홍선군 이하응이란 인물은 비겁한 까닭에 한 수 접어보는 것이다.

술망나니기 때문에 사람 대접을 안 할 수 있는 것이다.

체면이고 염치고가 없기 때문에 천대를 하는 것이다.

가난한 까닭에, 초라하기 때문에 보잘것없는 존재로 무시할 수 있는 것이다.

그러나 지금 홍선의 행동과 그 구변은 하나의 격조를 가졌을 뿐 아니라 안하무인의 당돌한 도전인 것이다. 여간만 똑똑한 사람이 아니고는 마음도 못 먹을 짓이다.

천하의 김병기한테 어느 누가 자청해서 비위를 건드리느냐 말이다.

더구나 김씨네가 극도로 경계하는 왕손의 처지로서 홍선 말고 누가 김병기한테 삿대질을 하겠느냐 말이다.
홍선의 호신술은 묘기에 가까왔다.
김병기는 교가 위에서 점잖게 한마디 하는 것이었다.
「대감, 일후 한번 들르시오. 길을 쓸어 주셨으니 쌀섬이나 드리리다!」
김병기는 자기의 비위를 건드린 홍선이 다른 어떤 바보짓을 할 때보다 더욱 천치로 보였다.
똑똑한 위인이라면 아니꼬운 생각에서도 길을 피하는 게 순서인 것이다.
주제에 은행잎이 아름답다느니, 낙엽을 밟지 말라느니, 주제에 시심이 어떻다느니 하면서 다른 사람 아닌 김병기의 행찻길을 방해하는 것을 보면 홍선은 철저한 치인(痴人)이 아닐 수 없다. 김병기의 이러한 단정은 옳았을까.
홍선은 그가 그렇게 단정해 주기를 바라면서 천희연과 장순규를 데리고 그런 엉뚱한 장난을 한 게 아니었을까.
이제 홍선은 무슨 짓을 하더라도 남의 비웃음을 사게끔 돼 있는가.
홍선은 움직이기 시작한 김병기의 교가를 몇 발짝 뒤따르며 물었다.
「대감! 쌀섬이나 주신다니 언제쯤 들르리까? 처자 새끼들 하고 하루가 급한데 내일이라도 들를까요?」
김병기는 거만스럽게 대답한다.
「대감이 쌀섬을 몸소 지실 순 없을 게고, 내 사람 시켜 보내드리리다.」
「그럼 기다리지요. 평안히 가십시오!」
홍선은 발길을 돌리는 순간 찌릉하는 음성으로 소리치는 것이다.
「야! 이놈들아, 지저분한 앞길을 쓸어야 내가 가지 않느냐!」
홍선의 말이 떨어지기가 무섭게 천희연과 장순규는 들고 있던 싸리비로 홍선의 앞길을 쓸어 대기 시작했다.
한참 만에 뒤를 돌아다본 세도 김병기는 고개를 갸웃했다.

「아아, 홍선은 저 가는 길을 쓸고 있었다는 겐가? 내가 속은 건가?」

이때, 장순규는 비를 팽개치면서 멀어져 가는 김병기의 행차를 보고는 투덜댄다.

「쳇, 마당 쓸어 놓으니깐 뭐가 먼저 지나간다더니!」

천희연도 비를 던져 버렸다.

「대감도 참 어지간허슈! 봉변 주구, 쌀 생기구, 어지간허슈! 난 왜 별안간 길을 쓸라구 허시나 했더니.」

홍선을 중심으로 그들 두 사람은 양쪽에 서서 나란히 길을 휩쓸기 시작했다.

「대감, 어느 성현이 은행잎을 밟지 말라더이까?」

천희연의 말에 홍선은 대답한다.

「이놈아, 성현이 따로 있나! 그런 말한 내가 성현이지.」

청솔가리를 산같이 등에 실은 길마소 한 마리가 그들 앞에 아기죽아기죽 가고 있었다.

명주초원明紬草原엔 꽃사슴이 노닐고

초겨울의 바람은 차갑고 스산했으나 양지바른 햇볕은 따사로왔다.
관상감재는 구름재.
서녘 하늘에 놀이 지면 서울에서도 관상감재는 유별나게 붉은 기운이 감돈다.
관상감재도 구름재도 홍선저(興宣邸)를 가리키는 말, 담장은 길고 대문은 높지만 여자와 집은 치장을 않으면 세월보다 빨리 늙는 것, 홍선저는 명색이 궁이지 초라하기 이를 데 없었다.
용마루엔 붉은 흙이 드러나 있고, 기왓골에는 이름 모를 잡초가 스산한 바람에 시들어 가고 있었다.
거기 저녁놀을 비낀 붉은 햇빛이 뒹굴고 있었다.
그 처마 밑 마루끝에 한 아낙네가 한가로이 앉아서 한 소년과 심심파적인 대화를 나누고 있다.
「도령은 남자 중엔 누가 제일 좋지?」
「아버님.」
「제일 미운 사람은요?」
「아버지를 미워하는 사람들.」
「여자 중엔 누가 제일 좋지요?」
「어머님.」
「그 담엔?」
「유모.」

「가장 미운 사람은요?」

「삼청동 아지마.」

명복의 어릴적 유모 박씨는 깜짝 놀라면서 물었다.

「삼청동 아주머니가 왜 미운가요?」

소년 명복은 서슴지 않고 대답했다.

「내가 인사 안 했다구 눈을 흘겼어요. 아주머닐 보구 왜 인사도 없느냐고 눈을 흘기면서, 내 이마에다 알밤을 주던걸요. 못 봬서 인사를 안 했다고 하니까 사람이 오면 봐야지 왜 못 봤느냐구 또 한번 알밤을 주데요. 난 정말 싫더라, 그 아지마.」

삼청동 민소저한테 그런 교(驕)한 성품이 있었던가 싶어 유모 박씨는 혼자 피식 웃었다.

「그래도 어머님께서 귀여워하시는 아지마니까 도령두 미워하지 말아야 해요. 남을 미워하면 남두 나를 미워하니까 남을 대할 땐 언제나 사랑하는 마음이 앞서야 해요. 내가 남을 사랑하면 남두 나를 사랑하니까.」

소년 명복은 유모 박씨의 말에 항거하지는 않았다.

소년 명복은 알았다는 듯이 유모를 쳐다본다.

그는 유모 가슴에 걸려 있는 십자가를 만지작거리며 묻는다.

「이건 누가 준 거야?」

「천주님이.」

「천주님이 누구야?」

「천주님은 하늘에 계신 분으로, 일만 가지 착한 마음씨와 천만 가지 덕을 갖추신 신(神)이시지. 사람을 만드시고, 새와 짐승을 만드시고, 산과 강과 바다와 하늘을 만드시고, 나무와 꽃과 곡식을 만드신 전지전능하신 분예요.」

소년 명복은 눈알을 반짝이며 묻는다.

「그럼 나도 천주님이 만드셨나요?」

유모 박씨는 그의 머리를 연신 쓰다듬어 주면서 대답했다.

「그러믄요. 천주께서 도령의 육신을 만드시고 그 육신에다 영혼을 불어 넣으셨죠.」
 그러나 소년은 단연코 항변했다.
「거짓말! 나를 낳으신 건 어머님이라시던데?」
 유모 박씨는 웃었다.
「하하하, 낳으신 건 어머님이시죠. 주님이 도령의 육신을 만드시고 영혼과 결합시켜서 어머님 뱃속을 빌어 자라도록 하신 거야. 그러니까 어머님 은혜도 크지만 주님 은혜는 더 크지요.」
 그러나 소년 명복은 수긍이 가지 않는 얼굴을 하고 있었다.
 이때 흥선부인 민씨가 쟁반에다 연시 몇 개를 담아가지고 마루로 나왔다.
 명복은 역시 한 알을 얻어가지고 쏜살같이 밖으로 튀어나갔다.
 두 여인은 터질 듯한 감 하나씩을 들면서 나누는 대화가 주종(主從)답지 않게 은밀했다.
「마님두 영세를 받으세요. 이 세상의 누구를 믿구 삽니까. 믿을 분은 주님밖에 없어요. 이젠 신앙 없이 그날그날 살아가는 사람들을 보면 불쌍해서 못 견디겠어요.」
 유모 박씨의 말이다.
「대감 처지도 있고 하니까 영세는 받지 못하지만 정성껏 주님을 따르고는 있다오. 나는 평생 교회 밖에서 기구(祈求)하는 도리밖엔 없어.」
 민부인은 쓸쓸한 표정이다.
 유모 박씨는 꿈꾸는 눈으로 말한다.
「고해 없이야 무슨 수로 주님이 가르치시는 진리를 깨닫겠어요? "너희들이 세상에서 뉘우친 죄는 나 하늘에서 또한 용서하고, 너희들이 뉘우치지 않은 죄는 나도 용서하지 않으리라"하셨는데, 고해성사로 지은 죄를 풀지 않고서야 주님의 성총을 받을 수 없지 않아요?」
 민부인은 중문께다 조심스런 시선을 보내면서 조용히 대답한다.
「나는 남몰래 십계를 지키고 간단없이 묵상 기도를 올리면서, 마음속에 도사리고 있는 마귀를 쫓고 있다오.」
「마님, 어려운 일이 있으실 땐 〈고죄경(告罪經)〉을 외세요. "내 탓이오(가슴을 치라), 내 탓이오(가슴을 치라), 내 큰 탓이로소이다(가슴을 치라)"……자꾸 가슴을 치노라면 마음속에 도사린 마귀가 혼비백산 도망가지요. 그렇지만 영세를 안 받으시고서야…….」

두 여인은 잠시 동안 대화를 끊었다.

두 여인은 제각기 속적삼 밑에 매달려 있는 십자가를 의식하면서 잠시 동안 침묵했다.

「참, 이도정 댁 마님 말예요.」

한참 만에 유모 박씨가 엉뚱한 말문을 연다.

「이도정 댁 마님이 어떻게 됐나?」

민부인은 불안한 눈으로 박씨를 본다.

「그태나 일을 저질렀군요.」

「무슨 일인데?」

「벌받을 짓을 저질렀어요.」

「무슨?」

「글쎄, 주님의 성총을 마다하고 불문으로 옮겨갔다지 뭡니까. 생각만 해도 불쌍해요.」

민부인은 꿈꾸듯 먼 하늘을 쳐다본다.

유모 박씨는 혼자 고개를 끄덕이며 말을 잇는다.

「아주 출가를 했다는군요.」

「중이 됐소?」

「교우들의 말을 들으면…….」

「뭐랩디까?」

「성심껏 주님을 섬겼는데도 남편이 죄없는 죽음을 당했다면서 실성한 사람처럼 넋잃은 나날을 보내더니, 불가로 들어갔대요.」

민부인은 소리없이 한숨을 쉬면서 말했다.

「같은 여자로서 그 심정은 이해하고도 남겠소.」

유모 박씨는 깜짝 놀라는 얼굴을 하면서 황급히 성호를 그었다.

「맙소사. 마님께서 어떻게 그런 말씀을…….」

「생때 같은 남편을 하루아침에 잃었으니 무슨 마음인들 없겠나!」

「허지만, 그 마님 천주 예수 앞에서 받을 사심판(私審判)의 판결은 생각잖은 짓이지 뭐예요. 불쌍하게 됐어요.」

홍선의 부인 민씨는 두 눈을 감고 이하전의 부인 이씨를 위해 간절한 기구(祈求)를 했다.

잠시 후 민부인이 물었다.

「그래, 그 마님 어디로 갔다던가?」

유모 박씨는 감 껍질을 벗기다 말고 대답한다.

「강화섬에 있는 어느 절간으로 갔대는군요.」

민부인은 왠지 남의 일 같지가 않아서 심한 충격을 받았던 것이다.

두근거리는 가슴을 진정하느라고 푸른 하늘에 둥실 흐르는 흰 구름을 넋잃고 바라봤다.

「마님!」

「왜?」

「마님두 어서 영세를 받으셔야죠.」

「글쎄.」

「이도정댁 마님두 천주님을 믿는다곤 했지만 교회 안의 신자가 못 되구, 교회 밖에서만 방황하다가 그렇게 된 거예요. 마님! 어서 영세를 받으시구 떳떳이 교회 안으로 들어오셔서 주님의 성총을 비세요.」

명복의 어릴적 유모인 박씨는 열심히 민부인한테 영세받기를 권고했으나, 그러나 민부인은 끝내 자기의 결정적인 의사를 말하려고 하지 않았다.

「참, 대감께선 출타중이신가 보죠?」

민부인은 중문께를 바라보며 대꾸한다.

「이 어른이 이처럼 여러 날 안 들어오시긴 처음인데 무슨 변고나 없으신지 모르겠어.」

홍선군 이하응은 벌써 닷새째나 집에 들어오지 않고 있었다.

「설마 별일이야 있으실라구요. 또 어디 가셔서 노시는 게죠.」

「꿈자리도 뒤숭숭하고…… 집엔 낟알이 떨어져 가는 줄을 아시면서 닷새씩이나 안 들어오시다니, 아무래도 무슨 일이 생긴 것 같네.」

「하긴 그렇군요. 닷새씩이나 되셨다면.」

유모 박씨도 근심 어린 시선으로 중문께에다 자꾸 시선을 보냈다.

시원한 눈매에 아래턱이 의젓하게 괴인 풍채, 덕성스러운 인품이었다.

「사람을 놓아 좀 찾아 보시지 그러세요?」

「찾아 봤지! 가실 만한 곳엔 다 안 오셨다는 게야. 정말 이 양반이 이러실 수가 있을까.」

근심과 원망이 뒤섞인 한탄이었다.

정말 그럴 수가 없는 것이다.

그는 어느 날 저녁 무렵 홀연히 집을 나가더니 닷새 동안이나 종무소식인 것이다.

한 이틀 동안은 '천하장안'과 어울려 술타령이겠지 하고 무심히 지냈으나 사흘이 지나고서는 짜증이 근심으로 변했고 원망이 조바심으로 변했다.

「자꾸 방정맞은 생각이 드네그려.」

민부인은 울먹거렸다.

양순하고 어질기만 한 얼굴엔 수심이 구름 그림자처럼 어른거렸다.

「너무 상심 마세요. 그 어른은 그런 어른이신걸요 뭘. 금시라도 거나하게 취해서 돌아오실걸요 뭐.」

민부인도 남편의 행동을 짐작 못 하는 바는 아니지만, 그러나 너무 여러 날이다.

이번엔 늘 그림자처럼 그렇게 따라다니던 '천하장안' 어느 한 녀석도 그의 행방을 모른다니 아내로서 불안하지 않을 수가 없었다.

(세월은 험한데!)

부인이긴 하지만 남편의 일을 아내는 모르고 지낸다. 남편은 사랑에서, 아내는 내실에서 제각기의 생활이 있을 뿐인 것이다. 아내는 남편의 일에 대해서 묻는 것조차 삼가야 한다.

남편이 외출을 하더라도 자진해서 행선을 알려 주기 전엔 어딜 가느냐고 묻는 것조차 아내는 삼가야 한다. 그것이 지체 있는 집안의 '여자의 도리'인 것이다.
　민부인은 그러한, 이른바 어진 아내로서의 전형이었다.
　(아무 일 없으시다면 너무 하신다!)
　이런 원망이 고작이었다.
　그러나 아무 일도 없이 이렇게 여러 날 집을 비울 수 있을까.
　그럴 수는 없다. 홍선 자신으로서도 어찌할 도리가 없는 기막힌 사정이 있었음이 분명하다.
　벌써 닷새나 되었던가, 홍선이 살며시 집을 나간 게 벌써 닷새.
　그날 홍선은 몹시도 궁했다. 마음도 궁하고, 술도 궁하고, 물론 돈도 궁했다. 그리고 친구도 궁했다.
　저녁 무렵이 되자 홍선은 더는 참을 수가 없었다.
　무료하다고 혼자 춤을 추고 노래를 부를 수는 없었다.
　조갈이 난다고 대장부가 차[茶]나 냉수를 찾을 수는 없다.
　시장기가 든다고 해서 없는 밥을 달랄 수는 더욱 없었다.
　홍선은 사랑에 혼자 누워 있다가 벌떡 일어나면서 밖에다 대고 고함을 쳤다.
　「야아, 게 아무도 없느냐?」
　소년 수백이 주인의 부름을 받고 달려왔었다.
　「부르셨습니까, 대감마님.」
　「김서방 밖에 없느냐?」
　청지기 김응원이 밖에 없느냐고 물었으나 없다는 것이다.
　「그럼 누가 없느냐? 천가도 없고, 장가 녀석도 없느냐?」
　「없습니다.」
　「하가도 없고, 안필주도 없느냐?」
　「오늘은 아무도 보이질 않습니다. 대감마님, 무슨 심부름이라두?」
　「알았다. 물러가거라.」
　홍선은 미칠 것 같았었다.
　(이 답답한 세월을 이토록 답답하게 누워서 흘릴 재간은 없는 노릇!)
　그는 혼자 방안을 서성대다가 다락문을 덜컹 열고 둘둘 말아 둔 종이 뭉치 하나를 꺼냈다.
 그는 그 종이 뭉치에서 아무거나 한 장 쑥 뽑아 둘둘 말아서 허리 괴춤에다 꽂고는 홑두루마기 위에다 도포자락을 걸쳤다. 그리고 나섰던 것이다.
「이리 늦게 어딜 가시려구요?」
 그가 중문 옆을 돌아서니까 부인 민씨가 우물 옆에 섰다가 물었다.
「내 어딜 가든지 당신이 무슨 참견이오?」
 남편은 소리를 꽥 지르는 것으로 간신히 위신을 세웠다. 아내는 할말을 잃고 멍하니 서 있는 것으로 분수를 지켰다.
 몸에 푼전을 지니지 않고 거리로 뛰쳐나온 홍선은 그날따라 갈 곳이 정말 막연했다.
 홍선의 발길은 구름재를 내려와 교동, 재동, 사동, 전동 길을 더듬었다.
 늦가을 저녁 무렵이라 행인들의 발길은 너나없이 바쁘다. 모두 부산해 보였다.
 (어디로 가야 하느냐?)
 그러나 홍선의 발길은 남들 따라 날렵하게 놀려지고 있었다.

 그는 어느 틈에 종로 거리를 거쳐 개천다리를 건넜다.
 개천인 청계천 다리를 건너면 이른바 남촌이다.
 남촌은 북촌과의 대칭이었다.
 북촌에는 왕궁이 있다. 관아가 있다. 양반 호족들이 산다. 높고 낮은 지체의 관원들이 그 지체보다도 열 곱 백 곱의 허장성세를 부리며 살고 있는 게 북촌이다.
 그러나 남촌은 그와는 반대였다. 가난한 낙척 선비들과 지체없는 장사치들이 살고 있다.
 저자가 많고, 기방이 많고, 술집 음식점이 많고, 가난뱅이들이 많다.
 그리고 세태에 불평을 가진 은둔거사들이 남산골을 중심으로 공맹(孔孟)을 읽으며 울울한 세월을 짓씹고 있는 게 남촌이다.

북병남주(北餠南酒)란 말이 있다.
북촌에는 떡이 유명하고, 남촌에는 술이 유명하다는 것이다. 부촌에는 떡집, 빈촌에는 술집이 많은 것이다.
따라서 북촌의 건달들이 개천 다리를 건너면 대개 남촌의 기방이나 술집을 찾는 걸음임에 틀림이 없다.
그날 날이 어둑신해졌을 무렵, 북촌의 이하응은 남촌에서도 아랫대인 묵동의 어느 골목을 누비며 코를 쫑긋거리고 있었다.
홍선은 벌써 여러 집 문 앞에서 발길을 잠깐씩 멈췄다.
그는 군입을 다시며 중얼댔다.
「빌어먹을! 웬놈의 술집이 이리도 많다는 게냐!」
술집 많은 곳을 찾아와서 술집이 많다고 욕을 하는 홍선의 사정은 충분히 이해해 줘야 한다.
그는 몸에 단돈 한 닢을 지니지 못한 것이다. 그러나 돈을 안 가졌다고 해서 후각이 둔해지는 것은 아니다. 구미가 감퇴하는 것도 물론 아니다.
갈비 굽는 냄새, 두부 지지는 냄새, 생선 조리는 냄새, 술 냄새, 지분 냄새, 냄새,냄새가 코를 찌르는 바람에 뱃속의 회가 동해서 견딜 재간이 없는 것이다.
그는 너저분하고 떠들썩한 골목 골목을 누비다가 언젠가 한 번쯤 들른 듯싶기도 한 어느 술집으로 성큼 들어섰다.
그는 뭐든지 일단 행동으로 옮기기만 하면 망설이거나 우물거리는 것을 가장 싫어하는 성정이다.
그는 술청으로 들어서자, 그 쩌렁하는 음성으로 소리쳤던 것이다.
「이 집 주모 있느냐!」
술청에 앉아서 술을 마시던 한패가 홍선을 돌아봤으나 그들은 그뿐이었다.
홍선은 방약무인(傍若無人)의 고자세로 다시 한번 소리쳤다.
「주모! 나와서 술 팔아라!」
그는 대청으로 올라가 도사리고 앉으면서 호기가 대단했다.

안방에서 손님 상대라도 하고 있었던가, 주모가 활짝 웃으면서 마루로 나왔다.
「어서 오세요. 약주 드시려구요?」
그만하면 미인인가 싶은 젊은 주모는 콧날이 제법 원만하게 섰다.
「네 집에 왔으면 술 마시러 왔지 너 보려고 왔단 말이냐! 어서 한상 잘 차려 오너라!」
「아이구 손님두 성미가 어지간히 급하셔!」
「내 성미는 천하장안이 다 아는 성미다!」
홍선은 말을 하고 보니 천희연이와 함께 이 집엘 와 본 기억이 있는 것 같기도 했다.
「주모 이름이 뭐던가?」
「산홍이라구 부릅니다.」
「산홍이? 거 이름 한번 싸구려구나. 술값도 네 이름처럼 싸겠구나!」
그러나 술값은 쌀 듯싶지가 않았다.
음식이 제법이구, 술맛이 또한 일미였다.
거기다가 주모의 나긋하고 간지러운 교태가 또한 제법이었다.
홍선은 궁하던 참에 잘 먹고 잘 마셨다.
그 짜증나는 세상, 답답한 세월, 초조한 가슴이 탁 트이도록 후련하게 마시고 먹었다.
주모가 끝내 접대를 했다.
술잔에 술을 그득 부어 줄 때마다 홍선은 취중일망정 한마디씩 혀꼬부라진 소리로 풍자어린 말을 중얼거리며 마시곤 했다.
「이건 술이 아니라 세월이로구나, 카아.」
또 마시며 또 뇌까렸다.
「이건 미움이다, 카아.」
「이 잔은 뭔가요?」
「이건 답답 울(鬱)자로구나, 카아.」
「이 잔은요?」
「이, 이 잔은 그것저것 합친 거구나, 카아.」

그는 마음도 배도 비어 있었다.

빈속에 어지간히 마시고 먹고 보니 천하가 자기 것 같은데, 막상 일어날 일이 난감했다.

술값이 없는 것이다.

그는 주모의 손목을 덥석 잡으며 말했다.

「너 어지간히 예쁘구나?」

주모는 활짝 웃으면서 대꾸했다.

「아이 손님두, 정말 취하셨나 봐!」

「술값이 모두 얼마냐?」

젊은 주모는 홍선에게 포동한 손을 맡겨 놓은 채 대답했다.

「석 냥 반이에요.」

홍선은 잡았던 주모의 손을 던지며 말했다.

「과연 네 이름처럼 그 술값 어지간히 싸구나!」

그는 어지간히 비싸게 씌운다고 속으로 생각하며 일어설 일이 더욱 난감해졌다.

무사히 빠져 나갈 수가 있을까.

홍선은 별수없이 앞섶을 헤치고는 허리춤에 꽂았던 종이 뭉치를 꺼냈다.

「거 과연 술값이 싸구나. 그렇게 마셨는데 고작 석 냥 반이라니!」

그는 같은 말을 한번 되풀이하고는 허리춤에서 꺼낸 그 종이 뭉치를 주모의 가슴께로 불쑥 내밀었다.

「옛다, 술값! 거스름돈은 필요없다!」

젊은 주모는 술값이 엽전도 어음도 아니라서 어리둥절했다. 야릇한 종이 뭉치를 펼치고 있었다.

홍선은 그동안을 하회만 기다리고 있을 수는 없었다. 그는 젊은 주모의 봉싯한 젖가슴을 덥석 잡아 보면서 한마디 했다.

「거스름돈은 이거 만져 본 값으로 받아 둬라!」

그러나 종이 뭉치를 펼쳐 본 젊은 주모는 눈과 입을 동시에 딱 벌리며 흡사 비명처럼 소리쳤다.

「어머나, 이게 뭐예요?」

홍선은 천연덕스럽게 말한다.

「너두 어지간히 무식하구나. 그게 뭔지를 모른단 말이냐.」

젊은 주모는 경계 태세를 취하면서 딴전을 부린다.

「전 무식해서 이게 뭔지 모르겠네요. 억새풀인 것 같기두 하구요?」

「억새풀이라니, 허 정말 무식하구나. 알아 둬라, 그게 석파(石坡)의 난초라는 게다.」

주모의 눈초리는 완연히 도전적으로 변해 버린다.

「억새구 난초구 전 이런 것 필요없어요. 술값이나 내세요!」

「글쎄, 그걸 술값으로 받아 두면 네게 큰 횡재야. 석냥 반이 문제 아니다. 거스름돈은 필요없으니 그대로 받아 둬라.」

주모의 음성은 기어이 높아졌다.

「이 양반이 누굴 놀리시나, 술값 달라는데 이까짓 붓장난 한 종이쪽을 내놓구 왜 말썽이야. 석파구 호파구, 난 그런 거 모르니 어서 돈이나 내세요.」

콧날이 부드럽게 선 젊은 주모지만 성깔이 만만찮을 것 같았다. '석파의 난초'를 알아볼 여자도 물론 아니다. 각오는 이미 했지만 홍선은 기어히 곤경에 빠지고 말았다.

또 어떤 곤욕을 당해야 하는가.

어떻게 이 스스로 자청해서 빠지게 된 수렁에서 헤엄쳐 나가야 하는가.

막상 당하고 보니 홍선은 다시 한번 주모를 구슬러 본다.

「네가 몰라서 굴러들어온 복을 차는구나. 받아 두면 네게 이로울 게다. 석파가 친 난초라면 석 냥이나 댓 냥짜리가 아냐!」

그러나 주모는 콧방귀를 뀌는 것이었다.

「여보세요, 보아하니 점잖은 분 같기도 한데 체면 지키려면 두말 말구 술값이나 내세요. 닷 냥두 싫고 구 백 냥두 싫단 말예요. 난 그런 허욕을 부리는 여자가 아니니까 술값 석 냥 반만 받으면 돼요. 냉큼 돈 내세요!」

잘못하다간 술값 떼인다고 생각한 주모는 서슬이 시퍼래가지고 독촉이 성화 같다.
 흥선은 진땀이 났다. 하는 수 없이 실토했다.
「여보게, 사실은 내 지금 가진 돈이 없어. 내일이라도 내 돈 가지고 와서 그 묵화를 찾아갈 것이니 우선 맡아 두게나.」
 애원조로 나갈 수밖에 없었다.
 그러나 주모는 고개를 옆으로 저었다.
「안 됩니다. 나 이런 것 맡기 싫으니 당장 돈을 내슈. 돈이 없으면 깝데기라도 벗든가.」
 흥선은 울상이 돼서 입맛을 쩍쩍 다셨다.
 돈 없이 술 마신 게 불찰이니 욕쯤은 먹어 싸지만 욕 정도로 해결이 날까.
 아니나다를까, 별안간 안방 문이 벌컥 열렸다.
 순간 흥선은 고개를 푹 숙이고 말았다.
 결국은 어느 무뢰한에게 주먹세례라도 받는가 싶어 몸을 도사렸다.
 그러나 사태는 급전직하로 돌변하고 만다.
 별안간 안방에서 튀어나온 한 사람의 장한은 주모 앞에 팽개쳐진 묵화를 집어 들더니 주모에게 소리치는 것이었다.
「이것 봐! 두말 말구 저 어른께 사과를 하란 말이다. 해태눈이래두 보배쯤은 알아봐야잖나.」
 장한은 흥선에게 허리를 꺾으면서 또 말한다.
「대감, 미련한 것들이 대감을 몰라봬서 죄송합니다. 정말 죄송합니다.」
 흥선은 웃을 수도 없었다. 그렇다고 이런 순간에 그를 아는 체해야 좋을지 몰라서 어리둥절했다.
「대감, 틈을 내 주신다면 제가 다른 데로 모시고 싶습니다. 이 근처에 조용하고 깨끗한 집이 하나 있습니다.」
 흥선은 빙그레 웃을 뿐 대답을 하지 않았다.
「대감, 이 집 주모가 무식해서 몰라뵀으니 덮어 두시기 바랍니다. 일어서십쇼.」

키가 후리한 장한은 정말 황감한 듯이 떠들어 댔다. 홍선은 그 장한을 힐끗 쳐다보고는 마지못한 듯 자리에서 일어났다.

밖은 칠흑처럼 어두웠다. 진눈깨비가 내리는지 목덜미의 감촉은 차갑고 발밑은 질척거렸다.

그 골목길을 두 사나이가 쫓기듯 빠져 나오고 있었다.

「네가 어찌 그 집 안방에 묻혀 있었더냐?」

홍선이 묻자,

「저야 이 동네에서 잔뼈가 굵었습지요. 이 동네 술집 쳐놓고 제 얼굴 안 통하는 덴 없습니다.」

천희연이 득의양양 대답했다.

그 술집도, 그 주모도 천희연의 오랜 단골임을 홍선이 알 까닭이 없다.

「대감, 그동안은 죄송해요.」

「뭐가?」

「여러 날 찾아뵙질 못해서.」

「너 혼자 재밀 보느라고 그랬구나?」

그러나 그런 건 아니었다.

천희연은 요새 며칠 의식적으로 홍선을 멀리하고 있던 중이었다.

그는 최근에 와서 회의를 느꼈던 것이다.

(밤낮 쫓아다녀 본댔자 미투리만 닳는다.)

그런 생각이 들었던 것이다. 왕족이라는 바람에, 상사람으로서 그렇게 지체 있는 사람과 사귀는 게 더없이 영광인 까닭에, 그동안 그의 수족 노릇을 다해 왔다.

(하지만 끝이 있을 것 같지가 않다.)

무슨 좋은 미래가 있느냐 말이다. 있을 것 같지가 않았다.

(속셈을 차리자.)

그래 그는 제 고장으로 돌아와 묻혀 있었는데, 원수는 외나무 다리라던가, 하필이면 홍선이 거기 나타나서 봉변을 당하고 있으니 모른 체는 안될 말, 다시 견마지역(犬馬之役)을 자청하고 나선 것이다.
「대감!」
「왜?」
「오늘 외도 한번 시켜 드릴까요?」
「글쎄.」
「싫진 않으신 게로군요?」
「네 말을 믿을 수 없을 뿐이다.」
「믿어 보십쇼.」
「백수건달이 무슨 외도를 하냐?」
「대감이 돈을 가지셨댐 남들이 웃습니다. 왕성은 하시죠?」
「너는 아직도 나를 모르는구나!」
두 사람이 간 곳은 높직한 비탈에 세워진 한적한 여염집이었다.
「이리 오너라!」
호기있게 대문을 두드리는 천희연의 왼편 눈이 찡긋해졌다.
고대광실은 아니지만 제법 짓노라고 진 집이었다.
「여염집 같은데, 기방이냐?」
「신출인데 여자가 꽤 똑똑합지요.」
치렁한 머릿단에 제법 댕기가 붉은 처녀아이가 나와서는 대문을 열어 준다.
「뉘신지요?」
「보면 모르느냐. 귀하신 손님을 모시구 왔다. 안주인 있느냐?」
천희연은 뭣을 믿고 이렇게 마구 호기를 부리는지 모른다.
잠시 후에 젊은 여인이 분주하게 댓돌을 내려오며 그들을 맞는다.
「대감, 누추하지만 안방으로 드시지요.」
허리를 90도로 꺾는 천희연, 작달막한 키를 빳빳이 세운 채 고개만 까딱이는 홍선군 이하응, 천희연은 그다지 반갑지 않으나 대감이라는 사람이 누군지 몰라 황송하게 영접하는 젊은 여인, 분합 끝 기둥에서 깜빡거리는 호롱불, 하늘로 기지개를 켠 처마끝에서 풍경소리가 뎅그렁뎅, 밤하늘엔 달도 별도 없었다.

홍선은 점잖게 안방으로 들어가 아랫목 보료 위에 책상다리를 하고 앉았다.

마루 끝에선 천희연이 주모의 귀에다 입을 대고 속삭였다.

「지체 높으신 대감이시다. 체면이 있으셔서 몰래 변장을 하고 나오시기 때문에 낡은 의관이시다. 알아서 극진히 모시되 실수하면 화(禍)가 미칠 게고, 흡족하게 해드리면 구슬이 서말일 게다. 서둘러 몸단장하고 모시도록 할 것이며, 성미가 어지간히 급하신 어른이시니까 눈치껏 해라. 차마 이런 덴 못 오실 어른인 걸 내가 속여서 모셔 왔으니 내게 대한 치하는 네가 잘된 담에 해도 좋다.」

천희연은 이 말을 끝내고는 방문 밖에 송구스럽게 꿇어앉으면서 안방에다 대고 말한다.

「대감, 남촌의 보잘것없는 솜씨라서 음식이 구미에 맞으실지 모르겠습니다만 소찬을 대찬으로 아시구, 백일주를 천일주로 아시구, 배우지 못한 기녀를 너그럽게 보시구 하룻밤 이 나라 서민의 정성을 받아 줍시오..」

홍선이 대답한다.

「산해진미도 거듭되면 물리더라. 내 좋아서 나온 길, 어찌 그런 걸 가리겠느냐. 어려워들 말고 너도 이리 들어오고, 주모도 들라 하여라. 본시 한량이란 그런 것 가리는 법이 아니니까.」

여인은 새 황초에 불을 당겨가지고 공손한 걸음으로 안방에 들어서며 사뿐히 한 무릎을 세운 채 촛대에다 꽂는다. 그러고는 다시 뒷걸음질로 나가려 한다.

「게 앉거라!」

홍선은 우선 한마디 여인에게 분부했다.

여인이 윗목에 앉으며 허리와 고개를 함께 숙이자,

「이름이나 알자꾸나!」

홍선은 몸을 쉴새없이 좌우로 흔들며 둔중한 음성으로 물었다.

「초월이라 부릅니다.」

「초월? 처음 초(初)에 달 월(月)이라, 그 위에 무슨 성이 붙어야 어울리느냐?」
「심(沈) 초월이올시다.」
여자에게 있어서 음성의 아름다움은 가장 기본적인 것, 높지도 낮지도 않은 영롱한 음성이 명주올의 감촉처럼 부드럽다면 이상적이다.
홍선은 흡족한 언투로 말한다.
「내 많은 기녀를 상대했다만 여기 남촌에 와서 너같이 애쁜 애를 보게 될 줄은 이외로구나.」
여자한텐 우선 예쁘다고 칭찬해 놓고 볼 일이지만 초월은 정말 매혹적인 눈매를 가진 미녀라고 그는 감탄했다.
「아직 경험 부족이라 손님 모시는 게 서툴러도 용서해 주셔야겠어요.」
초월은 얼굴을 약간 붉히며 그런 인사를 하고 있었다. 희고 고운 이를 가진 여자는 정갈해 보여서 꽃으로 치면 흰 백합을 연상케 한다.
방싯방싯 내다뵈는 초월의 잇속은 희고 고르다. 그 희고 고른 잇속을 간간히 상대편에게 보이는 것은 선천적인 교태일까. 아니면 의식적인 행동일까.
홍선은 말한다.
「너는 내 마음에 들 것 같다. 여자는 모든 일에 익숙한 것보다는 서투른 게 좋다. 여자가 매사에 익숙하고 능란하다는 건 늙었거나 때묻었다는 증좌가 아니겠느냐.」
주안상이 들어왔다.
홍선은 천희연에게 말했다.
「이왕 이렇게 된 바에야 너두 들어와서 함께 마시자꾸나!」
엄격한 주종의 사이라는 것을 표시하고는 그러나 허물없이 대작한다는 이른바 인간미를 과시해 보인 홍선은, 갑자기 엉뚱한 화제를 꺼낸다.
「참 요새 백성들 살기가 퍽 어려워진 모양이지? 봄에는 호남, 영남에 민란이 일더니 이번에는 제주에서 또 일어나고 함흥에서도 소요가 일었으니 서울의 민심도 별수없이 흉흉할 게 아니냐?」
천희연은 무릎을 꿇은 채 잠깐 홍선의 말뜻을 생각해 보다가,

「대감, 이런 태평성세에 백성인들 무슨 불평이 있겠습니까. 제 미련한 짐작으론 아마도 민심을 자극해서 장난질을 치는 놈들이 있는 듯 싶습니다.」

천희연은 송구스런 태도로 그런 말을 했다.

홍선은 몸을 좌우로 쉴새없이 흔들면서 눈을 지그시 감는다. 그리고 말한다.

「아니다, 내 다 알고 있다. 최근 대소관원의 행패가 버쩍 심해졌다는 소문이 떠돈다. 백성이란 순진해. 풍년이 들었어도 나락을 타작마당에서 다 빼앗기는 형편이 없겠느냐. 내 다 안다. 상감을 빼놓고는 너나없이 다 도둑놈들이야. 백성들이 떠드는 건 당연하다. 안 그러냐? 초월아!」

초월이 당황하면서 말한다.

「저야 뭘 알겠사오니까만, 대감, 살기가 점점 어려워지는 것만은 틀림없는 듯싶사옵니다.」

홍선은 길게 한숨을 뿜으며 뇌까린다.

「하루속히 바로잡아야겠는데 큰일이로고. 자아 오늘은 번거로운 정사는 잊고, 초월이 따르는 술이나 마실까?」

홍선은 천희연과 시선이 마주치자 빙그레 웃었다.

그는 그런 몇 마디로 일석이조의 실효를 노렸다.

자기의 지체가 얼마나 높은가를 암시했으며, 나약한 임금을 둘러싸고 척족 일당이 얼마나 문란한 정사를 하고 있으며 관의 횡포가 얼마나 심하기에 그처럼 순진한 백성들이 연속적인 소요를 일으키겠느냐는 선동을 의식적으로 한 것이다.

「내 기방에 와서 별소리를 다 꺼냈구나. 초월아, 그녀석도 한 잔 따라줘라.」

여론은 유항(遊巷)에서부터 번져 나가는 줄을 그는 알고 있는 것이다.

천희연은 몇 잔 얻어마시더니 슬며시 자릴 피했다.

「자아, 아무도 없으니 내 옆으로 오려무나! 어서, 어려워 말고.」

홍선이 손을 내밀자 초월은 살풋이 일어나서 술상을 옆으로 밀어 놓는다.

남갑사(藍甲紗)의 치맛자락이 제 발에 밟혀 허릿단이 부드득 뜯어진다.

「어머나!」

초월은 귀밑까지 붉히며 제 경망을 부끄러워했으나 남자의 눈엔 그런 순간이 가장 애가 타기 마련이다.

초월은 적당히 사양하고 적당히 순응할 줄을 아는 여자였다.

홍선의 옆으로 와 앉으면서 몸을 가볍게 기대 보인다.

「어느 대감이신지는 모르겠사옵니다만 대감을 모시게 돼서 분에 넘치는 영광이와요.」

여자의 말에 홍선은 껄껄 웃었다.

「내, 몰래 나온 길이니 어느 대감인진 밝힐 수 없다만 네 속살이 참 보드랍구나.」

계절에 분계선은 없다.

늦가을인지 초겨울인지 얼른 분간이 안 가는 절후, 쌀랑한 밤은 조용히 깊어 가고 있었다.

새로 켜 놓았던 황촛불은 어느 틈에 반넘어 타들어 갔다.

「촛불에 불똥이 저렇게 크면 경사가 난다더라.」

홍선은 여자의 가는 허리를 안고 비스듬히 몸을 뉘면서 한손으로 그 토실한 둔부를 토닥거려 준다.

「제게 무슨 경사가 있겠사오니까. 대감을 모시는 게 경사이긴 하겠지만서두.」

초월은 그러나 남자의 품에서 빠져 나가려고 가벼운 반항을 시도한다.

「꽃에는 향기가 있다. 꽃에 따라서 그 향기가 다 다르다. 여자에겐 여자의 내음이 있다. 여자마다 여자의 내음이 다 다르다. 초월이, 네 내음은 신비롭구나!」

홍선은 여자의 가슴을 풀어 헤치며 후각을 날카롭게 세웠다.

여자는 아직도 가벼운 반항을 시도했다.
「대감, 상 물리고 금침을 깔겠어요.」
홍선은 여자의 가슴 위에다 이마를 비볐다.
「대감이고 곶감이고 가만히 있거라. 상은 낼 아침에 물리고 금침은 이따가 깔아라. 네게는 경사, 내게는 즐거움, 귀찮은 절차는 필요없다.」
그러나 초월은 발딱 일어나 앉았다. 헤쳐진 앞가슴을 여미면서 한마디 다짐할 말이 있다는 것이다.
「대감껜 한낱 도락이지만 제겐 파계예요. 도락은 즐거웁지만 파계는 정신적인 자세와 마음의 고통이 따르게 마련 아니겠어요? 이왕 제 집에서 쉬실 바엔 주인의 의사도 존중해 주셔야죠.」
여자의 말에 홍선은 속으로 뇌까렸다.
(만만치 않은 계집이라는 겐가?)
홍선도 상반신을 일으키며 그러나 더욱 조급한 마음으로 말한다.
「파계라? 기녀의 파계라? 기녀에게도 계율이 있었더냐?」
여자는 일어서려다가 말고 홍선의 반문을 가볍게 받아넘긴다.
「기녀이기 전에 여자입니다. 여자이기 전에 신자입니다. 신자에겐 엄숙한 계율이 있습지요.」
홍선은 긴장했다.
「신자라니 너두 천주쟁이냐?」
초월은 담담하게 대답한다.
「지아비가 없으니 누구한테도 미안스럽지는 않죠만 주님의 가르침은 음탕하지 말라 하셨습니다.」
그 말에 홍선은 껄껄거리고 웃어 준다.
「그럼 주님이 너더러 기녀노릇을 하랬더냐?」
그 말에 초월은 가벼운 노기를 보여 준다.
「기녀는 살기 위한 하나의 처신이 아니오니까? 주님은 남의 물건을 훔치지 말고, 남에게 구걸하지 말라고 가르치십니다요. 마음을 깨끗이 갖고 몸 정(浄)하게 가지면 기녀인들 뭐 부끄럽겠습니까?」
싸늘한 화제였으나 초월은 의무인 양 방을 훔치고 금침을 내렸다.

그리고는 거울 앞에 앉더니 얼굴을 매만졌다. 일어서더니 저고리를 벗어서 횃대에 건다. 치마를 벗으려다가 돌아서며 말한다.
「대감, 그렇게 보지 마세요.」
자정이 넘었을까.
원앙금침이라지만 연초록의 보드라운 명주로 된 평야가 방 안에 펼쳐졌다.
초봄의 금잔디가 부드럽다손 명주만큼이야 부드럽겠는가.

펼쳐진 명주의 벌판 위에선 누가 어떤 난폭한 운동을 하더라도 바스락소리 하나 일 것 같지 않았다.
구름처럼 무게라곤 없는 햇솜이 그 벌판에 깔리고 그 솜 벌판 위에 탕자 홍선이 자기의 내연(內燃)하기 시작한 육신을 던져 놓은 채, 눈앞에 어른거리는 쾌락의 불길을 바라보고 있는 것이다.
「대감, 불을 끌까요?」
여자는 왜 그런 걸 일일이 물어야 할까. 끄고 싶으면 손바닥이라도 일으켜 홱 꺼버리면 그것으로 다른 하나의 세계에 돌입하게 되는 것인데, 왜 일일이 그런 걸 물어야 하는가.
「나는 매사에 어둔 것을 좋아 안 하는 성미야.」
홍선은 매사에, 특히 쾌락에 있어서 시각적인 충동을 중요하게 여긴다.
「촛불은 네가 끄지 않아도 다 타면 저절로 꺼지게 마련이야.」
이 말에 여자 초월은 반딧불같이 반짝이는 웃음을 보이고 비단 잔디의 초원으로 조심조심 걸어 들어왔다.
목을 지키고 있는 포수, 포수 앞으로 접근해 오는 꽃사슴, 포수는 총을 던지고 사슴을 답삭 안아 그 아름답고 부드러운 눈과 털을 완상하기 시작했다.
감촉의 쾌락은 계시처럼 천국의 문을 열어 준다. 그리고 황홀한 신기루를 머릿속 원형 무대에 펼쳐 주었다.
남자는 여자의 가슴을 헤치고 탐스런 두 언덕 사이에 매끄럽게 패인

골짜기에다 얼굴을 묻으면서 감탄했다.
「이 유두엔 아직 어린애 입이 닿지를 않았구나!」
남자의 욕정으로 격앙된 촉각은 골짜기에서 언덕으로 언덕에서 능선으로, 그리고 무성한 초원으로 구도자처럼 방랑을 거듭하기 시작했다.
그것은 이미지의 방랑이기도 했다.
방랑하는 자에게 환상적인 이미지가 없으면 그것은 이미 낙원을 상실한 거지의 행각이다.
육체적인 욕망인 방랑인들 정신의 유열을 환상하는 이미지조차 없을건가.
여자는 두 눈을 지그시 감은 채, 하늘 저쪽으로 날아가는 귀여운 새들을 쫓는 듯한 표정으로 뇌까린다.
「하룻밤을 자구 가더라도 만리장성은 쌓아야 한다는데 대감이 어느 대감이신지나 알아야 하잖아요.」
남자는 이미 육체화되기 시작한 신기루가 홀연히 꺼져 버릴 것을 두려워하면서 대답했다.
「대감은 금관조복을 입고 대감이지, 배수(背水)의 진(陣)을 친 낭떠러지 끝에 서 있는데 대감이 무슨 대감이냐!」
여자는 그 말에 웃지도 않고 장엄한 표정을 하더니 아랫입술을 지그시 깨물었다. 배수의 진은 치열한 공방(攻防)을 전제한 포진이다.
그러나 배수의 진은 필요 이상의 포진일 경우가 있다. 상대가 무방비 상태일 때 배수의 진을 친다는 것은 웃음거리에 지나지 않는다.
홍선은 어려서 높은 감나무 가지에 오른 일이 있었다. 초겨울이었던 듯싶다. 높은 감나무 가지에는 농익은 감 한 개가 대롱 매달려 있었다. 그것을 따먹으려고 허위단심 나무에 올랐다. 그러나 감이 손끝에 닿을 듯 말듯 했을 때 가지가 흔들렸던지 꼭지가 저절로 떨어져 감은 땅으로 낙하했다.
밑에서 흔들기만 했어도 떨어질 감을 따려고 나무끝까지 올라갔던 것은 지나친 적극성이었다.
초월은 예상보다도 터무니없이 녹록한 여자였던가.

그러나 초월은 상대가 대감이라는 바람에 지나치게 조심했고 너무나 어려워하는 눈치였다.

따라서 초월은 던져진 위치에서 놓여진 자세대로 닥쳐 올 운명을 기다리는, 한낱 의지를 잃은 여체(女體)에 불과했다.

남자의 촉각은 거침없이 방랑하기 시작했다.

길을 막는 아무런 방해자도 없는 것은 오히려 싱겁다. 길은 어디든지 있는 것이다.

가면 길, 벌판을 지나고 무성한 초원을 거쳐 깊숙한 늪 지대를 건너고 또 가면 신작로가 있을 수도 있는 것이다.

남자는 대화가 필요했다.

「몇 살이냐?」

여자는 잠꼬대처럼 대꾸해 온다.

「꼭 아셔야 하나요?」

남자는 싱겁게 웃어 버린다.

「몰라도 되지만.」

여자의 모아 세운 두 무릎에는 의지(意志)가 직결돼 있어야 한다.

의지의 반영 없이 개폐(開閉)되는 여자의 두 무릎은 권태가 아니면 체념인 것이다.

거기엔 생명이 없고, 이미지가 없어서, 욕망을 잃은 치인(痴人)의 웃음처럼 싱겁기가 짝이 없는 것이다.

남자는 힘없이 무너지는 여자의 두 무릎에서 허전감을 느꼈다. 처음 대하는 여자의 무릎이란 공격의 대상이라야 한다. 여자의 무릎은 성채와 같은 것이라고 그는 생각한다. 성채만 정복하면 그 전쟁은 승리로 끝나는 것인 줄로 알고 있다. 그는 정말 싱거운 생각이 들었다.

무방비 상태의 성채를 공격하는 것처럼 실감 안 나는 전쟁은 없는 것이다.

번번이 전투 태세를 갖춰야 하는 추선에게 더할 수 없는 죄의식을 느끼면서 이것은 정(情)과 욕(慾)의 차이라고 생각했다.

그는 나이 사십이 훨씬 지난 오늘에 와서야 비로소 정과 욕의 판별을 가늠하게 된 것 같아 어이가 없었다.
　추선과의 정사는 우정이며, 관용이며, 친애의 극한적인 표현이었다. 그것은 도취이며, 열락이며, 하나의 예술이었다.
　거기엔 정신의 승화가 있고 감정의 극치가 있는 것이다.
　그러나 지금 초월과의 이 단순한 행위는 육욕 이외의 아무것도 아니며, 상한 날개로 퍼덕이는 지둔한 비상처럼 힘이 들었다.
　우뢰가 아니었다. 천장에서는 우르르 쥐가 소동을 떨었다. 벌판에는 거센 바람이 일고 있었다. 끝없는 지평선 저쪽에서 리드미컬한 신음소리가 가냘프게 바람을 타고 들려 오기 시작했다.
　남자는 또 대화가 아쉬웠다.
　「너 정말 서방이 없느냐?」
　여자는 고개를 옆으로 돌리며 반문했다.
　「꼭 아시고 싶으세요?」
　남자는 두 손으로 대지를 짚으면서 중얼댔다.
　「몰라도 되지만.」
　시간이 얼마나 흘렀을까.
　그는 간단한 구실이 필요했다.
　「내가 너무 취했나 보다.」
　열을 확확 뿜어 대는 지열에 그는 땀을 흘리고 있었다.
　여자는 입술을 깨물면서 대답이 없었다.
　「내가 너무 취했어.」
　그는 다시 한번 뇌까리며 마치 회신(灰燼)된 불더미 위에다 침이라도 뱉는 심정으로 여자의 이마에다 입술을 눌렀다.
　도리질을 치면서 짜증을 내는 여자.
　「저 스물 여섯이에요.」
　여자는 별안간 자기의 나이를 실토했다.
　「한창 좋은 나이구나!」
　남자는 마치 구경 간 제단 앞에서 무릎을 꿇듯이 마음에도 없는 찬탄을 발했다.

그리고는 잠깐 근심해 본다.
(천희연 이놈 어딜 갔나?)
홍선은 문득 불안한 생각이 들었다.
(천희연이 돈을 마련해 와야 밝는 날 아침에라도 이 집을 나갈 수 있으렷다!)
「무슨 딴 생각을 하구 계신가 보죠?」
이때 여자는 샐쭉한 표정으로 남자의 허리를 죄면서 항의를 했다.
「음! 음, 아니다. 오늘 아침 평양 감사가 하던 말이 머리에 떠올랐구나.」
남자는 입에서 나오는 대로 지껄였다.
「무슨 말씀인지 제가 알아선 안 되나요?」
그는 입을 여자 오른편 귀에다 갖다 댔다.
「송사 얘기다. 지아비가 있는 여자가 외간 남자와 밀통을 했는데, 핑계가 좋아서 벌을 줄 수가 없었다는구나.」
「무슨 핑계였는데요?」
남자는 자꾸 캐어묻는 여자의 귓불을 잘근 씹어 주고는 대답했다.
「"밤이면 사내 구실도 못 하는 지아비한테 가계를 잇게 해 달랄 수도 없는 일, 여자가 아이를 못 낳는 죄는 칠거지악의 하나라는데, 사또께선 저더러 칠거지악을 범해서 친가로 쫓겨가라고 권하는 겁니까?" 하고 덤비는 바람에 판관이 할말을 잃었다더구나.」
「서방이 병신이었나 보군요.」
「그래, 사또가 물어 봤다는군.」
「뭐라구요?」
「혼인한 지가 얼마나 되느냐구 말이다.」
「한 십 년 됐다나요?」
「석 달이 채 못 됐다고 대답하더라더구나.」
「어머!」
「사내의 살만 닿아도 아이가 생기는 줄 알았던 모양이야. 아이가 생기면 이튿날 낳는 줄로 알구. 그러니 석 달이면 비상 수단이라도 써 볼 만

하지. 하하하?」
「정말일까요?」
「시집가기 전에 왜 그런 것두 몰랐느냐고, 사또라는 자가 야단을 쳐 보니까……」
남자는 이마에 흐르는 땀을 손등으로 씻고는 말을 잇는다.
「여자의 하는 말이 "친가 어머님 말씀이 첫날밤에 신랑이 애기를 점지하려고 덤비면 순순히 몸을 맡기라구 하셨는데, 한달 두달 석달이 가깝도록 밤마다 서방은 땀을 뻘뻘 흘리며 애를 쓰는데도 아이는 못 낳구, 해서 죽기 아님 살기루 외간 남자를 봤사옵니다." 하더래나.」
「바보군요, 여자가?」
「바보? 그 여자가? 바볼까?」
그 여자를 바보로 규정하는 초월이 더욱 바보 같아서 사나이는 일단 이야기를 중단하고 오로지 습관화된 동작에 몰입해 보는 것이었으나, 그러나 여자의 다음 말은 전연 달랐다.
「그 색시 참 멋이 있는 여자군요. 사또 앞에서 그렇게 둘러칠 수 있었다면.」
여자의 감기는 눈에는 포도알을 씹는 순간의 표정이 깃들기 시작했다.

가슴을 헤치고 전주全州 이가李哥다

　이때 여자는 휘파람 같은 한숨을 뽑으면서 두 팔을 명주벌판에다 던졌다.
　그리곤 감각의 동문(洞門)에서 미풍처럼 불어 오는 욕망의 냄새에 스스로 취하는 듯했다.
　「평양 같은 색향(色鄕)엔 있음직한 얘기다.」
　한참 만에 남자가 그런 말을 하자 여자는 바닥에 던졌던 한쪽 팔을 번쩍 들어 그의 둔부를 소리나게 때렸다.
　「말씀이 많아요, 대감.」
　길 가다가 졸던 사람이 깜짝 제정신을 차리고 다시 동작을 하는 것처럼 남자는 산만했던 의식을 법열(法悅)에로 집중시키며,
　「이놈, 대감의 볼기를 때리다니 천하에 고얀놈이로고!」
　호령은 했으나 위신은 말이 아니었다.
　정말 말이 많으면 안 되는 것이었다.
　여자의 혈색엔 광택이 있었다. 모든 곡선과 돌출부는 인력과 법열의 하모니를 이루며 리듬을 더해 갔다.
　이윽고 여체의 내부에선 새로운 물결이 파도치기 시작했다.
　그 물결은 서서히 밀려오다가 갯가에서 바위에 부딪치는 바람에 흰 물보라를 하늘로 뿌리며 폭발했다.
　그렇게 해서 전달되는 지동은 남자의 허리, 팔, 가슴, 입술 그리고 두뇌에 아릿한 경련을 일으키고야 말았다.

이튿날 느지막하게 밖으로 나온 초월은 뜻 않은 이야기를 듣고 어이가 없었다.

먼 조카로서 잔심부름이나 시키려고 데려다 둔 난이가 간밤에 당했다는 것이다.

'안방에 있는 대감'을 모시고 온 녀석한테 별수없이 당했다는 것이다.

아랫방에서 따로 한 상 받은 그녀석한테 들락날락 시중을 들어 주다가 어처구니없게 당했다는 것이다.

그리고는 심적 충격에선지 아침 일찍 시골에 있는 제 집으로 가 버렸다는 것이다.

늙수그레한 찬모는 마루끝에서 초월의 귀에다 소곤거렸다.

「내 눈엔 아무래도 수상해요. 무슨 대감이 저렇게 다 떨어진 가죽신을 신구 다닌대죠? 술값 받기 전엔 내보내지 마세.」

미상불 댓돌에 놓인 홍선의 가죽신은 형편없이 거덜이 나 있었다.

초월은 찬모의 관찰을 무시할 수 없었다.

그뿐 아니라, 찬모는 '그녀석'을 안다는 것이었다.

난이를 겁탈하고 새벽에 자취를 감춘 그녀석을 알고 있다는 것이다.

「묵동에서도 이름난 건달이에요. 그런 녀석이 무슨 대감을 모시구 댕기겠어요? 한동안 낯짝두 못 보겠더니 또 나타났네요.」

초월은 찬모의 이야기를 듣고는 고개를 끄덕였다. 그리고 얼굴이 붉어졌다.

(그렇다면 안방의 그 작자는 대감이 아니라 단순한 건달이었던가!)

속았다면 정말 분한 노릇이었다.

부끄러운 일을 저지른 것이다.

대감이 체면상 변복을 하고 나왔다기에 정성을 기울여 모셨고 정열과 재간을 다해서 잠자리를 꾸몄던 것이다.

이래도 이래도 네가 나한테 녹지 않겠느냐는 듯이 밤을 밝혀 가며 그를 흡족하게 했던 것이다.

(그런데 그 자가 대감이 아니었다는 건가!)

초월은 안방으로 들어오자 아직 잠들어 있는 사나이의 얼굴을 세세히 뜯어보고 있었다.
 아침 햇살에 보니 아닌게아니라 권력과 돈을 가진 사람의 그 피둥한 얼굴이 아니었다. 가무족족하고 까슬한 얼굴은 아무래도 대감의 모습일 수가 없었다.
 횃대에 걸린 옷을 봐도 그렇다.
 밤엔 그저 때묻은 헌옷이거니 했는데, 아침에 보니 도포자락은 낡을 대로 낡고 벽에 걸린 것만 하더라도 부옇게 퇴색한 것이 시골 나무꾼의 나들이 갓 정도였다.
 그뿐인가. 아무리 기녀라도 대감이면 정이품 이상이고, 정이품 이상의 높은 지체라면 갓끈은 의당 호박이어야 한다는 것쯤은 알고 있는 것이다.
 그런데 벽에 걸려 있는 갓끈은 호박은 고사하고 금패도 아니고 어이없게도 철늦은 참대끈인 것이다.
 뿐인가. 망건에 달린 관자도 보니 그게 아니었다.
 대감이라면 도리옥관자를 붙여야 하는 것으로 알고 있다.
 도리옥이 아니면 도리금관자라도 붙여야 하는 것으로 알고 있다.
 그런데 머리맡에 벗어 놓은 망건의 저 관자는 뭔가, 송진관자다.
 (송진관자를 단 대감도 있었던가?)
 초월은 기가 막혔다. 속은 게 분했고, 제 몸뚱이가 어떤 백수건달한테 속아서 너털웃음을 웃은 것이 치가 떨렸다.
 이름도 뼈다귀도 모를 백수건달을 안방에다 들여놓고 밤새도록 마치 궁녀가 임금한테 시침이나 하는 것처럼 받들어 모셔가며 조심스럽게, 그러나 갖은 기교와 정열을 다 쏟아 가며 팔자 고칠 궁리를 했으니 생각할수록 기가 막히는 노릇이었다.
 초월의 부석한 눈엔 갑자기 독기가 서렸다. 초월은 불현듯 사나이한테로 다가앉으면서 그의 어깨를 마구 흔들었다.
 「여보세요, 이봐요. 고만 일어나세요!」
 일으켜 앉혀 놓고는 한바탕 따질 모양이다.
 흥선은 잠결에 누가 자기를 흔들어 깨우는 기맥을 깨달았다.

가슴을 헤치고 전주全州 이가李哥다 239

그는 눈을 감은 채 곰곰히 간밤의 일을 더듬어 보다가 입속에 도는 쓴 침을 삼켰다.

「여보세요, 이 냥반이 낮밤두 분별을 못 하나.」

여자의 이런 말을 귀에 담자, 그는 사단은 또 벌어진 것이라고 짐작을 했다. 그렇지 않고서야 제말대로 대감한테 그처럼 함부로 버릇없는 말을 할 턱이 없는 것이다.

아니나다를까 홍선이 기지개를 켜고 느릿느릿 일어나 앉으며 괴춤을 여미고 허리띠를 매고 하는 동안 초월의 시선은 그의 일거일동을 시큰둥하게 지켜보고 있는 것이 피부로 느껴졌다.

그러나 홍선은 태연히 소리쳤다.

「이 집엔 자리끼도 없느냐? 난 아침이면 잣죽과 수정과를 한 모금씩 마시는 습관이 있다. 잣죽과 수정과를 말이다!」

홍선은, 벌레 씹은 표정을 하고 있는 여자를 흘낏 보고는 또 한번 큰 소리를 친다.

「내 하인이란 놈은 어딜 갔느냐! 아침 문안도 없이 아직도 자진 않을 텐데. 이놈 어딜 갔느냐 말이다!」

그는 눈만 껌벅거리고 앉아 있는 초월에게 여유를 주지 않고 또 호통이다.

「소셋물 떠 오너라! 어, 간밤에 지나치게 취했었나 보다! 소셋물 떠 오너라!」

그는 금침을 발로 밀어 버리면서 여자의 코끝을 손가락으로 집어 배틀고는 또 당당히 할말이 많다.

「내 오래간만에 계집다운 계집을 만난 것 같다. 너를 잊지 않겠다. 애, 너 하옥대감을 혹시 아느냐? 영의정 김좌근대감 말이다. 그 하옥은 원래 여자란 거들떠보지도 않던 도학자였다. 허나, 잠자리에 능한 계집한테 걸리니까 별수가 없더라. 너, 나합을 아느냐? 알겠지. 천하를 호령하는 여걸이니까 알겠지. 그 나합도 본시는 너처럼 한낱 천기였다. 어떻게 하다가 우연한 기회에 하옥을 하룻밤 모시고는 그의 총애를 독점한 게다. 하옥은 이 나라의 모든 실권을 쥐고 흔드는 영의정, 그 영의정을 쥐고 흔드는 게 나합이다. 다시 말하면 지금 조정은 그 나합의 손아귀에서 꼭두각시처럼 놀아나고 있다. 육조판서의 모가지까지 나합이라는 계집이 맘대로 붙이고 떼고 하는 판국이다. 평안감사도 나합의 버선코에다 대고 이마를 조아려야 명맥이 유지된다. 병마절도사도 나합 앞에선 한낱 졸장부. 아무개를 어디 현감으로 보내시오, 이 한마디로 그의 치마폭에는 몇만 냥의 금은보화가 굴러든다. 대청에 앉아 남산이 안 보인다고 고래등 같은 사랑채의 기둥을 잘라 용마루를 낮췄다더라. 백미 스무 섬 밥을 물고기 먹이로 한강에다 마구 뿌리는 여자다. 알고 있겠지? 너 그 나합의 권세와 영화를 들어 알고 있겠지? 알고 있을 게다. 그런 권세와 영화가 어떻게 생겼겠느냐? 그게 다 늙은 하옥을 밤에 하체에 꿈실꿈실 목을 졸라대며 후려대는 계집의 재간 하나로다. 계집의 힘이란 그렇게 무섭다. 삼천리 땅덩이를, 천 이백만 백성을, 배꼽 세 치 아래에다 몽땅 삼켜 버릴 수 있는 게 여자의 힘이다. 부처님도 여자의 그 얘길 하면 웃는다더라만, 예나 이제나 권력 가진 사람들이 처첩 하나 잘못 거느리면 나라를 망쳐 놓는 게다. 애 초월아! 너 간밤의 그 기법은 천하의 일품이더구나. 혹시 내 너를 귀엽게 대하더라도 나합과 같은 그런 요부는 안 되겠지? 분복을 모르고, 나라를 생각잖고, 백성을 괴롭히는 그런 요부는 안 되겠지? 허긴 내 지금 이 나라의 영의정이 아니면서 미리 이런 다짐을 하는 건 성급한 성미 탓이다만, 애, 넌 나합과는 다른 여자렷다!」

　홍선이 필요 이상으로 장황하게, 준열하게 열을 올리는 까닭은 뭣일까.

　홍선은 나합의 영화와 권세를 이야기하면서 은근히 김좌근을 욕했고, 김좌근을 욕함으로써 척신들의 횡포를 매도했고, 척신들의 횡포를 매도함으로써 민심을 선동하는 3단계의 효능을 의식했는지도 모른다.

　그리고 근본적인 목적은 지금의 인질 상태에서 벗어나기 위한 하나의 포석이었음은 물론이다.

　그러나 사건은 그렇게 만만히 수습되지는 않았다.

　천희연은 그날 저녁 무렵이 되도록 다시 나타나지 않았던 것이다.

(이놈이 돈 마련이 안 되는 모양이군.)

홍선은 하룻밤 그 집에서 더 묵을 것을 각오하지 않을 수 없었다.

그는 초월에게 말했다.

「이녀석 어딜 갔기로 꿩 귀먹은 소식인가. 갑자기 무슨 긴급한 일이 생긴 게로군!」

천희연이 나타나야 돌아가겠다는 의사를 밝히고는,

「내 이 나이가 되도록 혼자서는 발바닥에 흙을 묻혀 본 일이 없구나, 그럴 줄 알았더면 남여를 타고 나올걸. 실인즉 그 하인놈들 입초시에 오르내리기가 싫어서 몰래 나왔더니 막막하구나.」

천연스럽게 자기의 높은 신분을 강조하니까,

「댁이 어디신지 사람을 보내 볼까요?」

초월은 제법 근심어린 말투로 나왔고,

「안 될 말, 그렇게 되면 내 체면이 말이 아니다. 아무래도 혼자 걸어가야 하겠는데, 난생 처음 남촌 구석에 와 박혀 보니까 도시 동서남북도 모르겠구나. 그리고 내가 직접 엽전꾸러미야 차마 가지고 다니겠니. 그 녀석이 와야 네게도 후히 술값을 치르겠고.」

홍선의 이 말에는 초월도 별수없이 다른 술손들을 물리치고 하룻밤 더 그를 접대할 각오를 해야 했다.

홍선은 또 하룻밤을 잘 마시고 먹고 잘 놀았다.

그러나 어찌 된 셈인가.

그 이튿날도 진종일 천희연은 나타나지를 않았다.

홍선은 별 도리없이 하룻밤을 묵고 나니까 짐은 더욱 무거워졌고, 그곳에서 빠져 나갈 일이 한층 난감해졌다.

사흘을 지내고 나흘이 됐으나, 천희연은 역시 감감소식이다.

닷새가 되니까 홍선보다도 더 답답해진 것은 초월이었다.

아무래도 진짜 대감은 아닌 것 같다.

그러나 괄시를 했다가 만의 일이라도 진짜라면 후환이 두렵다.

그렇다고 그를 안방에 둬 두고 다른 술손을 받을 수도 없는 일, 당장 영업을 할 수 없으니 술값은 고사하고 자연스럽게 쫓아낼 일을 궁리해야 했다.
　석양이 중마루에 비낀 저녁 무렵,
「안방은 사면이 막혀서 좀 답답하실 텐데 건넛방으로 옮겨 드릴까요? 대감.」
　초월은 홍선에게 넌지시 그런 제안을 했다.
「허긴 그것도 괜찮겠다! 그렇잖아도 좀 답답하구나.」
　홍선은 쾌히 승낙하고 중마루가 높은 건넛방으로 옮겼다.
「웬 불을 이렇게 땠느냐! 방문을 좀 열어 놔라!」
　남창을 열어 젖히니까 나지막한 담장, 담장 너머로는 앞집의 뒤뜰이 빤히 보인다.
「저 집은 뭣 하는 집이냐?」
「여염집이옵니다.」
「그래? 그럼 저 여인은 남편이 있겠구나?」
　마침 앞집 뒤뜰을 날렵하게 걸어가는 남빛 스란치마의 날씬한 몸매가 아른거리고 있다.
　상반신은 보이지가 않는다. 치맛자락을 여며잡은 손, 섬섬옥수, 눈보다도 더 흰 버선, 꽃무늬의 미투리, 사뿐사뿐 걸어가는 발놀림, 상반신은 보이지 않아도 어지간한 미인인 것 같다.
「몸매며 걷는 맵시며, 괜찮은 여자 같구나.」
　홍선이 흥미를 보이니까,
「소문난 청상과부지요. 뭇 한량들이 다투어 찝적거리는데 막무가내예요. 대감이라면 제가 당장 성사시켜 드릴 수도 있죠만.」
　초월은 은근히 선정의 바람을 일구고 있다.
　홍선은 말했다.
「미색을 두고 동(動)하지 않는 녀석을 가리켜 뭐래더냐?」
　초월은 대답한다.
「제 계집 치맛그늘에서 사는 졸장부라지요.」
　홍선은 목을 쑥 빼고는 아랫집 뒤뜰을 내려다보며 말한다.
「젊은 과부란 큰일집 음식과 같다더구나. 먼저 먹는 놈이 임자라더라.」

초월은 서슴지 않고 대답한다.

「대감의 왕성하신 식성엔 놀랐습니다. 본시 여자란 투기가 심한 법, 저라고 그만 투기도 없겠사옵니까만 대감 식성대로 봄엔 맛살, 여름엔 가리맛조개, 갈겨울엔 전복, 홍합, 사시절의 조개찬쯤은 대령해 드려야 할 것으로 압니다.」

홍선을 껄껄 웃으며 대거리한다.

「하하하, 네 넉살도 나주조개만 못하지 않구나!」

「나주조개는 또 어떻게 생겼사오니까?」

「구미를 돋우게 생겼더라. 진미는 나도 모르고 하옥대감만이 알 게다.」

초월은 그 말뜻을 알아듣지 못했다.

합(閤)은 합(蛤)과 음이 같다. 나합을 가리켜 나주조개라고 한다던가, 그래서 홍선은 하옥만이 나주조개의 진미를 안다고 대답했다.

초월은 아랫집 뜰을 시선으로 가리키며,

「대감, 그럼 지가 아까 그 일을 꾸며 볼까요?」

마루를 내려서다 말고,

「허지만 하룻밤을 앞섰어도 구정은 구정, 신정에 홀리셔서 구정을 잊진 않으시겠죠?」

완연히 투기를 나타내 뵈는 초월의 눈자위가 헬끔 석양을 받아 빛났다.

「아무렴, 자넬 잊을 리 있나.」

홍선은 콧털을 뽑고 있었다.

일이, 까다로운 일이 너무나 순조로울 땐 일단 경계를 해야 하는 것이다.

그러나 사람들은 매사 순조로운 일엔 경계하지 않고 만족하게 마련이다.

대문 밖으로 나갔던 초월은 한참 만에 돌아와서 홍선에게 말했다.

「대감 염복(艶福)이 터지셨어요. 그럼 저하구 가실까요?」

옆집으로 가자는 것이다.

볼모가 되다시피 했던 홍선은 우선 이집 대문을 빠져 나갈 수 있다는 것만이 후련해서 선뜻 초월의 뒤를 따라 나섰다.

「애긴 잘 됐나?」

「첨엔 펄쩍 뛰더니 대감이시라니까 솔깃해 하더군요. 아무리 반반하기루 제가 무슨 팔자에 대감을 모실 기회가 달리 있겠어요.」

깔끔하게 꾸민 집이었다. 중문을 들어서서 뒤곁으로 도니까 별채처럼 조용한 방이 하나 있었다.

(여자의 정절이란 이렇게도 어수룩한 겐가?)

홍선은 아랫목에 깔아 놓은 보료 위에 좌정을 하면서 웃음보다는 의분을 느꼈다.

홍선 그는 서민 사회에 있어서 '대감의 위력'이 얼마나 절대적인가를 새삼 발견한 듯싶어 불쾌하기까지 했다.

(어떤 여잘까?)

잠시 후에 문을 방긋이 열고 들어온 여자는 날아갈 듯이 홍선에게 절을 하고는 아미는 숙인 채 '대감'의 분부를 기다리고 있었다.

틀어올린 머리, 엷은 화장기, 세련된 몸매, 풍기는 취향, 여염집의 젊은 과부로는 지나치게 미끈한 것 같았다.

「이리 내려오너라, 어려워 말고.」

홍선이 손을 내밀었으나, 여인은 부스스 일어나더니 방문을 연다.

방문 밖 툇마루엔 간단한 주안상이 이미 마련돼 있었다.

정말 그렇게 순조로울 수 있는 것인가.

그날 밤 홍선은 역시 거나하게 취해서 갓망건을 벗고, 행전과 버선을 뽑고, 여인의 손목을 잡아낚는데 가만 있자, 홍선은 주저했다.

아무리 하룻밤 인연이건, 잠시동안의 인연이건 인연을 맺는데 아직 여자와의 대화는 고사하고 음성조차도 들어 보지 못했다.

여자는 침묵 일관이었다. 홍선이 무슨 소리를 하든지 침묵과 미소와 그리고 알쏭한 시선으로 응대했을 뿐, 아직 한 마디의 음성도 들려 주지를 않았다.

홍선은 여자를 낚아 앉힌 다음 새삼스럽게 물었다.
「대관절 넌 시종 말이라곤 없으니 벙어리냐?」
여자는 역시 얼굴을 붉히며 잔자로운 미소를 흘릴 뿐이다.
「초월이한테 네 얘긴 대강 들었다. 혼자 된 몸이라는 얘기. 서방은 언제 죽었느냐?」
여자는 역시 침묵. 그러나, 얼굴에선 그 잔자로운 미소를 싹 거둬 버린다.
「내가 괜한 소릴 했구나. 네겐 할말이 없고, 내겐 할말이 있고. 어서 옷 벗고 자리 속으로 들어라! 어서 어려워 말고.」
여자는 다시 잔자로운 미소, 얼굴에서, 온몸에서 꽃바람이 일어나듯 염기가 발산한다.
홍선은 날쌘 동작으로 여자를 포옹했다.
그는 미지의 여체를 점유하는 기쁨으로 해서 눈앞이 캄캄하리만큼 흥분했다.
「자아, 어려워할 것 없다. 지금 서울 장안 모든 지붕 밑에서 그럴 만한 사이의 남녀들은 제 소망들은 좇고 있을 게다.」
홍선은 쾌락의 자극과 법열 전의 질식감으로 해서 소년처럼 몸부림을 쳤다.
그는 애욕의 여행을 떠나기에 앞서, 수치의 포로가 된 성싶은 여체를 애무라는 신화로 설명하기 시작했다.
엷고 보드라운 비단 한 겹을 격해서 감촉되는 여체의 촉감은, 그를 천공을 나는 우화(羽化)의 경지로 이끌기 시작했다.
여자는 몸을 빼내며 머리맡 촛불을 끄려고 했다. 홍선은 여자의 몸을 잡아 답삭 안으면서 모욕이라도 당한 것처럼 호통을 쳤다.
「누가 불을 끄랬느냐! 촛불을 하나 더 밝혀라!」
그 순간이었다.
여자는 홍선의 호통질은 아랑곳없이 입으로 촛불을 불어 꺼 버렸다.
펼쳐진 세계는 칠흑, 대화는 통하지 않고, 홍선의 기분은 비참과 모멸의 함정으로 몰락하고 말았다.

애욕의 불꽃은 방안을 비쳐 주지 못했고, 의기가 투합하기엔 장벽이 있음을 느꼈을 때, 흥선은 손을 더듬어 여체와의 접촉을 모색했다.
그는 자기의 관능적이 욕망이 절대적인 주권을 가지고 한 여체에 군림하지 않는다면 단박 미쳐 버리는 게 차라리 신(神)의 의사인 줄로 착각했다.
그의 열띤 입술은 흡반이 되어 여자의 입술을 찾아 암흑 속을 헤매기 시작했다.
그의 왕성한 관능은 갑자기 팽창하면서 앞을 보지 않고 저돌(猪突)을 거듭했다.
그는 어둠속에서 빙그레 웃었다.
(제법 안간힘을 쓰는구나. 대장부의 일전(一戰)으로선 보람이 있어 좋다!)
그는 인습적인 예의로는 이 성채를 함락시키기 어렵다는 사실을 깨닫고 변칙적인 자세를 취하려고 했다.
그러나, 허 이 무슨 파괴의 음향이냐. 허, 이건 무슨 소리냐 말이다.
쾅 쾅, 쾅쾅쾅.
「문 열어라! 야아 대문 열어라!」
누군가가 대문을 요란스럽게 두드려대고 있다. 발길로 차는가. 부술 작정인가. 몹시 시끄럽다.
그 무슨 파괴의 음향이냐.
바깥은 계속 소란했다.
쾅 쾅 쾅, 우지끈, 문 열어라. 난이야, 문 열어라…… 바깥은 아주 시끄럽다.
흥선은 소스라치게 놀라며,
「이 집이냐? 이 집 대문이냐 말이다.」
흥선답지 않게 당황한 것은 필시 팽창일로에 있던 욕구가 별안간 중단되는 바람에 내부 세포의 갑작스런 긴축으로 해서 일어나는 온몸의 고직(固直) 현상이었음이 분명하다.
여자도 퍼뜩 몸을 날리며 공중제비로 일어섰다.

당황하는 모습, 서둘러 촛대에다 불을 켜고는 흐트러지지도 않은 머리와 매무새를 가다듬은 채, 그 낭패하는 모습이란 보통이 아니다.
 여자의 독촉은 코밑에 불이 붙은 것처럼 설친다.
「얼른 뒷문으로 나가세요. 어서요!」
 홍선더러 도망치라는 것이다.
「누구냐?」
 홍선도 어느 틈에 일어나 앉아 있었다.
 벗어 놓았던 망건과 갓을 움켜잡는다.
「제 서방입니다. 성질이 몹시 급하고 불량해서 무슨 봉변을 당하실는지 모릅니다. 담을 뛰어넘나 봅니다. 어서 뒷문으로!」
 여자는 재빠른 동작으로 뒷문의 고리를 벗기면서,
「마침 뒷담이 얕으니 대감, 빨리 뛰어넘으십쇼.」
 맨 상투에 망건과 갓만을 움켜쥐고 어쩔 줄을 모르는 홍선을 사뭇 축출한다.
「잘못하다간 살인이 날지도 몰라요. 어서 빨리 뒷문으로 빠지십쇼!」
 여자의 독촉은 성화 같다.
 홍선은 별 도리가 없었다. 뒷문을 열고 뒤뜰로 뛰어나가 담장을 기어올랐다. 내려뛰다가 보기좋게 꼬꾸라졌고, 급히 일어나다가 나무 끄트럭엔가 손바닥의 장심을 찔렸다.
 어둡다. 석 자 앞은 고사하고 발밑이 전연 보이지 않았다.
 동서남북의 방향도 가늠할 수가 없다.
 그러나 그는 달려야만 했다. 살인이 날지도 모른다는 여자의 독촉이 귓가에서 맴도는 바람에 '걸음아 날 살려라'하고 뛰었다.
 (내가 누군데, 장차 내가 뭐가 될 사람인데, 무뢰한의 손에 죽을까 보냐!)
 그는 어둠 속 골목길을 정신없이 달렸다.
 밤은 벌써 깊은 모양이다.
 만나는 행인들도 거의 없는 건 다행이었다.
 달도 별도 없는 그믐밤인 것은 더욱 다행한 일이었다.

만약에 날도 흐리지를 않아 별빛이라도 밝다면, 그래서 그의 모습을 눈여겨보는 사람이라도 있다면 천하에도 기괴한 광경이 아닐 수 없었다.

그는 정신없이 달려 묵동 일대를 훨씬 벗어난 다음에야 자기의 얼빠진 모습을 하나하나 발견하기 시작했다.

그는 맨 상투였다.

분명히 망건과 갓을 들고 일어났는데, 아마 담장을 뛰어넘을 때, 땅에다 놓고 기어올랐던 모양이다.

그는 두루마기도 도포도 안 입은 동저고리 바람이었다.

그런 것은 처음부터 찾아 입을 겨를이 없었다. 그는 허리띠를 매지 않고 있었다. 손으로 바지 괴춤을 잔뜩 움켜잡은 채 걷고 있는 자신을 발견하고는 어이가 없었다.

그는 대님도 매지를 않았다. 행전도 없었다. 그리고 버선발이었다.

뒷문으로 튀었으니 신발이 있을 까닭이 없었다.

(허, 이 무슨 해괴한 꼴인가!)

흥선은 실소하면서 길 가운데에 우뚝 섰다.

(이대로 어디를 갈 수 있을 것인가?)

아무리 호담한 흥선도 정말 난감하지 않을 수가 없다.

(이 꼴을 하고 어디로 갈 수 있는가?)

그는 아내 민부인을 생각했다.

집을 나온 지가 벌써 닷새, 궁금하게 기다리고 있을 사람들은 권속밖에 없다.

그리고 집과 권속이 궁금했다.

외지에 나갔다가 병들어서 고국을 생각하는 기분이었다.

방탕하다가 여정에 속고, 세파에 패잔해서 할수없이 아내의 곁으로 기어드는 심정이었다.

그는 넋 잃은 사람처럼 길 가운데에 서 있다가 터덜터덜 걷기 시작했다.

(허, 망신살이 뻗쳤구나!)

죽일 놈은 천희연인가. 어쩌자고 그놈이, 그놈이, 아하아, 그놈이 이런 장난질을 친다는 겐가.

분명 장난인 것 같았다. 원래 장난을 좋아하는 놈이니까 그만한 장난쯤은 해낼 위인이었다.

(이놈, 두고 보자!)

그러고 보니 여자한테도 속은 게 아닌가. 바로 그 결정적인 때를 맞춰서 대문을 요란하게 두드려대게 한 것도 동네 불량배와 미리 결탁한 속임수가 아니었던가.

(촛불을 끈 게 신호였을지도 몰라!)

촛불을 오히려 밝히라고 호통을 쳤는데 홱 꺼버린 여자의 행동은 '대감' 앞에선 너무나 무엄한 태도가 아니냐 말이다.

그렇다면 속임수의 장본인은 초월이다.

초월은 천희연의 속임수에 넘어갔다. 그것을 깨달은 초월은 한시바삐 홍선 자기를 축출해야 했을 것이다.

(그렇다! 초월은 앞집 여자와 짜고 그런 장난을 한 게 분명하다!)

술값 대신, 몸값 대신 망신이나 실컷 주자는 '술집것'들의 장난이 아니었느냐 말이다.

홍선은 너무나 어처구니가 없어서 허흥, 허흥 코웃음을 터뜨리며 걷고 있었다.

그리고 그의 그러한 추리는 영락없이 사실과 부합했다.

천희연은 가벼운 장난이었고, 초월은 그에게 감쪽같이 속은 거였고, 속은 줄을 깨달은 초월은 통쾌한 보복을 하려고 친근하게 지내는 작부와 짜고 그런 연극을 꾸몄던 것이다.

홍선은 갑자기 서글픈 생각이 들었다.

「지금이 어느 때냐, 어떤 세월이냐. 내가, 홍선이, 이런 천치 짓이나 하고 돌아다닐 때냐. 세월은 나를 언제까지 이렇게 내버려둘 작정이냐!」

그는 오관수 다리를 건너서 집으로 향하고 있었다.

그는 신 없는 버선발, 발바닥이 척척하게 젖어 와서 눈살을 찌푸렸다.

그는 손으로 움켜잡은 바지가 흘러내리는 바람에 이따금씩 손을 추석거렸다.

그는 대님 안 맨 바짓가랑이가 땅에 끌리는 바람에 허리를 굽혀 그것을 걷어 올렸다.

그는 동저고리 바람이라, 밤공기가 썰렁해서 몸을 으스스 떨었다.

그는 망건도 갓도 없는 상투머리라서 손이 자꾸 머리로 올라갔다.

그는 나흘이나 계속된 초월과의 탐닉이 좀 지나쳤던 끝이라 다리가 일쑤 휘청거렸다.

그는 사동 골목으로 접어들자 앞길에 인기척을 느꼈다.

그는 누구도 만나서는 안 된다는 생각에서 길을 피할까 망설였으나, 이미 때가 늦은 것 같아 태연히 걸었다.

어두운 골목, 인적이 끊어진 길에서 그와 정체 모를 사람들의 사이는 서서히 좁혀지고 있었다.

홍선은 경계하며, 그러나 가슴을 활짝 폈다.

「누구냐! 게 누구냐!」

앞에서 오는 사람들이 홍선을 보고 소리쳤다. 순라꾼들이었다.

「누구냐! 꼼짝 말고 게 섰거라!」

밤이 벌써 그렇게 늦었던가. 불심검문을 당해야 하는 시각이었던가.

(철저하게 망신살이 뻗쳤구나!)

그러나 한손으로는 바지 괴춤을 꽉 잡은 채 팔자 걸음을 걷고 있었다.

「누구냐!」

순라군은 두 사람이었다. 어둠 속에서 불쑥 나타난 그들은 홍선의 앞길을 막으며 누구냐고 다시 한번 호통이다.

홍선은 천연덕스럽게 걸으면서 대답한다.

「내다!」

순라꾼이 다시 소리친다.

「내가 누구냐?」

「이눔이? 동저고리 바람으로, 어렵쇼, 미투리도 안 신었네. 누구냐?」

「전주 이가다!」

「이눔아, 흔해빠진 게 전주 이간데, 전주 이가라면 다냐!」
 드디어 순라군 하나가 홍선의 멱살을 잡았다. 하나가 또 호통이다.
「이눔아, 너 도둑놈 아니냐?」
 홍선이 대답했다.
「훔치다가 들켰다.」
「어디 가서 뭘 훔치다가 들켰냐?」
「과부 방에 들어가서 계집을 훔치다가 서방한테 들켜서 쫓겨 나오는 길이다.」
「이눔아, 과부가 서방이 어딨어?」
「서방 있는 과부가 있더구나.」
 순라군은 깔깔거리고 있었다.
「거 꼴 좋다. 허리띠두 못 맸구나. 대님두 없구. 뒷문으로 튀었구나? 신발두 못 신은 걸 보니. 양반이냐?」
「상놈은 아닌 것 같다!」
「거 양반 꼴 좋소. 망건두 갓두 두고 왔구려? 두루마기두 도포두 그 집 횃대에 걸려 있겠구려? 하하하.」
「밤이 늦었으니 내 집까지 데려다 다오.」
「댁이 어디시우?」
「구름재 큰대문집이다.」
 구름재 큰대문집이라는 바람에 그들 순라군은 뒤에서 수군거린다.
「데려다 줄까?」
「밤두 늦었으니 모셔다 드리세.」
 누군진 모르지만 구름재 큰대문집이라면 돈냥이나 있는 집일 것이니, 데려다 주면 두둑이 쥐어 주는 게 있으리라고 생각한 그들은, 홍선을 호위하기 시작했다.
「얼마나 주실라우? 모셔다 드림.」
 순라군 하나가 노골적으로 거래를 한다.
「두둑이 줌세.」
「두둑이라니 얼마요?」

「한 백 냥 줄까?」
「백 냥입쇼?」
다른 하나가 뒤에서 지껄인다.
「허긴 백 냥두 싸지. 이 밤중에 그 꼴을 허구 가다간 포도청 신세 지기가 안성마춤이니까. 만일 백 냥 안 주면 잡아넣겠소!」
「아무려나.」
홍선은 여기서도 극도로 문란한 이도(吏道)의 일면을 보는 것 같아 한심했다.
(이도, 이도, 우선 이도를 쇄신해야 한다. 그러나 어느 세월에? 그러나 세월은 온다.)
나졸 하나가 묻는다.
「왜 해필임 임자 있는 과부 방엘 침범했소?」
홍선은 대답한다.
「임자 없는 물건이야 훔칠 맛이 나나!」
그들은 교동을 지나서 구름재 어귀로 들어섰다.
「어디요? 댁이」
홍선은 자기 집 큰대문을 가리키며 대답한다.
「저어기 저 큰대문집이다.」
「뭐요? 저기 저 집이란 말요? 그럼 홍선대감?」
「그렇다!」
순라군들은 발길을 딱 멈추고는 어이가 없는지 멍청하니 서 있다.
그들은 비로소 그가 홍선군 이하응임을 발견하고 기가 막히다는 듯 뒷통수를 긁으며 저들끼리 중얼거린다.
「재수 옴 붙었습네.」
홍선도 뇌까렸다.
「나두 재수 옴 붙었다.」

세상사야 어떻든 세월은 간다.
정치인이 어떤 비정(枇政)을 하든, 백성이 어떤 곤경에 처해 있든 어떤 특정인이 어떠한 울분을 가졌든 세월은 아랑곳없이 간다.

아침이면 어김없이 해가 뜨고 저녁이 되면 어김없이 진다. 보름이면 달이 영락없이 둥글고 별들은 제시각이 되면 제 위치에서 어김없이 반짝인다.

주야의 반복, 사시절의 순환, 피는 꽃, 지는 잎, 생명 있는 것, 나면 자라고, 젊으면 늙고, 늙으면 죽는 것, 세월은 그 모든 것을 보고도 못 본 체 그저 묵묵히 흘러갈 뿐이다.

1862년도 완전히 저물어 버렸다. 섣달 그믐께가 되면 추위는 막바지, 햇볕은 엷고, 바람은 맵고, 산에는 눈, 길엔 빙판인데 저자는 벅적거리고 거리를 가는 행인들은 그 표정이 십인십색이게 마련이다.

부(富)한 자는 마음이 설레고, 빈자는 서글프고, 웃자리 관원은 받을 궁리, 낮은 직책에 있는 자는 뜯어서 바칠 궁리, 장사치는 팔기 위해서, 소비층은 사기 위해서, 모두가 아귀 다툼을 하는 것이 섣달 그믐께다.

스무 여드렛날 석양 무렵이었다.

진눈깨비가 북풍을 타고 질척하게 내리고 있는 거리에는 오가는 사람들의 발길이 몹시 바빴다.

이런 날씨에 장님은 왜 거리에 나왔는가. 장님 막대가 빙판진 땅을 토닥토닥 더듬고 있었다.

하나가 아니었다. 장님 막대 세 개가 일렬종대로 나란히 일정한 간격을 둔 채, 얼어붙은 땅을 토닥토닥 더듬고 있었다.

흰 두루마기에 빛 낡은 패랭이를 머리에 쓴 세 사람의 장님이 똑같은 간격을 유지하면서 경복궁 담장 밑을 더듬고 있었다.

삼청동 쪽에서 내려오는 길인 모양, 미투리 허리를 새끼오리로 칭칭 감아서 발이 미끄러지지 않도록 채비를 차린 것을 보면 그들의 집은 그 근처가 아닌 게 분명하다.

세 개의 대막대 끝은 단조롭게 토닥토닥 튀고 있을 뿐, 그들은 그 지루하게 긴 담장 밑으로 바짝 붙어선 채, 한동안 말없이 발길들을 옮기고 있었다.

살을 에는 듯한 삭풍이 휘익 불어와 그들의 두루마기 자락을 뒤집어 놓았다.
 그러자 가운데 선 장님이 감긴 눈으로 하늘을 쳐다보면서 한마디 흘린다.
「에이, 바람두 차다! 귀가 제법 시린걸.」
 그러니까 뒤에 선 장님이 왼손으로 왼편 귀를 감싸쥐면서 중얼거렸다.
「섣달 그믐께 날씨가 이렇게 지분거리는 걸 보면 정초엔 대설이겠는 걸. 눈[眼]엔 눈물인지 눈[雪]물인지 모르겠다.」
 그러니까 이번엔 맨 앞에 선 맹인이 질척해진 제 눈에도 손을 대면서 대거리를 한다.
「정초에 눈이 많이 내리면 서설이럿다! 내년엔 풍년일 것이야!」
 객담들이었다.
 그들은 한결같이 어떤 중압적인 분위기에서 헤어나려고 그런 객담을 한마디씩 지껄이고 있는 것은 아닐까.
 한 맹인의 다음 말을 보면 정녕 그렇다.
「사양 세도(斜陽勢道)는 장님막대와 같은거야. 앞길이 어떤질 모르거든. 우리두 몸조심해야 할거요.」
 이런 말이 끝나고 대막대기가 몇 번 더 토닥거렸을 때 맨 앞을 걷고 있던 맹인의 대막대기 끝에 부딪친 감각이 이상했다.
 그것이 보통 물체가 아님을 직감한 맹인은 소스라치게 놀랐다.
「이크! 이게 뭐야! 내가 실술했나?」
 세 사람의 맹인들은 일제히 발을 멈췄다.
「왜?」
 맨 뒤의 맹인이 고개를 꼬고 흰 눈자위를 희번덕이며, 왜 무슨 일이냐고 물었다.
「거 무슨 실술 했길래?」
 한가운데의 맹인이 목을 쑤욱 뽑으면서 앞사람에게 같은 말을 물었다.
「사람이 쓰러져 있는 것 같군.」

맨 앞에 선 맹인이 다시 조심스럽게 막대를 투덕거려 보면서 혼잣말로 중얼거렸다.

「술 취한 사람 아냐?」

가운데 사람 말에,

「이 추위에 잠들었음 안될걸!」

뒤에 선 맹인이 제법 동정적인 말을 흘리고는 한쪽 콧구멍 옆을 엄지손가락으로 꽉 누르더니 힝!하고 콧물을 사출해 버렸다.

「가만 있자, 정말 주정뱅인가? 안될걸. 이 추위에 이런 데 쓰러져 있음.」

앞선 맹인은 이번엔 발로 더듬어 가면서 필시 사람인 성싶은 물체에 조심조심 접근해 보다가,

「여보슈, 여보슈, 산 사람임 일어나서 어서 집으로 가슈!」

맹인 특유의 갈라지는 음성으로 말했으나 반응이 없었다.

「남의 걱정 말구 어서 갈 길이나 갑시다.」

그러자, 가운데에 선 맹인이 좀 답답해진 모양으로 갈 길을 서둘렀지만,

「이 추위에 장님 막대에 걸려두 모르고 있는 사람을 모른 체하고 갈 수야 있소.」

앞 맹인은 엉거주춤 쭈그리면서 손으로 담 밑에 있는 사람의 뻗고 있는 두 다리를 더듬어 보다가 억! 하고 궁둥방아를 찧는다.

「왜 그래?」

뒷 맹인의 물음에,

「글쎄?」

가운데 맹인이 보이지 않는 두 눈을 또 휘번덕거렸다.

「어허, 이건 산 사람이 아닌 듯싶단 말씀이야.」

「산 사람이 아님 송장이란 말이오? 이(李)봉사! 얼어죽은 사람인가?」

「얼어죽었든지, 병들어 죽었든지, 굶어죽었든지 셋 중에 하나겠지.」

이봉사라는 앞 맹인이 몸을 사리는데, 별안간 지층 깊숙한 곳에서 솟

아오르는 듯한 음성이 그 사람의 귀청을 때린다.
「매 맞아 죽어가는 사람이오. 사람 살리슈.」
그 음성이 유령의 그것처럼 너무나 음울해서 맹인 셋은 까무러칠 만큼 놀랐다.
앞에 있던 이맹인이 물었다.
「어디서 맞았소?」
그러나 대답은 없고 신음소리만이 얼어붙은 지면으로 잦아든다.
「누구한테 그렇게 맞았소?」
가운데 맹인이 앞으로 나서며 물었다.
그러나 역시 으흐흥 하는 신음소리만이 더한층 처절하다.
「왜 맞았소?」
이번엔 맨 뒤에 있던 맹인이 쓰러져 있는 사람에게로 접근한다.
그래서 세 사람의 맹인들이 세 개의 대막대를 앞세우고는 쓰러져 있는 사람을 중심으로 삥 둘러섰다.
북풍이, 진눈깨비를 휘몰고 온 북풍이 휙 불어와 그들의 두루마기 자락을 흩날렸다.
「여보슈, 정신 차려요. 대관절 어디서 누구한테 왜 맞았단 말이오?」
그들의 질문이 다시 반복되자, 비로소 시체처럼 두 다리를 던져 놓고 있던 사람이 한번 꿈틀하고는 간신히 대답하는 것이다.
「포청에서 나졸들한테 주리를 틀렸다오. 이쿠쿠쿠, 난 죽어요.」
음성으로 보아 새파랗게 젊은 사람인 것 같았다. 그리고 지식 계층의 인물인 성싶다.
세 명의 맹인은 인정상 난처해지고 말았다.
죽어가는 사람이 구원을 청하고 있는데 얼어붙은 길거리에다 둬 두고 지나갈 수는 없는 노릇이었다.
더구나 그 음성으로 짐작컨대 신분이 막사람은 아닌 듯 싶으니, 기회 삼아 구원책을 써 주면 하나의 적덕(積德)이 될 수도 있어서 앞섰던 이씨라는 맹인이 부드러운 음성으로 말한다.
「뉘신지 모르오만 걸을 수 있으시오? 무슨 일로 그런 심한 국문을 당했는지 모르겠소이다. 허나, 인명은 귀중한 것, 우선 추위는 모면해 놓고 볼 일 아니겠소!」

인정이 뚝뚝 떨어지는 말씨였다.

그러자, 땅바닥에서 그의 말에 대한 구성진 대꾸가 올라온다.

「아이구 고맙습니다. 다행히 두 다리는 성한 모양이니 걸을 수 있을 듯싶소.」

걸을 수는 있으니 부축해 달라고 손을 내민다.

이맹인은 눈자위를 굴리며 껄껄거리고 웃는다.

「허허, 내 나이 사십에 이런 희한한 일은 처음인걸. 앞 못 보는 맹인이 눈 멀쩡한 사람을 부축해 준다. 이 빙판길에서 말씀이야.」

남의 어려운 사정을 도와 준다는 일은 누구에게나 즐거운 것이다.

그는 쓰러져 있는 사람의 손을 잡아 일으키면서 대단히 기꺼운 표정이었다.

그러나 가운데에 있던 맹인이 꺼림칙한 말을 불쑥 꺼내는 바람에 그의 밝았던 표정은 단박 어두워지고 만다.

「괜찮을까 모르겠소. 무슨 죄를 범하고 포청에서 국문을 당한 사람인지 알 수가 없으니까 말씀야.」

뒤에 섰던 맹인도 거기에 동조를 한다.

「하긴 그렇지요. 아무런들 죄없는 사람을 저토록 기동조차 못하게 국문이야 했을라구.」

그 말에 이맹인도 좀 주춤하면서 눈살을 찌푸렸다.

「아뿔사, 그럴 수도 있겠군. 섣부른 짓 했다간 죄없이 잡혀가 봉변 당하기가 십상이란 말씀이야.」

그러니, 땅에 쓰러져 있던 사람은 당황하면서 다급한 말투로 큰소리를 한다.

「그런 염려들은 하지 마시오. 나도 만만치는 않은 지체요. 몸만 회복된다면 죄없는 사람한테 봉변을 준 저 포도청이 발칵 뒤집히고 말 거외다.」

결국은 세 맹인이 한 사람의 눈뜬 장정을 부축해 가며 어스름 빙판길을 가고 있었다.
 오른편은 오랫동안 황폐된 채로 또 겨울을 맞은 경복궁의 허물어져 가는 담장, 왼편은 그 담장과 평행으로 남녘을 향해 흐르고 있는 개천, 북으로는 황혼이 깃들기 시작한 산을 등지고 이제 세 맹인은 한 사람의 정체 모를 사나이를 보호해 가며 남녘을 향해 빙판길을 더듬어 가기 시작했다.
「대관절 노형은 어디 사시는 뉘시오? 우리 통성명이나 합시다.」
 이맹인이 대막대기를 토닥거리며 이런 말을 물었을 때,
「지금은 내 꼴이 창피하니 통성명은 뒷날 하기로 하지요.」
 사나이는 자기의 정체를 끝내 밝히지 않으려는지, 이런 말로 일단 거절해 놓고는,
「여러분 덕택에 살아났는가 싶습니다. 눈만은 내가 성하니 길의 방향은 내가 이끌어 드리지요.」
 따라서 대막대는 두드릴 필요가 없다면서 무슨 생각에선지 가는 방향을 왼편으로 서서히 돌리며 길을 비스듬히 가로지르기 시작한다.
 그뿐이 아니라 좀전의 형편으로는 한 발짝도 못 떼어 놓을 것 같았는데, 그의 걸음걸이는 차츰 실팍해져 가기 시작했다.
 세 사람의 맹인들은 자기네가 부축한 사나이에게 이끌린 채 큰길을 비스듬히 가로지르고 있으면서 그들 자신은 그런 사실을 깨닫지 못하고 있었다.
 사나이는 이맹인의 옆모습을 세세히 뜯어보면서 말했다.
「요새 세상은 앞 못 보는 사람들이 눈 멀쩡한 사람들을 때려잡는 수가 흔히 있다더군요.」
 이 말에 이맹인은 발길을 주춤 멈추면서 흰자위 투성이의 눈알을 부라렸다.
「노형, 대관절 그게 무슨 당찮은 소리요? 장님이 눈 멀쩡한 사람들을 때려잡다니?」
 흥분한 것은 이맹인뿐이 아니다.
 함께 사나이를 부축하고 가던 나머지 두 맹인도 펄쩍 뛰면서 한마디

씩 한다.
「여보슈. 거 무슨 그런 소리를 함부루 허슈. 죽어가는 사람 살려 주려는 우리한테 노형, 그게 할 소리요?」
또 한 맹인도,
「허어, 이건 물에 빠진 사람 건져 주려다가 딴죽에 걸리는 것 아냐!」
모두들 불쾌해서 그를 부축해 줄 기분이 안 난다는 태도들이었다.
그러나 사나이는 그들의 기분은 아랑곳없다는 듯이 또 꼬집는다.
「오랜 세월을 두고 조정엔 불알도 없는 환관들의 장난질이 심해서 선량한 내시들까지 불쾌한 존재로 보이게 마련인데, 근자엔 몇몇 맹인이 척족의 앞잡이가 돼서 못할 노릇을 저지르고 있다는 풍문입니다.」
사나이는 이맹인의 경직한 표정을 흘끔 살피면서 좀더 짓궂은 말을 한다.
「요샌 무당 판수들이 궁중 출입을 자주 하면서 흉모를 꾸민다더군요. 백성들은 거리에서 그런 사람만 만나도 재수없다고 길을 피한답디다. 이렇게 착하고 친절한 봉사님들도 있긴 하지만.」
사나이의 말은 다시 계속된다.
「듣자니 도정궁 이하전도 어떤 맹인의 농간으로 억울하게 죽어갔다고들 수군댑디다.」
사나이는 이맹인의 팔이 부들부들 떨리고 있는 것을 감지했다. 그리고 그 움푹 패인 눈언저리가 파르르 경련하는 것도 보았다.
사나이는 이상하게도 입가에 회심의 미소를 흘리며 그들 세 맹인을 개천 쪽으로 서서히 이끌고 갔다. 진눈깨비는 극성스럽게 흩날리고 있었다. 바람은 삭풍, 살을 에는 차가움이다. 비와 눈이 반반씩 섞여 내리는 대로 득달같이 얼어붙는 바람에 길은 형편없이 미끄러웠다.
「노형.」
이맹인이 새삼스럽게 사나이를 부른다.
「노형! 도정궁 이하전의 역모 사건에 어느 맹인이 관련됐던가요?」
사나이는 그런 말을 묻는 이맹인의 심상찮은 모습을 분명히 보았다.
그는 끝내 짓궂은 말을 해 준다.

「이씨 성을 가진 맹인이라던가요? 도정댁에 들러 왕기가 서렸다고 했다는군요. 그런데 며칠 안 돼서 이도정이 역모로 몰렸다구 해서 세상 사람들은 그 맹인이 김씨네 첩자라고 쑥덕입디다.」

이맹인은 완전히 낭패라는 기색이었다.

그는 그 무서운 말을 지껄이고 있는 정체 모를 사나이에게서 얼른 떨어져 나가고 싶은 것 같았다.

「이 나라의 당당한 왕족이 성명도 모를 맹인의 말 한마디로 사약을 받았으니 백성들의 원성이 없을 수 없지요.」

사나이는 그렇게 지껄이면서 이맹인의 팔을 잔뜩 붙잡았다.

그는 한데 얽힌 세 맹인들을 차츰차츰 개천가로 유도해 가고 있었다.

이때, 삼청동 쪽에서 파립폐의의 한 사나이가 비틀걸음으로 경복궁 담장을 끼고 내려오다가 문득 멈춘다.

작달막한 키에 앞가슴을 딱 벌리고 비틀거리는 팔자걸음으로 걸어 내려오는 그 모습은 묻잖아도 흥선군 이하응이 분명하다.

그는 발길을 멈추더니 뒷짐을 턱 진다.

그는 삐뚜름하게 쓴 갓의 끈을 목줄기 근처에서 약간 늦춰 놓고는 고개를 발랑 젖혔다.

경복궁의 유일한 동쪽 문인 건춘문, 건춘문의 웅장한 문루(門樓)를 유심히 쳐다보고 있는 흥선, 바람꽃과 진눈깨비가 그의 다섯 자 남짓한 작은 체구를 감싸고 있다.

흥선은 한참 동안이나 퇴락해 버린 문루를 쳐다보고는,

「엥이!」

하고 짜증 섞인 한숨을 토했다.

그리고 그는 황성(荒城)처럼 군데군데 허물어져 있는 담장 밑으로 바짝 붙어서면서 발길을 옮기기 시작한다.

그의 오른편 손바닥은 툭툭 불거진 네모난 돌들을 하나하나 어루만져 갔다. 그는 뇌까린다.

「당신이 이룩하신 궁궐, 둘레 일천 팔백 십삼 보의 이 궁궐이 왜란(임진왜란)으로 황폐된지가 이미 2백70여 년인데, 여직 다시 이룩해 놓은 종손 없으니 이 어이 한스런 노릇이 아니오리까. 대왕폐하! 태조강헌황제폐하! 저 하응, 지금 비록 힘이 없사오나 폐하의 그 웅도(雄圖)를 반드시 재현해 놓으리다!」

 일보(一步)는 여섯 자, 둘레 1813 보면 모두 몇 자나 되는가.

 담장의 높이는 스무 자 한 치, 사람 키보다 좀 높은 여염집 용마루에 비해서 얼마나 높은 것인가.

 태조 이성계는 1392년 임신 7월 16일에 고려조를 뒤엎고, 송도 수창궁(壽昌宮)에서 즉위했다.

 그는 즉위한 지 2년 뒤인 1394년 7월에 도읍을 한양으로 옮길 것을 결정하고, 같은해 10월 스무 여드렛날 친히 한양으로 와서 종묘와 사직의 터를 정했다.

 그는 다음해 2월에 공사를 시작해서 9월에 종묘와 신궁을 준공하고, 10월 5일엔 벌써 군신을 새로운 궁궐에 모아 놓고 낙성연을 성대히 베푼 바 있다.

「내 여기 오 보에 일 루(樓)요, 십 보에 일 각(閣)이라는 아방궁의 규모는 따르지 못하겠으나, 군자만년(君子晩年)에 개이경복(介爾景福)이라는 시전주아(詩傳周雅)의 뒷글귀를 딴, 사상(史上)에 으뜸가는 궁궐을 이룩했으니 이 아니 기쁘겠는가!」

 태조 이성계의 호담한 성품과 하늘이 좁다 할 그 웅도가 서려 있는 경복궁이건만 외적에게 짓밟혀진 지 근 3백년을 두고 아직도 저런 폐허이니, 뜻 있는 사람 한줌의 감회가 없을 수 없다.

 홍선은, 당장이라도 와르르 무너질 듯싶은 돌담을 손으로 어루만지며 저도 모르게 눈물이 글썽했다.

 그는 최근의 자기 생활이 너무나 황음했던 까닭에 이날따라 퍽 감상적이었다.

 그는 자기의 감춰진 야망이 너무나 오랜 시일을 끄는 바람에 최근에 와서는 자칫 자포적인 타성에 휘말려서 허덕이고 있었다.

 오늘도 그는 삼청동에 사는 구우(舊友)에게 세밀 용채를 얻으러 갔다가 헛걸음을 치고 돌아오는 길에 문득 경복궁의 초라한 신세를 보고 발길이 저절로 멎었던 것이다.
 그는 전부터 경복궁에 대해선 생각이 많았다.
 5궁 중에서도 경복궁은 으뜸이어야 한다. 즉 경복, 창덕, 창경, 덕수, 경희 등 다섯 궁궐 중에서 특히 경복궁은 조선 왕조의 위엄이어야 한다고 생각한다.
 그는 태조 이성계가 한양에 도읍을 정하고 경복궁을 이룩하던 때의 사정을 잘 알고 있다.
 우연히 정해진 도읍이 아니고 짓다 보니 지어진 궁궐이 아님을 알고 있다.
 흥선은 먼발치로, 맹인들 한 무더기가 동십자각이 있는 개천 쪽으로 접근해 가는 것을 보면서 손등으로 구지레해진 눈을 씻었다.
 흥선은 마치 불길한 것을 본 것처럼 침을 카악 뱉고는 궁궐의 돌담을 만지면서 다시 발길을 옮겨놓기 시작했다.
 그의 상념은 또 다시 회구(懷舊)의 벌판에서 서성댄다.
 고려조의 명승 도선은 예언을 했다.
 「장차의 왕업은 이씨가 일으킬 것이고, 그 도성은 한양이 된다」고.
 숙종은 이름 있는 지관을 한양으로 보내 그 지형을 답사시켰다.
 지관은 송경으로 돌아가 임금 숙종한테 보(報)했다.
 「과시 한양은 도읍지지로소이다. 준령 삼각산의 줄기가 힘차게 뻗어 내리다가 혹처럼 맺힌 곳이 백악인데, 그 아래로 사방에는 사십 리 벌판이 편편하게 전개됐을 뿐 아니라, 남에는 한수(漢水)를 격해 관악이 진산 구실을 하고 있더이다.」
 숙종은 제신(諸臣)과 의논 끝에, 이씨 성을 가진 사람을 부윤으로 보내면서 한양 주변에다 오얏나무(李木)를 뺑 둘러 심게 하고 그 오얏나무가 자라는 족족 여지없이 그 순을 쳐 버리라고 엄명을 내렸다. 말하자면 이씨의 왕기를 꺾는다는 것이었다.
 그러고도 숙종은 마음이 안 놓여서 왕비와 왕자를 데리고 몸소 한양에 내려와 삼각산 남쪽 기슭에다 임좌병향(壬坐丙向)의 궁궐을 지었다. 그 주건물이 연흥전인 것이다.

그런다고 망하게 된 고려조가 망하지 않았을까.

정사가 어지럽고 민심이 이반되고 하늘로 머리를 둔 만백성이 못 살겠다고 아우성을 치게 된 나라가 망하지 않을 수 있었을까, 망했다.

고려조를 쓰러뜨린 이씨 성, 이성계는 개국공신 정도전에게 터를 잡게 한 다음 전무후무한 규모의 궁궐을 창건했다. 경복궁이다.

왕의 침전(沈澱)은 강녕전 하나로는 부족했다.

동(東)침전인 연생전, 서(西) 침전인 경성전 두 채를 지었다.

정사를 보는 전각도 하나로는 안 되고, 사정전은 일상 쓰는 전각, 그 정전(正殿)으로 웅장 화려한 근정전이 있어야 했다.

궁성은 누각 또한 장관이어야 한다.

근정전의 정남(正南)에다 근정문을 세웠다. 동에는 융문(隆文), 서에는 융무(隆武), 두 개의 웅장한 누각을 세워 이 나라 문무의 융성을 상징했다.

궁성은 문루가 또한 웅대해야 한다.

사대문을 세웠다.

동에는 건춘문, 서에는 연추문, 북은 신무문, 그리고 남엔 광화문을 세웠다.

도성엔 성을 쌓고, 출입문이 있어야 한다. 팔 대문을 만들었다.

정남엔 숭례, 정북엔 숙정, 정동엔 흥인, 정서엔 돈의 그리고 사이사이에도 문이 있어야 한다. 동북이 혜화, 서북이 창의, 동남이 광희, 서남이 소덕으로서 도합 팔 대문이 된다.

그 중에서 광화문과 소덕문은 말하자면 통용문일까. 도성 안 주민들의 장례 행렬이 나가는 궂은 문이었다.

광화문엔 종과 북을 달아 놓고 아침저녁으로 주민에게 시간을 알려 줬다.

광화문을 기점으로 해서 남녘 좌우로는 여러 관아가 병렬(竝列)하고 성 내외는 5부(部) 49방(坊)으로 행정 구역이 나뉘어졌다.

이렇게 웅장한 도성과 궁궐을 창조한 태조 이성계도 인간적인 창업엔 참담한 고배를 마셔야 했다.

불과 3년 뒤, 1398년 경복궁 안엔 왕세자 옹립에 대한 피비린내 나는 골육상쟁의 변란이 일어나 인간 이성계는 가장 사랑하는 두 아들, 의안군과 무안군을 같은 동기(同氣)의 손에 죽게 하고, 비로소 인생사가 너무나 허무해서 임금 자리를 내놓고는 불가로 들어가 두 아들의 명복을 빌면서 눈물을 흘렸던 게 아닌가.

홍선은 그런 회구의 벌판에서 한동안 소요하다가 퍼뜩 제정신으로 돌아왔다.

낙수인가, 낙설일까. 목덜미에 차가운 물기가 묻는 바람에 그는 퍼뜩 제정신으로 돌아온 것이다.

순간 그는 담장에서 몸을 멀리하며 무연히 소리쳤다.

「후인들은 들으라! 사가들은 바른 대로 기록하라! 경복궁은 태조대왕이 건립했다가 160년 뒤 명종 8년에 일부가 소실되고 다음 해엔 재건되더니 다시 39년 만에 임진왜란으로 전소된 채 폐허로 잔해만 남았던 것을 그 후 이백 몇십 년 뒤에 후손 홍선군 이하응이 옛보다 훨씬 웅장하게 재건했노라! 아, 하하하…….」

그는 실성한 사람처럼 소리쳤다.

야욕이 없으면 인간은 죽은 것과 같은 것, 꿈이 없으면 인간은 무의미한 것. 그러나 야욕은 사람을 미치게 하기 쉽고, 꿈은 깨지기 쉬워 인생무상의 허무의식을 심어 주기 일쑤이다.

홍선은 미칠 듯만 싶은 욕구불만과 통곡이 터질 것 같은 허무의식 때문에 잠시라도 무료한 시간과 정지된 상황 속에서 표류도 아니고 탐닉도 아닌 상태에 있을 수는 없었다.

강렬한 자극이 필요했다. 무아의 경지만 될 수 있다면, 그것이 비록 작부와의 외도건 막사람들과의 투전판이건, 무전취식의 무뢰한 짓이건, 그리고 권세가에 대한 굴욕적인 자학이건 도통 개의하지 않는 천박한 생활을 해 왔으나, 그러나 이제는 정말 진심으로 그러한 자기의 과거를 망각이라는 불투명한 날개로 폭삭 덮어 버리고 싶은 심정이었다.

(궁궐은 왕자의 위엄이다! 초라한 왕궁엔 기개있는 제왕이 살지 않는다. 경복궁은 내가 재건하고 말리라!)

그는 눈을 부릅뜨며 두 주먹을 불끈 쥔다. 눈망울이 불거지고 턱수염이 움직인다. 거기, 그 얼굴에 진눈깨비가 휘몰아친다.
흡사 성난 광야를 홀로 가는 원시의 의지를 보는 것 같다.
사람들은, 울분이 가슴에 꽉 찼을 때, 소망이 너무나 먼곳에 있을 때, 마음이 한껏 외롭고 처량할 때 곧잘 독백이라는 것을 하게 마련이다.
홍선은 안간힘 같은 독백을 하고 있었다.
「백 년 뒤의 후인들은 이 이하응을 냉철하게 평전하라!」
그는 사뭇 웅변조로 지껄인다.
「나 이하응이 어떠한 사명을 띠고 세상에 태어났으며, 무슨 목적으로 인생을 살았으며, 왜 지금과 같은 생활을 해야했으며, 끝내 이룩해 놓은 일이 무엇이며, 어떤 점이 어리석었으며, 어느 만큼이나 현명했으며, 선악간에 한 인간의 힘의 한도가 어느 정도인가를 냉철하게 평전하라! 기회는 내게 올 것이다. 나는 기어코 기회를 잡고야 말 것이다! 홍선은 풍운아였다고 기록하라!」
치기 같았으나, 그로서는 피를 토하는 절규였다.
그 무렵이었다.
홍선은 경복궁 담장 끝에서 왼쪽으로 떨어져 있는 동십자각 근처에서 사람의 비명 같은 소리가 나고 있는 것을 들었다.
그 소리는 이렇게 외쳐 대고 있었다.
「사람 살리시오! 사람 살려라!」
한 사람의 음성이 아니라, 여러 사람의 외침이었다.
(살인인가?)
날도 아직 어둡지 않았는데 서울 복판에서 살인이 났단 말인가.
「허, 어지러운 세상! 말세로고!」
홍선은 뛰기 시작했다. 잠시 전에 본 장님들이 아닌가 싶어 개천께로 뛰기 시작했다.
「허, 어떤 놈이 눈깔 먼 놈을 해쳐?」
홍선이 개천가에 이르렀을 때였다.
아니나다를까 맹인 셋이 개천 바닥에서 우왕좌왕하고 있었다. 그리고 그들은 이상하게도 모두 똑같은 동작들을 하고 있었다.
 흡사 개펄에서 조개라도 찾는 것처럼 허리를 꾸부리고 뭣인가를 열심히 더듬어 찾고 있는 것이다.
 그들은 이따금씩 허리를 굽혔다. 그리고는 생각난 듯이 목청을 쥐어 짠다.
「사람 살리시오!」
「사람 살려라아!」
 그들은 번갈아 가며 허공에다 대고 소리를 지르는 것이었다.
 보니, 그들은 절박한 상황에 있는 것만은 틀림이 없었다.
 둑이 높지는 않지만 장님들이 개천에 빠져 있고, 거기다가 촉수와도 같은 대막대들을 손에서 잃고 있었다.
 그들은 머잖은 곳에 팽개쳐져 있는 대막대들을 엉뚱한 곳에서 찾고 있었다.
「염라대왕은 뭘 하구 있누! 장님한테서 대막대를 뺏어 버린 놈을 잡아가잖고!」
 한 맹인이 투덜거리며 발을 헛디뎠다.
 그는 구정물에 첨벙 빠지고 말았다.
 홍선은 둑 위에서 그 광경을 바라보고 있다가 웃음이 저절로 터졌다.
 가가거리고 웃어 대는 홍선에게 물에 빠진 맹인이 욕설을 퍼붓는다.
「옘병헐! 어떤 놈이 웃어? 웃는 아가리에 똥이나 들어가라!」
 욕을 먹자 홍선도 장난기가 들었다.
「여보슈! 그 개천 바닥에서 뭣들을 잡소? 미꾸라지라도 있소?」
 그러자 맹인 셋은 차례로 발딱, 발딱, 발딱 일어서면서 둑 쪽으로 몸을 돌렸다.
 그들은 제각기 둑 위에다 대고 한 마디씩 욕설을 퍼부을 작정이었으나, 그 중에서도 이맹인이 빨랐다.
 그는 허공에다 삿대질을 하면서 악을 쓴다.
「우리가 뭘 찾는지 알으켜 주랴? 느 아범이 불알 망태를 이 개천에다 떨어뜨렸다기에 찾는 중이다!」

순간, 두 맹인이 갈갈거리고 웃어 댄다. 맹인들은 그런 소리를 일쑤 잘한다.

홍선은 어처구니가 없었다. 섣불리 한 마디 했다가 되로 주고 말로 받은 격이다.

그래 홍선도 장난삼아 한 마디 앙갚음을 했다.

「거 너희들은 개천 바닥으로 다니면서 그런 거 찾는 게 일이냐? 그럼 네놈들, 두 눈깔이 멀쩡한 가짜 장님들이구나.」

그러자 성이 난 맹인 하나는 개천 바닥에서 돌멩이 하나를 집어들어 둑 쪽에다 대고 팽개쳤다.

다른 맹인 하나는 악담을 퍼붓는다.

「네놈 누군지 우리처럼 두 눈깔이 멀도록 옥추경을 이칠이 십 사, 삼칠이 이십 일, 열 나흘 아님, 스무 하루를 두고 두고 읽겠다!」

홍선이 맞선다.

「정말 가짜 장님이구나? 옥추경은 귀신 잡아가두는 경이지, 남 눈멀리는 경이냐?」

맹인이 질 까닭이 없다.

「귀신 잡아가두고, 덕담두 하구 악담두 할 수 있는 게다. 이놈.」

홍선은 악담엔 그들을 당할 수 없어서 카악 하고 가래침을 뱉고는,

「허 죽일 놈들! 악담이 그렇게 능하니 눈들이 안 멀겠느냐.」

욕설도 감탄도 아닌 말을 흘리면서 훌떡 개천바닥으로 뛰어내렸다.

그는 울퉁불퉁한 개천바닥으로 저벅저벅 걸어가더니 팽개쳐진 세 개의 장님막대들을 주워들었다.

「내 너희들을 혼내 줄 것이다만 인생이 불쌍해서 구원의 손길을 뻗치겠다. 자, 대막대 예 있다.」

홍선은 그들에게 대막대를 하나씩 나눠 준 다음,

「나를 따라들 오너라! 둑 위로 올려 주마!」

하면서 손을 뒤로 내밀다가 우연히 동십자각 쪽을 보고는 가슴이 섬뜩했다.

하늘보고 주먹질 허무虛無하구려

　동십자각 기둥 뒤에 착 붙어선 채 개천 쪽을 유심히 지켜보고 있는 수상한 사나이가 있었다.
　홍선은 그와 시선이 마주치자 왠지 가슴이 섬뜩하면서 순간적으로 불길한 예감에 사로잡혔다.
　더구나 이상한 것은 그 수상한 사나이는 홍선이 노려보니까 본능적으로 몸을 숨겨 버린 사실이다.
　(누굴까?)
　홍선은 그 괴한이 잠시 전 세 맹인들을 개천 쪽으로 유인해다가 떠밀어 버린 장본인임을 직감으로 알았다.
　더구나 해괴한 것은 그 괴한은 홍선의 시선을 피하려는 겐지 훌쩍 몸을 날려 경복궁 앞 육조로 쪽으로 도망쳐 버린 사실이다.
　(무슨 꼬단이 있구나!)
　홍선은 좀 불안한 생각이 들었다. 이 어지러운 세상에 공연히 어떤 음모가 있는 사단 속으로 뛰어든 것 같아 불쾌했다.
　그는 맹인들을 인도 위로 올려 준 다음 묻지 않을 수 없었다.
　「당신들을 개천으로 떠민 놈이 누군지 아시오?」
　이맹인이 물에 빠져 척척한 버선발을 탕탕 구르면서 대답한다.
　「어떤 놈이 우릴 속이구 장난질을 쳤단 말이야.」
　다른 맹인이 수건으로 대막대의 물기를 닦으면서 기가 막히다고 한다.

「포청에서 매를 맞아 죽게 됐다구 엄살을 떨길래 얼어죽을까 봐 데려다 주려고 했더니, 글쎄 그놈이 우릴 감쪽같이 속이구 이런 몹쓸짓을 했구려.」

또 한 맹인도 잠자코 있을 수는 없는 모양이었다.

「그놈이 우리한테 무슨 억하심정이 있길래 생사람을 죽이려고 한단 말야. 정말 포청에 일러, 잽히면 육시를 틀어 죽이게 할 놈이지!」

이번엔 이맹인이 대막대를 투덕거리기 시작하며 지껄인다.

「그놈두 누구 말마따나 눈깔을 멀려 줘야겠어. 그건 그렇고, 노형은 대관절 뉘시오?」

홍선이 대답한다.

「나 말씀이시오? 이서방이지요.」

「이서방이라? 나두 이서방인데 어디 이씨시오?」

「전주 이씨지요.」

「전주 이씨라? 나두 전주 이씬데, 어느 어른 손이시오?」

「무식해서 그런 건 모르겠소. 아버지가 천 번도 더 가르쳐 주셨지만 어디 외구 있을 수가 있습니까.」

「아하하하. 그래? 정말 배운 게 없는 사람인가 보군! 그러니까 입이 그렇게 험하지.」

이맹인의 말투는 단박에 반말로 변한다.

「내 입도 험하지만 봉사님들 입두 어지간합디다. 그건그렇고, 누구한테 혐의진 일 없으시오? 아무래도 노형을 개천에 빠드린 놈이 지나다가 우연히 작심한 장난이 아닌 듯싶소그려.」

홍선은 이 말을 하면서 이맹인의 표정을 세심하게 살폈다.

그럴싸해서 그럴까. 이맹인의 반응은 예상 외로 민감했다.

그는 분명히 깜짝 놀라면서, 그러나 이내 냉정을 회복하면서, 그러나 어딘가 당황하는 빛을 감추지 못한다.

「혐의라니? 장님이 된 것도 전생의 무슨 업보인데 남에게 혐의를 지다니, 자네 거 무슨 말을 그리 함부로 하나?」

홍선은 웃음이 터졌으나, 시치미를 떼면서 그의 팔을 잡아 앞길을 유도해 준다.

「하긴 그렇구만요. 하지만 장님두 남에게 철천의 한이 될 적악을 하는 사람이 있다던데요?」

홍선은 이맹인의 생김새를 자세히 봐 뒀다. 그런데 바로 그날 밤의 일이다.

홍선은 그날 저녁 정말 초라한 심경으로 집에 돌아갔던 것이다.

내일 모레가 정월 초하룬데 설은 고사하고 당장 세밑 요미조차 떨어져 가는 형편이었다.

그래 어디 도움이나 얻을까 하고 삼청동 친지를 찾았으나 허행이었고, 돌아오는 길엔 엉뚱하게도 장님 한 무더기와 그다지 유쾌하지도 않은 실랑이를 벌였으니 심정이 초췌하지 않을 수 없었다.

그런데, 왠일인지 안마당이 술렁거리는 분위기였다.

(무슨 일이 있었던가?)

홍선은 저도 모르게 긴장하면서 중문을 들어섰다.

중문을 들어서니까 수백이가 싸리비로 안뜰을 쓰는 중이었다. 그 옆에선 청지기 김응원이 어슬렁거리다가 홍선을 보고 유달리 반색을 하는 것이었다.

「왜 무슨 일이 있었나?」

그러자 김응원이 홍선 앞으로 다가서면서 생게망게한 말을 되물어 온다.

「무슨 일이 있다니요? 대감 수완도 정말 어지간하십니다.」

홍선은 다시 한번 어리둥절했다.

이번엔 부인 민씨가 나오면서 남편을 보고 활짝 웃는다.

「어딜 들러 오시길래 짐바리보다 늦으셨군요.」

부인 민씨조차 이런 엉뚱한 소리를 하니 홍선은 더욱 까닭을 알 수가 없다.

「대관절 무슨 일이오?」

남편이 정색을 하고 묻는 통에 이번엔 부인이 반대로 어리둥절한다.

「아니 그럼 모르셨나요?」

「뭘?」

이야기를 듣고 보니 흥선은 눈이 번했다.

훈련대장 김병국 댁에서 설 쇠라고 한 바리 실어 왔는데, 정말 모르는 일이냐는 것이다.

흥선는 그 말을 듣자 크게 한마디 호통을 쳤다.

「그래, 당신은 그것을 받아들였단 말요?」

흥선의 턱수염이 삐쭉 올라가는 것을 본 부인 민씨는 반사적으로 고개를 떨구며 외면을 했다.

청지기 김응원은 어이가 없는 듯 멍청하니 주인을 바라보고, 소년 수백이는 모른 체하면서 짚부스러기로 어지러진 마당을 더욱 홱홱 쓸고 있었다.

날은 이미 땅거미가 어둑신하다.

바람도 아까보다는 잦는가 싶다.

그리고 대청에는 기름불이 신명나게 활활 춤을 추고 있었다.

「도대체 뭘 보내 왔다는 게요?」

민부인은 다소 안도의 빛을 보이며 조신하게 보고한다.

「백미 석 섬에, 피륙 세 필에, 돈 삼백 냥인가 봅니다.」

흥선은 속으로 흐뭇해 해야 한다. 그만하면 넉넉히 명절을 쇠고도 남는다. 정말 그는 눈이 번한 이야기여야 한다.

그러나 그는 전연 억지소리를, 그것도 벌컥 화를 내면서 쏟는다.

「아녀자란 도시 소견머리가 없어서 탈이야! 그래 그걸 받아들였단 말이오? 그놈이 누굴 거렁뱅이로 아나! 석 섬, 세 필, 돈 삼백 냥, 한껏 셋 수효밖엔 모르는 졸장부가 보낸 뇌물을 받아들이다니, 엥이!」

부인은 잘못한 짓인가 싶어 두 다리를 후들후들 떨었다.

그러나 민부인은 한마디 해 본다.

「그게 왜 뇌물이에요? 우리가 뭐길래 그런 세도가에서 뇌물을 보내겠어요?」

흥선은 부인의 말이 떨어지기가 무섭게 또다시 와락 역정을 냈다.

「뇌물이 아냐? 왜 아냐? 지가 나한테 뇌물 안 바치고 견디어 나나!」

홍선은 내실로 들어가려다 말고, 휑하니 사랑 쪽으로 가려다가 말고 도로 제자리에 와 선다.

그는 죽을 죄라도 진 것처럼 기를 못 펴고 서 있는 민부인에게 찌렁하는 음성으로 한마디 더했다.

「뇌물을 받으려거든 두둑히 받든지, 그래 아무 놈이 아무 거나 가져온다고 덮어놓고 받는단 말이오? 천생 아녀자의 소갈머리구려! 쳇쳇!」

그러자 청지기 김응원이 실토를 한다.

「대감, 사실은 제가 받아들인 것이올시다. 대감마님께선 삼청동 민승호나리 댁에 다녀오시느라고 뒤늦게야 들어오셨어요. 잘못은 제가 저지른 것입니다.」

김응원은 어둠속일망정 홍선의 표정을 슬쩍 어림해 보고는,

「대감, 그럼 모두 반송해 버리겠습니다. 이 밤 안에 영어대감 댁으로 제가 직접 돌려 보내겠습니다.」

김응원은 여유를 주지 않고는 또 한마디 한다.

「참, 실인즉슨, 하옥대감 댁에서도 가리 한 짝과 대화단 한 필을 보내 왔는데, 그것도 함께 돌려 보낼갑쇼?」

영상 김좌근이 쇠갈비 한 짝과 비단 한 필을 보내 왔다는 것이다.

「하옥이 그런 걸 보내 왔어?」

홍선이 너무 뜻밖의 일이라 신음이라도 하듯이 뇌까렸다.

이해할 수 없었다. 얼른 판단이 가지 않았다.

김병학이나 김병국의 호의라면 있을 수 있는 일이라서 조금도 이상할 게 없다.

그들 형제의 신세는 이미 적잖게 져 왔으니 말이다.

하나, 김씨네의 영좌격인 영의정 김좌근이 별안간 그런 걸 보내 왔다는 것은 뜻밖의 일이 아닐 수 없는 것이다.

「하옥이 그런 걸 보내 왔어?」

홍선은 같은 말을 되풀이해서 뇌까렸다.

연배도 있고, 벼슬의 체모도 있고 해서인지 비교적 모를 안 내고 유유낙낙하게 지내려고 하는 김좌근이긴 하지만, 그래도 전에 없던 일을 하

는 것은 무슨 까닭일까?

직분은 청지기다.

그러나 반 친구처럼 지내는 김응원이 홍선의 마음을 짐작 못할 리는 없다.

「양심에 거리끼는 일들을 많이 저질렀구 하니까 부처님께 시중하는 마음으로 하옥대감이 그런 걸 보내 왔는지도 모릅니다, 대감. 낼모레가 정월 초하루긴 하나 모두 다 돌려 보내오리까, 대감?」

그 말을 들은 홍선은 또 휑하니 사랑 쪽으로 가려다 말고 도로 제자리에 와 서면서 김응원을 흘겨보다가 말했다.

「일단 받아들인 것을 되돌려 보낼 수야 있느냐! 그쪽 체면도 있는데.」

홍선은 민부인 옆을 지나 내실 뜰로 올라선다.

「김병국이, 그놈이, 내 눈밖에 안 나려고 무던히 앨 쓰는구려. 우리 그 녀석을 도승지나 하나 시켜 줄까? 하하.」

남편이 웃는 바람에 그제야 굳어져 있던 현처(賢妻)도 비로소 그의 뒤를 따르며 입을 뗀다.

「언젠가 판서라더니, 이번엔 도승지군요?」

그날 밤 홍선은 내실에 들었다.

그는 오래간만에 아내 민씨한테 실없는 농담을 걸었다.

「오늘 밤은 당신이 퍽 젊어 뵈니 어찌 된 일이오? 이리 가깝게 오구려!」

그는 그날 밤 잠을 설쳤다.

(누굴까? 장님들을 개천 바닥에 쓸어넣고 달아나던 그놈은 누굴까?)

이런저런 생각으로 뒤척뒤척하고 있는데 별안간 머리끝이 쭈뼛해진다.

비몽사몽간이었던 것 같다.

홍선은 별안간 머리끝이 쭈뼛해지는 바람에 가위에 눌리는 것처럼 몸을 오므라뜨렸다.

그는 한손을 허위적거리다가, 억 하는 소리를 입밖에 낸다.

그는 눈을 번쩍 떴다.
「왼일이세요? 꿈을 꾸셨나요?」
부인 민씨가 상반신을 일으키며 남편에게 물었을 정도였다.
홍선은 헛것을 본 사람처럼 멀거니 천장을 바라보고 있다가 입맛을 쩍쩍 다셨다.
「어떤 놈이 우리 집 담을 넘어 들어오던걸! 검은 복면을 한 놈이었소.」
「꿈을 꾸셨군요? 퉤퉤 침 세 번만 뱉으세요.」
부인 민씨는 무서웠던지 남편의 품속으로 바짝 파고들었다.
홍선은 부인을 안으며 부인의 동그스름한 코끝을 아래턱으로 지그시 눌렀다.
그는 잠꼬대처럼 중얼거렸다.
「내 집에도 도둑 한번 들어 봤으면 좋겠소.」
「흉한 소릴 하세요.」
부인이 몸을 으스스 떨었다.
「도둑도 외면을 하는 집안이 됐소그려.」
「주무세요.」
「장부 한평생에 자객 한번 못 맞는 위인이 돼서야 서러워서 살 맛이 있나!」
「어서 주무세요.」
아내는 남편을 어린애처럼 품으면서 몸을 또 으스스 떨었다.
「오늘 승호 집엔 왜 갔었소?」
홍선은 잠을 아주 덧들인 것 같다.
「설날, 차례 잡술 마련이나 됐나 궁금해서 들러 봤어요.」
「그래 떡국이나 끓인답디까?」
「민씨 집안인걸요, 왜들 모두 그런지.」
「이씨 집안이나, 민씨 집안이나! 낼 쌀말이나 보내 주구려. 그 처제애 치마나 한 감 하고. 처녀애가 설빔도 못 해서야 쓰겠소.」
「어서 주무세요.」

그때였다. 밖에서 무슨 고함이 들린 것 같다.
「무슨 소리가 났지?」
「글쎄요. 난 것 같군요.」
문 열어 젖히는 소리. 쿵쾅거리는 소리, 누구얏? 소리, 정말 밖에서 떠들썩하는 소리가 들려 오는데 사랑채 쪽에서이다.
홍선은 벌떡 일어나 앉았다. 옷을 주섬주섬 입고 막 일어서려고 하자, 아랫방에서 자고 있던 명복의 어릴적 유모도 방문을 열고 나오면서 헛기침을 캑캑 둬 번 터뜨린다.
안사랑에서 자던 큰아들 재면이도 나오는 것 같고, 줄행랑에서 자던 김응원도, 소년 수백이도 일어난 모양이다.
집안이 온통 술렁거리고 있다.
「무슨 일일까?」
부인 민씨도 덜덜덜 떨리는 몸에다 옷을 걸치고 있었다.
촛불이 까불까불 춤을 췄다.
「어험! 게 누구냐! 밖에 왠일들이냐!」
잠시 후 김응원이 대청 뜰앞에 와서 아뢴다.
「대감, 어떤 괴한이 담을 넘어왔습니다.」
홍선은 방문을 요란스럽게 열어젖혔다.
「괴한이 담을 넘어와?」
「저, 잠이 안 들었던 중이라 쿵 소리를 듣고 누구냐 소리를 지르니까 시커먼 복면을 한 놈이 황급히 담을 도로 뛰어넘어 갔습니다.」
홍선은 자기의 꿈과 영락없이 부합된 것에 놀라면서, 그러나 태연자약했다.
「흐음, 내 집에 쌀 섬이나 드는 것을 보고 어느 세민(細民)이 노렸던 게로구나.」
정말 그랬을까. 그런 도둑이었을까. 단순한 도둑으로는 생각지 않는다.
천하가 다 아는 홍선 집에 도둑질하러 들어올 어리석은 놈이 있을 리 없는 것이다. 홍선은 모여든 집안 사람들한테 말했다.

「도둑이란 튀기면 되는 게다. 다들 가 자거라.」

그는 장자의 도량을 과시해 보았으나, 마음속은 아무래도 개운치가 않았다.

(내게 자객을 보낼 놈이 누구냐. 어느 놈이냐?)

몸조심 해야겠다고 생각하며 그는 민부인에게 물었다.

「명복이 아랫방에서 자오?」

아랫방에서 유모 박씨와 함께 잔다는 것이었다.

「안방으로 데려 오시오!」

만에 일이라도 명복의 신상에 무슨 일이 있으면 큰일이다.

온갖 기대를 둘째아들 명복에게 걸고 있는데, 흥선 자기의 꿈은 명복을 중심으로 형성되는 것인데, 만일 그 명복의 신상에 무슨 화라도 미치는 일이 있다면 평생을 바친 공든 탑이 와르르 무너지는 것과 다름이 없다.

마침 그 순간이었다.

별안간 대문을 요란스럽게 두드려 대는 사람이 있다. 그리고 고함소리가 들려 온다.

사람들이 더할 수 없이 긴장했다.

이 밤중에, 자정이 훨씬 넘은 이 밤중에, 저토록 거리낌없이 흥선의 집 대문을 두드려 댈 사람이 어느 누군가.

모두가 놀란 가슴이라 후들후들 떨고 있었다.

그러나 흥선은 어둠속에서 안광을 번쩍 빛내더니 김응원에게 엄숙히 분부했다.

「나가 보게.」

김응원이 대문께로 조심조심 걸어갔다.

그 뒤를 큰아들 재면이 어슷어슷 따라섰다.

그 뒤를 소년 수백이 따른다.

그러는 것을 보고, 흥선은 사랑으로 나왔다.

밤중에 와서 대문을 두드리는 놈이 누군지는 모르지만 상서로운 손[客]일 수는 없다.

「누구시오?」
김응원이 묻는 소리가 들려 왔다.
「나 필주예요.」

내실에 앉아서 그런 무례한 사람을 맞이해서는 체면이 안 선다.
홍선이 사랑으로 나와 보료 위에 좌정을 하자 대문께가 떠들썩했다.
그리고 김응원인가, 제법 호통을 치는 소리가 들려 왔다.
홍선은 비로소 대수롭잖은 일임을 짐작하고는 연죽에다 담배를 담았다.
그런데 또 사랑 대뜰 앞이 술렁거리더니 이번엔 여러 사람의 발소리가 들린다.
홍선은 입에서 옥물부리를 쑥 뽑으며 조용히 기다린다.
뜰 아래 김응원의 음성이 들려 왔다.
「대감! 안필주란 녀석이 도둑을 한 놈 잡아왔사와요.」
홍선은 벌떡 일어섰다.
방문을 벌컥 열어 젖혔다. 밤바람이 얼굴에 와 확 부딪힌다.
「도둑을 잡아와? 필주란 놈이?」
정말 괴한 하나가 뜰 아래 꿇어앉아 있다.
안필주가 취한 음성으로 말한다.
「대감, 소인 오늘 술 좀 마셨습니다. 술을 마시다 보니 밤두 너무 깊었구 해서······.」
제집으로 가기도 귀찮아 구름재 홍선의 집으로 오다 보니까 어떤 괴한이 이 집의 담장을 뛰어넘더라는 것이다.
「대감, 지가 술을 좀 마셨습니다마는 이런 놈 하나쯤이야 놓칠 까닭이 있습니까?」
안필주는 뜰 아래 엎드려 있는 괴한의 엉덩이를 발길로 한두 번 세차게 차 주더니 손으로 그의 턱을 치켜서 그 얼굴을 홍선에게 보인다.
일그러진 얼굴이 홍선을 쏘아본다.
홍선은 그 얼굴을 보자 잠자코 고개를 끄덕였다.

그는 아랫사람에게 분부를 했다.
「그 사람을 일으켜서 가까이 오게 하라!」
김응원이 그 사나이의 팔을 잡아 일으켜서 대뜰 위로 올라서게 한다.
새파랗게 젊은 사람이었다. 스물 안팎의 나이로서 해사한 생김새였다.
홍선은 일언반구의 말도 없이 대뜰에 꿇어앉은 그 젊은이를 쏘아볼 뿐이다.
저녁 무렵 경복궁 개천가에서 본 바로 그 얼굴이었다.
맹인 셋을 무더기로 개천에 처박고는 동십자각 모서리에 서 있다가 홍선과 시선이 마주치자 날쌔게 육조의 관아가 있는 육조로 쪽으로 도망쳐 버린 바로 그 괴한의 얼굴임을 확인했다.
그러나 홍선은 그 젊은이에게 직접 묻지는 않았다. 오직, 그 사람을 꿰뚫는 무서운 안광으로 젊은이를 쏘아보고 있을 뿐이었다.
이윽고 김응원이 그 젊은이한테 으름장을 놓으며 심문하기 시작했다.
「어디 사는 어느 놈이냐?」
젊은이는 서슴지 않고 대답한다.
「순화동에 사는 이상지다.」
「뭘 도둑질하려고 야반에 남의 담장을 뛰어넘었느냐?」
「도둑질이 목적은 아니었다.!」
그러자 이번엔 안필주가 그의 따귀를 세차게 후려치며 호통을 친다.
「이놈아, 예가 어디라구 언감 네놈이 하댓 말을 쓰는게냐.」
젊은이는 눈도 깜짝거리지 않고 대답한다.
「무뢰한을 가장한 음모꾼 이하응의 집인 줄 알고 월담했다.」
「이 죽일 놈이!」
안필주의 손이 또 번쩍 올라갔을 때, 잠자코 보고만 있던 홍선이 한손을 쳐들어 안필주의 폭력을 제지했다.
김응원이 다시 추궁한다.
「홍선대감 댁인 줄 알고 들어왔으면 네 복심은 뭐냐?」
젊은이는 역시 망설이지 않는다.

「홍선군 이하응을 죽이려고 들어왔다.」
모두들 어안이 벙벙해졌다.
김응원은 홍선을 쳐다볼 뿐 더 이상은 심문하지 못했다.
안필주는 당장에 젊은이를 쳐죽일 기세로 주먹을 높이 들었다.
그러나 홍선은 표정에도 행동에도 아무런 변화를 일으키지 않고 묵묵히 그 대담한 젊은이를 쏘아보고 있다가 또 한쪽 손을 가볍게 들어 안필주의 폭력을 제지했다.
김응원의 심문이 다시 계속된다.
「무슨 원한이냐?」
「밝힐 수 없다.」
안필주가 나섰다.
「안 밝히면 네놈이 내 손에 죽어.」
안필주의 발길질로 해서 젊은이는 헉헉 통성(痛聲)을 발했다.
「네가 자객이었다는게냐?」
김응원이 불쌍하다는 듯이 묻는다.
「그렇다.」
젊은이는 끝내 대담했다.
「홍선대감을 해코자 한다면 길거리에서도 될 일인데 왜 하필이면 밤중에 담장을 뛰어넘다가 잡히느냐?」
「밝는 날까지 참고 있을 수가 없었다.」
모두들 잠잠했다. 밝는 날까지 참을 수 없었다면 그는 오늘 갑자기 그런 작심을 했다는 게 된다.
「어린 놈이 불쌍하구나. 우리 대감처럼 낙백의 설움 속에서 사시는 어른한테 네 이놈 무슨 업원(業怨)이 있다는게냐?」
김응원이 다시 한번 캐어물으니까 그제서야 젊은이는 놀라운 말을 꺼낸다.
「나는 알고 있소이다. 도정궁나으리가 왜 사사 당했는지 나는 알고 있어요.」
이 말에 가장 긴장한 것은 물론 홍선이었다. 귀를 기울여 다음 말을 기다린다.

　김응원도 긴장했다. 젊은이의 입에서 무슨 말이 튀어나올는지 몰라 채근해 묻지를 못했다.

　젊은이는, 자기 발언에 대한 반응을 조심스럽게 살피고 있다가 자진해서 또 입을 연다.

　「똑같이 설움받는 종실 사인데 아무리 야욕에 눈이 어두웠어도 그래 그럴 수가 있소?」

　젊은이는, 이번엔 홍선에다 대고 날카롭게 쏘아붙이는 것이었다.

　그는 그래도 홍선이 일언반구 말이 없으니까 계속 지껄였다.

　「도정궁나으리만 없애면 대권이 홍선군한테 굴러들어 온답디까? 죽여서까지 이하전나으리를 없앴으면서 왜 여지껏 이 모양 이 꼴로 지내느냐 말이에요!」

　젊은이는 분노로 몸을 부들부들 떨었다.

　보다못해 김응원이 다시 묻는다.

　「네 무슨 무엄한 말을 함부로 지껄이느냐. 우리 대감께서 이하전나으리를 죽였다는 게냐? 김씨네에 의해서, 병필, 병기의 농간으루 사약을 받은 줄은 천하가 다 아는 사실인데 이 미친놈이 무슨 소릴 하구 있느냐!」

　김응원도 주먹을 떨고, 옆에 서 있는 안필주도 분에 못 이겨 몸을 떨었다.

　그러자 자칭 이상지라는 젊은이가 버럭 고함을 치는 것이었다.

　「그건 다 음흉한 가장이다. 사약을 내리도록 일을 꾸민 건 저 홍선군이란 말이다. 김씨네도 김병기 자신도 저 홍선군한테 깜빡 속아서 그런 일을 저질렀다면 너는 놀라겠지!」

　이렇게 되면 그와 상대해서 진위를 따질 사람은 홍선 자신밖에 없는 것이다.

　그러나 홍선은 입가에 미소마저 머금고는 고개만을 수없이 끄덕이고 있다.

　이상지라는 젊은이가 또 폭로한다.

「비겁하게 눈깔 먼 장님들과 결탁해서 도정궁에 왕기가 서렸다고 유포한 게 누구냐 말이오? 그렇잖아도 죄목이 없어 도정궁을 제거 못 하던 김씨네가 그런 소릴 들으면 어떻게 나올 겐지 다 계산하고 저지른 것이 아니냐 말이오. 이도정 댁에 장님을 들여 보낸 게 누구요? 입이 있으면 말해 보고, 양심이 있으면 진상을 토로해 보시오!」

서슬이 시퍼렇게 들이덤비는 이상지라는 젊은이는 자신이 만만하다.

김응원도, 안필주도 모두 홍선의 눈치만 살펴보며 멍청할밖에 없다.

그러나 홍선은 여일하게 묵묵부답이다.

할말이 없어서 안 하는 것인지, 너무나 어이가 없어서 안 하는 것인지, 알 수가 없다.

답답해진 것은 이상지란 젊은이었다.

그는 일방적으로 제 할말을 다 털어놓는다.

「정쟁이란, 파쟁이란 어차피 그런 더러운 것이지만, 허나 같은 처지에서 설움을 받는 종실끼리 떡 줄 놈은 생각도 않는데, 그런 술책으로 생사람을 잡아놓고 당신 잘되길 바라오? 하늘이 무섭질 않소?」

이쯤되면 당연히 한마디 있어야 한다.

그러나 홍선은 여일하게 뜻모를 미소만을 흘릴 뿐 검다쓰다 말이 없다.

하는 수 없이 김응원이 또 나섰다.

「증거가 있느냐?」

「있다!」

「있다?」

있다는 것이다.

의혹을 푸는 데 있어서, 그것을 다짐하는 데 있어서 증거라는 것처럼 결정적인 쐐기는 없다.

증거가 있다없다로 그 의혹은 풀리기도 하고, 굳어져서 사실화하기도 한다.

이상지라는 젊은이는 증거가 있다는 것이다.

홍선이 맹인과 결탁해서 도정궁 이하전을 제거하는데 한몫 본 장본인이라는 증거가 있다는 것이다.
 김응원은 재우쳐 물을 수가 없었다. 그 이상 그한테 증거를 대라고 호통을 칠 수가 없는 것이다.
 그는 홍선의 눈치를 살피느라고 한 발 뒤로 슬쩍 물러섰다.
 그러자 이상지라는 젊은이는 살기가 등등하게 홍선을 보고 삿대질을 한다.
 「내게 증거를 대라고 왜 호통을 못 치시오? 그렇게 빈들빈들 웃으며 개한테 던져 줘도 물어가지도 않을 너절한 체면을 유지하려 할 게 아니라 입이 있으면 말을 해 보시란 말이오.」
 도시 처음부터 무례한 젊은이였다.
 정일품 현록대부인 홍선군에게 대하는 태도가 아니었다. 마치 시정 잡부를 몰아 대는 방자한 어투로 시종하는 것이었다.
 그래도 홍선은 철저하게 흥분을 하지 않았다.
 입언저리엔 역시 너그러운 미소, 은수복대통에선 노르께한 연기가 폴싹폴싹 오르고 있다.
 젊은이는 추궁하지 않아도 제 신분을 털어놓기 시작했다.
 「이하전나으릴 존경해 왔습니다. 척족도 아니고 제자도 아니지만 나 혼자 그분의 패기와 영악한 인격을 숭배하면서 마음속으로 사숙해 왔습니다. 그러다가 마음의 지주를 그토록 허무하게 잃고 보니 세상이 싫어졌습니다. 우연히 들었습지요. 그분이 그런 변을 당하기 수삼일 전에 어떤 맹인이 나타나 왕기설을 유포했다는 얘기더군요. 나는 그 맹인을 수소문했습니다. 그리고 그 맹인을 조종하고 있는 자를 탐색해 봤습니다. 처음부터 왠지 김씨 일족은 아닌 듯싶은 예감이 들더니, 오늘 비로소 그 눈먼 놈들을 꼬드기고 있는 인물이 홍선대감인 줄 직접 목도하고야 만 겁니다. 대감, 어쩌면 그렇게 철저한 가면을 쓸 수가 있겠습니까? 왜 많잖은 종친끼리 힘을 합칠 생각은 않고 소경 제 닭 잡아먹는 어리석음을 저지른단 말씀예요? 참으로 답답합니다.」
 정말 답답해서 못 견디겠는 모양이다.
 자기 복장을 주먹으로 치면서 통탄하고 있는 이상지의 근본도 역시 낙백 왕손의 먼 후예는 아닐까.
그는 또 할말이 있다.
「오늘 보니 대감은 김씨 일문과도 밀통하고 있습니다. 겉으로는 그네들한테 온갖 구박과 설움을 받는 것처럼 가장하고는, 뒷구멍으로는 그네들이 던져 주는 더러운 뇌물을 받아먹으면서 그들의 앞잡이가 돼 같은 종실을 괴롭히고 있으니 사람의 탈을 쓰고서야 차마 할 수 있는 짓이냐 말이외다.」
그는 김병국과 김좌근이 홍선댁으로 보내 온 그들 자의에 의한 세찬 거래조차도 숨어서 감시했던 게 분명하다.
이렇게 되면 오히려 어리둥절한 것은 홍선의 측근이었다.
김응원은 아예 옆으로 비켜선 채 딴전을 보고 있었다.
안필주는 숯제 댓돌에다 엉덩이를 걸치면서 부싯돌을 치고 있다.
그때야 홍선은 옥돌 재떨이에 대통을 딱딱딱 두드리며 처음으로 입을 열었다.
「애들아, 그 젊은이를 뇌 줘라. 난 고단해서 그만 자야겠다.」
홍선군 이하응은 방문을 덜컹 닫아 버렸다.
홍선은 방문을 요란스럽게 닫아 버린 순간 뼈에 사무치는 외로움을 느꼈다.
그는 세 칸 반 사랑 안이 밀폐된 함실처럼 느껴졌고, 그 속에 홀로 된 자신이 서럽도록 외로워서 눈물이 글썽해졌다.
그는 두 주먹을 불끈 쥐고는 천정을 향해 팔을 힘껏 뻗쳐 봤다.
그는 주먹에 부딪는 저항이 없어서 허전했다. 천정이 가로막으면 그것을 뚫고, 지붕도 뚫고, 하늘이 너무 높으면 하늘에다 대고 이 허무한 심경을 마구 소리쳐 웃어 줘야 직성이 풀릴 것 같았다.
「하하하, 와 핫핫핫! 어허허허 허허.」
홍선은 포효하듯 혼자 너털웃음을 터뜨린다.
방문이 열렸다. 밤바람이 확 몰아쳤다.
큰아들 재면이 들어와서 잠자코 금침을 펴고 있다.
홍선은 역정을 냈다.

「이놈아, 애비를 죽이려고 자객이 들어왔는데 넌 먼발치에서 구경만 했느냐?」

재면이 뒷걸음질을 치면서 넉살좋게 대답한다.

「아버님, 자객도 자객이 하던 말도, 모두 제겐 곧이들리지 않아서 실감이 안 났습니다.」

그 소리를 들은 홍선은 또 껄껄거리고 웃었다.

「안녕히 주무십시오.」

재면이 밤인사를 하고 나갔다.

좀 있으려니까 이번엔 어린 명복이가 방문을 바스스 열고 들어온다. 추운데 어디서 떨고 있었던지 두 볼이 푸르뎅뎅하다.

명복은 아버지 앞에 공손히 무릎 꿇으면서 제법 의젓하게 입을 연다.

「아버님, 몹시 놀라셨지요?」

홍선은 대견해 하는 눈으로 소년을 바라보며 고개를 끄덕인다.

「그래, 퍽 놀랐다. 너두 깨어 있었구나?」

명복이 새까만 눈으로 홍선을 쏘아보며 당당히 말한다.

「아버님은 왜 한마디 말씀도 안 하셨어요? 다 거짓말이죠?」

홍선이 물었다.

「너도 그 사람 말이 거짓으로 들렸느냐?」

명복이 분명한 어조로 대답한다.

「하나도 곧이들리지 않아요.」

「가 자거라!」

「저두 여기서 아버님 모시구 자겠어요.」

「왜?」

명복은 대답 않고 웃는다.

홍선은 어린 아들을 끌어안았다.

「어머니가 시키시더냐?」

「네.」

「나하고 자다가 또 자객이 들면 어떻게 하겠느냐? 무섭지 않느냐?」

명복은 대답 대신 방문을 쏘아본다.

하늘보고 주먹질 허무虛無하구려

홍선은 생각했다.
(애는 의지가 좀 약해서 탈이야, 그저 착하기만 하구나!)
그러나 그는 어린 아들을 끌어안고 자기의 혼란된 마음을 가라앉히기 위해서 관음경을 외기 시작했다.
「정구업진언……
수리수리 마하수리
수수리 사바하.
그는 어린 아들의 머리를 쓰다듬으며 목청을 좀 높인다.
나무사만나 못다남 옴 도로도로 지미 사바하……나모라 다나 다라 야야 나막알약 바로기제 새바라야 모디사다바야 마하사다바야 마하가로니가야 옴살바바예수 다라나 가라야 다사명나막가리다바…….」
불경은 외는 것 자체에 뜻이 있다. 음률적인 송경에 몰입하다 보면 마음이 청정해지기 때문에 불도건 아니건 아무나 외로울 때나 답답할 때나 어려운 일이 있을 때 열심히 외면 좋다.

철썩! 하고 처마끝에서 고드름이 떨어졌다.
땅위에 떨어져 으스러진 고드름 조각 위에 햇살이 내려와 찬란하게 부서진다.
깍, 깍깍 까치가 울었다. 마당가 고목나무 가지에서 깍, 깍깍 또 울었다.
앙상한 가지 사이로는 윙윙거리는 서풍이 차갑게 흘러갔다.
까치가 용마루를 바라보고 울면 상서로운 일이 있다던가.
가지에서 가지로 푸득 날며 깍, 퍼득 옮기며 깍깍, 두 마리의 까치가 번갈아 가며 깍깍 울었다.
1862년, 임술년은 갔다.
봄엔 호남과 영남에 민란, 여름엔 가뭄과 장마가 겸하더니, 가을 겨울에는 또 함경도 지방에 민란, 어지러운 해였다.
왕궁엔 무지무능 나약한 임금을 에워싸고 척족들이 더욱 발호했다.

도성엔 당화(黨禍), 지방엔 유생들의 횡포, 관원들은 주구를 일삼고, 백성들은 시달림에 지친 한 해였다. 그러나 갔다.
정월 초사흘, 해는 서녘에 있었다.
밝아온 계해는 돼지해, 주역 풀이는 이 해를 어떻게 점치고 있을까?
구름재에는 하오의 햇살이 화사했다.
덜컹, 덜커덩 어느 집 울 안에선가 젊은 여인들이 널을 뛰는가 싶다.
덜컹은 처녀, 덜커덩은 아낙네, 몸무게에 따라서 땅을 구르는 그 소리가 다를는지 모른다.
흥선댁 바깥마당에는 아까부터 호화로운 사린교 한 채가 놓여 있었다.
그리고 10여 명의 하인배들이 마당가에서 서성대고 있었다.
「어, 발 시리다.」
발을 구르는 사람이 있었다.
「이거 제 집 하인인 줄 아나. 뭘 꾸물거리는 게야.」
곰방대를 입에 물고 부싯돌을 치는 덥석부리도 있었다.
「이 집엔 정촛술도 없나, 제엔장!」
「들어가 세배나 해 보거나! 혹여 모르지, 세뱃술이 있을지두.」
캉 하고 코를 푸는 녀석, 앉아서 감발을 다시 매는 사람, 제각기 한마디씩 하며 기다림에 지친 푸념들이다.
그러고도 한식경이나 지난 뒤였다.
흥선댁 대문이 삐이걱 열리더니 김응원이 나온다.
「자아, 채비들을 차리시게! 날도 찬데 오래들 기다려서 안됐군.」
점잖게 걸어나온 김응원이 이런 말을 하면서 교가의 주변을 한 바퀴 돌더니 다시 대문 안으로 사라져 버린다.
「원 더러워서! 별게 다 거드럭대네그려.」
「아침에 먹은 떡이 도루 나올 지경이군. 그 작자 이집 청지기 아냐?」
「왜 아냐. 정초부터 재수 옴 올랐네.」
하인배들은 또 한마디씩 입에서 나오는 대로 지껄였으나, 그러나 교가를 중심으로 모두 제 부서에 정돈하기 시작했다.

여덟 명의 별배가 사린 남여의 전후좌우에 둘러서고, 네 명의 교군꾼이 그것을 멜 준비를 했다.

그리고 열 명의 구종(驅從)들이 행찻길을 치우며 앞뒤에서 인도할 채비를 차린다.

별배들은 교가를 호위하는 게 그 임무다.

구종들은 머리에 말뚝벙거지, 몸에 더그레를 입고 앞뒤로 뛰며, 가는 길을 정리하게 마련이다.

이윽고 홍선댁 대문이 활짝 열렸다.

「저건 누구야?」

「민승호 아냐?」

민승호가 나왔다. 홍선의 큰아들 재면이 나오고, 둘째아들 명복이 나오고, '천하장안'이 우르르 쏟아져 나왔다.

그 다음엔 또 뜸이 들여진다.

나와야 할 사람이 얼른 나타나지 않는 것이다.

한참 동안이 뜬 다음에야 홍선군 이하응이 점잖은 걸음걸이로 대문께에 나타났다.

당대의 영의정 김좌근의 종자들은 대문을 나오는 홍선군 이하응을 본 순간 너나없이 눈들이 휘둥그래졌다.

그들은 홍선의 그런 모습을 일찌기 상상조차 해본 일이 없다.

홍선이라면 으레껏 파립폐의에다 불콰한 얼굴, 몽롱한 취안, 갈짓자 걸음의 불량 초췌한 형태여야 했다.

그런데 지금 대문간에 홀연히 나타난 홍선은 그런 게 아니었다.

키가 작은 거야 어쩌겠느냐.

그러나 그는 난데없는 금관조복의 위의를 갖춘 당상관의 차림이다.

속에는 청삼을 슬쩍 받쳐 입고, 배에는 붉은 상(裳)을 두르고, 겉옷으론 구릿빛 초의, 무릎 앞에는 폐슬, 등 아래엔 후수, 허리에는 서대, 왼편 옆구리엔 다섯 줄의 패옥, 패옥은 청옥(靑玉), 신은 흑피화, 그리고 머리에는 정일품 관을 표시하는 양 다섯의 금관, 거기다가 검은 수염이 알맞게 다듬어졌고, 오른손에는 상아로 만든 홀(笏)을 가볍게 든, 실로 당당한 위풍인 것이다.

그리고 만면에 잔잔로운 미소가 깃들었으며 형형히 빛나는 두 눈엔 위엄과 패기가 어렸으며 의젓하게 한발 한발 옮겨놓는 걸음걸이는 왕자의 그것처럼 단아하면서도 놀라운 위엄이었다.

당대의 강자 김좌근의 종자들도 그의 그런 모습을 본 순간 숙연해지지 않을 수 없었다.

어디로 보나, 누가 보나 어제까지 거리를 휩쓸던 무뢰한이 아니라 천하에 으뜸가는 귀인이며, 만승(萬乘)의 왕자와도 같은 기품이다.

그렇다. 이하응은 영조의 고손이며 군(君)을 봉해 홍선군이며 품계는 정일품, 관계(官階)는 현록대부였던 것이다.

그는 지금 수많은 수하 권속들의 전송을 받으며 대령하고 있는 교가의 곁으로 서서히 다가갔다.

무언은 권위였다. 그는 한마디의 말도 없이 처남 민승호의 인도로 교가 위에 올라 침착하게 좌정한다.

그는 가슴을 펴며 교가 안을 둘러봤다.

사치스런 사린교였다.

바닥에 깐 깔개는 호피(虎皮), 그 위에 놓인 방석은 표피(豹皮)였다.

그리고 한옆에는 소도구들이 잘 정돈돼 있었다.

연죽, 부산 연죽이 마련돼 있고, 향기 그윽한 삼등초가 청옥 담배합 속에 소복했다.

옆에는 영변 서랍이 있고, 또 옆에는 녹피(鹿皮) 지갑이 보이고, 심지어는 급하면 쓰라고 요강 망태까지 변죽에다 달아 놓았다.

「자아, 행차 출발이오.」

구종들이 앞뒤로 날뛰며 행차의 출발을 알렸다.

어느 틈에 앞길에는 이웃 남녀들이 구름같이 모여서 이 꿈에도 상상 못할 홍선의 행차를 흥미롭게 구경하고 있었다.

벽제소리가 요란했다.

「에이, 대감의 행차시다. 선 놈은 앉고, 가는 놈은 게 섰거라, 물러서라, 비켜라. 선 놈은 게 앉거라!」

종자들도 왠지 신바람이 나는가 싶었다.

흥선은 두 눈을 감았다. 불현듯 눈시울이 뜨거워졌다.

가슴엔 만감이 어리고 오늘의 가장(假裝)은 실로 꿈만 같았다.

흥선은 문득 분한 생각이 들어 입술을 지그시 깨물었다.

(왜, 새삼스러이 그의 신세를 지려고 했던가.)

그가 요새 와서 갑자기 나를 도우려 하는 이유가 뭣인가.

흥선은 흔들리는 교가 속에서 김좌근의 속셈을 곰곰히 풀이해 봤으나 알 길이 없었다.

해가 바뀐 정초다.

임금에게야 해도 그만 안 해도 그만이지만, 대왕대비 조씨한테만은 세배를 가야 했다.

장난기나 허세만은 아니었다.

올해만은 왠지 초라한 행색으로 궐문을 들고 싶지가 않았다.

대제학 김병학의 교가를 빌까 했다. 교가를 빌면 아주 함께 조복(朝服)도 빌고 싶었다.

그러나 대제학의 품계로는 금관조복이 맞지 않을 듯싶었다.

정일품의 금관조복을 빌려면 아무래도 영의정 김좌근의 것이 적격이다.

허허실실로 김좌근에게 어제 편지를 보내 봤다. 그러나 바라거나 믿지는 않았다.

그런데 오늘 이렇게 보내 온 것이다.

금관조복은 다른 하인을 시켜 몰래, 교가는 구종 별배들을 딸려 두말 않고 보내 온 것이다.

(값싼 연민의 정일까?)

막상 이렇게 그의 신세를 지게 되니 분하고 후회로왔다.

(신세란 한번 지면 평생을 두고두고 갚아야 하는 것, 그의 신세만은 지는 게 아닌 것을…….)

행렬은 구름재를 내려와 창덕궁 쪽으로 서서히 꺾여 들고 있다.

그는 불현듯 신산한 자기의 심정을 입밖에 내어 뇌까린다.

「영조대왕의 고손 하응은 이제 덧없는 나이 마흔 네 살이 됐습니다그려.」

그는 더할 수 없이 서글픈 표정을 지었다.

「당신(영조)의 5대손 명복도 이미 쓸 만한 나이 열 두 살이 됐사옵니다.」

그의 눈언저리 잔주름엔 가벼운 경련이 일고 있었다.

「다행히 왕자로서의 품성, 과히 부족하지는 않게 기르고 있습니다. 금상은 25대, 즉위 하신 지 기위 14년째나 되나 아직도 왕자로서의 체통을 세우지 못했은즉, 가는 세월이 아깝습니다.」

그는 몸을 비스듬히 뉘었다.

「척신들은 득세한 지 60여 년이며, 오랜 그들의 발호로 말미암은 나라 안의 적폐는 이제 태조께서 이룩하신 성스런 왕업은 물론, 이 나라의 국기마저 흔들리게 하고 있습니다.」

그는 주먹에 힘을 불끈 주면서 어금니를 주근주근 눌렀다.

「올해는 계해, 명년은 갑자, 무슨 전기가 있어야 하지 않겠습니까. 간지의 끝과 끝, 계(癸)는 십간(十干)의 끝이옵고, 해(亥)는 십이지(十二支)의 끝입니다. 뭣인가 일단 올해로 끝나야 합니다. 자(子)는 십이지가 비롯되는 첫머리가 아니오니까. 계해년은 끝나는 해고 갑자년은 새로 시작되는 해운이어야 합니다.」

그는 손바닥으로 눈을 가리며 한숨을 소리없이 뿜었다.

「허나, 내게는 지금 힘이 없습니다. 물고기는 물로, 말들은 들로, 꿩은 산으로, 불쌍한 금상(철종)은 강화로, 그리고 26대 왕은 당신의 직손으로, 원형이정의 전기를 마련할 힘을 저에게 베풀어 주소서.」

벌써 그를 태운 교가의 행렬은 창덕궁 정문 앞에 이른 모양이었다.

갑자기 교가가 주춤 멈추는 바람에 홍선은 퍼뜩 제정신으로 돌아오며 잠깐 생각해 본다.

쓸데없는 의념(疑念)일까.

홍선은 사린교를 물리고 대궐 문을 들어서며 생각한다.

(오늘은 정월 초사흘, 하오에 세배 오라는 조대비의 분부.)

날짜와 시각까지 지적해서 조성하를 통해 기별해 온 대왕대비의 속셈은 무엇일까.
　홍선은 임금이 기거하는 대조전 쪽을 향해 점잖게 발길을 옮겨 놓는다.
　벌써 몇 해가 흘렀는가. 벼슬아치로 궁중에서 지나던 시절이 말이다.
　모두 낯익은 건물들이고 예나 다름없이 겨울의 풍정이다.
　조성하가 어디서 기다리고 있었는지 홍선의 앞으로 다가왔다.
　「대감, 마마께서 기다리고 계십니다.」
　조성하는 주변을 살피고 허리를 굽히면서 그런 말을 했다.
　「그래?」
　홍선은 고개를 반듯이 가누고는 보조를 흐트러뜨리지 않는다.
　조성하는 자꾸 홍선군 이하응의 그 장엄한 모습을 감개어린 눈으로 훔쳐보며 뒤따른다.
　정말 홍선 같지가 않았다. 정일품의 조복으로 정장을 한 홍선의 위품은 조성하를 진심으로 감격시켰다.
　그러나 잠시 후 조성하는 피식 웃음을 터뜨리지 않을 수 없었다.
　그는 혼자 생각한다.
　(누구의 조복을 빌어입으셨는가?)
　홍선이 입고 있는 금관조복은 아무래도 몸에 맞지가 않는다. 길고 크고 어색한 데가 눈에 띈다. 특히 팔소매가 길고 금관이 머리에서 일렁이고 있다.
　홍선이 조성하에게 말했다.
　「상감께 먼저 세배를 드리고 싶네.」
　순서상 당연은 하다. 그러나 임금한테는 세배를 안 해도 그만인 처지였다. 오랫동안을 두고 척신들이 그를 임금한테 접근시키지 않았던 것이다.
　「대비마마께로 먼저 가시지요.」
　조성하는 잘라 말했다.
　「자네, 상감의 승후방으로 가서 연통이나 해 보게나. 내가 세배

드리고 싶다구.」
 승후방은 비서실의 구실을 하는 곳, 임금한테 홍선의 뜻을 전해, 들어오라는 허락을 얻어야 한다.
 조성하는 마지못해 승후방에 다녀오더니 홍선에게 말한다.
「전하께선 미양(微恙)이 있으셔서 일찍 자리에 드셨다 합니다.」
 임금은 정초부터 앓고 있다는 것이다.
「그래?」
 홍선은 가볍게 고개를 끄덕거렸을 뿐 역시 보조를 흐트리지 않는다.
 그들은 곧바로 조대비가 기거하고 있는 대비궁(용동궁)으로 갔다.
 대왕대비의 승후관인 조성하가 조대비에게 아뢴다.
「홍선대감이 대왕대비마마께 세배 문후 드리려고 듭셨습니다.」
 조대비는 자리에 단정히 앉은 채로 근엄하게 대꾸한다.
「어서 듭시라고 하여라!」
 기다리고 있었다는 대답이었다.
 홍선은 긴장했다. 단순한 세배로 그쳐서는 안 되는 길이다.
 부드러운 분위기 속에서 서로 뭣인가 오고갈 말이 있어야 하는 대면이다. 저절로 긴장이 됐다.
 홍선군 이하응은 대왕대비 조씨한테 공손 정중히 절을 했다.
「대비마마, 성수무강하소서.」
 조대비는 고개를 약간 숙이는 듯하고는 홍선에게 답례를 보냈다.
「홍선대감께도 올해는 복된 일이 많기를 빌겠소.」
 오십대의 여자, 오랜 공규를 참아 가며 곱게 늙어 가는 외로운 조대비, 그 눈에는 착잡한 감정이 어려 있었다.
 홍선은 조대비와 눈길이 마주치자 더욱 그 눈을 쏘아보며 허리를 굽힌다.
「올해는 대비마마께서도 축복된 행운의 해가 되시길 비옵니다!」
 언중유골이란 말이 있다.
 홍선도, 조대비도 다 함께 불우한 처지다.
 새해 인사지만 다 함께 감춰진 뜻이 올해에는 성취돼야 하잖겠느냐는 은근한 암시가 내포돼 있다.

왕손으로서 흥선의 불우한 처지야 누가 모르랴.

대왕대비 조씨도 불우하긴 흥선보다 나을 게 없는 처지였다.

왕실의 가장 높은 어른이긴 하다. 나라에서야 임금이 어른이지만 왕가도 하나의 집안이라면 현재 그 집안의 어른은 대왕대비 조씨임에 틀림없다.

그러나 어른대접을 받고 있는가. 허수아비다.

왜 허수아빈가. 현재의 왕이 자기의 아들도 손자도 아닌, 척신 안동 김씨네가 앉혀 놓은 저들의 꼭두각시인 까닭이다.

꽃다운 나이였다. 조대비는 스무 세 살에 아직 동궁으로 있던 남편 효명세자와 사별했다.

효명세자는 추존(追尊)해서 익종, 당연히 왕비가 될 조대비는 그 직전에서 과부가 된 채 궁정 뒤뜰에 물러앉아 한 많은 '여자의 일생'을 살아 온다.

아들 하나가 있었다.

그의 아들은 여덟 살이었다. 그 어린 아들도 빼앗겼다.

할아버지인 제23대 왕 순조한테로 입승되어 임금으로 등극했다. 제24대의 헌종이다.

조대비는 더욱 외로와졌다.

임금 헌종은 자기의 생자이긴 하지만 세계(世系)로 보아 남이 돼 버린 것이다.

조대비는 절사(絶嗣)가 된 셈이다.

그렇다고 육친이 아닐까.

아들 헌종에게 후사가 있어 동궁으로 책립할 수만 있었다면야 오늘의 조대비 운명은 전연 달라져 있을 것이다.

그러나 헌종은 재위 15년에 안동 김씨 김조은의 딸 김씨, 그리고 판서 홍재룡의 딸 홍씨, 두 아내를 맞았으면서도 아들을 못 얻고, 스무 두 살의 젊은 나이에 세상을 등졌다.

조대비의 통한은 형용할 길 없었다.

그래도 안간힘 같은 바람은 있었다.

지난 여름 역모로 몰려 억울한 죽음을 당한 도정 이하전은 바로 그 헌종의 뒤를 이어 보위에 오를 유일한 후보자였다.

덕흥대원군의 사손(嗣孫)인 이하전은 조대비의 의중의 인물이었고, 종친 중에서도 가장 미더운 사람이었다.

그러나 척족 김씨네는 이하전을 경원했다. 자기네 세도가 꺾일 우려가 있기 때문이었다.

그들은 농간을 부렸다.

더구나 당시의 왕실 어른은 조대비의 시어머니인 순조비 김씨였다.

김대비는 역시 안동 김씨 김조순의 딸이다. 그리고 지금의 영의정 김좌근은 김조순의 아들이고, 김대비의 오라비다. 김씨네 판이 아닌가.

그들은 이하전을 싫어했다.

그들은 강화섬에서 나무지게나 지고 있는 전계군의 둘째아들 원범을 데려다가 왕위를 계승시켰다.

지금의 왕이다.

그 왕비 또한 김씨였다. 김문근의 딸이었다.

삼대의 왕비가 안동 김씨, 그네들의 세도는 하늘이 낮았다.

그네들 궁정이었고 그네들의 나라였다.

그 틈에서 후사도 끊긴 과숫댁 조대비가 기를 펼 날이 있겠는가.

고된 며느리노릇은 했을망정 떳떳한 시어머니 행세는 해 볼 날이 없었다.

설움으로 젊음을 보낸 조대비였다.

이제 홍선과 호젓하게 마주앉으니 친오누이의 정을, 외로운 과숫댁의 쓸쓸한 회포를 주체할 길 없는 게 당연했다.

더구나 홍선은 조대비의 육촌 시동생뻘이 된다.

그리고 가까운 종친 중에선 오직 하나 남은 '사나이'이다.

「성하는 좀 나가 있게나!」

조대비는 홍선과 단둘이 되고 싶어했다.

조카 조성하조차 자리를 피하게 한 조대비는 나인 최씨를 불러 엄하게 일렀다.
「내 처소에 아무도 못 오게 하라!」
그리고 준비한 음식상을 들이라고 일렀다.
음식상은 간소한 편이지만 나전칠 나주반에 꽉 찼다.
전골, 생선저냐, 알쌈, 편육, 육회, 약식, 정과, 신선로 그리고 백설기, 기러기떡, 실백과 산사와 엿으로 버무려 만든 백자떡, 그리고 돼지고기, 쇠고기에다 수삼과 파를 다져 넣어 끓인 화양전 정도였고, 곁상에는 만두를 섞은 떡국이 올라 있었다.
「우리 오늘은 천천히 들면서 얘기나 좀 합시다.」
조대비는 실로 오래간만에 남자와 마주앉아서 식사를 하게 된 것이 퍽 기쁜 모양이다.
이런 말을 했다.
「늘 혼자 식사를 드니까 음식 맛이라곤 모르고 지내는구려.」
술은 평범한 송순주, 조대비는 여러 잔을 받아 마셨다.
「대감, 근래에 상감을 뵈온 일이 있으시오?」
몇 잔 술에 별수없이 얼굴이 빨개진 조대비는 홍선의 음식 먹는 솜씨를 이윽히 바라보다 말고 엉뚱한 말을 꺼낸다.
「기회가 없었습니다. 오늘도 입궐한 김에 세배나 드릴까 하고 승후방에 연통해 보니 환후가 계셔서 안 된다고 하더군요..」
홍선은 너무 많이 마시지 않으려고 노력했다.
조대비는 은수저로 신선로를 뒤적인다.
「초하룻날 아침엔 내게 세배를 오셨습디다. 몸이 말이 아니더군요.」
세배 온 임금의 건강이 말이 아니더라고 하면서 조대비는 어마한 소리를 한마디 툭 던진다.
「이번 상감도 아드님 없이 무슨 일을 당할 듯만 싶어 불안하구려.」
홍선은 그 말에 잠자코 조대비를 쏘아본다.
조대비의 마음을 읽어 보는 홍선의 눈총은 못박힌 듯 그 윤택 있는 얼굴에서 떠나지를 않는다.
조대비는 외면을 하며 한숨을 죽였다.

「아무 준비 없이 있다가 또 일을 당하면 어쩌나 싶어서…….」
그래서 종실 어른으로서의 불안이라는 것일까.
흥선은 정색을 하면서 그러나 대수롭지 않게 한마디 해 본다.
「만일 불행한 일이 있더라도 김문 일족이 다 알아서 할 게 아닙니까. 누가 하든지 임금노릇은 해야 할 게니까.」
흥선의 말에 흥선도 조대비도 한동안 침묵했다.
조대비는 육회를 조금 집어 입안에 넣고 오물오물 씹는다.
흥선은 자작으로 술 한 잔을 더 마시고 신선로 국물을 은숟갈로 떴다.
바깥 날씨는 좀 흐린 모양이다. 방안은 아까보다 어두워 온 것 같았다.
흥선은 한참만에 또 입을 열었다.
「마마, 지금 종실의 웃어른은 마마 한 분이십니다. 마마께 뜻이 있으시다면 앞으로 왕가의 일은 마마 임의대로 처결하실 수 있습니다. 수월한 일은 아닐지 모르나 못 하실 일도 없으십니다.」
이야기는 차츰 본론으로 접근해 가고 있었다.
「성하한테 자주 얘긴 들었소. 댁의 둘째도령이 퍽 영특하다구요?」
흥선은 겸양하지 않았다.
「가난한 살림에 보는 것 없이 자라고 있습니다만, 과히 기대에 어긋나는 아인 아니옵니다.」
「그런 얘긴 익히 듣고 있소만, 한 가지, 법도상 안 될 일이 있어서 탈이군요.」
이렇게 노골적인 이야긴 오늘 처음이지만 법도상 안 될 일은 또 뭔가.
흥선은 긴장하면서 상반신을 앞으로 내밀었다.
「말씀을 잘 못 알아듣겠습니다, 마마.」
얼음빛처럼 차가운 안광을 감추고는 꽃구름 같은 화기를 슬쩍 씌워서 조대비를 쏘아보는 흥선의 눈총엔 거역 못할 추궁이 깃들어 있었다.
그러나 조대비 역시 장부의 기백 못잖은 여성이다. 서슴지 않고 말한다.
「법도상 '살아 계신 대원군'이라는 점이 크게 논란이 될 듯싶어요.」

더 설명이 필요없었다. 미상불 전례가 없다.

아버지 있는 사람을 외부에서 데려다가 임금으로 삼으면 그 아버지는 뭐가 돼야 하는가. 어떤 대우를 해야 하느냐.

까다로운 문제임엔 틀림이 없다.

그러나 홍선은 여기서도 뒤로 물러앉지를 않았다.

두 손으로 방바닥을 짚고 힘주어 말한다.

「종실의 어른이신 마마의 처지로서 법도에 구애가 되시다니 그 무슨 말씀이옵니까. 새로운 법도를 만드십시오. 살아 있는 대원군, 일찌기 없던 일이니 더욱 좋잖습니까. 아들인 임금과 마마를 보필할 살아 있는 대원군이 있다면 이 어지러운 나라를 위해 미더운 일이 아니겠습니까? 마마!」

「생각하기에 따라선 그렇기도 하지만, 우선 중구난방이 아니겠소?」

「마마의 결심과 결단력에 달려 있습니다.」

「그럴까요?」

「그렇습니다.」

「성하와 잘 의논해 두시오, 대감.」

이때 조대비는 갑자기 미간을 찌푸리며 고통스러운 표정을 짓는다.

홍선은 들고 있던 수저를 철거렁 소반 위에다 놓으면서 무릎을 당겼다.

「웬일이십니까, 마마? 어디 옥체라도 불편하신지요?」

「아니오.」

아니라고는 하면서 조대비는 두 눈을 감으면서 입술을 지그시 깨문다.

누가 이 여인을 늙었다고 하겠는가.

반듯한 이마에는 잔주름 하나 없고, 갸름한 얼굴에는 한 점 군데가 없고, 지그시 깨물고 있는 아랫입술은 당장 핏방울이 맺힐 것처럼 한껏 팽창해서 그대로가 탄력인데, 누가 이 기품 있는 여인을 늙었다고 하겠는가.

홍선은 소반을 옆으로 틀어 놓으면서 다시,

「마마, 웬일이시옵니까?」
 조대비는 더욱 고통스런 얼굴로 한편 다리를 옆으로 옮기면서,
「대감 면전에 미안스럽소! 발이 하도 저려서.」
 그는 웃음이 터지려는 것을 참고는 대담하게,
「주물러 드릴까요, 마마?」
하니까, 조대비는 눈이 부시도록 흰 버선 끝을 고물고물 움직여 보고는,
「망측스럽게! 곧 낫겠죠.」
 그러나 홍선은 서슴지 않고 조대비의 발끝을 덥석 잡아 주근주근 죄면서
「주물러야 낫습니다, 마마.」
 조대비는 그렇다고 질겁해서 다리를 오므리지도 못하고는,
「남이 보면 큰일나겠소.」
 홍선은 태연하게 또 한마디,
「구중궁궐 속인데 누가 볼 사람이 있겠습니까. 누님의 발 좀 주무르기로.」
「인제 좀 덜한 것 같소!」
「혈액 순환이 좋지 않으셔서 일어나는 징후입니다, 마마.」
 조대비는 뻗었던 다리를 오므리고, 홍선은 제자리로 돌아와 단정히 무릎을 꿇었다.
 이런 경우 침묵은 어색한 것. 조대비는 다시 위엄을 가다듬고 화제를 바꿔 버린다.
「내 듣기엔 대감 형세가 몹시 구차하신 듯 하던데 그런 훌륭한 조복을 마련해 두셨던가요?」
 이때 방문 밖에서 나인 최씨의 음성이 들린다.
「무슨 일이냐?」
 조대비가 먼저 방문 밖 기척을 듣고 물었다.
 나인 최씨가 방문 밖에서 말한다.
「대감께서 타고 온 교가는 돌려 보내는 게 좋을 듯싶다는 조승후관님의 의견을 아뢰러 왔사옵니다.」

그 말에 홍선이 대답했다.
「곧 퇴궐할 것이니 잠시 기다리라 하시오.」
그 말에 조대비가 나섰다.
「대감께선 좀 지체되실 테니 일단 물러갔다가 다시 오라고 일러라!」
조대비는 좀더 홍선이라는 사나이와 함께 있고 싶었다.
최나인이 물러가자, 조대비는 손수 홍선의 잔에다 술을 부어 주면서 이런 말을 했다.
「대감의 배포는 내 잘 알고 있어요. 그렇지만 나는 내 팔자를 또 잘 알고 있지요.『논어』에 이런 귀절이 있습니다. ……"꽃피지 못하는 싹이 있고, 열매 맺지 못하는 꽃이 있다"……내 신세를 가리키는 것 같아서 만사에 용기가 없어요.」
홍선은 껄껄 웃었다.
「그 무슨 말씀이십니까. ……"방에서 문을 통하지 않고 나갈 수가 없듯이 사람은 길을 밟지 않고 갈 수는 없다"……이것은 공부자의 말씀입니다. 마마께선 여지껏 그 길을 찾지 못하셨던 것입니다. 불원 방문이 열리고 길이 트이실 것입니다.」
조대비는 정겨운 실눈으로 홍선을 물끄러미 바라보며 기분이 매우 유쾌하다.
「……"군자에겐 세 가지 변모가 있으니, 멀리서 바라보면 씩씩하고, 가까이 하면 부드럽고, 그 말을 들으면 엄숙해지는 것……," 대감을 두고 이른 말 같소!」
홍선도 유쾌했다. 칭찬받으면 누구나 유쾌한 것이다. 그는 말한다.
「과하신 말씀. 역시『논어』에 이런 대목이 있습지요.…… 자공이 묻기를 "저는 어느 정도의 인물이오니까?" 공자가 대답하되 "너는 그릇이니라" "무슨 그릇입니까?" "호련(瑚璉)이니라"……저는 호련입니다. 마마.」
호련이란 종묘 제사 때, 기장과 피를 담는 제기다.
대단한 존재는 아니지만 유용하게 한 구실 하는 호련에 홍선은 스스로를 비유한 것이다.

홍선은 재빨리 은수복 대통에다 담배를 담고 부싯돌을 쳤다. 솜처럼 편 부시깃에 새빨간 불이 당겨진다.

「나이가 자꾸 늙는구려.」

조대비가 담배 한 모금을 빨고는 말했다.

「금상의 환후는 무슨 병이옵니까?」

홍선은 은근한 말씨로 물으면서 조대비를 지그시 쏘아본다.

「부족병일 게요.」

두 사람은 한동안 말이 없이 제각기 생각에 잠겨 버렸다.

한참만에 조대비가 또 입을 열었다.

「상감은 수를 못해! 제왕보다 초동을 그리워하는 사람, 초목도 야생은 화분에서 못 자라요.」

조대비는 담배통을 은재떨이에다 딱 딱 딱 두드렸다. 조대비가 또 말했다.

「대감, 내게 지혜를 빌려 주시오. 성하를 자주 댁에 드나들도록 하겠소.」

홍선은 허리를 굽히며 감격한다.

「천하도 나라도 평치(平治)할 수 있습니다. 작록(爵祿)도 사양할 수 있습니다. 그러나 세월엔 이길 수 없습니다. 세월을 낚고 있겠습니까, 마마.」

홍선은 『중용』의 한 귀절을 인용하면서 자기의 결심을 비쳤다.

동창東窓이 밝느냐 밤이 길고나

밤이 깊어서야 조성하와 함께 대궐을 나온 흥선군 이하응은 기분이 몹시 좋았다.

그는 김좌근이 다시 보내 준 사린교 안에서 혼자 생각했다.

(내 오늘의 행적이 김좌근한테 낱낱이 보고 되렷다?)

흥선은 뒤따르고 있는 조성하의 가마를 가깝게 오게 해서 실로 어처구니없는 말을 하는 것이었다.

「성하, 자네 아주 미안하지만 내 집에 가서 내 두루마기와 도포를 좀 갖다 주겠나?」

조성하가 의아해 하며 묻는다.

「대감, 지금 어디로 행차하시렵니까?」

금관조복을 입고 밤중에 어딜 가느냐고 묻지 않을 수 없는 것이다.

흥선이 대답한다.

「지금까진 사람이 술을 먹었어. 허나 이제부턴 술이 술을 먹을 차례가 아닌가. 어디 가 좀더 마셔야겠네.」

젊은 조성하는 기가 막히다는 표정이었다.

「금관조복을 하고 술집엘 가신단 말씀이신가요?」

「술집에 가선 벗어야지. 그러니까 내 옷 좀 갖다 달라는 게 아닌가.」

「대감, 댁으로 일단 돌아가셔야 합니다.」

「다방골 추선의 집에 가 있을 테니 어서 그리로 오게나.」

행렬은 다시 움직이기 시작했다.

「이놈들 다방골로 가자.」
그는 종자들한테 소리쳤다.
밤은 칠흑, 앞길을 밝히는 홍사초롱은 밤바람에 너울거린다.
길 가는 사람들은 이 홍사초롱만 봐도 누구의 행찻길인지 짐작이 간다.
청사초롱은 종삼품에서 정이품까지의 벼슬아치다. 가운데 부분이 푸른 등이다.
홍사초롱은 그 반대다. 천은 운문사(雲紋紗), 가운데 부분이 붉고 아래윗단은 푸른빛, 커다란 토시쪽 같은 그 속에 촛불이 춤을 춘다.
홍사초롱은 종일품과 정일품 벼슬만이 밤나들이에 들리고 다니게 마련이다.
종일품 이상의 벼슬아치가 당대에 몇이나 되는가. 홍사초롱을 들렸으면 대강 누구의 행찻길인지 짐작들을 한다.
시위소리에 길을 비키는 행인들은 영의정 김좌근이 밤늦게 궁궐에서 나오는 길인 줄로들 알았다.
그렇다면 가는 길은 당연히 교동으로 정해져 있어야 한다.
그러나 이 홍사초롱에 불을 밝힌 행찻길은 종로를 지나 다방골로 들어섰다.
「다방골 기방촌에 홍사초롱이 나타났다!」
다방골 사람들은 눈을 휘둥그렇게 뜨고 수군들 거렸다.
「누구냐?」
「교동대감 댁의 교가다.」
알 만한 사람들은 놀랐다.
이것은 엄청난 망발인 것이다.
영의정 김좌근이 다방골 밤출입을 다 하다니 놀라운 사건이다.
더구나 버젓이 교가에 올라 구종별배들을 거느리고 홍사초롱을 밝힌 채 다방골 기촌에 나타나다니, 실로 엄청난 망발인 것이다.
「에이 이놈들 물렸거라, 섰거라.」
골목을 누비며 벽제소리로 요란하니, 물러섰던 행인들은 슬금슬금 그 행렬의 뒤를 따르기 시작한다.
「어디로 가느냐?」
사람들의 관심거리였다.
「뉘 집으로 갔느냐?」
사람들의 흥미는 절망이었다.
홍선은 교가 속에서 빙그레 미소짓고 있었다.
그는 그런 모든 것을 계산하고 있었던 만큼 통쾌하기 이를 데 없었다.
그런데 추선의 집 문앞에 이르자 별안간 홍선조차도 계산에 넣지 않았던 사태가 벌어졌다.
실로 뜻밖의 돌발사였다.
「영상합하의 행차시오.」
누군가가 이렇게 소리쳤던 것이다.
낭패한 것은 소리친 사람 자신이었다.
일상의 입버릇이 그대로 부지중에 튀어나온 말임에 틀림이 없다.
어리둥절한 것은 다른 하인들이었다.
그러나 그들은 구태여 취소할 필요까지는 없이 묵살해 버리면서 킬킬 웃음을 터뜨렸을 뿐이었다.
영의정 김좌근의 하인들이니까 있을 수 있는 가벼운 실수였다.
흔쾌한 것은 홍선군 이하응이었다.
그는 아주 점잖게 교가에서 내리면서 의젓하게 분부한다.
「수고들 했다. 이제 됐으니 그만들 돌아가거라.」
자기 하인에게 하는 말투였다. 조금도 어색하지가 않다.
그는 뒤도 돌아보는 법 없이 벌써 활짝 열려 있는 추선의 집 일각대문 안으로 들어선다. 금관조복 차림으로 말이다.
놀란 것은 추선이었다.
정말 놀랐다. 갑자기 바깥이 떠들썩해지며 '영상합하'의 행차라는 외침이 터지는 바람에 기겁을 해서 옷차림을 매만졌다.
그러나 다음 순간엔 의아스러웠다.
한 나라의 영의정이 자기 집을 찾을 까닭이 없는 것이다.

더구나 영의정이라면 김좌근이 아닌가. 김좌근은 이미 늙은이가 아닌가. 그에겐 나주 기생 양씨라는 저 유명한 첩이 있지 않은가.
그가 미리 내통도 없이 별안간 다방골 기촌에 나타났다는 것은 상상조차 할 수가 없다.
그러나 지체할 수는 없다. 영의정의 밤행차가 일개 기녀인 자기 집 문전에 와 머물렀는데 감히 술청에서 꾸무럭거리고 있을 수는 없다.
「마당에 불을 밝혀라.」
추선은 한걸음에 대문께로 나왔다. 나오다가 너무 놀라 눈이 휘둥그래지지 않을 수 없었다.
「추선아, 방 안에 숨겨 둔 한량은 없겠지?」
영의정의 행차라는 바람에 잔뜩 긴장을 하고 뛰쳐나왔는데 상대편에서는 첫마디가 농담이니 놀라지 않겠는가.
추선은 굽힌 허리를 펴면서 상대편을 비로소 우러러보았다.
다시 한번 소스라치게 놀랐다.
「대감!」
땅바닥에 팍삭 주저앉고 싶은 충동을 느꼈다.
그 현란한 금관조복 차림의 사나이가 다른 사람 아닌 홍선군 이하응이니 어떻게 놀라지 않겠는가.
추선은 판단을 할 수가 없어서 흡사 등신인 양 멍청했다.
(대감께서 영의정이 되셨다는 건가?)
있을 수 있는 일 같기도 하고, 없는 일 같기도 했다. 없는 일일 것이다.
(하지만 대감께서 저렇게 금관조복을 하고 계시다. 하루아침에 재상 자리에 오르셨는가?)
더구나 대문 밖은 술렁거렸다. 수십 명의 구종별배들이 대감 행차를 인도해 온 것이 분명하다. 뿐인가, 아직도 귓가에 은은하다.
「영상합하의 행차시오.」
잠시 전, 밖에서 들려 온 소리가 아직 귓가에 은은하다.
추선은 가슴이 터질 것 같았다.

입안의 침이 말라 말을 할 수도 없다.
「얼씨구! 우리 대감 영상이 되셨다네.」
나이 많아 노파라면 이렇게 외치며 엉덩춤을 덩실 출 것이지만, 추선으로선 될 말이 아니다.
남이 잘됐대서 이렇게도 좋아하는 심정은 뭘까. 정일까? 무슨 정일까?
추선의 두 눈엔 눈물이 그득히 괴어서 시야가 안개속처럼 흐려 왔다.
홍선은 다 안다.
추선이 왜 그리도 어리둥절 혼나간 사람이 돼 있는지 그 이유를 알고 있다.
그러나 홍선은 시치미를 떼고 호통을 쳐 본다.
「뭘 꾸물거리느냐? 너 나 몰래 방 안에 감춰 둔 놈이 있구나.」
그는 성큼성큼 발길을 옮겨 대청 대뜰로 올라선다.
그러고는 드르륵 안방 장지문을 열어제쳤다.
「아무도 없군! 다락 속에 감췄나?」
그러나 그는 빙그레 미소를 흘리면서 남빛 비단 보료 위에 털썩 앉는다.
그는 좌정하자 방 가운데에 놓여 있는 놋화로를 끌어당겼다.
화젓가락으로 불씨를 파헤친다.
새빨갛게 내연하는 참나무 참숯빛이 열을 확 뿜는다.
「어 날씨두 고약하게 맵군.」
그는 두 손을 잠깐 불 위에다 쬐면서 뒤따라 들어온 추선에게 또 짓궂은 넉살을 늘어놓는다.
「새해가 밝은 정초다. 때는 이슥한 밤이다. 너는 장안에서도 이름 있는 기녀. 집안에 이토록 개미 새끼 하나 없다면 필경 뒷문 뒷담으로 도망시켰음이 분명하렷다?」
홍선은 지껄이다 보니 얼마 전 묵동에서 자신이 당한 그 어처구니없던 일이 머리에 떠올랐다.
그는 금관조복이 수세미가 되거나 말거나 두 다리를 쭉 뻗고 몸을 비스듬히 누인다.

　그러자 추선이 날랜 동작으로 안석을 바로하고 장침은 그의 겨드랑이 밑으로 밀어넣어 준다.

「말씀 삼가시오, 대감.」

　추선이 일부러 뾰로통한 입을 해 보이자,

「왜 내 말이 틀리냐? 맞지? 맞을 게다. 그놈은 너무나 다급해서 허리띠도 못 매고 웃옷도 못 입고 갓망건 팽개치고 버선발로 맨상투에 동저고리 바람으로 뒷담을 뛰어넘었을 게다! 안 그러냐? 내 다 안다. 허나, 쫓기는 놈은 쫓지 않는 게 기녀 서방의 아량이렷다? 핫하하, 섣부른 외입질 하다간 첩경 당하는 일이다!」

　홍선은 언젠가 자기의 참담한 봉변을 잊을 수는 없다.

　그러나 추선은 조신한 성격, 영리한 여자, 홍선의 넉살을 한 귀로 흘리면서 방싯방싯 웃음을 흘렸다. 마른 걸레로 번쩍이는 놋화롯진을 닦아 내면서 우선 제 궁금증을 풀어야겠다는 것이다.

「대감, 그 조복은 웬일이시오니까?」

　홍선은 한손으로 턱수염을 쓰다듬으면서 점잖게 대답한다.

「자고 나니, 영의정 자리에 앉으라는 왕명이시구나. 하옥대감을 앞세우고 입궐했다가 곧장 네 집으로 오는 길이다.」

「신년 하례차 입궐하셨던 길이군요?」

「밖에 대령하고 있는 하인들은 돌려 보내고, 대문을 굳게 닫아 걸어라.」

「대감, 장난이 지나치십니다.」

「내 집은 지금쯤 하인들로 붐빌 게다. 김가, 이가, 된 놈, 안된 놈 다 찾아들테니 귀찮구나. 차라리 예서 너와 더불어 오늘 밤을 즐기리라.」

「대감, 금관조복은 임금께 뵙기 위한 예복, 어찌 입으신 채로 기방 출입을 하십니까?」

「추선아, 담배나 한 대 담아라.」

「남의 조복과 교가를 빌어 쓰셨으면 퇴궐하시는 길로 주인에게 돌려 보내실 일이지, 빌려 주신 분의 체면을 그토록 깎으시면 어찌시렵니까?」

 추선은 어린애를 나무라듯 홍선을 힐책하며, 그러나 그가 시키는 대로 연죽에다 담배를 담아 올리는 것이었다.

 홍선은 담배 한 모금을 빨고는 기침을 쿨룩쿨룩 한차례 하고는 방안의 화류자개장을 한번 훑어보고는 물었다.

「넌 어찌 그리도 잘 아느냐?」

 추선은 갑자기 쓸쓸한 표정을 지으면서 대답한다.

「대감의 꿈은 영의정이 아니십니다. 영의정은 임명되는 관직, 대감께선 임명하는 자리가 소망이십니다. 그러고…….」

「그러고?」

「그 금관조복이 대감 체수에 맞지 않는군요.」

「빌어 입었다는 게냐? 이 금관을 봐라. 정일품의 오량(五梁) 금관이 아니냐? 누가 내게 자기의 의대를 빌려 주겠냐?」

 추선은 치마폭을 여민다.

「대감을 모시고 온 하인이 "영상합하의 행차시오"라고 외치더군요. 영상이라면 하옥 김좌근대감, 저는 하옥 김좌근대감이 제 집에 오셨나 해서 너무도 놀랐습니다. 아마 그 사람들 늘 하옥대감만 모시는 몸이라 입에 올라서 그런 실수를 했나 보죠?」

「다방골이 발칵 뒤집혔을 게다. 하옥 김좌근이 금관조복 차림으로 다방골 출입을 한다고 떠들썩할 게다. 하하하.」

「대감께서 의도하신 대로지요.」

 추선이 일어선다. 눈알이 발그레한 것 같다. 술기운일까.

 홍선은 뉘었던 몸을 일으켜 바로앉았다. 손을 내밀어 추선을 가까이 오라면서 말한다.

「내 영의정의 옷을 입고 영의정의 교가를 타고 왔는데도 너는 믿지를 않으니 내 신세 가련하구나.」

 그는 진정으로 한탄조의 말을 한다.

「술상이나 차려라.」

 그는 물부리에 묻은 담뱃진을 초의 앞자락에다 씻는다.

「국상 안 나고 김씨네가 물러나지 않을 것이며, 김씨네가 물러나지 않고 대감께서 재상이 되실 수는 없지 않습니까?」
추선의 말이었다.
추선의 손은 홍선에게 잡혔다.
한 사나이와 한 여인은 비록 잠시이기는 하지만 호젓한 시간을 허실하게 낭비하지는 않았다.
뺨을 서로 비비는 것은 애정의 기본적인 동작의 하나다. 입맞춤도 그렇다.
사나이가 여인의 몸을 어루만지는 것은 이미 익숙한 남녀의 사이에 생략될 수 없는 과정의 하나다. 눈감음도 그렇다.
촛대에서 촛불이 춤을 췄다.
홍선의 몸에서 패옥이 달가닥거리며 소리를 냈다.
추선은, 홍선이 허리에 두르고 있는 서대(犀帶)를 손으로 잡고 별안간 자기의 몸을 가누면서 차갑게 말했다.
「조복이 구깁니다, 대감.」
홍선은 그 딱딱한 서대를 끄르면서 말했다.
「옷이란 구기게 마련이다.」
추선은 좀 물러앉았다.
「대감께선 지금 금관을 머리에 쓰고 계셔요.」

홍선은 머리에서 금관을 내려 방바닥에다 굴렸다.
추선이 그것을 얼른 집어서 공손히 옆에다 간수하며 말한다.
「금관은 마음이 없습니다. 그리고 존중해야 하는 의관이에요. 누구의 것이든.」
김씨네를 미워한다고 해서 김좌근이 빌려 준 의대에다 앙갚음을 하는 것은 옳지 않다는 추선의 타이름일까.
「네 입에서 술냄새가 나는구나.」
「아랫방엔 술손님들이 가득합니다.」
영의정 김좌근이 왔다는 바람에 자자분한 벼슬아치들이 숨을 죽이고 있는 중이다.

「그래? 나도 그리로 갈까?」

이때 밖에 누가 찾아왔다는 전갈이다.

홍선을 찾아왔다는 전갈이었다.

찾아온 사람이 누구냐고 물을 필요는 없다.

조성하가 홍선 댁에 들러, 갓과 탕건과 두루마기, 도포를 가지고 왔던 것이다.

잠시 후, 홍선과 조성하는 추선의 방에서 은밀히 대좌했다.

「오늘 대비마마께서 무슨 말씀이라도 계셨습니까?」

이제 홍선은 편의로 갈아입고 있다.

「아무 말씀 없으셨네.」

홍선은 잠시 전과는 아주 딴판으로 근엄한 얼굴이다.

조성하는 약간 실망하는 표정으로 잼처 묻는다.

「그럼 대감께서 무슨 말씀을 아뢰셨습니까?」

「내가 무슨 말을 아뢸 게 있나?」

조성하는 의심스럽다는 눈으로 홍선을 바라다본다.

「제게는 댁의 작은도령 애길 자주 자세하게 물으시곤 했는데요. 그래, 그런저런 애긴 직접 대감께 물어 보시라구 일러 드렸는데, 그런 애기도 없으시던가요?」

「없으셨어.」

「시간이 퍽 오래 걸리셨습니다.」

「약주를 여러 잔 드셨지. 발이 저려서 불편한 듯 하길래 좀 주물러 드렸네.」

태연히 말하는 홍선을 조성하는 어처구니가 없는 듯 물끄러미 바라본다.

가볍게 들으면 아무것도 아닌 일이지만, 궁중의 법도를 너무도 잘 알고 있는 조성하로선 놀라지 않을 수가 없다.

아주 남남끼리는 아니라 하더라도 그런 일이 있을 수 없는 것이다.

발이 저려 오르는 것은 생리적인 현상이니 신분의 귀천을 가리는 것은 어리석다.

그러나 발이 저렸다고 해서 대왕대비의 그 깔끔한 성품으로 외간 남자 앞에서 내색을 했을까.

내색을 했다고 치자. 흥선이 그 발을 주물러 줄 수 있을까. 주물러 달라고 조대비가 발을 뻗고 있었을까. 그런 대담한 행동들이 가능할까. 그런 분위기가 조성됐을까.

흥선이 말했다.

「왜 이상한 얼굴을 하나? 발이 저리면 주무르는 게 상식, 어른이 발이 저려 쩔쩔매시길래 손아랫 사람으로 주물러 드린 게 뭣이 이상한가?」

그렇다면 또 그렇다. 아무것도 이상할 게 없다. 해괴망측한 일도 아니다.

「자네 애길 하시데.」

「제 애길요?」

「신임이 두터우신 것 같더군.」

「주위에 남자라곤 없으니까요.」

「내 집에 자주 드나들게 하겠다고 하시데.」

흥선은 젊은 조성하를 번쩍이는 눈빛으로 지그시 쏘아봤다.

무슨 이야긴지 알아듣겠느냐는 물음이 그 쏘아보는 시선 속에 잠겨 있었다.

젊은 조성하는 그 뜻을 알겠다는 듯이 혼자 고개를 끄덕이다가,

「참 댁엘 들렀더니……」

잊었던 일을 생각한 것처럼 화제를 바꾼다.

「왜, 무슨 일이 있었던가?」

「천희연이 금부에 갇혔다는 기별이 왔다는 말씀이더군요.」

「천가 녀석이? 왜?」

「이유는 모르고 갇힌 지 벌써 사흘째랍니다.」

흥선은 잠시 침묵해 버린다.

(무슨 짓을 하고 다녔길래 금부에 갇혔는가.)

이유는 모른다지만 죄진 일이 있으니 구금됐을 게다. 흥선은 대수롭

잖게 말했다.
「그녀석 무슨 범법을 했으니까 갇혔겠지.」
그러나 홍선은 불안했다. 누가 또 무슨 일을 꾸미는가 불안했다.
이튿날 홍선은 천희연의 구금 이유를 전해 듣고는 실소를 터뜨렸다. 정말 웃을 일이다. 웃을 일이지만 까다롭다.
「허, 죽일 놈들!」
'천하장안'의 하정일이 백방으로 알아 본 결과를 보고한다.
「죄는 대감께서 지신 죄, 그 형님은 애매하게 대신 잡혀 갇힌 것이더군입쇼.」
금부에 천희연의 구금 이유를 알아 보았더니 이유는 모르지만 가뒀다는 대답이었다.
「사충사(四忠祠)에 알아 보시구려!」
이것이 금부 관원의 대답이고 보면, 그를 구금하라 요청한 곳은 사충사임이 틀림없다.
「사충사에 알아 봤습죠.」
「뭐래더냐?」
하정일이 다섯 손가락으로 살짝 머리를 갈퀴질하며 대답한다.
「그 피륙전 궏놈의 청원인 것 같습니다. 동에서 뺨 맞고 서에 가서 앙갚음하는 격입죠.」
홍선은 알아들었다. 어이가 없어 실소를 터뜨렸던 것이다.
「허, 죽일 놈들!」
언젠가의 투전판 보복이 이제서야 천희연의 구금으로 나타난 것이다.
'천하장안' 네 녀석과 짜고 투전판을 몽땅 턴 일이 있지 않은가?
'천하장안' 네 녀석이 포리를 가장하고 차례로 투전판 방문 밖에 나타나 협박을 하면, 개평꾼으로 앉아 있던 홍선이 판돈으로 몽땅몽땅 거둬, 문도 열지 않고 돈주먹을 불쑥불쑥 밖으로 내밀던 그날 밤의 일 말이다.
그날 밤 그렇게 털어 낸 돈은 백 냥이 넘는 대금이었다.
그게 홍선의 짓인 줄을 그들이 알아 냈던가.
보복할 길을 벼르다가 결국은 장본인의 하나인 천희연을 사충사를 통해 잡아 가둔 것이다.

　최근 유생들이 모이는 곳은 서원이고 사당(祠堂)이고 그 행패가 더욱 심해졌다.

　서독(書牘)이라는 것이 있다. 서원이나 사충사에서 발행하는 일종의 영장이다.

　조(彫)라는 것이 있다. 서독에 찍히는 도장이다.

　그 서독의 권위는 관에서 발행하는 영장 따위의 권위와 견줄 바 아니다.

　그 조의 권위 또한 대단하다. 임금의 도장인 옥새보다는 못하지만 그 다음가는 권위를 가진다.

　저들 임의로 발행하는 서독 하나로 서원이나 사충사는 미운 사람을 마음대로 체포할 권한이 있다. 서독은 관할 구역도 없다. 전국에 통한다.

　서원이나 사충사는 청부도 맡는다. 어떤 개인이 자기 미운 놈을 잡아 가둬 달라면 얼마를 주겠느냐고 거래를 한다. 거래가 성립되면 상대를 직접 잡아다가 형정(刑政) 당국에 구금을 의뢰한다.

　형정 당국인 이조(吏曹)나 한성판윤은 그 요청을 받아들여야 한다. 가두라면 가두고 놓아 주라면 놓아 준다. 이유는 알 필요도 없다.

　서원이 뭐냐 말이다. 성현의 학문을 연구하며 그 영혼을 위로하고 제사하는 곳이 아닌가.

　사충사는 뭔가. 노돌강변에 있는 충현들의 사당이다.

「피륙전 쥔 놈은 얼마나 돈을 쓰고 사충사에 청탁했다더냐?」

　흥선이 물었다.

「이백 냥을 줬다는군요.」

　하정일의 대답이다.

「그럼 사백 냥은 있어야 방면시킬 수 있겠구나!」

「아님 김병기의 영이라도 있어야죠.」

「김병기라?」

「찾아가 봅쇼! 끌어내 주셔야죠!」

이튿날은 아니다. 며칠 후 흥선은 교동으로 김병기의 집을 찾아갔다. 만의 일이라도 거기서 나온 무슨 음모의 실마리라면 찾아가 눈치를 볼 필요가 있지 않은가.

서리가 하얗게 내린 이른 아침이다.

흥선은 예의 그 초라한 차림으로 당대의 세도인 김병기의 집 사랑에 홀연히 나타났던 것이다.

세도의 사랑은 식전 시간이 더욱 붐빈다.

벌써 수많은 방문객들이 사랑에 꽉 차 있었다.

스스로 관직을 얻으려는 자, 자제의 등과를 청원하려는 자, 억원(抑冤)을 호소하려는 자, 부과(賦課)의 감면을, 직처의 변경을, 상권(商權)의 취득을 바라는 자, 이런 부류는 모두 아침 조용한 시간에 세도 김병기한테 채근하려고 모여들기 마련이다.

의당, 주인은 서향으로 정좌한 채 고위의 빈객은 영내에 배좌토록 하고, 문무 3품관 이하는 모조리 남북 양렬로 영외에 줄지어 앉게 한다.

「이리로 올라오시오.」

이 한 마디가 있어야 주인과 가깝게 앉을 수가 있다.

「대감, 일내 무양하십니까. 오랫동안을 적조했기로 문안 인사차 왔습니다.」

흥선은 영내 영외 여러 사람의 시선들을 한몸에 받으면서 주인에게 인사를 했다.

「어허, 대감, 잘 오셨소. 이리로 오시지요.」

주인 김병기는 자기 옆에 빈 자리를 가리키며 그런 말을 해야 한다.

그러나 흥선의 인사를 받은 김병기는 안석에 비스듬히 몸을 누인 채 쌀쌀한 시선으로 흥선을 흘끔 쳐다봤을 뿐, 이내 고개를 돌려 옆자리의 객인과 끊겼던 화제를 잇는 것이다.

흥선군 이하응 따위는 안중에도 없다는 의식적인 태도였다.

어쩔 것인가. 흥선은 진퇴유곡에 빠져 버리고 말았다.

만좌 중에 몸을 세웠는데 앞으로 갈 수도 없고 뒤로 물러설 수도 없다.

그는 기가 막혔다. 성미대로 한다면 그대로 발길을 돌리고 싶었지만, 그렇게 하면 오히려 김병기가 원하는 참담한 망신이 되고 만다.

그는 불문곡직하고 영내로 불쑥 올라가 앉으려고 했다.

그러자 주인 김병기가 그를 쏘아보며 한마디 한다.

「대감! 금관조복을 입고 오시지 그러셨소.」

만좌는 주인의 말뜻을 몰라 어리둥절했다.

홍선은 빙그레 웃었다. 이런 경우 바보처럼 빙그레 웃음이나 흘리면 되는 것이다.

김병기는 또 한마디 한다.

「조복을 입고 술집에도 간다던데 내 집에 오실 때야 의당 입으셔야 하잖겠소.」

홍선은 대답 대신 그의 옆으로 가서 털석 앉았다.

그제야 빈객들이 알아듣고 왁자하게 웃음들을 터뜨렸다.

홍선은 주인에게 말했다.

「하옥대감께서 빌려 주셨지요. 난생 처음 영상의 금관을 써 보니까 내 풍채도 꽤 괜찮길래 자랑삼아 쓰고 다녔습니다.」

사람들은 또 폭소를 터뜨렸다.

김병기는 경멸에 찬 시선으로 홍선에게 말했다.

「그 금관조복은 낡아 버리려던 것, 불태워 없앴답니다. 영상께선 월여 전에 새로 일습을 장만하셨으니까.」

참패다. 홍선은 참패했다고 속으로 생각했다.

「이왕 태워 버리실 바에야 내게다 주시잖구.」

홍선은 몹시도 아쉬워하는 표정을 해 보였지만, 이번 장난은 그들 부자(父子)한테 참패를 당한 것 같아 입맛이 씁쓸했다. 그러나,

(어쨌든 나를 바보로 인식시키는 데에는 성공한 것일까?)

홍선은 주위의 체면 따위는 아랑곳없이 불쑥 용건을 꺼내 본다.

「대감, 실인즉슨 소청이 하나 있습니다.」

김병기는 못 들은 체하면서 옆 사람과의 대화를 계속하려 한다.

홍선은 역시 무시되는 자기를 개의하지 않았다.

「내가 술김에 노름판에서 장난을 좀 했더니 상민 장사치한테 보복을 당했습니다. 사충사에서 내 집 하인놈을 포박해서 한성판윤한테 구금해 두기를 청한 모양인데 어떻게 대감이 힘 좀 써 주셔야 하겠습니다.」

김병기는 이번에도 못 들은 체를 했어도 괜찮다.

그러나 그는 옆 사람과의 대화를 빙자해서 별안간 왓하하하 하고 폭소를 터뜨린 것이다.

그리고 그것이 계기가 됐다. 좌중에서도 폭소가 터졌다.

흥선에게 연민에 찬 시선과 함께 경멸의 폭소들을 보냄으로써 당대의 세도 김병기에게 간접적인 아첨들을 했다.

흥선은 그 정도의 수모는 참을 수 있었다.

그러나 다음 순간의 봉변만은 삭신이 저절로 부들부들 떨렸다.

「대감, 정신차리시오. 노름판의 시비곡절까지 여기 와서 호소를 하시다니 제발 종친의 체면을 좀 지키십쇼.」

말하는 사람은 묘당의 당상관, 얼굴도 짐작할 만한 사람이지만, 제가 뭐기에 당돌하게 불쑥 나서서 그런 말을 하느냐 말이다.

누군가가 또 야유를 한다.

「말해 뭣하겠소. 임금께 뵙는 금관조복을, 그것도 빌어 입으시고 다방골 출입을 했다는 풍문인데 말씀은 해 뭣하겠소.」

마음대로들 지껄여라. 찢어진 입들, 저들 마음대로 지껄인들 이 자리에서 막을 수는 없는 것, 멋대로 놀아라.

흥선은 이가 갈렸으나 내색하지 않고 마지막으로 김병기한테 한마디 더 청원해 본다.

「투전판이란 본래가 법에 어긋나는 것 아니겠소. 불법 속에서 저지른 불법이니 관대한 처분을 내리도록 해 주십시오.」

그는 김병기를 지그시 지켜보았다.

그러자 김병기는 직접도 아니고 옆 사람에게 이런 말을 한다.

「불법 속위 불법이면 이중 불법이니 벌도 이중으로 받는 게 마땅하겠구먼.」

좌중이 또 키득키득 웃음을 터뜨렸다.

경멸의 눈총들이 또 홍선에게로 집중했다. 더 무슨 말을 하겠는가.
홍선은 두말 않고 밖으로 나와 버렸다.
그는 길바닥에다 카악 하고 가래침을 뱉고는 혼자 소리쳤다.
「천희연이 이놈, 석달 열흘만 옥살이를 해라. 내 알 배 아니다!」
그러자 홍선은 가슴을 쓸어내린다.
(기우였구나!)
천희연을 잡아 가둔 게 혹시 어떤 정치적인 장난이 아닌가 싶어 불안하기도 했었다.
김병기가 관련된 일이 아닌가 해서 그의 눈치도 볼 겸 찾아간 길이었다.
이하전의 사건도 있고 해서 무관심할 수 없는 심경이었는데 그럼 아무것도 아닌가. 그게 한갓 기우였던가.
홍선은 술 취한 사람처럼 하늘을 바라보며 비틀비틀 걷는다.
겨울 햇살이 유별나게 찬란하다.
「아아 밤이 길구나! 동창은 어느 하가에나 밝으려느뇨!」
홍선은 밝게 내리는 햇살을 보기가 싫었다.
마치 그늘 속에서 햇빛을 등지고 살게 마련된 늙은 버섯처럼 어디론가 그늘 속으로 숨어 버리고 싶은 생각이 간절했다.
그는 그날 밤 추선의 말을 잊을 수가 없었다.
「혹시 교동엘 가셨다가 봉변을 당하시더라두 내색일랑 마시고 참으셔야 해요.」
밤이 깊어 단 두 사람이 됐을 때, 추선은 금침 속에서 홍선의 가슴을 보드라운 손끝으로 어루만지다가 문득 그런 말을 했던 것이다.
(그럼 고것은 결말이 이렇게 될 줄을 미리 짐작하면서 내게 김병기를 찾아 부탁해 보랬던 것인가?)
추선의 특성은 착한 마음이지만, 영리한 성품이지만, 그러나 그 매끄럽고 그 탄력 있는 두 유방을 빼놓을 도리는 없다.
그는 손바닥 장심으로 그 알맞게 높고 알맞게 아람이 버는 가슴 위의 두 정상을 소요하면서,

「정말 넌더리가 나는구나. 되잖은 놈들에게 머리를 숙이는 일이 말이다.」

이젠 사람 구실을 해야잖겠느냐는 절실한 자책에서 한마디 하니까,

「대감, 정월달에는 구설수가 있으시다데요. 때우셔야 해요.」

추선은 슬픈 표정으로 촛대 촛불을 바라보며 그런 말을 했다.

「토정비결이라도 본 게로구나? 네 신수는 어떻다더냐? 올해는 아들이라도 하나 얻어야지?」

「지가 아들을 낳으면 남의 서자, 기첩이 낳은 서자, 평생을 그늘에서 살게 할 것이 아니옵니까. 저는 아이 안 낳겠어요.」

추선은 웬지 말을 하다가 별안간 눈물을 주르르 흘리는 것이었다.

여자의 눈물이라고 다 보는 사람의 가슴을 뭉클하게 할까.

홍선은 추선의 눈물을 본 순간 가슴이 견딜 수 없을 만큼 답답해졌다.

「왜 우느냐?」

추선은 민첩하게 고개를 돌렸지만, 눈마구리에 흐르는 물기는 닦을 염도 내지 않았다.

「요사스럽게 어른님한테 눈물을 보여 드려 죄송해요.」

「왜? 왜? 뭐가 별안간 슬퍼졌느냐?」

홍선이 잼처 물어 대자,

「저를 버리실 때가 돼 오는 성싶어서 슬퍼졌던 거예요..」

홍선의 품안으로 몸을 답삭 안기면서 연연하게 그런 말을 하는 까닭을 알 수가 없었다.

홍선은 농담이 나가지 않았다.

「너 그게 무슨 소리냐?」

정색을 하고 물으니까,

「토정비결을 봤습지요. 대감 신수가 너무너무 상쾌라서…….」

내 신수가 상쾌인데 너를 왜 버리겠느냐고 힐책 비슷하게 물었더니,

「귀하신 지체로 영달하시면 저 같은 천기를 돌봐 주실 여가가 있으시겠어요.」

추선은 비로소 머리맡에 놓인 명주 수건으로 눈언저리를 자근자근 닦

아 냈던 것이다.

「네 말을 듣다 보니 내게 별안간 하늘이 열린 것 같구나.」

「이 해가 끝나기 전에 대감께선 청룡을 타시고 하늘에 오르실 괘라니 하늘이 열리는 게 아니오니까?」

추선은 토정비결을 본 것이 분명했다.

만일 그런 것을 믿을 수만 있다면 그 해석은 참 좋게 할 수가 있어서 홍선은 잠깐 생각에 잠겼던 것이다.

용은 임금, 용의 등을 탄다면 임금 위에 오르는 것, 토정비결을 믿을 수만 있다면 얼마나 좋을까 싶었다.

「내 너를 잊을 리 없다. 눈물 닦고 웃음을 보여 다오.」

홍선은 그날 밤의 그런 대화들이 역력히 머리에 떠올랐다.

그는 또 가래침을 카악 길바닥에다 뱉고는 발로 쓱 비벼 버렸다.

때마침 색동저고리의 어린애들이 골목 속에서 뛰어나오다가 홍선한테 부딪치고는 와아 하고 소리치며 달아났다.

그는 그 길로 의금부를 찾아갔다.

오늘날까지 아무리 거리를 휩쓸고 다녔을망정 그는 아직 의금부를 찾아본 일이 없다.

「뭣하러 온 사람이오?」

다행하게도 옥리는 그가 홍선군이라는 사실을 알아보지 못하는 모양이다.

「수인을 좀 만나 보려고 왔네.」

홍선이 시치미를 떼고 대답하니까 한쪽 눈이, 왼쪽 눈이 약간 찌그러진 옥리는 아니꼬웠던 것 같다.

「여보시오! 노형은 혓바닥이 짧소? 보아하니 나이도 나보다 많지가 않은데 누굴보고 허게를 하는 게야.」

찌그러진 눈알을 부라리자니 그 꼴이 가관이다.

「허허, 내 잘못했구려. 하두 막판으로 놀아먹으니까 자연 혓바닥이 짧소그려. 수인 한 사람을 만나 볼까 해서 찾아왔는데 편의 좀 봐 주시구려.」

「누군데?」
이번에는 옥리가 그에게 허게를 했다.
「천가 성을 가진 녀석입죠.」
「천가 성?」
「예예.」
「엊그제 들어온 놈 말인가?」
「그렇습죠, 나으리.」
옥리는 홍선의 아래위를 훑어보고 난 다음 당당하게 물어 왔다.
「가진 게 얼마나 되나?」
홍선은 되물었다.
「가진 거라뇨?」
그러자 옥리는 소리를 빽 질렀다.
「아, 그럼 수인을 거저 만나 보게 해 달라는 게야?」
비로소 홍선은 옥리의 속셈을 알아차렸다.
「그럼 나으리, 얼마나 드리면 그놈을 만나 보게 해주시렵니까? 잠깐 상판대기만 보면 되겠는뎁쇼.」
「보아하니 제대로 낼 만한 처지두 아닌 것 같군, 얼마나 가졌나?」
홍선은 옥리에게 반말을 들으면서도 깍듯이 존댓말을 썼다.
「사실 저는 막벌이꾼이긴 하지만 이런 덴 와 본 일이 없습죠. 그러고 보니 이놈의 본성도 어지간히 착한 듯싶소이다. 그러니까 의금부엘 처음 와 보는 겁죠.」
「그러니까 한 푼도 가진 게 없단 말인가?」
홍선은 민망한 듯이 살짝 머리를 손끝으로 긁적거렸다.
「어차피 그 천가놈이 금명간에 풀려 나올 녀석은 아니지요. 내 내일 모레 또 그놈을 보러 올 일이 있읍네다. 그때나 마련해 오겠으니 오늘은 외상으로 해 주시지요.」
「외상?」
옥리가 또 눈알을 부라리며 소리를 꽥 지르자 홍선은 태연하게 대꾸했다.

「외상두 깔아 놔야 거둬들일 때가 있지 않소? 어차피 밑천이 드는 것도 아닐 바엔 나처럼 순박한 놈에게 밑천 안 드는 외상빚이라도 깔아 놓으시구려.」

그도 그렇겠다고 옥리는 생각했던 것 같다.

「그럼 요담에 올 땐 꼭 닷 냥을 가져 와야 하네.」

「내 대돈변이라도 내서 가져 오리다.」

홍선은 외상 뇌물로 천희연이 갇혀 있는 감방까지 안내되었다.

「대감!」

천희연은 그를 보자 반갑게 소리치며 두 손으로 나무창살을 붙잡고 힘껏 밀었다.

우지끈하고 창살에서 소리가 났다.

「어허, 이놈아 이런데 와서도 나더러 함부로 대감이라고 놀리느냐? 그렇게 실없으니까 옥살이를 갔지.」

홍선은 옥리가 눈치를 못 채도록 그렇게 얼버무리고는,

「내 낼모레 또 올 일이 있다만 우선 일러 둘 말이 있어서 들렀다. 이놈아, 노름을 할 양이면 똑똑히 해서 돈을 따야지, 판돈을 들구 튀구도 온전히 색일 줄 알았더냐?」

우선 한마디 해 준 다음,

「아무래두 석달 열흘은 살아야 한다더라. 아무리 그 판돈이 도둑놈의 손에서 나온 더러운 것이라도 네놈은 그걸 갈취했으니까 석달 열흘은 옥살이를 해야 해. 안 그렇소? 나으리.」

홍선은 마침 딴전을 보고 있는 옥리의 동의를 구했다.

옥리가 어정쩡한 표정을 하자 홍선군 이하응은 한마디 더했다.

「어쨌거나, 내 구름재 홍선대감께 가서 통사정을 해 볼테니 기다려 보려무나. 그양반이 아무리 지금 무력하시다 하더라도 정 급하게 되면 왕명인들 못 얻어 내실 양반이냐. 며칠 동안 참고 견디어 보려무나.」

홍선은 눈 하나 깜짝 않고 그런 말을 했다.

천희연은 웃음을 참느라고 입을 헤에 벌린 채 말없이 고개만 끄덕거리다가,

「아, 홍선대감께서 만나만 주신다면야 오죽 좋겠소. 그럼 형님이 오늘이라두 구름재에 가서 부탁해 봐 주시우.」

천희연은 애원이라도 하듯 풀죽은 소리를 하고 있었다.

그러자 이때껏 딴청만 부리고 있던 옥리가 갑자기 폭소를 터뜨렸다.

「아하하하, 하하하.」

홍선도 천희연도 어안이벙벙했다.

홍선이 옥리를 돌아보고 물었다.

「왜 별안간 웃으시오?」

옥리가 홍선을 흘겨보며 대답했다.

「잘들 해 보시오. 홍선대감께서 나서시면 왕명이라도 얻어 내시겠죠. 안 그렇소? 홍선대감!」

옥리는 홍선이 홍선인 줄을 미리부터 알고 있었다. 알고 있었으면서도 능청을 부려 가며 그에게 반말을 거침없이 해댔던 것이다.

홍선은 눈만 껌벅거리고, 천희연은 주먹을 불끈 쥐고 있었다.

일개 옥리한테 일국의 왕손이 정면으로 모욕을 당했다.

그러나 이번에는 홍선이 별안간 껄껄거리고 웃어 젖혔다.

그는 지극히 호쾌스럽게 떠들어 댔다.

「아하하, 그래도 내가 더 유명하군. 세도대감 김병기보다두 내가 더 알려졌단 말야. 여보게 옥리!」

홍선은 얼떨떨해 하는 옥리를 보고 계속 말했다.

「만약에 말일세. 세도 김병기대감이 이렇게 초라한 복색으로 여기 나타났다면 자네가 알아볼 수 있었겠나? 아마 몰라봤을 게야. 그러니 이 홍선은 당대의 세도대감보다 더 유명하지 않으냐 말일세. 사람이란 한 번 태어난 이상엔 뭐니뭐니 해도 우선 유명해지고 볼 일이니까. 아하하. 안 그런가? 여보게 옥리!」

여기저기 즐비한 감방 속에서 수인들이 창살을 붙잡은 채 내다보고 있었다.

홍선은 모르는 체하고 추적추적 그곳을 걸어나오면서 뇌까렸다.

「어허, 일개 옥리도 나를 알아보다니. 내가 이 나라의 상감보다 더 알려졌단 말야.」

 어떤 의미로 그렇게 알려졌다는 것은 생각하고 싶지 않았다.

「여보게, 정말 외상일세! 오늘 면회샀은.」

 수인 면회비가 외상인지, 나른 또 뭐가 외상이라는 것인지 아무도 홍선의 말뜻을 분명히 가리기는 어려웠다.

●제2권에서 이어집니다.

여백餘白 – 저자의 말

나뿐이 아니다. 모든 사람들은 '역사'라는 토양 위에 발을 붙이고 서서 오늘을 살고 미래를 영위한다. 과거와 현재는 미래의 토양이 될 운명에 있다. 미래는 과거와 현재가 꽃피울 화판이다. 과거를 망각하는 것은 슬픈 미래를 자초하는 현재의 범죄다.

최근 근 백 년을 전후해서 우리처럼 정치의 피해를 많이 입은 민족도 드물 줄로 안다. 왜 그랬을까. 위정자들이 정치를 권세와 혼동한 까닭이다. 권세를 영화의 수단으로 착각해서 그 명분을 잃었던 탓이다.

홍선대원군과 그 시절의 한국적인 정치풍토는 우리에게 뼈아픈 교훈을 남겨주고 있다.

의욕과 개성의 장한(壯漢)인 홍선군 이하응을 중심으로 다난하고 가슴아팠던 한 세대를 문학으로 재현해 보려는 것은 오늘의 우리 기상(氣象)에다 관측구(觀測球)를 띄워 놓고 미래상을 측정해 보는 작업이 될 수도 있다.

그러나 문학은 정치나 역사 그 자체에 목적이 있는 것은 아니다. 피상의 악을 선으로 풀어 보려는 내면 발굴이 정도(正道)다. 논객(論客)이어서도 안되고, 사가(史家)의 영역에 뛰어들 필요도 없다.

나는 최근 백 년래의 인걸 중에서 대원군 이하응에게 가장 큰 관심을 가져왔다. 그의 생애는 우리 현실의 심볼이었다. 그의 의욕과 꿈과 과단성과 운명을 가로막았던 벽은 오늘에도 그대로 남아있다. 그가 고민한 수많은 문제들은 현시점에서도 우리의 고민이다.

과거는 교훈이다. 오늘과 내일의 교사다. 오백 년 이조사(李朝史)엔 명군도 많았다. 태평성세도 누려 보았다.

그러나 조선왕조는 우리들 할아버지대에 와서 망했다. 가난하고 혼란하고 무력해져서 멸망했다. 어느 위정자인들 경국제민의 이념이야 없었을까만 그 목적이 순수치 못하고, 수단이 옳지 못하고, 권력이 독선이었을 때, 지모(智謀)가 협량(狹量)이었을 때, 그 전횡은 죄없는 민중으로 하여금 그들의 묘혈을 파게 하는 것이다. 몇 사람 소수의 어리석음과 죄악으로 말이다.

흥선대원군, 그는 유야랑(遊冶郞)이었다. 그는 권력의 정상에 있었다. 그의 치적은 괄목할 만하지만 그의 치세(治世)에는 유혈이 산하를 물들였다. 그는 일세를 풍미한 풍운아였으나 누구도 그를 민족의 위걸(偉傑)로 숭앙하는 데에는 인색했다.

저자 이제 불과 칠십여 년 전에 이땅에서 처참하게, 호쾌하게, 그리고 슬프고 초라하게 살다간 간 그한테 지대한 관심을 가져 보는 것은 당연한 일이 아니겠는가.

운현궁을 둘러봤다. 대원군이 말년에 거처하다가 임종했다는 건물이 뜻밖에도 현대식 백악관임을 보고, 아직도 서울의 빌딩가를 활보하는 갓 쓴 영감님들이 있음을 견주어 보면서, 이제 내가 쓰는 작품은 케케묵은 수법의 역사물이 아니라 현대소설이어야 하겠음을 깨달은 것이다.

저자

도도한 장강長江의 문학文學

후배 문인이 쓴 류주현(柳周鉉)의 작품세계(作品世界)

유현종(劉賢鍾)

    1982년 5월 26일 오후 4시 40분. 우리 문단은 소중한 선배 작가 한 분을 잃게 되었다. 채 백 년이 못되는 우리 현대 문학의 성숙기에 이제 원숙의 경지에 이른 작가 한 분을 병마에 빼앗겼음은 우리 문학의 큰 손실이라 아니할 수 없고 개인적으로도 안타까운 슬픔을 가눌 길 없다.
    묵사(默史) 류주현(柳周鉉) 씨는 그의 아호처럼 이제는 땅 속에 묻힌 채 말이 없다. 아끼고 절친했던 동리(東里) 선생은 그의 시신이 땅 속에 묻히고 무덤의 흙을 다지는 선소리가 울려 나오자 말없이 한동안 눈물을 흘렸다. 회자정리(會者定離)라 했던가. 허리를 다쳐 누운지 만 3년, 각고의 투병 끝에 회생하지 못하고 떠났으니 더 많은 작품을 남길 수 있는 기간을 허송하고 떠난 것이 그의 무덤 가에 선 모든 사람들의 안타까움이었다.
    그러나 돌이켜보면 그가 남긴 족적은 너무나 뚜렷하고 우리 문학의 독특한 한 봉우리를 이룩했다는 것에 조금은 위안이 된다. 류주현 씨는 경기도 여주 땅에서 태어났다. 일제 치하에서 젊음을 보낸 그는 만주, 동경 등지를 방랑하다가 광복이 되고 정부가 수립된 해부터 창작을 발표하기 시작한 이래 눈을 감을 때까지 삼십오 년 동안을 쉬지 않고 창작에만 전념해 왔다.
    류주현 하면 '대하소설(大河小說)'이란 말이 생각나게 되는데 그 명칭이 일본식이건 어쨌건 간에 수많은 대작을 내 이른바 '대작(大作)의 작가'로 모든 사람은 알고 있다. 신문학 이후 우리 작품의 주류는 단편소설이었다. 단편에 대한 편애 때문에 장편은 그 발전이 저해당했고 그래서 본격적인 장편이 생산되지 못한 것이다. 류주현 씨가 장편, 그 중에서도 대작들을 정력적으로 집필하여 이른바 장편 문학의 기초를 이룩했다는 점 하나만으로도 그 문학사적 의의는 크다고 볼 수 있다.

류주현 씨의 창작 활동은 대략 세 단계로 구분할 수 있지 않을까 싶다. 초기와 중기 그리고 후기로 나눌 수 있을 것 같다.

초기는 대개 데뷔 당시엔 1948년부터 50년대까지. 그리고 중기는 50년대부터 60년대, 후기를 60년대 이후 사망하기까지를 편의상 구분해 볼 수 있을 것 같다. 평생을 통하여 작가는 여러 번 변모한다. 작가로서의 그의 문학적인 변모로 보아 나누어 본 것이다.

초기에 있어서 류주현은 대(對)사회적인 관심보다는 소설로서의 예술성과 형상화에 관심을 가지고 있었다. 그는 어느 작가보다 완벽하고 독특한 그 나름의 예술 형식을 찾기 위한 모험을 시도했다. 절제된 문장, 빈틈없는 구성, 명확한 묘사를 통해 모범 단편을 발표했다. 이 시기의 중요한 작품은 「일각선생(一覺先生)」, 「태양(太陽)의 유산(遺産)」, 「노염(老焰)」 등이 있다. 세 작품은 공교롭게도 인생에서 은퇴한 세 사람의 노인을 주인공으로 하여 생의 관조경(觀照境)을 밀도 있게 잘 그린 수작(秀作)이다.

이처럼 예술적인 기교에의 집착을 보이던 류주현은 중기에 이르러 작가적인 변모를 보인다. 파란 많고 척박한 시대가 어떤 변모를 유발시켰는지 모른다. 즉 그 시대 50년대 말은 자유당 독재 정권이 부패할 대로 부패하여 예술은 질식을 강요당하던 시절이었고 이어서 4·19의 선렬(鮮烈)한 불꽃이 터져 오르던 시기였다.

이 시기에 류주현은 「장씨일가(張氏一家)」, 「잃어버린 여정(旅程)」, 「밀고자(密告者)」, 「임진강(臨津江)」, 「육인공화국(六人共和國)」 등의 작품을 발표하고 있다. 「장씨일가」에서는 이른바 구악(舊惡)의 표본인 장씨 일가족의 하루 동안의 생활을 박진감 있게 입체적으로 펼친 작품이고 「밀고자」는 부패 고관의 아들이 데모의 앞장에 섰다가 동료 학생을 구해 주었지만 끝내는 경찰에 밀고했다는 누명을 쓰게 되고 본인은 오히려 처음으로 죄를 씻은 듯한 청결감에 젖게 된다는 이야기이다.

이 시기에 류주현은 초기 작품에서 보여 준 예술적인 형식보다 역사를 오도하고 선량한 민중을 기만하는 악에 대한 도전으로 그의 작가 의식은 바뀌게 되었다. 상기한 작품들이 성공할 수 있었던 것은 단순히 구호에 그칠 수 있는 현실 고발 비판의 주제가 애초에 가지고 있던 예술적인 완벽한 기교에 힘입어 고발문학이 가지는 취약점을 극복하고 있다는 데 큰 의의가 있었다고 보아진다.

60년대 후반에 이르러 류주현은 또 한 번의 변모를 시도한다. 그와 같은 '현실의 근본이 어디에 위치하고 있는 것인가.' 새로운 역사의식을 갖기 위해 그는 지나간 우리 역사에 관심을 돌리기 시작한 것이다. '우리'는 누구이며 '나는 무엇인가'를 밝혀내기 위해 그는 중편 「남한산성(南漢山城)」을 쓰게 되었고 그 이후 「조선총독부(朝鮮總督府)」, 「대원군(大院君)」 등 이른바 대작장편을 발표하기 시작했다. 역사 소설이라면 그때까지 야담 정도로만 읽혀져 온 것을 그는 현대소설의 기법을 과감하게 도입해서 새로운 경지를 개척했다. 지나간 역사를 어떻게 재현할 것이냐에만 머물러 있던 종래의 역사소설에서 지나간 역사에서 무엇을, 왜 얻어야 할 것이냐라는 시점으로 본격적인 대작을 발표했던 것이다.

「대원군」 이후에도 병자호란의 비극을 다룬 「통곡(慟哭)」이라든지 「금환식(金環蝕)」 그리고 세조의 쿠데타를 그린 「파천무(破天舞)」 등이 연달아 갈채를 받으며 독자들의 사랑을 받은 것을 보면 그가 이룩한 역사소설의 새로운 시도는 성공적인 성과를 이룩했다고 볼 수 있다. 게다가 「녹수(綠水)는 님의 정(情)」, 「황녀(皇女)」 등에서 한국인 전래의 '멋'이란 무엇인가를 보여주기까지 하여 류주현 문학의 결정(結晶)을 보여 주고 있다. 이제 완숙의 경지에 다달아서 좀더 깊이 있고 문학적인 불후의 명작을 창조할 나이에 타계하고 말았으니 안타깝기 그지없는 일이다. 역시 그의 문학은 도도하게 흘러가는 장강(長江)의 문학이었다.